哈德门外

一个戏剧界老北京的叙说

张帆◎著

中国环境出版社·北京

图书在版编目（CIP）数据

哈德门外 / 张帆著 . -- 北京 ： 中国环境出版社，2015.5

ISBN 978-7-5111-2327-5

Ⅰ. ①哈… Ⅱ. ①张… Ⅲ. ①随笔－作品集－中国－当代 Ⅳ. ①I267.1

中国版本图书馆 CIP 数据核字（2015）第 069818 号

出 版 人 王新程
责任编辑 赵惠芬
责任校对 扣志红
装帧设计 彭　杉

出版发行 中国环境出版社
（100062　北京市东城区广渠门内大街 16 号）
网　　址：http://www.cesp.com.cn
电子邮箱：bjgl@cesp.com.cn
联系电话：010-67112765（编辑管理部）
010-67168033（监测与监理图书出版中心）
发行热线：010-67125803，010-67113405（传真）
印　　刷 北京中科印刷有限公司
经　　销 各地新华书店
版　　次 2015 年 5 月第 1 版
印　　次 2015 年 5 月第 1 次印刷
开　　本 787×960　1/16
印　　张 27.25
字　　数 268 千字
定　　价 80.00 元

谨以此书献给哈德门外的老街坊们

序：跟着帆儿爷“卧游”

弥松颐

圈儿内都称张帆兄为“帆儿爷”，此称不知何人所起，反正我觉着挺好。

一，“帆儿”较之愣砢砢、秃碴碴的一个“帆”字儿，显得更加亲和、友爱；

二，“爷”之称谓，表明众家英雄于我公之敬重，从他个人来说，更表明其之“派头儿”，骨子里透出来的那么股子劲儿——至于是什么派头儿、什么劲儿，等您瞧完了这本书，大概您就瞭然了。

我和帆儿爷相识、相熟，皆托庇于汇文中学时代的大学长、当今著名美术大家杨悦浦兄，我们一见如故，相见恨晚。我俩同代，约又同龄（予痴长两岁）。

说起旧话儿，1949 年以前，上下都会唱的那段歌曲，音调字词，依稀可辨；后来解放军进城，欢迎列队，我俩均在其中，感情也大致相同。

帆儿爷家住包头大院儿、下三条，我住家上唐刀儿、中三条，都是位于羊市口、小市口之间的方寸之地，您说有多巧！

青少年时代，影形足迹（如蟠桃宫的两脚黄土，东后河沿儿的线桃子嗡嗡），可谓比肩接踵；气味呼吸（如黄家店的九花儿、晚香玉，花市大街小磨房的扑鼻油香），又是一概相“闻”。

所以，摆在面前的这部宏构大著，出哈德门门脸儿南行，直插磁器口儿，以之为主干，鱼骨状两侧排开，“地毯式轰炸”一般，“精骛八极，心遊万仞”“离方遁员，穷形尽相”（陆机《文赋》）铺天盖地，撒开儿了写来。

二十多万字的大作，竟令我一口气儿地读完，掩卷合思，如醉如痴。

正当沉浸在交情、回忆之中，忽得训令，命作《序》文。此事无异“佛头着粪”，非予所能干办。坚辞，不获允。

无奈读了人家的书，不能白享受，勉为其难，说几条“读后感”吧，于是边看、边想、边写，漫录于后，以应塞责（但是绝不能当《序》）。

其一，此书虽写南城风物，市井民情，但是，我没有仅仅当作“风俗”“游典”、知识性一类的读物看待。从孩提到少年，从小到大的步步足迹，甚至在“交待材料”中，连“上三辈儿”的景况，都和盘托出，可以说，这是晚年“帆儿爷”写少年“志强”的整本《张帆同志的青少年时代》，自家写自家的“生传”，透过一个人的生活看历史，即20世纪的那一段生动活泼的历史教科书。

其二，“帆儿爷”何许人也？老年写少年，既有新奇、冲动，更有悟彻、洞明，“杼轴予怀”，皆出自胸臆，警策人生，真实、亲切。从中我们可以看到一个有文化的北京人的悠闲气度，铮铮骨力，广见多闻，精识睿智，风趣幽默，可爱真挚，就这么一个“爷”的诸多品质。

“北京人”不光是“胡同串子”，还有如帆儿爷这样的温文尔雅、和乐可观、聪敏机智、自爱正人甚又道见不平，拍案而起。您瞧山西大院与京师四合院的区别，胡同是否都应当改名，前门大街的“打造”出炉等，作者振聋发聩、掷地有声之言，我想，倘有执事者看到此书，出以公心，即可作为“参政议政”的绝好题目。

其三，作者的语言，是20世纪四五十年代的北京话，时过境迁，生活没有了，语言也随之打折、消减。即便现在人所说的“北京话”，也是注入了新时代的特色，老的北京话，远远地“走迹了”。所以，本书还可以作为研习历史上（虽然不很长，但已改变多多）的北京话极准正的、难得的好教材。

还可以再绺（捋）出个“四五六儿”来，但仍都是乏味之言（不是说帆儿爷的书乏味，是予言之乏味）。

总之一句话，我读这本书，看到贯穿其中的感情基调，就是一个“爱”字：爱南城、爱北京、爱个人、爱街坊、爱天空、爱树木、爱历史、爱中华这种渗透精神骨髓的爱，借用余光中先生指说自己的八个大字：“汉魂已定，唐命已牢”，揆诸帆儿爷，岂不宜乎！

作文到了“结尾”，还当照应“开头”。

开头我说是“如醉如痴”，此刻再一翻书篇儿，竟只见得是“如泣如诉”，为何？

老哥俩的南城追忆，实在是荡然无存，全没有啦！全毁啦！全都TM玩儿完啦！连帆儿爷说的“姥姥”，都已再无力发问，没有一星半点儿用处啦！

我想起了中学时代，语文课本里的一首明代诗人王磐的小令儿《朝天子》，最后两句是：

“那里去告他？何处去诉他？也只索、细数着猫儿骂！”呜呼哀哉，尚飨！

还得照应开头儿，说友谊。

孔老夫子言道：“友直，友谅，友多闻。”此天下之公器，愿吾国民都能遵照其言，明辨而笃行之。

自序

自序一般都是写作者的写作初衷、经历乃至艰辛。我则不然，我必须首先重重地感谢为拙作写“读后感”的松颐兄。他执意不许我将此绝妙之文称之为序，而只可当作读后感用，还注了“声明”。老哥的话我不敢与之争个脸红脖子粗——说不是就不是吧，反正我把它放在了序的位置上，凭您怎么处置我吧？

松颐兄是北京话、北京史、北京民俗的研究专家，也是古诗文的研究家。退休前是人民文学出版社德高望重的大编审，如今社里遇上难审的作品还是找您，尤其是编辑、注释老舍先生的作品，非公莫属！您还是全国政协文史委员会的委员。您说有这样的大家为我这业余写家撰写“读后感”的吗？当然是序！您所赐的这篇佳作到底对我的这本书起了多高的提升作用？何为画龙点睛？为避免相互吹捧之嫌，您看完再琢磨吧。

哈德门乃崇文门之别称。“哈德”二字在这儿一定要念成hǎde（de 还得发轻声），这才是老北京的叫法儿。这个叫法儿始于元代，哈德是哈达的谐音，哈达是蒙古族人献给佛神及贵人的礼物，这个礼节保留至今。在元代，哈德门的正名叫文明门。明英宗正统元年（1435 年）重修后，又改名为崇文门，有崇敬文事之意，这个叫法儿一直沿用至今。还有一种叫法儿——海岱门。1935 年出版的《北平旅行指南》上有这样的记载："哈德门外吊桥上东北隅，近河桥翅边，有半露上部铁龟一个，相传为镇水者。因其北不远处，有小庙曰镇海寺。龟身所露直径约二尺，俗传哈德门原名为海岱门，桥下有海眼，故以铁龟镇之。"实际上这其中也有民间传说。随着时代的变迁，哈德门的名称快失传了，只有老北京人还习惯称崇文门为哈德门。记得民国时期还出产了"哈德门"牌儿高级烟卷，与"恒大"、"大前门"等名牌儿香烟齐誉京城，解放后，这些老牌子还一直保留着。"文革"开始后，就见不着了。前几年，市场上"哈德门"牌香烟又冒出来了，这大概是商家为了满足老烟民们的怀旧心理吧。改革开放后，有投资商又在崇文门饭店的对面盖起了哈德门饭店，饭店的一层是便宜坊烤鸭店。我想，这除了吸引老北京外，更多的是为了迎合海外侨胞、港澳台同胞的思乡之情。可不知为什么，前两年把哈德门饭店又给拆了，听说是要盖个五星级的大饭店，名字是否还叫哈德门饭店？不得而知。现而今那儿还是一片废墟。大拆大建已是北京的家常便饭，不必说一个饭店，整个老崇文区还存在吗？没啦！连"崇文区"这仨字儿都不存在啦，那叫一个彻底呀！政府要干的事，咱草民管得了吗？管不了。以吴良镛、冯骥才、舒乙等为代表的学者们，在大会小会上，乃至报刊上呼吁了多少回了，管用吗？我看收效甚微！在现实生活中，贪官们捞钱搞政绩，开发商们大把赚钱才是硬道理！好了，还是莫谈国事吧，免得招惹不必要的麻烦。

我今年 74 岁了，生在北京，长在北京。我爱北京，更爱那城墙环抱的老北京！ 70 多年来，我基本上没有离开过崇文区。我是眼瞅着老崇文区一点儿一点儿地被拆光的。能保留下来的成点儿规模的文物，怕也只有天坛公园、龙潭湖公园和明城墙遗址了。前门大街虽然翻建了，但已失去了原来的面貌及繁华。人气大不如前，这难道不值得我们反思吗？

为了留住哈德门外在我心中的记忆，我用几年的业余时间，背着相机，用黑白胶卷拍了一条条即将消失的胡同；拍下了我曾经居住和生活的地方；拍下了那一座座我曾无数次光顾过的商店、粮店、书店、电影院、饭馆儿、早点铺等。每当看到这些老照片，一件件往事顿时涌上我的心头，真是思绪万千呀！我发誓要把这一切都写出来。假如您也是个老北京、老崇文，那您就与我共享吧。

这里要声明一点，我不是作家，更不是北京史或文物古迹的研究家，我只是个老北京。如果说是个还有点儿不一样的老北京的话，那就是我在北京人民艺术剧院（北京人艺）工作和生活了 40 余年。众所周知，北京人艺是一个以演京味戏（特别是老舍剧作）而见长的剧院。在剧院的老一辈儿艺术家中，熟悉和研究京味儿的大有人在，这也是我偏爱北京话和北京风土人情的原因之一。但偏爱和研究是两码事，咱无法和专家学者比。咱写的是闲书，就是退休了，闲来无事写着玩儿的书。您看着有意思，那您就翻翻它，假如您不喜欢，那也别耽误您的宝贵时间，扔一边儿完事。

在言归正传之前，我还得找补一段说明（“找补”二字在北京话中读 zháobu，bu 还得发轻声）。

我还要说明什么呢？就是关于儿化音的问题。老北京人说话喜欢带“小字眼儿”，也就是我们常说的儿化音。专家说北京的儿化韵有 26 个，其词条那可就海（hāi）了去了！《北京话儿化词典》中收录的词条多达 7 000 多个，这还没全收进去。本书中所涉及的儿化字词也相当得多，因为我是用北京话写的嘛。如门儿（东便门儿）、脸儿（门脸儿）、同儿（胡同儿）、花儿（花儿市）、口儿（南口儿、北口儿）、院儿（大院儿、小院儿）、槽儿（南河槽儿、北河槽儿）、眼儿（小铺眼儿）、竿儿（竹竿儿）、碗儿等。尤其是胡同儿的同儿，写老北京哪能离得开胡同儿啊！还有花儿市的花儿，我在花儿市长大的，能不提花儿市吗？不可能。这样一来，有时候满篇儿纸上都是“儿”字。仔细一想，一是麻烦，二是版式也不大好看。于是我采取了“点到为止”的做法。也就是说在这个儿化字儿出现的第一次，我该儿化的全儿化，以后若再使用此字时，就不再儿化了，您记住了就成了。当然，校对时，有时忽略了，这个儿化字儿又蹦出来了，那您就多包涵点儿吧，因为实在是太多太多，校对不到的事儿难免。

得，咱书归正传吧，就从哈德门说起。

目 录

哈德门

这张照片对我来讲相当亲切，这是1952年不知是哪位先生从哈德门的西南侧拍的。北京解放前夕，哈德门只有箭楼下面的一个城门可以通行。1950年，政府将哈德门的瓮城残墙拆除，同时为了便利交通，在城门的东西两侧各开辟了一孔洞，俗称橹（lǔ）门（见图左），进内城的车马行人走东边的橹门，出内城的走西边的橹门。1954年，我考入了北京市第二十四中学（旧名大同中学），校址在东单北大街的外交部街胡同儿。上初中时，家里穷，没钱在学校入伙吃饭，午饭要赶回家吃。当时我家住在哈德门外花儿市大街南侧手帕胡同

拆除之前的哈德门南侧正面

内的包头胡同里边的包头大院儿，您听着够绕脖子的吧？可那时的北京城就是这样——胡同套着胡同，曲里拐弯儿的，有时找个门牌，还真得费点儿劲。由于我是走读生（不住校）上学下学，再加上中午回家吃饭，一天少说也得路过四趟哈德门！这还不包括和小伙伴儿们爬到城楼上追跑打闹，嬉戏玩耍，您说我对哈德门能不熟悉吗？

有资料说哈德门连台通高 39.1 米，也有说 33.4 米的，总之十多丈[①]高。过去老话说：前门楼子九丈九。难道前门比哈德门还矮？其实不然，前门楼子（即正阳门）楼连台通高是 40.96 米，

① 1 丈≈3.33 米。

将近 13 丈高。其他所有城门（包括阜成门、西直门、东直门、朝阳门、宣武门、德胜门、安定门、永定门、广安门、广渠门、左安门、右安门、东便门儿、西便门儿）没有一个城门的高度超过哈德门，最矮的是东西便门儿，才 12 米高，也就是说哈德门是老北京城第二高门。

哈德门城楼面阔五间，通宽 39.1 米，进深三间，纵深 24.3 米，箭楼共三层，重楼重檐，楼顶及楼檐均为绿色琉璃瓦。城门洞儿上方镶有汉白玉门匾，上书“崇文门”三个大字，但那门字的右边是一折，而无钩。不光是崇文门，老北京城的所有城门上的门匾，门字的右下角都没钩儿，不信您就来趟前门大街，瞧瞧正阳门门匾上的门字儿有钩儿没有。为什么没钩儿？皇上乃真龙天子，一国之君。皇上——龙也。龙又是水中之物，大凡水中之物，没有不怕钩儿的。钓鱼、钓蛤蟆、钓王八，都得用钩

哈德门内侧的西马道

儿钓。可您敢钓龙、钓皇上吗？那不找死吗？犯忌！所以那门字的最后一笔都是直的。

记得我小的时候，经常和小伙伴儿们顺着城墙内侧的马道跑到城墙上去玩儿，没人管。到了上边儿往东看是东便门儿旁的内城东南角楼（至今还保留着，同时还保留了一段城墙，现已辟成“明城墙遗址公园”），往西看是前门（即正阳门）城楼和箭楼。说到这儿我想起1993年春的一件往事。那年我因严重的鼻息肉病住进了同仁医院的卫干病房（好像是病房楼的13层），术后修养期间，我经常站在阳台上观望哈德门外的街景，每当看到那残破的明城墙时，心中便感到像拆了自个儿家的祖坟一样的难受。老北京城真不该拆呀！破坏容易建设难，想当初为了修地铁，就把前三门的城墙全拆了，由于这段地铁要通到北京火车站广场，就拐了个小弯儿，这样一来，这段老城墙和角楼才幸免于难，要不然也没啦！一天，我心血来潮，提笔给北京市文物局写了一封信，呼吁保护和重修这段明城墙。嘿！人家文物局还真当回事儿，竟然给我回了一封信，意思是说，肯定不会拆，但眼下没钱修复，还夸我有保护古都北京的意识。看到答复后我也算心满意足了。

翻回来咱再说这哈德门，当年也的确是破旧不堪，不光是哈德门，我印象中除去正阳门和前门箭楼外，其他所有城门都够破的。解放前，国民政府不管。解放后，百废待兴，财力不足，哪儿有钱修城门哪！那城门楼子破得真是离塌不远儿了，颤颤巍巍的楼梯直上直下，陡得吓人。上去还好，下楼的时候，真肝儿颤，滚下来就得摔个半死儿！还有那楼板，也破烂得要命，到处是窟窿，不破的地方也都酥了，走在上面也挺悬的。可那会儿小，淘气，不知道什么叫危险，隔不了几天，就爬上去撒欢儿似的玩儿半天儿。

从哈德门城楼上看正阳门

您再瞧这张老照片儿，这是站在哈德门西马道上往西看，一直可以看到京奉铁路北平站，解放后叫前门火车站。如今那儿已改建为铁路博物馆。小时候父母带着我回农村老家，都得到前门火车站上火车，也在那儿下火车。在我的记忆中，站前广场又小、又脏、又乱，不信您瞧瞧这两张老照片儿，便可一目了然。

脏乱的老前门火车站广场

老前门火车站的站前广场，还有马车呢！

城墙上有砖道，有土道，由于年久失修，坑坑洼洼，杂草丛生，但仍可在上边走。跟您这么说吧，当年的老北京城和今天的西安古城一样，可以顺着城墙在上边走一圈儿，但高度和气派要比西安古城宏伟多了，遗憾的是百分之九十九都拆啦！回想起小时候在城墙上和小伙伴们逮蛐蛐儿的情景，如昨日之事一般。如今在四环以内听"秋虫鸣四壁"的美事儿早没啦！蛐蛐儿不大，可它没有生存之地啦。老年间不必说城墙上、铁道旁、小河边儿，就连四合院里都能听到蛐蛐儿叫。我小时候还经常到东便门儿外逮蛐蛐，带上纸，带上蛐蛐儿罩子（自己用铁丝儿编的逮蛐蛐儿的工具），半天的工夫能逮好几十个、上百个！捉到的蛐蛐儿放在卷好的纸筒儿里，两头儿一封，满载而归。到了我儿子这辈儿，照逮不误，可影响了学习。有一次，我一生气把他逮回来的蛐蛐儿放在一个大铁筒里，一暖壶开水下去，全烫死了，看你还逮不逮！今天回想起来，不但有犯了“杀生”之罪的内疚感，还觉得自己有点儿“只许州官放火，不许百姓点灯”的味道，在教育方法上实在不是好招儿，悔之晚矣。

哈德门哪，哈德门！拆啦！几天的工夫就拆啦！拆的时候我去看了，拆永定门的时候，我也特意跑去看了。可那会儿我一个初中生，脑子里哪儿有保护文物的观念，更不知道梁思成先生为此跟政府争执过。这事儿要搁在今天，姥姥！谁拆我跟谁玩命！

1962 年正准备拆除前的崇文门楼，楼下已堆起搭脚手架的杉篙和木板

东后河沿儿
——我的出生地

自有人类文明以来，我们的祖先就发明开凿了护城河，尤其是做过古都的城镇，护城河更是宽阔笔直，紧贴着城墙。正是因为有了宽阔高耸的城墙和环绕城池的护城河，于是才有了“固若金汤”一说。老北京的护城河是全国最长、最宽的护城河，而且不仅有环绕京城的护城河，还有环绕紫禁城的护城

哈德门外大街旧景

河，在内城和外城之间——也就是西便门到东便门之间的城墙南侧，也开掘了一条护城河。如今这条河早已不复存在。1963年拆城墙、修地铁时将它填平，20世纪70年代又在上面盖起楼房并修建了前三门大街。想当年前三门的楼房刚盖好时，大伙儿多羡慕呀！谁要是能住进去，那简直是进了“楼上楼下，电梯电话，做饭有厨房，如厕不出家”的天堂啦！记得当时邓小平同志还去视察过。可今天看来，这排高楼，不但破坏了古都的风貌，而且楼内的格局也早已过时，可谓住也不是，拆也不是。唉，早干嘛来的！建设无规划，有规划也不认真执行。这种事甭说20世纪，现在也随处可见，多得是，挽救不回来了。冯骥才说得好：中国人可以用20年建一个纽约，而美国人用200年也建不起一个老北京城！

得嘞，咱还接着说东后河沿儿吧您哪。东后河沿儿是指花

这是当年哈德门至东便门的护城河，河上还有鸭子戏水呢！

市上头条、中头条、下头条、下下头条北边儿的沿着护城河的那条街，很长很长。它的西头儿是哈德门桥，东头儿是著名的蟠桃宫庙。河的北岸，齐着城墙根儿的那条街叫东墙根儿街。

我的出生地就在东后河沿儿，由于这条街临河，所以岸边只有坐南朝北的半壁街。我家在离蟠桃宫不远的地方，好像是在虎背口儿北口儿西边一点儿，门牌是几号，我忘了。听我父亲的好友戴俊桐说，母亲生我时，父亲不在身边。母亲就是在家中生的我，我想大概是会请个“老娘婆”吧。那年月能到医院生孩子的女

蟠桃宫东侧赛马场附近的热闹景象

人，大都是有点身份或家中趁俩钱儿的人。一般女人都是在家中生孩子。穷人就更不必说了，都生在家里，卫生条件极差，许多孩子生出来不久就得“四六风”夭折了。所谓“四六风”，就是脐带剪断时消毒不好，感染发炎化脓，生下来过不了四天或六天孩子就死了。也有的妇女是得“产后风”死的。总之，那时候穷人生孩子如过“鬼门关”。

母亲生下我不久，我们就搬离了东后河沿儿，因为那里的环境的确恶劣，院门儿紧邻护城河，脏得很，比龙须沟强点儿，有限。我们虽然搬了家，但东后河沿儿依然是我儿时常去玩耍的地方，尤其每年农历三月三的蟠桃宫庙会，更是热闹非凡，那是每年必逛的大庙会。（上图左上角东便门楼下的房子即蟠桃宫）

蟠桃宫又叫太平宫，位于东便门路南护城河畔，坐南朝北，门临护城河。蟠桃宫始建于明代，是座很小的道观，只有山门和两进大殿。山门三间，墙上镶嵌着“蟠桃圣会”四个绿色琉璃大字。在我的印象中，庙内的院子小极了！每年农历三月三蟠桃宫庙会时，小庙儿里是人挨人，人挤人，香火极旺，烟雾缭绕。庙里供奉的是西王

蟠桃宫外墙上的“蟠桃圣会”四个大字

母娘娘和斗姥娘娘。凡到这儿顶礼膜拜的善男信女们主要是来拴娃娃的（一种泥塑），为的是早生贵子。尤其是那些不生育的女人，几乎年年都来求拜。传说三月初三是王母娘娘的寿诞之日，所以每年的蟠桃宫庙会是三月初一到初三，后来又延长到初五。蟠桃宫的东南侧有块空地，直到白桥，是赛马场，那是有钱人玩儿的地方，一般百姓也就是看看热闹。从蟠桃宫往西，沿着河沿儿直到哈德门外大街，大概得有三里多地，是真正的庙会所在地。其热闹的程度就跟今天的地坛庙会、龙潭庙会差不多。只是内容和人们的穿着打扮大不一样。那会儿的庙会也是以卖小吃为主，但风味要比今天地道多了，以豌豆黄最为有名，我至今还记得卖豌豆黄的吆喝声：“吃来呗——豌豆黄儿好大的块儿呀，我这儿加块儿不加价儿嘞”。再就是练杂耍儿的特别多。所谓“杂耍儿”就是天桥儿撂地的小型杂技和小魔术，

庙会上，孩子们喜欢看的“小电影儿”

也有“人头大公鸡”之类的稍大一点儿的幻术，还有民间杂技大棚、耍狮子的等。最吸引我们小孩儿的是拉洋片（piān）儿和小电影儿。拉洋片儿在今天的庙会上也恢复了，但演唱者的腔调已大打折扣！不客气地说，还不如我这个老北京唱得地道。小电影儿，而今是不可能见到的了，因为庙会上小电影儿用的放映机都是手摇放映机，不用电。放的时候是这样的：要先搭一个长方形的简易布棚，棚中放几排长条凳，棚的一端挂着一块小银幕（其实就是块白布！），另一端有个放映口儿，机器在棚外面，要借助一个反光镜把太阳光聚在机器上以充当电光源，这样银幕上就出图像了，假若赶上阴天，这小电影自然就不能放了，买卖也就黄了。还有一种看法，就是在布棚的周围挖一圈小洞，观众坐在棚外边往里看，这样观众稍微舒服点儿，因为坐在不透风的布棚里实在太闷，简直活受罪！小电影儿放的片子都不长，拷贝也就是一两本儿反复放，而且多数是无声电影，就是这样，我们也都觉得好看好玩，终生难忘。

蟠桃宫庙会一直延续到1959年困难时期开始之前，1960年以后北京所有的庙会就基本上自生自灭了。您想啊，粮食定量压缩了，人都吃不饱了，还谈何庙会呀！还有一件事儿不能不提，就是侯宝林、郭启儒二位先生说的相声段子《夜行记》。它的原创者是北京市交通局交通宣传科郎德丰同志。这个段子就是郎德丰在蟠桃宫庙会上表演的，后来被侯宝林先生发现，拿了过去，做了进一步的加工改编，并形象地塑造了“我”这个人物，于是这个段子提高了一大节儿，成为久演不衰的经典，流传至今。20 世纪 60 年代中期，我在北京市文工团工作时，曾和著名相声作家、表演艺术家王存立多次合作说过这个段子（关于王存立，我在以后的章节中还要专门提他）。当时郭启儒先生的儿子（郭继昌）、女儿（郭菊萍）都和我在一个团。庙会一过，整个东后河沿儿大街便冷清下来，因为这条街上没几户人家，许多小门儿都是花儿市上、中、下头条大宅门儿的后门儿，后门儿自然是很少开的。在 20 世纪 60 年代以前，这条街上似乎连路灯都没有，晚上，胆儿小的人都不敢走。但恋人们敢走，我和我们那口子谈恋爱时就走过。

这条街上平常日子里还有一景，那就是到处都是正在劳作的打线儿工人。所谓打线儿的就是做麻绳和做线绳的。现而今线绳麻绳已经很少见了，多改用尼龙绳和钢丝绳。这个行业不像其他手工业，它占地方，旧时小本儿经营者哪里有钱盖厂房，都是露天作业，而东后河沿儿恰恰是个露天作业的好地方，不但大街上没什么人，街边儿护城河的河滩上更是空旷辽阔。尤其是冬季和旱季，护城河水甚少，于是形成了又宽又长的河滩。打线儿是要用绞床的。这种绞床非常原始，两边儿一边一个勾绳架，大小如老式织布机，架子上有曲柄和绳钩十来个，用一个竹摇板连接起来。为了固定绞架，下边压了许多大石头！打线儿时，两边的工人分别摇动摇板，一方单股，一方双股，一方正摇，一方反摇，两股便拧在一起，自然成绳。成绳后若想再粗，仍可依照上述办法再拧，两股变四股，四股变八股……我小的时候经常站在他们旁边看他们打线儿，那可真是个力气活儿！

20世纪70年代，东后河沿儿被拆除，护城河也改成了暗沟，上面盖起楼房，说到这儿又想起一个插曲：我的大儿子小时候和几个小伙伴儿到这里玩，不知他们动了哪根儿筋，竟然钻进下水道里玩，玩着玩着，污水来了！脏水很快淹没了他们的腰，吓得几个孩子慌了神儿，忙着往前跑找出口，而水势越来越猛，关键时刻他们总算是找到了一个井盖儿，几个孩子用力顶开井盖儿才算逃生。出来后，一个个跟水鸡子似的，冷得直发抖！幸好被一位热心的老大爷发现，将他们带回自己家，帮他们洗净身上的泥水，烤干衣服才放他们回家。回到家中，我儿子也没敢说这段历险记。这是多少年后与他聊天时，他才“坦白”的，多悬哪！

地图上没有的胡同儿

前面说过，我家在东后河沿住的时间不长，大概是在我一两岁的时候就搬到哈德门外大街西侧木厂胡同儿内兴隆街宏福胡同儿北侧的高博胡同儿2号。高博胡同儿（见下图）是一条南北向的死胡同儿，只有四个门，即1至4号，我家住胡同儿

高博胡同儿

最北端的 2 号，院门坐东向西。何为“死胡同儿”？死胡同儿就是只有入口儿没有出口儿的胡同儿。凡是这样的死胡同儿都会在胡同名牌下再挂一块牌子，上写“此巷不通行”。

高博胡同儿地区是一个小胡同儿密集的地区。我家胡同儿南口儿向东是小观音阁，再向东没几步就叫宏福胡同儿，实际上也没几个门牌，再向东向南就叫宏福寺大院儿（也叫宏福大院儿），原因是路北有一座庙叫宏福寺。1965 年改地名时，这一带统称为洪福胡同儿，将“宏”改为“洪”。

若由我家胡同儿南口儿向西走，是一片略微开阔的地方，叫堂子大院儿。从这个大院儿再向西是西翔凤及南翔凤、北翔凤胡同儿，再向西一点是南深沟、北深沟胡同儿，这些胡同儿北通西打磨厂，南通兴隆街、鲜鱼口儿。翔凤胡同明朝时叫墙缝胡同儿，意指胡同儿非常窄小，最窄处只有三尺宽，刚能过一个人，您要是个大胖子，就得侧身过去。清朝时期这里改名为翔凤胡同儿，无非是图个吉祥。南北深沟也是个又窄又短的胡同儿，地面南高北低，坑坑洼洼，有点沟状，故名深沟。由于地势低洼，这里一下雨便积水成潭，所以清《京师坊巷志稿》中对此地又有“深沟口”之称。总之，我们家那块儿地儿不大，胡同不少。这种现象多出在外城，内城很少有这样的胡同儿群，都是又宽又长的大胡同儿，大宅门儿，一家儿挨着一家儿，高墙深院，磨砖对缝儿，门楼高大，十分讲究，尤其是皇城附近更是如此。

我家住的高博胡同 2 号院内共有四户人家，北房（正房）

三间，地基略高，有两户人家儿，住两间的姓鲁，在铁路上工作，鲁大爷是个热心肠，经常帮大伙解决点儿小事儿。至今我还记得他的样子，也很想念他，他如果健在，得过百了。西北角儿的一间住着夫妇俩，姓什么干什么都忘了。西房两小间，住的是我的表姑夫妇俩。表姑秀芳是大户人家出身，师范大学毕业，知书达礼。表姑夫的父亲是琉璃厂的一个小古玩商，手里可能趁俩钱儿，于是表姑夫便游手好闲，当起了少爷，每天坐着洋车来来去去，不知他在忙什么。北京解放后他进了天桥附近的一家煤厂工作，逐渐成了个酒鬼。他能在下班儿后，从天桥到家，一个酒铺一个酒铺地挨门儿进，喝二两就走，一直喝到天黑才回家，他最后死于肝硬化。东屋的两小间便是我们一家三口儿的住处。解放前我们一直住在这里，大约有七八年。

右为高博胡同 2 号院大门

我是独苗儿

起名儿是件很有学问的事儿，但我的名字起得实在一般。由于我出生不久就搬到了高博胡同，所以我的名字大概是在住进高博胡同之前起的。据说是我四爷爷给起的，不知为何不是我的爷爷或父亲起的。按家谱排列，我应是“志”字辈儿的，于是四爷给我取名“志强”，志气要强，意义不错，可我长大后发现，满大街净是叫“志强”的，我家后来搬到花市包头胡同住的时候，搭上我，竟有三个叫张志强的！我上大学时，学校里除我外，还有什么白志强、王志强、李志强等，总之泛滥成灾，一气之下我将名字改为张帆，可谁知这名改得也不怎么样，“文革”后开始时兴起两个字的姓名，于是张帆之名也泛滥成灾。我所在的北京人艺，除我以外还有一位年轻同志也叫张帆。传达室怕他误拿了我的信件，只好在我的名字前面加一“老”字。没办法，我又起了个笔名远航，似乎还重得不那么厉害。实际上小时候大人们都不叫我志强，而叫我的小名——四辈儿。这是因为我出世后，我的老奶奶还健在，四世同堂。

就我的记忆而言，我祖上不是名门旺族，所以没有家谱，无法考证出什么学问来，只在我五爷爷家曾看到过一幅中堂，是清朝大书法家陆润庠送给我太爷爷的，题款上有“岐山兄雅正”，岐山可能是我太爷爷张凤岐的号称。这是不是意味着我太爷爷那辈人有点儿学问呢？不得而知。不幸的是，这幅中堂20世纪90年代被文物贩子以800元的价钱骗去了。另外我还知道自我辈上下排有十个字：春、学、振、兴、凤、新、永、志、彦、树。“志”字乃我辈，如今这些字早已用完。据说我五爷爷在世时，又给族人续了十个字。我已10多年不回农村老家了，爷爷辈儿的老人均已过世，我也再没去了解家谱续字儿的事儿，也没有兴趣去了解，人的名字不就是个符号嘛。14亿人要想做到不重名不重姓，大概是没门儿的事儿，您就是学问再大，费尽心机，也不敢说您起的名字绝与他人不重。我比较得意的是我给我孙女起的名字经常难住老师，叫张硕颀，尤其形容人长得修长的那个“颀”字，用的人较少，也不易懂。在我的亲朋好友中，一语解破这个名字的只有一人，那便是我一位古典文学功底较好的高中同学——段桐华。他说“硕颀”是美丽而修长的意思，出自诗经。此公退休前为新疆维吾尔自治区党委宣传部常务副部长，文学、书法均不错。

在我国实行计划生育之前，夫妇俩只生一个孩子的甚少，就是在文化人中间也不多见。尤其在农村，生十个八个的大有人在！我父母均生在农村老家并成家立业。父亲16岁时来北京学徒，只上过几年私塾，母亲是文盲，只认识自己的名字，可我竟然是个独生子！听说母亲在生我之前生过一个女孩儿，但没出满月就夭折了，后来才生了我，生下我之后，母亲就再

父母和我

没有生育过，这绝非因避孕，那年月根本不讲避孕，究竟我怎么就成了独生子，到今儿个也是谜。

在我的青少年时期，没有人相信我是独生子。原因有两条：一是偏见，认为家家都是兄弟姐妹一大群，你怎么可能是独生子呢？有人甚至说我“你是要的吧？”第二条其实也是偏见，说我什么家务活儿都会干怎么可能是独生子呢？独生子都挂相儿，娇生惯养什么活儿也不会干，而且不和群儿，个儿个儿如“公子哥”一般。我的确不挂相儿，也的确会操持家务，那是因为我上初中时家境就穷了，要靠我母亲给人家做手工活儿来填补家中的“嚼裹儿”。那时我家住在花儿市地区，解放前后，花儿市有各种各样的小作坊（这方面的详细情况后面我会说到，这里暂略）。我的一个姑父认识一个珠子作坊的老乡，于是给我妈找来了“锉珠子、串珠子”的活儿。那珠子就是戏曲演员演古装戏时头饰上用的五颜六色的水银玻璃珠子。我小时候到那作坊中看过：工人们把在炉火中烧红的玻璃拉出一根儿，一边儿吹一边儿往铁模中放，铁模上有一串儿小凹槽，两块铁模一夹，冷却后再掰开，就是一串儿透明的玻璃珠子。下一道工序就是往珠子里灌各色水银，再出来就是一串串漂亮的珠子了，但珠子是连在一起的，我们要做的手工就是先用一根很长的钢丝针（针的一头也有针鼻儿），穿上长线，然后再用针去穿珠子串儿，一根儿接一根儿，穿很多很多，这活只能在院子里干。穿好以后，一根儿根儿折起来，拿到屋里用锉刀将一个个珠子锉开，锉时还要用一个木箱，木箱的一角上镶着一把锉刀，这样手中的锉刀和箱上的锉就形成一个上下夹攻的工具，一串珠子就很容易被锉开了。因为有线穿着，所以珠子锉开后仍连在一起，一串儿珠子小的上百个，大的也得七八十个，连穿带锉，手工费好像才二分钱！苦得很，还经常扎破手。可就这活儿还得托人情才能找到。后来我母亲累病了。父亲是“甩手大爷”，什么家务活儿也不干（也不会干），担子自然要落在我头上。我不但要帮着干活儿，还要帮母亲做饭，还要读书，整个初中生活就是这样度过的。您说有我这样的独生子吗？我能像独生子吗？

坑人的私人诊所

老北京称眼睛附近有伤痕的人为疤瘌眼儿，尤其对小孩儿更是习惯这么叫。假如谁家的孩子是疤瘌眼儿，胡同儿里别的孩子（特别是男孩儿）常起哄大呼："疤瘌眼儿！疤瘌眼儿！"直到把人家喊哭了为止。

我小时候就是疤瘌眼儿，后来随着年龄的增长，疤瘌长平了，不那么明显了，也就没人叫了。如今老了，左眼下的疤瘌早已和下垂的眼袋融为一体，更是无人察觉。

那么我这个疤瘌是怎么落下的呢？大约是四五岁儿（我们家仍在高博胡同住时），一天上午，我父亲要外出工作，我追出家门，哭着喊着非要让他带我一起去，父亲哄了我半天，没用，我还是不依不饶闹个不停，可巧这时过来一个卖糖水儿的小贩（这种小贩早已不存在了，我查了许多有关北京风俗小吃的资料，均未查到）。这种卖糖水儿的就是小推车上有几个稍大一点儿的桶，里面放着不同颜色的糖水儿，桶上有一条木板，板上放着许多玻璃瓶，瓶的形状各异，有点儿像化学课上用的烧杯，肚子大口小，瓶口旁边还连接着一圈曲曲弯弯的玻璃管子，是与杯子连在一起的，作用有点儿像今天的吸管，就是为了吸引孩子们的眼球。我父亲见我死缠不放，于是就给我买了一个，我顿时不哭了，高举着那瓶糖水儿往家跑，一直跑到家门口，我们那个院子的门槛儿比较高，而且院子的地面低于胡同的地面，有好儿层台阶，我净顾高兴了，一不小心，马失前蹄，摔了一个嘴啃泥，手中的瓶子正好摔在眼睛旁边儿，血流满面，我哇哇地嚎哭起来，吓得街坊四邻全出来了，我母亲也慌了手脚，在同院鲁大爷的帮助下，抱着我直奔医院，为了抢时间，也没去什么大医院，宏福寺口儿上往东路北有个私人诊所，他们抱着我就进了那个诊所，大夫仔细一看说没伤着眼珠儿，就随便处理了一下了事（实际上是划起了一道皮，如果大夫将其仔细处理是不会留下痕迹的）。过了几天，又到诊所儿

崇文区大拆之前这个小诊所的旧址还在，但已是民居

摘去了纱布，可眼下边却出了明显的疤痕，我的“疤瘌眼儿”的外号也就由此产生。学生时代曾为此后悔过，也埋怨过母亲，后来长得不太显眼儿了，此事也就淡掉了。

旧社会，像这种小的私人诊所，比比皆是，也并非都是糊弄人的庸医。想当初，京城的“四大名医”：孔伯华、施今墨、汪逢春、萧龙友，都开有私人诊所，问题是一般平民百姓根本不敢登门问诊，没钱，瞧不起呀！据大人们讲，我小时候肿痄腮（现在叫流行性腮腺炎），高烧不退，曾带我去看过一次孔伯华，好像是在打磨厂儿里同仁堂药厂斜对面儿的一个四合院儿里。

另外，我住的高博胡同把口儿路东的一个两进的四合院儿里，有一位姓蓝的中医大夫，附近的街坊们，只要有个头疼脑热的，都去找这位蓝大夫看病，我们家也是蓝大夫家的常客，我有个停食、着凉、高烧不退唔的，母亲就带我去看蓝大夫。几十年后，我曾回访过这个院子，但早已换成新住户，谁也说不清蓝大夫家的去向。

图右的墙就是蓝大夫家的院墙

祖籍的蜜桃与地道

老北京都知道北京的市场上曾卖过一种很有名的水果，它还是人民大会堂的特供水果——深州大蜜桃。深州在哪儿？河北省衡水地区，也可说是在山东德州与河北石家庄之间的石德路上，在王家井站下车，往北走不远即是深州县城（现在改为深州市）。就在离县城不远的地方，有一个历史悠久的桃园，方圆 50 亩[①]左右，由于水土特好，所产的桃其甜无比，用手掰开时，那果汁能像蜜一样的拉成丝儿，因此人们称其为深州蜜桃。我小时候曾吃过一次，以后再没机会品尝，可谓终生难忘。“文革”前及改革开放初期，我印象中市场上还有卖的（真假不知），后来就再也看不见了，大概是变成了特供品。这种桃若移植到别的地方是长不好的，更不可能有如蜜的果汁，这是因为水土的关系。现在这几十亩桃园的命运如何，不得而知。

由于桃出名，人也随之被人仰视。老年间，你只要一提是深州人，对方立刻便说：“唉呀，你们那儿出深州大蜜桃呀！”现而今我再提自己的祖籍是深州，已很少有人再说大蜜桃的事儿了。

---

① 1 亩≈666.67 平方米。

衡水地区，除深州外，还有三个县也很有名，即武强、饶阳、安平。过去曾有“深武饶安”的说法。我们北京人艺的老艺术家当中有好几位也是衡水人，像刁光覃、蓝天野、赵保才等，还有几位老干部也是衡水人，如李城、戴兰芬、孟运述、史群吉等人。

我的老家在深州的最南端——北土路口村，也在王家井站下火车，但不是往北走，而是往南走 9 千米。我姥姥家在南土路口村，两村相距不到 0.5 千米，然而南土路口却划归河北省冀县。冀县是河北省最有名的县，所以河北简称为“冀”。河

左起：母亲、父亲、姥姥（怀抱着我）、三舅（前边的孩子是三舅的儿子存刚）、三舅妈、我大姨

北省也是抗日战争中的名省，尤其冀中地区，以地道战最出名。我虽生在北京、长在北京，但也曾多次回过老家探望亲人。那里残存的地道我钻过，我还听二舅（抗日英雄）讲述过地道战的故事。因此当我看到电影《地道战》时，感到十分熟悉和亲切。抗日那会儿我二舅经常干的就是《地道战》《平原游击队》里那鼓锣喊话的村干部。1958 年“大跃进”大修水利时，他带头跳进冰水修渠，得了急性肺炎，来北京治疗，切除了半个肺，回到老家后，没几年就病故了。我大舅死于日本鬼子的刺刀之下。至今我看到日本国旗心里也觉得不顺眼，几乎是条件反射。

若从我姥姥家再往西南方向走 4 千米，便是我姨母家孟各庄，别看这 4 千米的距离，孟各庄村就属束鹿县管辖了，您瞧，我这些亲戚竟竖跨三个县。

1994 年我带着一个摄制组拍课本剧《赵州桥》时、1996 年休假时、1998 年父亲去世后、2000 年岳父大人去世后，我先后回过四次老家（“文革”前我也曾回去过），看到的还是我儿时记忆中的老样子。我们家乡的人比较保守，不像南方人，

20 世纪 70 年代初，我和大儿子陪我五爷爷逛故宫

很少外出打工，也不搞什么新型农业，还是“脸朝黄土背朝天”地干活，还是“土里刨食儿”。在这点上，他们还真不如我爷爷辈儿、我父亲辈儿年轻的时候，晚清及民国时期，他们都曾到京城闯荡过，有的是学徒，有的是做生意。那时的北土路口村有“小北京”之称，可见当年人们的生存状况。老北京当中，祖籍是深武饶安的大有人在，有人到现在乡音难改，我也会一些，这些都是题外话了。

如今仍生活在我老家的亲戚当中的长辈们，除我二爷爷家的永周叔、巧棉婶老两口外，老人们均已过世，活得最长的是我五爷爷，享年 85 岁（1995 年去世）。

我们张家门的几大家族若加在一起得 100 多人，我爷爷是老大，我是长子长孙，属蛇，1941 年生。请听我自报家门。

“自报家门”是戏曲词，就是报报个人的家世、家庭成员及经济状况等。改革开放前，凡是申请入团（共青团）、入党（共产党）的同志，都得不停地向组织写“思想汇报”，其中就有对家庭出身的认识，写的通不过就得反复写、反复认识，直到组织认为满意为止。为了写这本书，我翻出了许多保存的个人资料，其中有一份关于对家庭出身认识的思想汇报，今天读来，挺有意思，不妨抄录如下：

我的老家是河北省衡水地区深县北土路口村。我的曾祖母一共生了五个儿子一个女儿，其中三儿子很早夭折，四儿子小时过继给了别人，剩下的三个儿子即是我的爷爷、二爷爷和五爷爷。他们均在农村务农，顺便做点儿小生意。我爷爷专做咸菜和酱油；我二爷爷做馒头；我五爷爷做馅饼（当地称合子），都是自产自销。大约在1939年，他们分家了。土地改革划成分时先被划为中农，后又改成下中农，大概是因为没有雇工剥削的缘故。分家后，我爷爷有15亩地一头牛，一座没有南房的很小的院子，还有一些腌菜和做酱油用的大缸小缸、瓶瓶罐罐。我的曾祖父死得早，曾祖母由我爷爷、二爷爷、五爷爷三家轮流赡养。直到我上小学时，我的曾祖母还健在，因此我有个小名叫"四辈儿"，是四世同堂的意思（其实我是北京生、北京长，从未同过堂）。

1918年1月6日我父亲在老家出生，长大后除帮家里干点农活外，也读了几年私塾或是读完了小学。1933年他15岁（虚岁16）时，跑到北京当学徒工，学的是五金行，在北京哈德门外大街路西协成五金行。旧时学徒要三年零一节，他出徒后仍在协成五金行当店员，直到1937年抗日战争爆发。我的老家是冀中抗日前线，为了躲避战乱，我父亲跑回老家将我母亲接来北京。此后我们一家就定居在了京城。

从1938年底到1943年初，我父亲当过经理有过剥削，这期间他与几个师兄弟先后开过两个五金行。第一个叫义兴隆五金行，在哈德门外大街茶食胡同内，我还记得那个小门脸儿的样子。第二个叫隆昌五金行，也在哈德门外大街上。这两个店都是由东家出钱，我父亲做资方代理人管理经营，即任经理。我曾问父亲：这怎么叫剥削呢？他说：买卖虽是别人出钱开的，但当我们还清东家的本金和利息后，这买卖就是我们几个师兄弟儿的了，再赚的钱自然就是剥削。

当我一岁半时，我父亲他们开的买卖都垮了。为什么？因为我父亲的精力都没用在经营上，他业余酷爱京剧（学唱架子花脸），还玩儿票，挣来的钱大都用在了玩儿票上，别人也不敢跟他合作了，买卖自然要关张。

从 1943 年到 1951 年这八年间，我父亲没有正经职业，主要是在五金行之间"跑合儿"，所谓"跑合儿"就是替买卖家拉生意，吃好处费（按今天的说法就是搞中介的），收入极不稳定，就这样他依然玩儿票，为此我母亲经常与他吵架。

1952 年我父亲进了朋友开的巨兴五金行，在磁器口西边水道子附近柳树井 101 号。两年后巨兴五金行倒闭，我父亲又去了德泰铁工厂当工人，厂址在东皇城根甲 58 号。

1956 年公私合营后，我父亲先后调到北京消防器材厂、北京汽车装配厂、北京齿轮厂、北京汽车制造厂工作，主要是管库和管理运输。

我母亲则一直是家庭妇女，因为是文盲。

以上情况都是听父亲讲的，先向组织做个汇报，以后再进一步向组织汇报对家庭的认识。

像以上这样的"思想汇报"比我年长的或是与我同龄的人，凡不是无产阶级出身者，只要想入团入党或提干，都要查三代，否则过不了关。在那个讲阶级斗争的时代，虽然党组织口头上也说"有成分论，但不唯成分论"，而实际上贯彻的依然是"唯成分论”。凡家庭出身不好或是有家庭问题（如亲属中有海外关系者、有港台关系者、有“犯案”者），那组织上是不会重用你的，你再有才也白搭，这辈子您就甭想翻身。

我祖上到底是什么样的家世，现在已无人能说清，也无从考证，但肯定不是显赫家族，否则不会没有传世家谱。

按照家谱，我是“志”字辈，“志”下边是“彦”，“彦”下是“树”。但由于我爱人叫苏艳云，艳与彦音同，故我的后代则不再按字排辈。我叔家的孩子本应与我同排“志”字辈，但由于我婶儿叫呼志敏，与志字撞车，结果他的后代也没按字排辈儿。现在只有仍在农村老家的几个亲叔伯兄弟还在按字排辈儿，具体情况我不清楚，让他们排去吧，名字对人而言，就是那么回事儿，尤其在当下，您要是无职、无权、无名、无钱，名字起得再好听，也是瞎掰！排不排无所谓。据我所知，就连“孔”“孟”两大家族，现而今不排辈儿的家庭多得是。

票友父亲及北京的老戏园子

先说何为票友？词典上说：旧时非职业性戏曲和曲艺演员、乐师的统称。相传清初八旗子弟凭借清廷所发“龙票”，赴各地演唱“子弟书”（清代的曲艺曲种，曾盛行于北京），不取报酬，后来便把不取报酬的业余演员、乐师等称为“票友”，票友的同人组织称为“票房”。票友的演出称为“票戏”，票友转为职业演员称为“下海”。从资料上看，实际上自打有戏曲那天就有业余爱好者了，只是可能不叫票友而已。旧社会有许多京剧演员是票友出身，而后下海才成为职业演员的，梨园行管这样的演员常用“某处”称之，如龚云甫称“龚处”、许荫崇称“许处”、双阔亭称“双处”等。

我们哈德门外民国初年曾有一个著名的票房——春阳友会。会址在东晓市浙慈会馆，创办人为樊棣生，自任会长，聘梅兰芳、姜妙香、姚玉芙为名誉会员。该票房曾培养出一大批名票，如包丹庭、赵子仪、莫敬一、陈远亭、郭仲衡、恩禹之、樊润田、世哲生、孙庆堂、林均甫、铁林甫、松介眉、赵静尘、贾福堂等，人才济济。其演出水平可与内行名家媲美。像包丹庭演的《水斗·断桥》可称一绝，因为他在这出戏里几乎能胜任所有角色，青蛇、白蛇、法海、许仙、诸神将、众水族、小和尚，无一不精，且有独到的身段，连梅兰芳、尚小云等都向其请教，特别是《断桥》中的许仙，内外行中无人能超越他，了不得呀！

我的父亲玩票始于20世纪40年代初，也就是在我两三岁的时候，一直玩到他老人家卧病不便外出之时（76岁左右）。他老人家还有个艺名，叫张昆山。哈德门花市一带的票房、前门天桥一带的票房，甚至地安门票房的票友们大约都认识我父亲，他专攻架子花脸，偶试铜锤，兼习丑行。我印象中他经常参演的剧目有《连环套》《牧虎关》《捉放曹》《野猪林》《法门寺》《二进宫》《打

《珠廉寨》剧照，左三为我父亲

《智擒贯匪座山雕》排练照，中间为我父亲扮演的座山雕

渔杀家》《女起解》之类的戏。我父亲所扮演的角色无非是曹操、窦尔墩、黄天霸、鲁智深、教师爷之类的人物。晚年还曾演过现代京剧《智擒贯匪座山雕》（1958年程嘉德、萧平根据曲波小说《林海雪原》改编，北京京剧团曾首演此剧）。我父亲曾扮演过该剧中的座山雕。这个角色的唱腔与《智取威虎山》不一样，我现在还能唱两口儿。

尚未拆除的劝业场

由于父亲爱戏票戏，我又是独子，于是我从小就跟在父亲屁股后面泡戏园子，简直就是个小“跟包的”！可以这么说，前门外乃至天桥一带的老戏园子我几乎都去过。像前门外大栅栏内的庆乐剧场、三庆园、广德楼，粮食店北口的中和剧场，鲜鱼口内的天乐园（后改名大众剧场），廊坊头条劝业场内的新罗天剧场，珠市口大街路北的华北剧场，路南的开明戏院（后改名为民主剧场），以及东安市场内的吉祥茶园、丹桂茶园，还有西单的“哈尔飞”（后改名西单剧场）和长安大戏院等。我不但在这些剧场中看过父亲演的戏，还看过别的票友或名家

劝业场的匾额还可辨认

演的戏。我去的最多的是廊坊头条路北劝业场四楼的新罗天剧场。劝业场是有老式电梯的，可以直通顶层剧场。该剧场有两个观众厅。南厅较大，以演戏为主，京剧、评剧、话剧都演。北厅以曲艺为主，相声、大鼓、单弦、数来宝、杂耍等无其不演。著名评剧演员芙蓉花、鸿巧兰、筱鸣钟，以及曲艺名家高德明、曹宝禄、王佩臣、花小宝等都长期在此献艺。最有意思的是节目中还有一个“双连人”表演。就是一对儿连体兄弟在台上说相声之类的玩艺儿，让观众看得很新奇。还有庆乐戏园，每年七夕准演《天河配》，舞台上有可以转动的机关布景，灯光变化多端，演员还能“飞”起来，眼花缭乱，很吸引观众。当然跟现在的舞台一比，那都是些糊弄人的雕虫小技，可在那个年代是件新鲜事儿。再有就是北京刚解放时，我在华北戏院看的《千年冰河开了冻》。那是一出控诉旧社会迫害妓女的戏，我印象最深的是戏的结尾枪毙妓院的老鸨，人跪在台口前，身后解放军战士的枪一响，那老鸨的头上就有一股血顺着脸往下流，吓人之极，这时大幕迅速关上。我记得我还跑到台口去看新鲜，我从幕缝里看到关幕以后那人又活了！心想“我一猜就是假死”，这完全是儿童心理。

新中国成立后，许多剧场都进行了修缮和改建，变成正规剧场，演出也完全正规化，买票演出，凭票入场，剧团用场地要付场租。这样一来，票友们就不像过去那样能经常在这些正规剧场票戏了，唯有天桥一带的小戏园子还接纳众多票友。后来我父亲就在那些戏园子里演出或是喝茶清唱，和一些老戏友在那里过过戏瘾，这样的活动他一直坚持到老。1965 年我父亲的两腿曾因公负伤，粉碎性骨折，治好以后，腿脚大不如以前，但他仍坚持骑车去天桥票戏，我们虽然不是很放心，但因为这是他一辈子的爱好，也就不加阻拦了。总之，父亲爱了一辈子京剧，唱了一辈子京剧。解放后，中国京剧院曾邀请他“下海”，遭到我母亲的强烈反对，此事未成。母亲反对父亲唱戏是有理由的，一是父亲不好好做买卖，把挣的钱都用在了玩票上，票友玩到极点都想彩唱（即化妆演出），还想请名角伴戏，以招揽观众，这些都要花钱，据父亲说他曾请侯喜瑞（与我家同住手帕胡同）点拨过，还与裘盛戎同过台。反正是他为票戏花过大钱。二是母亲脑子里旧观念很深，认为唱戏的是下九流，戏子没好人，所以她极力反对父亲唱戏。她不但反对父亲唱戏，还在我考入艺术学院后，大闹一通，死活不许我报到！我是背着她在父亲的支持下偷着报到的。后来生米成了熟饭，她也就无奈我何了。

您遇上过“崩子手”吗？

旧社会管进到您家里行骗明偷的贼叫“崩子手”。

我在写这一节之前曾请教过一些“老北京”，他们居然已想不起有“崩子手”一说，无奈之下，我翻开了徐世荣先生编的《北京土语辞典》，一查，还真有“崩子手”条目！条目中将“崩子手”解释为“诈骗财物的坏人”。

这一解释跟我说的“行骗明偷的贼”是一致的。我为什么称这种贼为明偷呢？就是他当着您的面儿偷，在您察觉不出来的情况下，他把您家的东西顺走了。

那是一天晚上，母亲在灯下做针线活儿，我在屋里骑父亲给我买的小三轮童车，忽然有一位穿着长衫、戴着礼帽的“叔叔”来找我父亲。

母亲告诉他父亲不在家，想谢绝他踏进屋门。可那家伙不请自进，一屁股就坐在了床边，并说：“没关系，我等他一会儿。”那小子进屋后也不摘帽子，而且把帽檐儿压得很低很低，加之屋里灯光暗，根本就看不清他的脸。

母亲有些紧张，可又轰不走他，只好紧盯着他，生怕他有什么不轨的行为。那个人没话儿找话儿，东拉西扯地磨蹭时间，反正就是不走。有时他还摸摸我的头，夸夸我。后来我母亲不耐烦地对他说："你走吧，别等他了，他还不定什么时候回来呢。"可那人就是不动，并说："没事儿，我再等他一会儿。"

这样又过了一会儿，母亲还是要轰他走，他也觉得没趣了，起身走了。

那个家伙走后，我母亲急忙跑到北屋鲁大爷家讲述此事。鲁大爷立马意识到那人是"崩子手"，督促我母亲道："你遇上崩子手啦！快瞧瞧家中丢了什么没有吧！"我母亲听后忙回到屋里检查，好像什么也没丢。

鲁大爷跟过来问："偷了什么没有？"母亲说："好像没有，他一直靠着桌子坐在床边儿，压根儿没动。"

这时，鲁大爷发现了床上的一个麻将盒，于是伸手打开盒一看：麻将牌没了。

"呦！他把我们家麻将牌偷走了！那可是跟朋友借的，上边还镶着象牙呢！"母亲心疼地说。

鲁大爷说："贼不走空，他不偷你点什么，他能走吗？"母亲说："我怎么轰他，他都不走。"鲁大爷说："他没偷净能走吗？少摸一张，就是偷走了也不值钱哪。往后，是生人就别叫他进屋，记住啦？！"母亲听后连连点头。

过了一会儿，父亲回来了，一脸的沮丧，不知遇上了什么难事。原来父亲快走到家门口儿时，遇上了劫道的，劫道就是今天说的打劫。

前面说过高博胡同是死胡同儿，没有路灯，一片漆黑。由

牙雕《福在眼前》

于父亲喜欢玩票，所以经常晚归。他刚一进胡同，身后突然一个硬东西顶住了他的腰，一个人低声喝道："不许动！把手举起来。"父亲顿时吓了一哆嗦，立马举起了双手，那小子在我父亲身上搜了半天，什么也没搜出来，只从父亲的大褂兜里摸出一把"红票"（就是票友玩戏的门票），他还以为是钞票呢，没想到白劫了，扭脸儿就跑了。

其实，那劫匪手里拿的大概就是一根木头棍吓唬人罢了，可那也着实吓人一跳呀！后来父亲听母亲讲了"崩子手"的事儿也挺生气的，他一定觉得今儿晚上走了背字儿，日遭两险！

翻回头来，咱还说那象牙麻将牌，看官您一定想，一副带象牙的麻将牌，那得值多少钱哪！不错，象牙是值钱的玩艺儿，但是在旧社会象牙没有现在这么值钱，甚至发展到不允许买卖的地步（有野生动物保护法嘛）。

那时候普通象牙制品，比如象牙筷子、象牙簪子、象牙戒指等物，不太贵，普通人家也买得起。除非雕刻的象牙手工艺品，尤其是整支的高档牙雕，那当然不是什么人都买得起的，所以那时象牙麻将牌昂贵不到什么程度。

当然，这麻将牌要收藏到今儿个，那肯定值大钱了，而且您即使有，也不敢卖，违法。

话说草厂胡同儿

这一节原本是要说上小学的趣事，然而一想，得先说说草厂才行。

“草厂”是一堆胡同的统称，就在我家南边的西兴隆街内，从草厂一条到草厂十条，一共十条胡同儿，长短也差不多。每条胡同的北口在兴隆街，南口则在南芦草园儿和薛家湾儿，草厂五条的南口正是南芦草园儿和薛家湾儿的分界点。薛家湾儿是因为有一户姓薛的大户人家曾世代在此居住，故以薛家为名。

兴隆街是因为清代咸丰年间，那里有座叫兴隆寺的庙，所以叫兴隆街。而芦草园儿呢？原先那里是三里河儿的河道（老北京称护城河不儿化，而三里河则须儿化，因护城河是大河，三里河是小河沟儿。老北京在大小之分上，常把小的用儿化音表示）。这里后来变成了芦苇塘，到了清朝的中后期，苇塘逐渐填平，上面盖起房子，便形成了北、中、南芦草园儿。众多京剧名家，如王慧芳、张德俊、张云溪、梅雨田（琴师）、叶福海、李春恒、律伶芳、王金璐，以及梅兰芳、程砚秋、程丽秋、碧玉花、郝寿臣等都曾在这一带居住过，可谓群星云集呀。

兴隆街和芦草园儿（包括薛家湾儿）之间的草厂诸胡同，

明代叫“羊房草厂一条至羊房草厂十条”，再往前推，元代时叫苇场。

元朝在北京建都时，城墙不是以城砖砌成的，而是用土夯成的，土城遇上暴雨极易倒塌，后来就采用了“以苇蓑城”的办法来预防雨水冲涮。“蓑”不就是蓑衣吗，“以苇蓑城”就是给城墙穿上蓑衣以防雨冲。现在还有元大都时的北土城，您要有兴趣，不妨走一趟，考察一下土城上是否有芦苇的痕迹。老北京所传闻的“北京城曾是哪吒城”也源于此。

要给整个北京城穿上蓑衣，您想那得需要多少芦苇呀！所以皇上下令在各城门内外设置草场，并抽调军队专管“缮理宫城”的任务。当时，元大都的文明门外大致就相当于今天的哈德门外，水网密布，苇塘甚多，而三里河儿一带更是水量丰富，

草厂四条胡同（从北向南拍，摄于20世纪90年代）

水草茂盛，这片苇场离文明门又近，正好可以担负“以苇蓑城”的任务。

后来，到了明成祖定都北京后，他命徐达改建元大都为北京城，将“以苇蓑城”改为“以砖砌城”。这样一来，苇场就逐渐改成了为军队养马用的草厂，同时还养羊群。这就有了前面说过的“羊房草厂一条至羊房草厂十条”。

再后来到明朝中叶，三里河儿慢慢干涸了，水草也没了，草厂不复存在，大量的民居和会馆在此应运而生，但名字还沿用了“草厂”而舍去了“羊房”，这便是草厂一条至草厂十条的由来。

我之所以不厌其烦地说“草厂”，那是因为接下来我要说我的小学。

草厂五条胡同北口（摄于20世纪80年代）

草厂十条小学

旧社会小学校分为两级，一年级到四年级的小学为初级小学，简称初小。五年级到六年级的小学为高级小学，简称高小。假如一个小学校从一年级到六年级全齐，那就叫完全小学，简称完小。

20世纪40年代，我们家的生活属中下等，甚至还偏低一点。我又生在普通百姓的大杂院儿里，母亲还不识字，因此我从小没有受过什么良好的文化教育，更谈不上有上乘的文化环境，学不学的也就全靠自己了。

我初小是在草厂十条小学念的，这是所公办学校，在草厂十条的中段儿路西，校门斜对过是戴家庄胡同儿。学校不大，就是一个东西向的小四合院儿，没有南房，只有东西北房，东房只有两间，旁边是学校的大门和门道，院子（院子的院不能儿化）虽然不大，但可以上体育课，院子里还有一个旗杆，每天早上都要升国旗（当然是中华民国国旗，也就是“青天白日满地红”旗），升旗时还要唱“三民主义，吾党所宗……”的“国歌”。最有意思的是1993年我随我们剧院《天下第一楼》演出团赴台演出时，又听到了这首歌，这中间时隔47

草厂十条小学（从南向北拍摄，左侧的门即是，现在拆了，改成铁栅栏门了）

年！虽然歌词都忘得差不多了，但旋律依然有点耳熟。

旧社会好像也是 7 岁上学，可按虚岁算。我生日小，实际上我 5 岁半就上学了。由于年岁小，又是独子，从小惯的也不像样，所以极不愿念书，一提上学就又哭又闹。没办法，母亲只好背着我去上学，她把我交给老师后也不敢离开校园，因为只要她一走，我看不见母亲了，立马儿就哭！管你上课不上课，直哭到母亲又回到教室门口儿的台阶儿上为止。如此这般，在一段相当长的时间里，形成了这样的局面：我在教室听课，母亲坐在教室外的台阶儿上等我，直到放学背我回家。这样的日子大概过一个多月才了结，我不再闹了，融入了班集体，母亲总算解放了，您说这学上的够多累人哪。

我记得 1946 年的语文（那时称“国文”）课本，前几课就是“人、口、足、刀、手、尺、马、牛、羊”，“妈妈、爸爸、哥哥、弟弟、姐姐（姊姊？）、妹妹，”“来来来，来上学。去去去，去游戏”之类的字。拼音是老式的“ ㄅㄆㄇㄈㄉㄊㄋㄌ……”在电脑发明以前，像我们这些40后年龄段的人（30后，20后就更甭提了）几乎没人会现代汉语拼音，即“b p m f d t n l……”凡是会的，都是因为学电脑或是为了辅导儿孙们才半路学会的，我爱人就不会现代汉语拼音，因为她根本不玩儿电脑。我之所以会现代汉语拼音是得益于大学的台词课。1960年我高中毕业后考入了北京艺术学院话剧表演系（这个学院1964年我毕业时撤销了，它的后身是现在的中国音乐学院，此事容后再表）。台词课的前几讲都是教授吐字归音（也作吐字发音），必须从汉字的声母和韵母讲起，而那时早已废弃了老式的拼音字母而改用英文字母了，在半个学期的时间里，我学会了现代汉语拼音。

上小学后，由于年纪小，贪玩儿，我的学习成绩并不好。到了升三年级的时候，校领导找到我母亲商量：希望我能蹲一班，二年级再多上一年，母亲同意了，于是我就被迫蹲了一班。小孩子也不知道什么叫寒碜，蹲就蹲呗，这样我初小上了五年。

我学习不好的另外一个原因就是淘，真淘！上课不认真听讲，下课胡闹。记得有一次老师拿教鞭打了我，真疼啊！教鞭一般是用藤条或小竹竿儿做的，一米来长，老师用它指黑板上的教案，有时急了也用它打学生。我挨了打心里自然不痛快。下课后，老师忘记带走教鞭，我一生气，拿起来就往讲台上拼命摔打，直到把教鞭摔劈了才算解了心头恨。可没想到我的发泄惹来了更大的祸：老师让我赔教鞭。没辙，赔吧，母亲只好上街买来一根新教鞭还给学校，我以为还了不就完了吗，罚了不打，打了不罚呀，没想到老师竟然用我们家赔的新教鞭又打了我，这叫百分之百的自食其果！可在旧社会，学校里的体罚是常见的，我还罚过跪呢。有一次我又扰乱了课堂教学，老师就罚我到教室门口儿跪着晒太阳。我呢？还不老实，索性把腿一盘，双手合十，学起小和尚来了，把老师气得简直没咒儿念了。我们班主任是个老太太，50多岁，我至今还记得她那厉害样儿，“恨”死她了！

解放北平记忆

当我上小学三年级的时候，北京（时称北平）解放了。在北京解放前后的岁月，有几件事儿，我的记忆非常深刻。

物价飞涨，货币贬值。坐洋车的人手中抱着一捆儿捆儿的钱（捆儿做量词时，北京人用儿化音，但用在动词上，如打捆，就不能儿化），脚下还堆着一捆儿捆儿的钱（法币或金圆券）；还有的人骑着自行车，车把上吊着一捆儿捆儿的钱；买东西的也罢，卖东西的也罢，都用打着捆儿的钱进行交易……我想这样的电影资料镜头许多人都见过，这就是1948年的北京街景。这样的情景我亲眼见过，也见到过父亲将一捆儿捆儿的金圆券扔在家中像扔废纸一样。2007年，我曾为北京同仁堂和中国评剧院创作过一出评剧叫《乐家老铺》（原名《金库》），其时代背景写的就是解放前夕的北京，剧中涉及物价飞涨、货币贬值的情节，为求史实准确，我曾经到北京市档案馆查阅过资料。

史料记载：1948年9月3日之前，国民政府主要货币是法币。当年1月5日白面是107万一袋儿，到了3月31日，白面变成了200万一袋儿。菜从1300元一斤涨到8000元一斤，肉从40万一斤涨到90万一斤。到了7月法币贬值上百倍，每捆儿钱发展到 1 000 万！银行一天能收 2 766 捆儿，共计 2 万个亿！银行里货币堆成了山，可依然叫苦不迭，有人说已跌到可以直接拉到造纸厂造纸浆的地步。没办法，国民政府又改成发行金圆券。刚开始发行时，一元金圆券兑换 300 万法币。200 元金圆券可买一两黄金，2 元钱可买一块银圆。然而金圆券只发行了仨月，面粉由 9 元一袋儿就涨到了 740 元一袋儿！米由 2 角 3 一斤涨到 17 元一斤！油从 6 角 6 一斤涨到 60 元一斤！肉从 4 角一斤涨到 56 元一斤！怎么办？于是又变成大量印金圆券，又是一捆儿捆儿地发，一捆儿捆儿地花。人们怕钱毛，就到黑市上买银元或黄金。我记得小时候到前门大栅栏一带去玩，耳边净是“买两块，卖两块”的吆喝声。不是有句老话“盛世存古董，乱世存黄金”吗？我那会儿才七岁，弄不清这是怎么回事儿，就听大人们说：“这钱毛的比手纸（卫生纸）还不值！”货币贬值，物价自然要飞涨，倒霉的当然是老百姓，那时普通百姓真是到了吃不上喝不上的地步，米面奇缺，大伙儿都得很早很早到粮店门口挤着买粮食。我记得我母亲带我到草厂五条北口儿对过的粮店买过粮食。解放后，那家粮店还是粮店。

兴隆街改造前的粮店还在

1948年12月初，中国人民解放军按照中央军委的部署，解放了京郊各区县，完成了对北平的包围，解放大军兵临城下，城内气氛十分紧张，“剿总”司令傅作义还想再挣扎一下，于是强迫城里的青壮年去城边子修工事、挖战壕。我父亲为了逃避劳役就拜托他的一个师弟替他去挖，为了感谢人家，还给他买了一件黑白格“人字呢”的大衣御寒。他叫戴俊桐，是我父亲带大的徒弟，后来成了非常要好的师兄弟，我叫他戴大叔。戴大叔干了没几天的劳役，北平就和平解放了。他又把那件大衣还给了我父亲，因为有点儿纪念意义，这件大衣我家一直保留了十好几年，后来被虫子咬烂了也就扔了。

说到北平解放，我印象最深的是解放军攻打南苑机场以断傅作义逃跑之路。轰炸南苑机场的时候是个晚上（后来查资料才证实是1948年12月17日夜里，萧劲光部队打的）。那炮弹就像是从头上飞过一样，十分吓人。我记得非常清楚，母亲抱着我躲到房梁下面，大人们说房梁下保险，万一房塌了砸不着人。母亲就那么一直抱着我，浑身发抖，那晚我爸爸也不知又跑哪儿去了，反正就我们娘儿俩。炮声隆隆，天空中火光一闪一闪，这是我有生以来第一次听到枪炮声。

1949年1月31日，北平宣布和平解放，2月3日为解放军入城日，这都是史料上的记载。老实说，这些我都没什么印象，也没有那么欢欣鼓舞，因为我当时只不过是一个7岁的孩子。我十分反感有些人在写回忆录的时候，将孩提时代的记忆写得过分政治化，过分拔高，那还是孩子吗？跟地下党似的，真实吗？我当时就一件事儿记得倍儿清楚，就是进城的一队解放军到我家旁边儿的宏福寺大院大香园浴池洗澡。您想想，一大堆穿着土里土气军装的战士，一下子涌进了一家澡堂子，够多热闹呀！那看热闹的孩子们当中就有我。我记得澡堂子的工人们为了欢迎解放军来此洗澡，敲起了锣鼓，踩起了高跷。开浴池的大部分是河北省定兴人，说话老是“咋儿，咋儿”的。定兴地区，包括大部分河北农村过年过节都时兴踩高跷、跑旱船之类的民俗活动。踩高跷是要化妆的，多是戏曲人物，像渔翁、媒婆、傻公子、小二哥、道姑、和尚、张生、红娘、张飞、济公、八大仙人等。高跷分高跷、中跷、跑跷三种，最高能有一人多高，踩高跷的好演员能做扭秧歌、舞剑、劈叉、跳凳、过桌子等高难动作。我觉得最有意思的是男扮女装的演员，他们在胸部扣两个茶碗儿以撑作胸脯儿！那茶碗就是澡堂子喝茶用的那种淡

大香园浴池（现已拆除）

绿色的、没有任何图案的、最简单的、不带把儿的小茶碗儿。有时候他们跳着跳着那茶碗儿在衣服里边就往下出溜儿，一直出溜儿到腰间，这时便引来大家的一片笑声，那“演员”就忙往上托，结果有时托上去又滑下来，滑下来又托上去，好不滑稽。

其实踩高跷不光北方有，南方也有。它的历史可以上溯到春秋时期，《列子·说符》中有这样的记述：“以双杖长倍其身，属其胫，并趋并驰，弄七剑迭而跃之，五剑常在空中。”这说明公元前五百多年，高跷就已流行，是我国古代百戏的一种，而那时的表演者就有跳跃和舞剑的技巧了。

踩高跷

说完了高跷再返回说学校。解放后不但课本有所变化，还增加了一些文娱活动，这让同学们感到兴奋。我记得我们演出了小歌剧《王二小放牛郎》，我在剧中扮演了一个日本鬼子。这可不是我头一回登台，这之前，我父亲演《野猪林》时，在“倒拔垂杨柳”一折中，我就演过偷菜的。偷菜的一共四人，张三、李四、任五、徐六，我是其中之一。也许就是这个原因，老师把我选进了《王二小》剧组。我们这出戏演得还真挺成功，竟然被区里选到中心小学（新开路小学）去参加汇演。新开路在草厂十条北口正对面路北，把口儿左侧是一家小饭馆儿。新开路胡同的最大特点是有一座小过街楼儿（距路口儿10米左右，过街楼儿比前门楼子小得多，所以儿化）。那小楼儿建于何时？没有资料可以考证，但建得很规矩。我现在还能唱剧中的《王二小之歌》：“牛儿还在山坡吃草，放牛的却不知道哪里去了，不知他贪玩耍还是丢了牛，那放牛的孩子叫王二小……”

说到这儿又使我想起了陶然亭北自新路的那个过街楼儿，楼北有一个观音院，过街楼儿附近的其他老建筑也保存完好，完全可以作为影视的外景地。为此我还曾给宣武区文物局写过信，希望保护好这个过街楼儿和周边的环境，令人遗憾的是，随着菜市口南北大街的打通，这片地拆光啦，一点痕迹也没有了！大街修好啦，菜市口漂亮啦，老北京没啦！现而今那一带还在拆，拆吧，把老北京拆光了为止！

草厂九条崇仁小学

崇仁小学，远处那幢小楼还在

崇仁小学在草厂九条南口路西，是一所私立小学。由于淘气不爱读书，我初小的功课并不好，因此不能到公立学校上高小。私立小学无所谓，交钱就能进去。崇仁小学并不大，也是一所小院儿，所不同的是南房是一幢两层的小楼儿，楼梯极窄（楼梯的楼、楼上楼下的楼都不必儿化，以下不再说明），上下楼时，两个人得侧身而过，我们五年级的教室在楼上，班主任的名字我现在还记得，叫张建镐，大约50多岁，是个很有名的老教师。我和小伙伴们还去过他家，他家离学校不远，在往西一点的长巷二条，那里也是一堆胡同儿，从长巷头条到五条，都是东西向的斜街。长巷这几条商家店铺很多，且以银号业、百货业居多。会馆也多，都是县级会馆。多到什么地步呢？简直隔不远就有一家会馆，据考证有泾县、南昌、汀州、江右、丰城、武林、临江、浦城、武陵、长吴、金溪、南城、元宁、岳阳、上新、新城、乐平、休宁、贵池、德兴、南雄等诸馆。其中汀州会馆最为有名，现为北京市文物保护单位。它的北馆在长巷下头条，南馆在长巷下二条，始建于明代弘治年间（1488—1505 年），是北京现存的具有明清时期江南建筑风格的豪宅。它的北馆有大小 6 个院落，50 多间房。主院正房有五间，全部选用江南白杉木材料构建。屋顶起坡平缓，前出廊后出厦，门窗的雕花十分精致，梁头雕出的动物形象十分逼真生动，淡施彩绘，色调素雅。整个建筑虽已历经几百年风雨及“文革”的破坏，但总体保存尚好，难得一见。

我记得张老师家的院子也不错，也是磨砖对缝的大宅门儿，但是不是会馆，就不知道了，我已几十年不去那里了，那宅门儿是否还存在都难说了。我听说张老师早已过世，我对他之所以印象深刻，是因为他对学生管教甚严，解放后中小学校废除了体罚，要不我看他会打学生的。

我对这位老师印象深的原因还有一点，那就是 1953 年 3 月 6 日传来斯大林去世的消息时，张老师哭得特别伤心，几乎是嚎啕大哭，好像失去了亲人一样，而我们这些学生们没有一个哭的，可能是年岁小，才十一二岁，不大懂政治的原因吧。我还记得老师们的胳膊上都戴上了黑纱。记忆更深的是大街上

斯大林像

的苏联人（在那中苏友好的年代街上时常可以见到苏联人）戴的黑纱与我们不一样，他们戴的黑纱镶有红色的边儿，脸上也都挂着哀思。

3月9日，北京60万人参加了在天安门广场举行的悼念斯大林的大会。我们这些小学生虽然没去，但也在教室里进行了默哀，虽然没有大人们那么沉痛，但“中苏友好”“苏联是老大哥”的宣传还是深深印在我们心里的。我至今还会唱那首儿歌：“小鸽子，真美丽，飞到东，飞到西，快快飞到苏联去！见了斯大林，就说我们谢谢你，因为有了你们的帮助，我们的革命才得胜利。”

斯大林死了已经60年了，2011年是苏联解体20年，正巧又是中国共产党成立90周年。一个世界上最大的社会主义国家，一夜之间，没了，实在发人深省。世界已经发生了翻天覆地的变化，斯大林的名字已从年青一代人（起码70后的人）的记忆中消失，90后的孩子们可能根本就不知道斯大林是何许人。我不想在本书中涉及这类问题，那是政治家们的事。

崇仁小学的东南墙，草厂九条的牌子清晰可见，小楼被大树遮住

包头大院不是院儿

这张照片是从包头大院的西北口向南拍摄的，远处有自行车和人的位置就是我家门口（17 号）

这个地名又是在 1950 年版“北京市街道详图”上找不到的地名，可见其小。具体位置前面讲过，是在哈德门外花市大街南侧手帕胡同内东头儿的包头胡同东侧。为何叫包头大院？因为那里原本没有房子，就是包头胡同旁边的一块空地，像大院儿似的，后来才逐渐盖起了房子，故名包头大院。那么包头二字又从何而来呢？这和张家口附近的那个包头市可没任何关系。相传在清朝嘉庆年间，这里住着一对老夫妻，年近 40 岁才生下一个又白又胖的大儿子，十分可爱，大伙儿都叫他“宝子”，后来“宝子”就演化成了“包头”。我看这个传说不大靠谱儿。包头大院是一个有着西北、西南、东北、东南四个出口儿的卍型的胡同，有二十来个门牌，我家住在 17 号，与隔壁的 16 号为一体两门，何为一体？就是 17 号的东房和 16 号的西房背靠背连在一起是一个房脊。都是坐南朝北的四合院儿，磨砖对缝，比较讲究。这两座四合院儿也是整个包头大院中最好的房，据说当年是马连良先生为他二叔马心如置办的产业。马心如的长子马春樵是京城名净，可惜的是 1948 年在赴台湾演出的途中沉船遇难。

说到这儿，我还得告诉您我们这胡同里还有两位梨园界的名人：生行名家奚啸伯和“铙钹王”崇恩山。奚啸伯，北京人，满族。票友出身，谭派老生。曾与杨小楼、尚小云、张君秋等合作过。解放后曾任北京市京剧团四团团长，后去了石家庄京剧团，任副团长。由于他久居石家庄，包头大院可能是他临时的住所。那小院儿在包头大院东边路北，院子很窄，只有三间北房、一间东房（可能是厨房），门牌号记不清了。

“铙钹王”崇恩山，住在包头大院 13 号，与我家对面，紧邻包头大院西北口的小夹道。崇先生生于 1900 年，9 岁拜侯长山为师，专攻场面活儿，他不仅能司鼓，凡武场面的打击乐器，他样样儿通。尤其是铙钹，他打得节奏明快，尺寸相当

"铙钹王"所住的13号院门口

准确。曾傍过"九阵风"阎岚秋、杨小楼、尚小云、程砚秋、马连良、谭富英、张云溪、张春华、李和曾、高玉倩等名家。有一次他随团进中南海为中央领导演出。周总理看戏后高兴地对他说："你打得真有感情，可称'铙钹王'了，要把你的技艺传下去。"于是他有了"铙钹王"的雅号。我认识他的女儿崇文萍，学唱花旦，后去了福建电影制片厂。

包头大院最"宏伟"的建筑是九泉积善寺，是清代建的庙宇，废弃后变成了一个大杂院，也是包头大院中最大的院落，住有十多户人家，尚存的正殿也被住户们分割。这个院儿有两个门，即18号和甲18号。我家住的17号紧贴着大庙的后山墙。

包头大院17号的房产主是我家的老乡，而且是一个村一条街的老乡，姓黄名登会。我们村的那条街就叫张黄街，可见张、黄两大家族之近。黄登会比我父亲年纪大，恐怕得大十岁

九泉积善寺大院的大门

我家四合院的西山墙，右侧第一个后窗内是我结婚时的房间

左右，但辈分较小，是我父亲侄子辈儿的。我十一二岁见他时称其为哥，真有点儿叫不出口。他呢，也不便称我父亲为叔，而称“爷们儿”。由于他俩都在北京做生意，所以关系走得很近。

黄先生家比我们家阔多了，他是开煤铺的，很大的煤铺，地址在北河槽儿南口儿附近，紧把着井儿胡同的东口（此煤铺后面再谈）。他吃住在柜上，并不回家。我家住进去似乎是给他看家护院，院里还有一户人家是他的干女儿，住北房，我们家住南房。屋内的陈设全是现成的，一水儿的硬木家具！两明一暗。八仙桌，太师椅，双面大写字台，最值钱的是一张镶有天然大理石的硬木罗汉床。“文革”时竟被黄先生以80元的价格卖掉！现而今那张床800万也买不回来呀！东房不住人，但也有一整套硬木家具。所有这些家具在“文革”中均被黄先生无奈地以低廉的价格卖掉了。那时的“地富反坏右”，家中谁敢留这些高档摆设呀！你不卖，也得被红卫兵抄走或是砸烂！

拆得只剩下影壁墙的包头大院17号

“水窝子”和井儿胡同

井儿胡同（从西向东拍摄）

标杆胡同斜对过是缨子胡同，缨子胡同中间儿路东是井儿胡同，井儿胡同中间路北就是包头胡同，离我住的包头大院不远，所以井儿胡同也是我常经过的地方。

井儿胡同是因为那里有一口井而得名，北京在自来水不发达的年代，老百姓吃水多数靠水井，俗称“水窝子”。

一百多年前(1885年)有人统计北京共有街巷胡同2 190条，水井1 272口，差不多每10条街巷胡同就有6口水井，可见水井之多。那会儿不但水井多，以井命名的胡同也多，光井儿胡同就有好几条，此外还有大井、小井、三眼井、四眼井、高井、甜水井、苦水井等，最著名的当数王府井。本人的工作单位就在王府井大街22号的北京人民艺术剧院，史载那里有八口井、八个石水槽（八面槽地名由此而来）。这里的水井水槽专供上朝的王公大臣们饮（读 yìn）他们的爱骑之用。

北京的井水，苦的多甜的少，最好的甜水井都在安定门外，以“上龙”“下龙”两处最佳，二井相距不足二百余步，上龙在北，下龙在南。安定门外角楼北土城边还有一处“满井”，水齐井口，俯身可饮，水清甜诱人。附近开有茶馆，也是文人墨客常去的地方。

有水井的地方常常也是卖水人聚居的地方，所以叫“水窝子”，有专人管理，专人送水。推着水车卖水是京城的一大行业。电影《城南旧事》一开场表现的就是老北京“水窝子”卖水的生活，极为真实。

我家附近井儿胡同的“水窝子”一直到20世纪50年代末通了自来水后才取消。

旧京“水窝子”和送水的

包头大院儿 17 号

从上小学五年级（1952 年）到 1982 年 7 月，我在哈德门外大街手帕胡同东口的包头大院儿住了整整 30 年。这中间曾和我父母“换防”住过一段儿花儿市下三条 26 号院。由于我是独苗儿，无论我住哪边儿，也得天天看父母，尤其要看我母

包头大院 17 号（这里拍的是西侧，大门在站人的拐角处。现在能看到此院的北房、西房和南房）

亲，勰老人家一直身体不好。

包头大院儿 17 号是一座座南朝北的基本标准的四合院儿（老北京说四合院儿也需儿化）。

为什么说基本标准？因为四合院儿是个统称，只要是一个小院儿四面都有房，老北京都叫四合院儿。但真正意义上的四

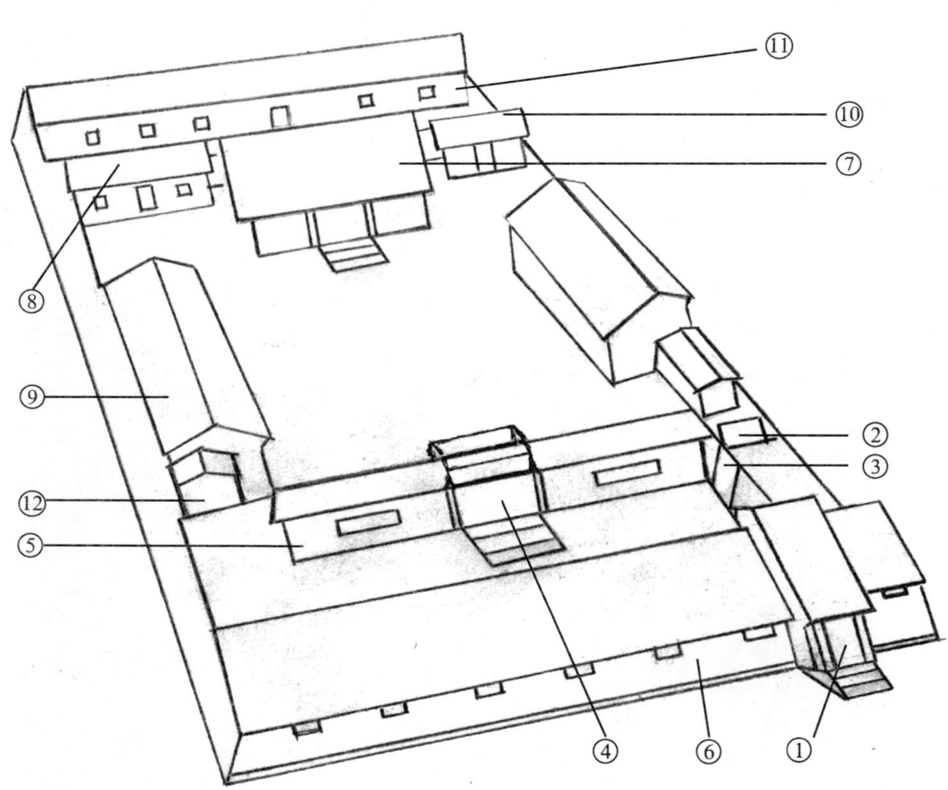

1．大门　　4．二门（垂花门）　　7．正房　　10．过厅

2．影壁　　5．廊　　8．耳房　　11．后罩房

3．屏门　　6．倒座房　　9．厢房　　12．叠顶

合院儿应该是像梅兰芳故居（护国寺 9 号）那样的有大门、影壁、屏门、垂花门、倒座房（在大门左侧有后窗的临街排房）、廊子、正房、耳房、厢房、过厅、叠顶房、后罩房（正房后面的小排房，一般为厨房、佣人住房及杂物房）。有空儿您最好去参观一下梅兰芳故居。他的格局与上图基本一致。

四合院儿有多种形式，有小四合院儿（就是一个小院儿，四面有房，甚至有的只三面有房），还有中四合院儿（即上面说的标准四合院儿），还有大四合院儿（一般指院儿套院儿，两进、三进乃至多进），也还有中西合璧的四合院儿。但像山西乔家大院、王家大院、渠家大院等院落，就不能叫四合院儿了，那基本上是一座城池，北京城里找不到那样的院子，也不可能有。您想在紫禁城旁边再盖一座比皇宫小不了哪儿去的大院子，想跟皇上比高低？那您不是作死吗？就是王爷也不敢那么折腾啊。但话又说回来了，尽管山西有许多大院，江浙一带有诸多园林，但无论你搞多大的排场，你不敢用琉璃砖瓦，因为那是皇族或重要庙宇的专利，是权力的象征、神灵的象征。

包头大院儿 17 号就是一个小四合院儿。南房为正，3 间，没有耳房，但两边各多出半间。东西厢房各 3 间，但东房的进深比西房小一些，前面说过这院儿的东房和隔壁 16 号的西房共用一个大房脊，实际进深为半间，所以小。北房 3 间，北房和南房的地基均高出一个台阶。

我在这个小院儿居住的 30 年间，先后与近 10 户人家及房东成为一个院儿的邻居（有一家住得实在太短，忘记了）。30

年间在这个小院里发生的大大小小的故事，我至今记忆犹新，要是沉下心来以此为素材写一篇长篇电视连续剧《哈德门外》大约没什么问题，不会比《正阳门下》差。这件事儿我还真琢磨过，但始终没能落实在行动上，写不动了。虽然央视八套在黄金时间曾播过我和刘敏庚写的30集电视连续剧《戊子风雪同仁堂》，可我现在已年过古稀，一下子写几十集上百万字，没那个勇气了。

下面我就跟您聊聊其中的几户人家，为了保护人家的隐私，我只好用字母代替。J家的女人（媳妇）与房东是干亲关系，于是房东将北房让给了自己的干女儿住。“文革”后，房东又以6根金条的价格卖给了干女婿，那金条到底是几两一根的？我就不得而知了。北房的主人有两儿两女，他们均称我为姥爷，我们是老乡，我父亲比他们的姥爷还大一辈。

J家的主人脾气不好，经常打骂他的媳妇，但对邻居很有礼貌，极少跟谁吵架。他的手很巧，会一手木匠活儿。改革开放初期，有一阵儿北京人流行自己打家具，尤其是做沙发，我们院儿的这股儿风就是他带的头儿，后来我也学会了。我还帮我们剧院的梁秉堃、覃赞耀做过沙发呢。J家的孩子们都很怕他们的爸爸，只有他的大儿子敢顶撞他。大女儿曾去东北插队，回京无门，只好嫁给与我们同胡同的K家，先去了河北武邑，后辗转回到北京，落户大兴。她的妹妹后来嫁给了K家的三儿子。J家的大儿子很早参加了工作，在小市口儿一家黑白铁门市部工作，因患有先天性秃头和高度近视，一直找不到对象，直到快30才结婚。J家的二儿子学习不错，老实巴交的，毕业后分配到比较好的工作，有意思的是他不但娶了K家的女儿，前几年他岳母去世后，他将自己的母亲又介绍给了岳父大人（因为J家的男主人很早因肺病去世了）。您说这两家人有点意思吧。

Q家在包头大院住的时间比较短，Q家的男主人是个资本家，好像是个钟表商，有派头儿，家教很严，但从不打骂人。我忘记了他们家是因何故被轰进这个院子的小东屋的，住了没几年就搬到龙潭湖附近去住了。记得他有两儿一女，其中二儿子与我年龄相仿，也喜欢听相声，而且他们家有收音机，每到电台播相声的时间，我准到他们家去听。

Z家是山西人，主人好像是某大学的理科教授，反右运动中被打成右派（那时我16岁，还不太懂政治），打成了右派一家人就进了我们这个小院儿，为什么？真没弄明白，而且至今也没明白，他们来自何方？Z家全家人都说山西方言，这点我印象深极了，他们根本不会说北京话，我们有时也真听不懂他们说的纯正的山西话。

Z老先生有5个儿女，除二儿子外，其他4个均学习优秀。老大是女儿，在国家机关工作，已出嫁，常来看看父母及兄弟、妹妹，全然一副大姐的样子。二女儿既苗条又美丽（实际上Z老先生的子女们都长得很漂亮），带红领巾的小儿子还曾登上天安门为国家领导人献过花呢！大儿子当时在天津大学读书。由于孩子多，生活困难，他们全家也和我们一样，也给玻璃作坊做手工活儿——铿珠子、穿珠子。实际上我们院儿的邻居们都做这种手工活儿。我上中学时，数理化糟糕得很，于是经常得到Z老先生的热情辅导。后来，他的大女儿好像是弄到了房，Z家就搬走了。搬走后，Z老先生还时常来我们院儿看望老街坊，颇有感情。

F家一家六口，除夫妇俩外，有两儿两女。大儿子学习甚好，很有出息，毕业后取得了公派出国的机会，那年月能学到这份儿上，着实令人刮目相看。他家的二女儿曾和X家的老大有过一段恋爱史。

但我印象最深的是我母亲更年期时闹失眠症，她总说F家吵了她的觉。其实人家没吵闹，人家是在过正常的生活。只不过是因为两家的隔断墙是后装的（原来是里外间儿，木门木窗隔断），所谓墙就是在木隔断的基础上钉上一层苇薄，再抹上一层泥就算墙了，当然隔音不好。有时我没听到什么动静，我母亲就疯了似的砸墙，我只好过去向人家道歉，那时我一个男孩子不懂什么叫更年期。

W家的男主人和F家的男主人是一个单位的同事。F家的孩子们都是大儿大女，挤在两间小西屋里，生活极不方便，后来单位给了楼房，搬走了。

随后搬进来的是W家小两口，结婚不久，尚无儿女。他们的两个孩子都是在这个院儿里生的。有了女儿老大以后，W家男主人的姨母来帮他们照顾孩子，姨母故去后，婆母接替为他们料理家务。不久他们又生了一个儿子，他们一家人一直住到20世纪80年代初才搬走。

W家在院里很风光，两口子都是在粮油进出口公司工作，单位经常分点粮油及副食方面的福利品，有时他们也送给我们邻居一点儿，我们自然感激不尽。最难忘的是改革开放后男主人参与了可口可乐公司（北京）分公司的创办工作，试生产出的玻璃瓶装可乐，内部职工才卖两毛一瓶，他经常一箱一箱地往家里买，我们全院也都跟着沾光尝鲜儿，还省钱。他的小儿子几乎天天要喝好几瓶可乐！在当时那可是了不得的饮料，能让孩子喝着玩，多让人羡慕呀！

他在我们院儿里还率先出国去了趟日本，买回来一架SONY手提式双卡收录机。大家开了眼，天天儿围着他家听音乐！在他的带动下，不久我家和X家也都买了收录机。这就是国人那点儿喜欢攀比的毛病。

X家故事比较多。他们家本来是有自己的独门独院，“文革”中因出身不好，又是房产主，街道上没收了他们家的房子，将他们一家轰进了我们这个小院的两间南房。

X家老爷子是鞋行出身，后在崇文区百货公司鞋帽公司工作。老伴儿是家庭妇女。家有3个儿子，没有女儿。

老大在长辛店二七机车车辆厂工作，是钳工，手巧得什么活儿都会干，人也比较随和。1974—1975年，剧院指派我到二七厂体验生活，要写反映北方工人运动的剧本。厂里为我在招待所安排了房子，但我仍可随时回家探望，往返有通勤火车。这样一来，我经常与他一起往返于北京站与二七厂之间（在长辛店下车后，还要走二里路才能到车间）。老大搞了好几个对象都没成，后来的媳妇儿还是我爱人给介绍的，一直生活到今天，有一女儿，尚未出嫁。

老二与老三都去东北插了队。老三中途回家照顾卧床生病的母亲后，就再也没回东北。老三的媳妇是我母亲给介绍的，可惜后来因家庭负担过重，感情不好离婚了。老三是个大孝子，一直照顾到他母亲去世，他母亲晚年几乎就是植物人，但没生褥疮。五六年呀！真不容易。

包头大院儿17号关系最密切的三家老人合影，我们每年聚会一次，回忆当年的四合院情结（后排中间的是我，右起第一是我老伴儿）

老二脾气不好，暴躁得很，说打就打，说骂就骂！稍有不顺心的事儿，就跟兄弟干一仗。我们这些当街坊的给他们家劝架无计其数。后来他们搬回了自己的小院，接着还打。实话说都是因为穷，穷打，穷打，一点儿不假。

当然，富了也有打的。前些时候，报上登过，煤老板开着宝马追着开奔驰的儿子在十字路口乱撞一通，这也算是一个大新闻了。

C 家是怎么进到这个院儿里来的，我已记不起来了，一家三口，本来很幸福美满，没过些日子，女方怀疑C先生有了外遇，于是经常吵闹、打架，最后那女人竟然神经出了问题，喝敌敌畏自杀了！女人自杀以后，C 先生把孩子送到他母亲处抚养，他成了鳏夫。不久，C 先生搞了一个郊区农村的女人，据说是离过婚的，但家庭条件不错，于是两人就好上了，很快就结了。但没多久，女方的凶相毕露，又闹起了矛盾，再后来就搬走没有下文了。

我说的这些都是每家的大致情况，包头大院儿 17 号的故事太多了，就说到这儿吧。

两广路记忆

前面说过了，两广路是我上小学时经常走过的地方，1954年我上中学以后，这条路走的时候少了。到了1982年我从花儿市搬到广安门外六里桥，便又开始走这条路，那是因为我父母仍在花儿市住，我这个大孝子一周要看望多次被疾病缠身的母亲。

再就是换煤气罐儿，那煤气罐儿是随着户口走的，因为我搬家时没迁户口，所以每月还得到广渠门附近的白桥换煤气罐儿（骑着自行车，后座架子上临时弄上一个大铁勾，斜勾着煤气罐儿往前蹬车，还真得有点儿技术才成，这活儿60后以上的许多百姓都体验过）。您想想，这条路对我来说，不就变成了轻（实际为重）车熟路了吗？

这使我想起一首诗中的句子：

“提起了这条路＼处处我透熟＼几个小坑儿几个疤我都背得出＼它呀，不是马路＼它是我的心头肉啊掌上的珠……”

这首诗很长，诗名叫《马车夫》，是20世纪我在北京艺术学院表演系学习时背诵过的，作者我忘了，但全诗至今不忘，我把它的佳句用在这儿十分贴切。

安化楼

安化楼——幸福楼

要说安化楼得先说咱这住四合院儿、大杂院儿的平民百姓取暖、做饭、如厕之苦。

取暖，20 世纪四五十年代（再早就更甭提了）主要是靠煤球儿炉子，也就是烧煤球儿，平常是 50 斤 100 斤地买，过冬时就得多存点儿。煤球儿都是煤厂的伙计用大篦子摇出来的，于是就有了“摇煤球儿”的这个职业，从事这个职业的多为河北定兴人。1958 年“大跃进”以后，发明了机制煤球儿，节省了人力，“摇煤球儿”的职业随之消失。因为使煤球儿，家家都要备有装煤球的小木箱子，下雨天，还得盖上，不然进了水煤球儿就变成一滩泥了，还要自己下手重新攥成煤球儿，晒煤球儿。有时候也摊煤饼儿，就是找个角落弄点儿黄土掺进煤沫里，用水一搅拌，再用瓦刀摊成煤饼儿，然后用刀划成与煤球儿大小差不多的小方块儿，晾干以后就成了小方饼儿，一样烧。使用普通煤球儿炉过冬，经常中煤气，我小时候就中过。中了煤气，老人们就让喝点儿醋，然后到院子里冻冻就好了。晚上要用煤泥封火，中间儿用火筷子扎几个眼儿，盖上火盖儿，然后再拔上火汆儿，火汆儿上再套上烟筒，烟筒再从窗户通到屋外。这还不保险，还得在窗户上安一个风斗，以保证通风，不中煤气。半夜里还得时不时地看看火灭没灭，甭提多累人了。累人不说，屋子还变小了呐，甭管您住的房有多窄、多小，到冬天屋里也得放个炉子。那阵儿有钱的大户人家才买得起“洋炉子”，“洋炉子”比煤球儿炉子就方便多了，不再用火汆儿，炉子上可以直接安烟筒，上下都有火门，可以调节。后来有了蜂窝煤，也随之诞生了蜂窝煤炉子，只是比大“洋炉子”矮得多，但工作原理是一样的。不过一旦上边的风门忘了开，也是要中煤气的。那会儿家家户户都盼着什么时候能过上有暖气的日子。

再说做饭。做饭有什么问题呀？是啊，冬天好说，在屋里做就是了。可春夏秋呢？无论刮风下雨，都得在院里做。赶上下雹子，那可就没辙了，只能干等着。遇上下雨，那就得打着伞做。1976 年唐山大地震前，四合院儿里都不兴搭棚子，炉子都放在各家的墙犄角儿，为了挡风顶多有个黑白铁做的“炉挡”围住炉子，防止往饭锅或炒锅里刮尘土。那会儿家家好像都有个木制的小饭桌，做饭时，把小饭桌搬到院子里，把要炒的菜和各种装有佐料的瓶瓶罐罐都摆在饭桌上，一盘盘地炒。没有饭桌的，就把酱油醋瓶、油瓶、盐罐等放在窗台儿上，做完饭再拿回屋里，有时干脆就摆在窗台上，没人偷，邻里关系一般都很好，谁家临时缺点儿什么，拿去就用，打个招呼就得活。

包头大院我家对面的公共厕所

三年困难时期，放在大门口儿的奶箱里的牛奶，没人偷，那真叫夜不闭户，路不拾遗呀！现而今这样的风景哪儿找去？真想念那个年代的人品呀。那个年代风气虽然好，可家家还是盼望着能有个小厨房儿，要么1976年地震以后家家户户怎么会疯了似的搭小厨房呢。

还有如厕的难题。条件好的大院子，一般都有厕所，天天有掏粪的来清理厕所，要么怎么出了一个劳动模范时传祥呢。条件不好的破院子，就得到胡同里的公厕去方便。后来所有一般百姓的四合院里的厕所都被取消，街坊们一律到胡同里的男女公厕，赶上高峰的时候还得等坑儿呢！等坑儿虽然闹心，但更痛苦的是冬天，北京过去的冬天要比现在冷得多，雪也多，零下20度的时候也有过。大棉猴（棉大衣）、棉手套、大围脖儿、大口罩儿、大皮帽子、大榔头皮毛靴，从头到脚武装到牙齿的日子像我这把年纪的人都不会忘记。大冷的天儿就是下着鹅毛大雪，也得往四面透风的公厕里跑，屁股冻得生疼啊！晚上睡觉时当然就在屋里解决了，家家都有尿盆或马桶，一家人无论几口，这一宿的排泄全在屋里，室内的空气可想而知。早晨一觉醒来，头一件事儿就是家家倒尿盆，往哪儿倒？公共厕所，此乃京城一景也。

说完了上述三件事，您就能理解住四合院儿的百姓为什么盼望住进楼房了（当然住高档四合院的有钱人或官员另当别论）。

1958—1959 年，北京四大城区分别各盖起了一栋特大号的居民楼，崇文区的一栋就盖在广渠门内大街路南安华寺的旧址上。西城区的福绥境大楼好像也是那个时期盖的。东城、宣武的在什么地方，我就不清楚了。

安华寺原是明代建的一座寺庙，正殿六间，厢房 100 余间，庙内还有四五十亩菜地。到民国时，该庙逐渐废弃，安化楼在废墟上建起后，仍残留部分佛像和庙产，散落在当时北京机床电器公司的院内东北角处。1966 年“文革”初期，残存的弥勒铜佛被熔化，观音泥塑被砸烂砸碎，遗址的痕迹彻底被消灭！

安化楼长有百十来米，高九层，楼门很宽很大并带有檐子，远看不像居民楼，像大办公楼，起码像大公寓。据说这是效仿着苏联居民公寓大楼盖的。那时候，从广渠门到珠市口，几乎看不到三层以上的高楼，因此它犹如鹤立鸡群一般，特别显眼。大老远就能看见这栋高耸的宏伟建筑。由于它成了当时的标志性建筑，所以经过那里的 23 路公共汽车的站名就叫安化楼。

此楼电梯、暖气、煤气一应俱全，楼道和房间都相当宽敞，单元里有共用的大厨房，可供七八户人家同时做饭炒菜，每当开饭时间，楼道里那叫一个满楼飘香，南北风味俱全。在那个年月，能住进这栋楼的都不是普通百姓，当然也不是“高干”、贵人，起码得是个科长、车间主任什么的，一般百姓只能望楼兴叹，我们同学之间，要是有谁住在安化楼，大伙儿都得仰视另眼看待！有句话不是说：“共产主义生活就是楼上楼下，电灯电话”吗。

新的两广路开通之后，安化楼竟然被保住了，它成了老两广路残存的地标，但它现在已淹没在周边的高楼大厦之中，只有老北京、老两广、老崇文的少数人认得它的容貌，在感叹它落后的同时也庆幸它免遭劫难依旧耸立在两广路边。

无名小庙儿

安化楼往西路南有一条著名的大街，叫幸福大街。这条街南北向，它的北口正对着珠营胡同南口（也可称东口，因为珠营胡同是条斜街），它的西北口在南羊市口，与东河槽儿相邻。珠营，早年就叫猪营，

已拆除一半儿的珠营胡同儿

是个养猪的地方，后改名朱家湾，朱与猪谐音，民国时期又改名为珠营。羊市口那就不必说了，自然是因养羊而得名。这就是北京地名的一大特点——常常以用途命名。

紧把着珠营东南口路西有一座小庙，庙基非常高，得有一人多高，进庙得上高台阶。庙不大，没有山门，好像就一栋院子。我琢磨它八成儿是拆剩下的部分，原来前面的部分可能在修马路时被拆除了，没有庙门儿，自然就不知道它叫什么庙，有资料说幸福大街北口有一座火神庙，是否就是此庙呢？

我为什么要提这座小庙。因为20世纪50年代，它被开辟为青少年图书室，好像隶属于崇文区图书馆。它是我上初中时经常光顾的地方。珠营胡同西口斜对面儿就是我们家住的胡同——包头大院，走路也就不到10分钟。我上中学时，有个同班同学叫单永光，他家就在珠营靠东口的路南，地基与那座庙基相连，也很高，中间儿就隔着一两个门儿，我有时借书、还书也顺便到他家坐坐。他们家比较富裕，祖上是中医世家。他父亲开着经营照相器材的买卖，整个院子都是他们家的。我现在之所以能有几张那时的老照片儿，就是得益于他们家趁照相机。那年月谁家有照相机可是不得了的事，因为都是外国货，以德国名牌儿“蔡司”居多。

由于常去借书，图书室的管理员慢慢记住我了，后来一有新书就向我推荐，院儿里还有个小阅览室，也可在那儿看，还有许多认识的或不认识的同学做伴儿，这让我读兴大增。后来这个图书室被取消了，改成了住家儿户。再借书就远了，得到蒜市口西口路南的崇文区图书馆去借。那是真正的大图书馆，大门临街，要穿过一道很长的甬道再进一个二道门（也很大）才是图书馆的大院子，书很多很全，我在那儿借阅过大量的前苏联的反特小说，那些小说都是小薄册子，像什么《雪地追踪》《绿锁链》《一封遗失的信》《今夜就要爆炸》等，极吸引人，爱不释手。有时一天就看一本，过瘾！至今还有想再重读的欲望。

幸福大街

幸福大街的北口在广渠门内大街，南口至体育馆路。解放后在这条街上盖起了几栋居民楼（今天看应该算是简易楼），那楼名就叫幸福楼，幸福大街也就因此而得名。

这条街的北段在明朝时称柴市口，那时因为这里有个很大的柴禾市。那个朝代的人们取暖做饭都靠烧柴禾。后来那里盖起了一座火神庙（这或许就是我前面提到的那座庙），清朝时又叫火神庙大街。那是因为人们都改烧煤了，没了柴市，所以

幸福大街上现存的简易楼

改叫火神庙街。解放前这里荒芜得很，除少数居民外，大部分地片都是荒地或坟地，还有一条很臭的明沟。解放后，这儿才慢慢地繁荣起来。后来区政府、区公安局、区法院、区图书馆，崇文区工人俱乐部、第二十六中学等都迁到这条街上来了。有名的北京三露厂也在这条街上，于是这条街逐渐成了气候。老8路公共汽车（体育馆—六铺炕）也从这里穿过。这里还是花儿市一带百姓去龙潭湖公园的必经之路。上大学时，我和我的爱人去龙潭湖公园（那会儿不收费）谈恋爱，必走这条街。去崇文区工人俱乐部看戏、看电影就更不必说了，记得老电影《夜半歌声》我就是在那儿看的，看完了吓得不敢一个人回家，得跟着人群后面走。我经常光顾崇文区工人俱乐部还有一个原因，它是崇文区业余京剧团的活动场所之一。我父亲这位戏迷票友

早年的幸福大街

翻改后的崇文区工人俱乐部

是该团成员之一，他们每逢节假日都要在那儿排练演出，我常跟着父亲去瞧热闹。

还有一件值得思念的事儿。这里曾举行过著名相声作家王存立作品演出专场。我为何要提此事？因为王存立曾是我老师辈儿的同事，也是我的亲密兄长，而且我俩还在一起合说相声达五年之久！关于我与王存立的关系，后面再表。他的作品专场我去看了，幸福大街寄托着我对这位著名相声作家的美好回忆。我把他的成就写进我的回忆录中，也了却了我多年来的心愿，表达了对我的良师益友的追思。

这个俱乐部现在改名为“红馆”，以接待旅游团为主，天天上演武术节目，据说票房不错。

东、西、南、北河槽儿

在前面我已提到珠营，珠营界壁儿北侧的胡同就是东河槽，东河槽西口往南一拐就是北河槽，北河槽南口对面是南河槽，南河槽内路西有一条胡同就是西河槽，这个地片的胡同几乎都是斜的，没有一条正南正北、正东正西的胡同，这可能是与河槽有关，河槽者河道也。

在明清两代这里就是河道，水是从南护城河经北羊市口、南羊市口流过来的，到东北河槽交汇处分了叉，一支流经东河槽，另一支流经北河槽、南河槽、西河曹，拐弯儿后顺着标杆胡同流到三转桥，再往东流去，便流到幸福大街的河沟里。早在民国时期这些河道就不存在了，据说曾在北河槽南口和东河槽东口附近挖出过石桥的残址，可见这一片居民区是在小河沟基础上逐渐形成的。

这四条胡同，在我青少年时期经常走的是北河槽和东河槽河，南河槽与西河槽很少去。这里我重点要讲的是东河槽，因为那是我岳父的家址所在地。我岳父家在东河槽 65 号，那是一很大很大的院子，可以在院儿里练骑自行车！院子中央有一棵又粗又高的大槐树，树荫之大能遮住半个院子。据老人们说，这院儿原来是座庙。我初到这座院子时，大约有十七八户人家，把着大门的一户是个小独院，回民。后来随着人口的增加，特别是唐山大地震后，家家都在屋前盖起了防震棚，防震棚很快变成了比较正规的房子，由于院子大，大家伙儿盖了一圈儿又一圈儿，盖了一层又一层，最后这个院子的空地被挤占成一条小夹道，只能过一个人。这就有点儿像《贫嘴张大民的幸福生活》中那个小院的景象了。

正在拆除的东河槽

东河槽西口（左侧）与北河槽北口（右侧）交汇处原是一座小庙，后改成副食店

东河槽西口

西河槽东口

岳父苏文辉1916年生于祖籍河北束鹿县孟各庄村（与我大姨夫同村），属龙。1929年2月由家乡来北京学徒，地点是前门外东兴隆街48号广盛电镀厂，出徒后在东打磨厂双盛公电镀厂当工人至1948年。后因与老板闹意见辞了职，自己蹬三轮儿维持生活。1952年，与朋友甄玉明合伙开办了义和正琴社。正琴也叫大正琴，年长的人都见过，是一种木制的长琴，

东河槽胡同

东河槽胡同 65 号大门

大约两尺①多长，不到半尺宽，厚约 10 厘米，就是个长方形的木盒，盒上安有四五根琴弦，弦上有类似钢琴键盘顺序的小圆按键，键与键之间有微距，键上有 1234567、$\dot{1}\dot{2}\dot{3}\dot{4}\dot{5}\dot{6}\dot{7}$ 音符标识两排。琴盒的一端有传声孔。演奏时，左手拨弦，右手按曲谱按键，即可有美妙的音乐从小音箱中传出，简便易学，一会儿就会。我本来是收藏着一架的，不想搬家时被儿子扔掉了，这让我生气了好几天（现在到潘家园旧货市场可能还找得到），1954 年的售价是 4 块钱一台。为我这本书写序的松颐兄 1954 年挣得第一笔稿费 4 元钱就到义和正琴社买了一台大正琴。您说这事儿有多巧！ 1956 年，在公私合营的高潮中，

① 1 尺≈0.33 米。

岳父的正琴社被大厂吞并，纳入了西直门附近的北京乐器厂。1976年退休返乡，农村的三女儿来京接班进厂。所谓退休返乡，并非人返乡，而是户口返乡，否则他女儿的户口进不了京。若干年后，岳母去逝，三女婿以老人“在农村”无人照顾为名，又将户口迁回北京，算是了却了老人一个心愿。

岳父人十分厚道，少言寡语，但手十分巧，几乎没有他不会干的活，尤其以修自行车最为拿手。街坊四邻，甭管谁家的自行车出了毛病，只要找上门儿来，他都免费修，其他的忙他也照帮不误。他的床下堆满了各种工具和零件，谁爱借谁借，谁爱使谁使，绝无二话。因此他人缘儿出奇得好！官称“苏大爷”。他有一辆非常棒的带磨电灯的老日本“能率”牌自行车，我也骑过。可惜后来因经济困难，他卖掉了。要是能保留到现在，恐怕日本人都得抢着要，文物啊！

我岳父真是好人，去世时83岁，就连走也不给后人添麻烦。去世那天早上，他吃过早饭，上罢厕所，然后又自己擦洗了身子，当他坐到院子里时，感到有些不舒服，于是家人和邻居赶忙过来照顾，缓了一会儿，便平静下来，又过了一会儿，他身子一歪，永远地离开了我们，前后只几分钟的时间。岳父生前很少看病，大概也不知道自己有啥病，每天早上4点半起床，外出散步，6点多回来给孩子们做早饭，吃罢早饭，他要休息片刻，然后上午劳作，中午睡一小觉，下午仍劳作，晚饭后看会儿电视，8点多上床就寝，生活十分规律，所以还算长寿，我估计他死于心梗。好人的离去竟是这样的突然与平静，不给后人添一半点麻烦，着实令人思念。

岳父故去的当年，我们将他的骨灰送回农村老家与早些时候故去的岳母合葬。

岳母张世珍，1921 年生于河北束鹿县，属猴儿，是个老革命。抗日战争爆发后，她就当上了村妇救会主任，领导村里的妇女们站岗放哨、做军衣、做军鞋。1939 年又参加区大队部的工作，带领民兵破坏铁路、公路、电线杆，以阻挡日寇的扫荡，同时她还兼管宣传动员工作。1940 年加入了中国共产党，后又调到区抗日武装委员会任妇女武装部长，继续领导群众的抗日武装斗争。1942 年，日本鬼子在冀中地区进行“五一”大扫荡时，为了保存实力，区里将她调到村里的小学当了教师，隐蔽起来，后来她就一直从事教育工作了，任中心小学的校长，直到退休，她仍是小学教师。遗憾的是她由于二次中风，1982 年过早地离开了我们，享年才 61 岁。她写的字很漂亮，在那个年代，一个农村干部能写一手好字，实不多见，我至今还留着她写给我的许多信。

看官们读到这里一定感到奇怪，一位抗日女模范怎么会同一个小业主结合了呢？原因倒也简单，我岳母的左脸有一块很大的黑痣，做女人自然是有些欠缺，不好嫁人。我岳父之所以不嫌弃她，脸上也有缺陷，有轻微的麻子。解放后消灭了天花病，麻子越来越少，现在已绝迹。

这里我还要说的是，我的所谓岳父母并非是我爱人的亲生父母，实际上是养父养母，也可说是姨父姨母。

我爱人的外祖母是姐妹三人，兄弟一人。那个兄弟抗日时期被日本人抓走了，至今下落不明。

我爱人的外祖母排行老大，下边自然是二妹、三妹。这三位姐妹各生了一个女儿，没有儿子。我爱人的母亲是老大生的，后远嫁到石家庄一个大户人家，生下了一个女儿(即我爱人)，我爱人五岁时，母亲因病故去，成了没妈的孩子。

我爱人和她的养母在“文革”中合影

我所谓的岳母张世珍，是我爱人三姥姥的女儿，当时没有孩子。我爱人的亲姥姥怕没了妈的外孙女在大户人家受虐待，便让张世珍到石家庄将她接回了老家代为抚养。

“文革”前，我爱人并不太清楚自己是被姨母抱养的，只觉得与“父母”长得不太像。“文革”时，我“岳母”看了革命现代京剧《红灯记》以后，尤其是剧中“痛说革命家史”一折，打动了她的心，她向我爱人讲述了上述这段家史，我爱人才恍然大悟。她回忆说：“其实我还记得小时候离开石家庄（那时叫石门市）的情景。我好像刚记事儿，只记得坐的是没有窗户的火车（即‘闷子车’），下了火车到王家井站时，天已黑了下来。我‘母亲’背着我，手里还提着三个大包袱，沿着乡间的小路拼命地奔走，路边全是一人多高的高粱地，一片漆黑，沙沙作响，十分吓人。我一个劲儿地喊：‘怕，怕’，‘母亲’便不停地哄我：‘不怕，不怕，就快到家了’。实际上火车站离孟各庄 20 多里地，大约要走五六个小时。更可怕的是那时刚刚解放，还有一些土匪武装没有消灭，社会动荡，没有安全感，倘若深更半夜的真要遇上土匪，我们娘俩就完了。今天回想起来还是挺后怕的。”这事儿还真有点儿传奇色彩。

东河槽还有两处地方我要说。一处是西口附近路北的一处大院落，有好几进深，最外面临街的房子是一个中医针灸诊所。1980 年 8 月 11 日上午，我已忘记在家正在做什么，母亲坐在床上感到不适，很快嘴就歪了。我赶忙找来一辆三轮车，拉上母亲去最近的市第四医院急诊！输液以后，很快见好，但有一点小后遗症，于是改看中医，采用针灸疗法，去的就是这家诊所，开始母亲只是说话有些不利落，但后来慢慢地变成不会说长话了，只能一个字一个字地蹦着说。那会儿的人缺少医学知识，实际上是输液输得还不彻底，才造成了后遗症。幸好的是她四肢没受影响，生活完全能够自理。1986 年春节之前，她的病加重了，心脏也衰弱了，后来就卧床了。1986 年的春节，我是在医院中度过的，她老人家病重期间，我天天守候在她的身旁，三个月没脱衣服睡过觉，同事们说我身上总有一股药味儿，这完全可能。我现在还收藏着一张她老人家的“化验单”。母亲去世的太早了，刚赶上一点儿改革开放的好时候就走了，她要是能活到今天，该有多享福啊，四世同堂。

在离我说的这家诊所西边儿一点，是东河槽副食店，这就

东河槽西口路北的诊所

到了东河槽西口、南羊市口南口的交汇处（只隔一门），再往西就进了我住的包头大院了。因此，这个副食店是我们这片儿的居民必去的消费中心，尤其在那使用副食本的年代，都是定点供应，有些食品不是您想到哪儿买就到哪儿买的，是要分区划片儿的。去这家副食店购物是我的一大幸运，因为那里有两个售货员是我中学同学（铁恩康）的父亲和母亲。他们家原来是在南羊市口开羊肉铺的，回民，也卖馒头、糖三角儿之类的主食，因此同学们还给铁恩康起了个外号叫“铁三角儿”。公私合营后，买卖关了张，他爸他妈都成了副食店的售货员。没合营那会儿，我每天早起儿去他们家找他一起上学，兼吃早点。他父母都很喜欢我。有了这层关系，您想啊，我要到副食店买东西，他爸妈还能不照顾我？比如凭本供应的芝麻酱，他爸一见是我来了，就假装用笔在本上划一下，其实什么也没写，这起码就可以多买一次。打酱时他爸采取的是紧打慢澄（dèng）的方式，这样提子带上来的酱要多得多。过去油盐店有“紧打醋慢打油”一说，原

我的中学同学铁恩康的家

因是醋如同水，用提子打慢了，手再哆嗦两下，醋要从提子里溢出，容易少分量，卖家占便宜；而油呢？比较浓，切不可快打，快打就跟我前面说的打芝麻酱似的，掌柜的就赔了，所以一定要慢打，待提子里的油完全溢平以后，再卖给顾客正合适，一钱儿也不多，这其中有物理学上分子力学的原理（旧时的秤是16两一斤，而一两又等于十钱，钱也是计量单位，老北京说钱儿）。倘若哪个伙计把此活儿弄颠倒了，变成“紧打油慢打醋”了，那伙计一定要遭老板的骂。

除前边说的打芝麻酱以外，凡其他凭证供应的物品，在铁恩康父母的“关照”下，我都能占点便宜。这在那吃不饱、供应困难的时期，可解决不小的问题呀。如粉丝、香油、花生、瓜子、火柴、肥皂等。因此我至今念念不忘铁恩康同学。我搬家以后还曾去看过他。

东河槽是条斜街。在它的南侧，与之平行的另一条斜街就是前面提到的珠营。东河槽的西口和珠营的西口汇合后变成一个路口。这个路口也是一个交汇处，南羊市口南口、北河槽北口、手帕胡同东口及包头大院东南口都交汇于此。东河槽和珠营的交汇处有一座庙宇，叫万福寺。史书上这样记载：“清乾隆年间，此处多养猪之户，故名猪营，后取谐音为珠营胡同，到光绪年间又更名为朱家湾，朱也是谐音，民国后又改称珠营。光绪26年（1900年）八国联军侵入北京，英国军队在朱家湾设军医院，第二年改名为普仁医院。民国年间该医院迁至抽分厂，也就是前面我提到的北京市第四医院，如今又恢复了带殖民色彩的普仁医院原名。

珠营这个胡同很有意思，它的路面从西向东越来越低，而两旁的民宅地基却越来越高。发展到我前面提到的小庙时，那地基已有一丈多高了！这样的地势与河道不可能没有关系。

就东西南北河槽而言，房子最漂亮的是北河槽，整齐的大四合院比较多。我家房东黄登会所开的煤铺就在北河槽，紧把着井儿胡同东口，是一个很大的院落。开煤铺院子小了不成，因为每天都要运煤、卸煤，工人们还要有摇煤球儿的场地。煤球儿从有到无不过百年，自从20世纪70年代初“蜂窝煤”普及以后，煤球儿便退出历史舞台。摇煤球儿是北京的传统民俗行业，把煤末子加水和成煤泥是摇不成煤球儿的，必须掺黄土，大约6∶4的比例，煤多土少，和成煤泥后，在大场地上摊成薄饼，然后工人用一把特制的类似猪八戒使的耙子似的切刀，将煤饼切成一寸多见方的“煤筒儿”。煤筒儿切成后，再往上洒上干煤末以防粘连。摇煤球儿就是把煤筒儿放在竹筛里摇。那筛子

这就是拆除当中东河槽和珠营的汇合处

最早是用绳子吊起来放在用木杠做成的架子上前后摇动，谓之“吊筛”。后来又发明了“花盆儿筛子”，就是把筛子放在花盆儿上左右旋转着摇，于是工人从站着摇改成了蹲着摇。总之得摇，一边摇，一边撒煤末，有点儿像摇元宵，反正不摇成不了球儿！工人们每天必切，每天必摇，辛苦得很，到了冬季更是累上加累。工人们不但要摇煤球儿，还得挨家挨户送煤球儿，个个又脏又黑，不受人尊重，被人叫作“煤黑子”。有人统计，北京解放初期，全市有煤铺 1 768 家，从业人员 4 254 人，可见规模之大。

煤铺除了卖煤球儿外，还要卖硬煤块儿和劈柴。硬煤块就是无烟煤，俗称硬煤，是为了火烧得旺。硬煤是纯煤，自然火头旺，火苗子能有半尺多高。没有燃烧尽的硬煤块儿叫煤核儿，穷人家的孩子捡煤核儿就捡的这个，不用花钱。《红灯记》中李玉和有两句唱词：“提篮小卖拾煤渣，担水劈柴也靠她。”说的就是这种生活。

点火需要木柴，所以煤铺还兼售木柴，北京人叫劈（读 pǐ）柴，都是不值钱的废旧木材劈（这儿读 pī）成的，大约四五寸长，八九分见方。我们小时候，有一种游戏叫“揲薹”，就是用手中的劈柴棍儿去撞击（谓之“揲”，读 dēi）地上的另一根劈柴棍（谓之“薹”），看谁揲得高揲得远。这个游戏进入 20 世纪 80 年代之后便逐渐消逝了。

南河槽儿、西河槽儿我很少去，要是去也是为嘴，因为那里有一家叫鸿泰轩的酒铺，专卖小酥鱼，又酥又香，我这个人属猫，极爱吃鱼。改革开放后，生活好了，我吃过很多饭店的酥鱼，但始终找不到那样的味道、那样的感觉。如今别说鸿泰轩了，东西南北河槽全拆了，没了。

从榄杆市到磁器口儿

按照1950年的北京市地图，南城没有广渠门内大街一说。广渠门外有广渠门大街和广渠门南里。广渠门以内直到南小市口南口只有小地名，如安华寺，火神庙，元宝市，细米巷等。从北河槽南口往西直到磁器口，这段儿的地名依次是大石桥、榄杆市、东草市、蒜市口儿。

没改造前的榄杆大街

蒜市口路南的温泉浴池，已改造

前面讲过，解放后不久我家就搬到了哈德门外手帕胡同内的包头大院居住了。包头大院东侧往南是北河槽，它的西侧隔一条胡同（包头胡同）便是缨子胡同。从北河槽南口到缨子胡同南口的这段大街就叫榄杆市。老23路公共汽车在那儿有一站，站名即榄杆市。那是我爱人当年去焦化厂上班儿必乘的公交车，就在榄杆市上车，然后再倒48路就到焦化厂了。有时她下夜班儿，已凌晨两点，我必得去榄杆市站接她。

榄杆市在《京师坊巷志稿》中又称阑干市。“阑干”二字有形容纵横交错之意，是否是指这块儿的胡同儿参差错落的样子？似乎不准，倒是“杆”字值得研究。因为榄杆市路南有一条胡同儿叫标杆儿胡同。标杆儿胡同的得名源于胡同里有许多做秫秸秆儿的作坊。有作坊必有市场，收购秸秆是否有榄杆的情景呢？八成儿有一定的道理。

糊顶棚的趣事

既然提到秫秸秆儿了，那咱就说说秫秸秆儿。京城百姓，凡住过普通四合院或平房的，大都有糊顶棚的经历，本人也干过。豪宅、王府无糊顶棚一说，因为那些房子都是木制顶棚，讲究的还有雕花彩绘，冬暖夏凉。普通百姓住的房子就粗糙多了，都是纸糊的顶棚，就连我住的马连良先生的宅子，虽是磨砖对缝，也是纸顶棚。纸顶棚隔热、隔风、隔音自然都不好，可也得有。不然抬头就是房梁和椽子，也不好看呐。

顶棚，可以自己糊，也可花钱请人糊。老事年间，北京有许多冥衣铺，他们虽以经营奠亡、祭神等活动的纸活儿为主，也兼营“白活”。“白活”就是为活人服务的活儿，糊顶棚便是其中之一。

糊顶棚自然得先扎架子，扎架用裹上纸的秫秸秆儿。秫秸秆儿即干高粱秆儿。标杆胡同就专卖这玩艺儿，但那里是批发，您要自己糊，得到纸铺去买，有零售。

扎架子就是把秫秸秆儿一根儿根儿钉在房梁上，间距大约10～15厘米，那为什么叫扎架子呢？因房间大小不一样，秸秆儿的长度也不一样，常常要两根连在一起，还得用麻绳将架子吊平，所以是个技术活儿。扎架子也罢，糊顶子也罢，房子高的都得站到“交手”上扬着脸儿干，时间一长，脖子和胳膊就累得发酸了。架子扎好后，先往上糊一层“麻成文”纸，这种纸韧性好，不易破。等这层纸晾干后，再往上糊大白纸。大白纸就是正面涂有大白粉的纸。讲究的大白纸上还印有“延年益寿”“吉祥如意”的图案。顶棚糊好后，再把所有墙上从头到脚也糊上大白纸，即所谓的“四白落地”。

糊上顶棚屋里当然漂亮，但也有缺点，就是招耗子（老鼠）。记得在平房住时，一到晚上就闹耗子，耗子们在顶棚里跑来跑去啃秫秸秆吃，有时连纸一起吃，因为糊顶棚的糨子都是用面粉熬成的（也叫打糨子），闹起耗子来，饿疯了的耗子专吃这口儿！睡觉轻的真受不了。耗子是破坏顶棚的元凶，所以隔不了几年就得拆了重糊，拆下的顶棚里净是耗子屎！后来，这种秫秸秆儿不生产了，人们就改用铁丝扎架，这活儿我也干过，1976年唐山大地震后，家家盖起了小厨房，有的家儿人口多，干脆就住人了，顶棚大都是自己动手糊的，也很得意。

对于糊顶棚，老舍先生在小说《我这一辈子》中，有过极其生动的描写："糊顶棚自然是先把旧报纸撕下来，这可真够受的，没做过的人万也想不到顶棚上会能有那么多尘土，而且是日积月累攒下来的，比什么土都细，钻鼻子，撕完三间屋子的棚，我们就都成了土鬼。及至扎好秫秸，糊新纸的时候，新银花在纸的面子是又臭又挂鼻子。尘土与纸面子就能叫人得痨病——现在叫肺病。我差不多总在下面裁纸递纸抹浆糊，为得是可以不必上'交手'，而且可以低着头干活，少吃点土。就是这样我也得弄一身灰，我的鼻子也得像烟筒。"

简易楼

简易楼，顾名思义就是简单而容易盖的楼。简易楼地基浅、楼层少（一般三层），除砖混的圈梁和预制的楼板外，所有的楼墙均使用石灰土做的大块儿空心砖，而且是立着砌，以节省

材料，楼顶是简易的木梁和石棉瓦，既不隔热，也不保温。整栋楼一般是“一”字形或“冂”形，不分单元，

尚存的天坛东门外南边的简易楼群

每面有一个宽楼梯，每层有大走廊，有公用的男女厕各一个。房子都是单朝向，朝西、朝北、朝东，如果整栋楼是朝南的，那就有北房，否则全部是东西南房。房间 14 平方米左右，若是里外间，那小的一间才 8 平方米。每家有一个 1.7 平方米的小厨房。每层有一处自来水管，一楼的公用水管在院子里。就是这样的简易楼，住平房的人也十分羡慕，因为不管刮风下雨，做饭有厨房了。上厕所也不必跑很远了。就我住的那一片儿有两栋简易楼，一处在井儿胡同，一处在汪太乙（北京人读 yǐ）胡同南口对面儿。我虽未住过简易楼，但我到住在那里的朋友家串过门儿。1976 年唐山大地震时，这种简易楼居然没有倒塌的！可见当年施工的严格，虽简易而质量可靠。不像今天，无论刚刚竣工的什么建筑都有塌的。大楼塌、学校塌、马路塌、立交桥塌，高速公路塌，只要有可能塌的就都会出现！主管、

监管、施工等单位的负责人都黑了心了！还不如当年的一个普通工人有良心！

我常去的简易楼是汪太乙胡同南口对面儿的那栋，因为那里住着我父亲的师弟一家。现在绝大多数简易楼都已拆除，因为实在是年头儿太久都成危楼了。

缨子胡同西侧的汪太乙胡同是因为那里曾住过一位汪姓太医，故名汪太医胡同，后将医改为乙，再后来改称刚毅胡同，此胡同如今没了。

我曾当过曲艺演员

在榄杆市南边，与之平行的有三条很长的胡同，即东、西马尾帽儿胡同，东、西利市（力士）营，东、西唐洗伯街。这三条胡同都很长，西口都在哈德门外大街上。

这里特别要提的是东马尾帽儿胡同，从1964年到1990年，我是这条胡同的常客，因为那里住着前面提到过的我的老师、老朋友、老搭档著名相声作家、相声表演艺术家王存立，他家的门牌是30号（新门牌6号），如今这栋院落还在，整条胡同绝大部分也还没拆，但已面目全非。

我从小学就登台说过相声，是个小曲艺迷，这都与小时候老去天桥听段子有关。上中学以后喜欢听广播，喜欢去鲜鱼口的“迎秋”曲艺社（这段还是以后再表）。20世纪四五十年代没有电视（1958年北京电视台——中央电视台前身成立后，播出范围很小，私人也买不起电视，到了60年代才开始普及），普通人家只能听收音机，而且是电子管的。我还玩过矿石收音机，有块磁矿石，有个耳机子就能听广播。电台什么时段播相声，我记得一清二楚。只要有空儿就听，尤其是以侯宝林、郭启儒为首的广播文工团的相声，那是非听不可！上中学时，我曾多次代表我班在校礼堂表演相声，捧逗的是学友王达圣，颇受同学好评。

我（左）和同学王世元在唱单弦

1960 年，我报考北京艺术学院话剧表演系，参加复试的时候，我就给老师来了一段单口相声“三进士”（实则“三近视”），逗得主考老师前仰后合，结果咱哥们儿考上了！不但考上了，我还成了曲艺课的课代表。

1964 年，我们行将毕业时，正赶上大学解放军战士演出队，提倡演员一专多能，于是我的相声、单弦、数来宝等才得到了充分的发挥。我现在还记得我和我的同学张大来（后为北京电视台编导，已故）合说的相声《非洲进行曲》、传统相声《黄鹤楼》，以及我、张大来、王世元（后为空政文工团演员队教导员，大校军衔）我们三人合说的化妆相声《坐电车》。这些节目都多次在西单剧场和中山公园音乐堂等正规剧场公演，不是自吹，还真有点儿水平。

1964 年，我大学毕业后，被分配到北京市文工团，那是一个专为郊区农村、工矿服务的综合文艺团体，我曾写过一篇回忆文章，现抄录如下：

《大学毕业后的第一工作岗位》

北京人艺上演的《箭杆河边》

1963年初夏，在北京的戏剧舞台上诞生了一出震惊全国的话剧——《箭杆河边》。这出戏在当时可轰动啦！上至中央，下至百姓，都倍加称赞，很快，全国的绝大部分话剧院团都上演了此剧，各个剧种也都争先改编上演，后来还拍成了电影。首创这出戏的是北京市农村文化工作队，剧作者是已故的著名儿童文学作家刘厚明。

我的话题为何由此开始呢？1964 年 10 月我们北京艺术学院表演系本科 60 班正式毕业，其中有 18 位同学被分配到了这

第二排左起第四人为本书作者

个农村文化工作队，他们是：段春启、李绪良、张帆、张大来、孙宗潞、王家龙、王英杰、田金夫、郑忠立、于哲生、叶戎、秦昭焯（以上为男生），徐秀林、胡培奋、王领、钱曼兰、李玲、吴晓梅（以上为女生）。

1964 年底，在彭真同志的指示下，又成立了北京市工矿文化工作队，是在农村队扩大的基础上形成的，我们班的几位女同学大部分被分配到工矿队。

到了 1965 年春，这两个队又扩大为“北京市文工团”，下设农村一队、农村二队和工矿队三个队，全团共计 108 人，号称一百单八将，平均年龄不到 30 岁！

在这个团里除了我们这“十八棵青松”外，还有许多来自北京艺术学院的师生。如音乐系的戴颐生、李丹城、王燕芳、赵国振、白克承，以及老师茅匡平、刘崇华、马宝山、侯胜虎等。也就是说“北艺”人在北京市文工团的演职员中，约占四分之一。

北京市农村文化工作队成立的背景是这样的：1963年3月5日，由毛泽东“向雷锋同志学习”的题词所引发的一场轰轰烈烈的学雷锋运动，瞬时间席卷全国！解放军的战士业余宣传队也应运而生，十分活跃。这时，政治嗅觉灵敏的文化部下令要求中直文化单位立即组织农村文化工作队深入全国各省市开展群众文化工作。时任北京市文化局局长的赵鼎新闻风后硬是向文化部“要”了一个名额，也立即着手组建北京市农村文化工作队，其人马来自北京市属的各个文化演出单位。演出队人虽不多（只有30人），但却囊括了京剧、评剧、昆曲、梆子、曲艺、器乐、歌舞、话剧等多种艺术形式，甚至还有漫画家李滨声。

第一期文工队（简称）在顺义县进行了为时三个月的巡演、辅导、创作之后，带回了一台乡土气息十分浓郁的小节目，其中便有著名的话剧《箭杆河边》，市领导看后认为《箭》剧超过了当时正红的评剧《夺印》，其理由就是因为它是写北京、演北京的好戏（当然，更重要的是戏中写了阶级斗争）。这出戏很快被改编成曲剧和京剧。我想我辈同仁一定还会记得剧中老庆奎的扮演者张学津唱的那段《劝赖子》（反二簧）的精彩唱腔："赖子呀！你要好好地想一想，好了伤疤忘了疼，你不应当，过去的苦你怎能把它忘……"本人现在仍能哼唱此段。

第一期文工队的工作结束后，同年8月又组织了第二期。刘厚明又创作了著名话剧《山村姐妹》，其主要演员来自北京人艺，如胡宗温、金雅琴、刘静荣等。

北京市文工团的指导思想是：继承和发扬老八路文工团的

张学津主演的京剧《箭杆河边》

光荣传统，深入基层，为北京市的工矿农村服务。业务方针是：节目小型多样，人员一专多能，装备轻装简束，经营勤俭节约（不卖票，财政支出全部由市文化局负担）。您想，那基层群众能不欢迎吗？！

既然文工团的业务方针是小型多样、一专多能，那他自然需要多才多艺的演员，否则很难完成任务。说来也巧，记得我们表演系上大三大四的时候，也就是 1963 年和 1964 年，全国掀起了大学解放军战士业余演出队和内蒙古乌兰牧骑演出小分队的运动。这些演出队轻装简从，小型多样，直接深入连队和牧区，演出队员个个身手不凡、多才多艺。在校领导安排下，我们表演系也开展一专多能的突击培训课。一个学年下来，许多同学都练就了说演弹唱样样都行的本事。当然这种本事只能蒙蒙外行，大致上说得过去而已。就本人而言，除演话剧、朗诵外，曲艺为特长，说相声、数来宝、唱单弦、唱评戏、小歌舞，再顺便打个锣、敲个鼓什么的，也能混上十几个节目，有时候一个晚会下不了台！文工团需要的正是我们这样的演员。所以我们这 18 位被分配到北京市文工团的同学，报到以后深受领导喜爱，我们也感到如鱼得水、得意之极！

20 世纪六七十年代，北京郊区特别是远郊区贫穷落后到什么地步？我想我们这些六七十岁的人都知道。那真是不看不知道，一看出人料！特别是像怀柔、密云、平谷、延庆、房山、门头沟这些远郊区县，面黄肌瘦、衣不遮体的农民随处可见。深山区由于生活条件艰苦，本村的小伙儿娶不起媳妇，平原的姑娘不愿嫁进来，因此近亲结婚的现象普遍存在，哪个村也得有十几个呆、傻的孩子，没有细粮、没有油吃、一家人盖一床被子，屋内一贫如洗，四壁皆空的人家比比皆是。他们过着几乎是与世隔绝的生活，看到我们拉服装道具的卡车都觉得十分新鲜。村里小卖部几分钱一卷的卫生纸只有我们才去买，农民穷到了什么程度可想而知。文化生活对他们来说，几乎为零！

王存立、梁厚民、张帆在表演三人相声

我们的演出条件相当艰苦，一辆卡车（或是村里派的马车）只能用来拉演出棚、道具箱、大家的行李和演出服装，演职员只能长途跋涉、翻山越岭，到处奔波，几乎每天换一个村子演出。我们每天的基本日程是：早晨七点起床打行李—帮老乡扫院子、挑水—早饭后出发行军—到下一个村后放下背包就开始排练或参加生产队劳动—午饭后稍事休息便到村口搭台（即演出棚）—傍晚吃饭后准备演出—演出后拆台至深夜—半夜回到农民家中后才打开背包睡觉—第二天又开始重复上述日程安排。一期下来，起码要两三个月，没有办法洗澡，衣服也很少换洗，身上长虱子乃家常便饭，个个比农民还农民。最艰苦的演出是冬天，由于全是露天演出，大家在后台只得围着火炉化妆，披着棉大衣候场，一上台，穿的都是单薄的演出服，因此感冒发烧，带病演出是人人都有的经历。本人鼻炎就是那时候得的，先后动过多次手术最后不得不退出演员生涯。在文工团生活的这几年中，我们的足迹可以说踏遍了北京郊区13个区县的山山水水，大小乡镇，终身难忘。

就是在这样艰苦的条件下，我们这些刚刚走出校门的大学生，凭着一股冲劲儿、一股傻劲儿、创作出了许多深受人民群众欢迎的作品。本人除写过许多曲艺小节目外还曾以第一作者的身份写过一小一大两出话剧。小戏叫《菊花青》，大戏叫《张思德的故事》。《菊》剧还参加了华北地区小戏调演，顾威、徐秀林和我也是该剧的主角，农民夸我们演得像农民，您想啊，我们天天泡在村里，想不体验都不可能，演得能不像吗。当时北京人艺也参加了这次会演，上演剧目为《永不生锈》和《脸黑心红》。

每当我回想到当年我们下农村、下矿山的情景时，常常联想到今天的中央电视台的“心连心”艺术团。他们今天的下基层，在我看来是神仙过的生活，无论到哪儿都是好吃、好喝、好待承，出行坐的是飞机，路上乘的是豪华大巴，一年演出那么两三次，耗资上千万，甚至更多，地方上接待成了大负担。我的一个老同学曾是某地方主管文艺的宣传部长，他就亲口对我讲过接待

“心连心”艺术团之苦。我听后的结论是：这不是“心连心”，而是“心连钱”！他们好像是为群众服务了，可当地各级部门所受的苦和累，又有谁知道呢，那些“新秀”、那些“腕儿们”还口口声声“我们吃点儿苦不算什么……”您这还叫苦哪？！那我们那会儿上山下乡演出叫什么？

《张思德的故事》说明书

北京市文工团是1968年10月宣布解散的，它的寿命（包括它的前身北京市农村文化工作队）算在一起不过五年半的时间。我们“北艺”的这些同学大部分是1964年去的，又减少一年，但就这四年多的文工团生活却使我终生难忘，许多往事历历在目，刻骨铭心，真的可以写一本厚厚的书，那是将来的事了。人的一生有时想起来真是挺巧的，寿命不足四年的“北艺”是我的大学，而寿命不足四年的“北京市文工团”又成了我走入社会的第一堂课，怎么就全让我们这一代赶上了呢？

这大概就是那个“折腾”的年代给我们带来的“福分”吧。

现在东马尾帽胡同的北侧已基本拆除，只留下南侧尚存

您可别认为我这圈子绕得太离谱了，怎么刚说两句东马尾帽胡同就离题万里了呢？不然，因王存立是我在北京市文工团的同事，要说清王存立以及他和我的关系，必得先说清北京市文工团才行。况且北京市文工团又消失了40多年，怕您弄不明白啊，别看这个团不起眼儿，那也是北京文化史的一部分。老北京市文化局群众文化处处长王松声曾写过一篇题为《话说北京市农村文化工作队》的文章，编入了《北京文化史资料选集》（第二辑）中。

东西马尾帽胡同，东起标杆胡同，西至哈德门外大街。这两条胡同在明朝原本是一条胡同，就叫马尾帽胡同，之所以起这个名字是因为在明朝早期，这里住过一个姓马的匠人，专做一种带尾穗的帽子，生意很兴隆，此胡同因此而得名。

王存立的家在东马尾帽东口附近路南，院子自然就坐南朝北喽。院内有北东西三面房，北房为正，东西厢房也是王家的，但出租给了别人。东马尾帽胡同东矮西高，因此王家的房子地基很高，有高台阶，正房又高又大，阳光充足。

王存立的家——东马尾帽胡同6号院大门

存立老哥长我10岁，1931年生人，河北饶阳人。1950年参加工作，没有进艺术科班的经历，自学成才，是北京市财贸文工团的骨干力量。他不但擅长表演相声，还兼搞业余创作，1958年开始发表作品。并因相声《新兵》《滥竽充数》《五千金》等作品一举成为著名的业余相声作家，1964年从财贸文工团调入北京市文工团，继续从事相声表演和创作工作，并兼攻曲艺其他门类的写作，如琴书、单弦、鼓词、数来宝、快板书、化妆相声、对口词等，凡曲艺写作无所不会、无所不能，并带出了后起之秀廉春明（廉后来也成著名曲艺作家）。

王存立

我1964年分配到文工团后，很快与他成了相声搭档，他逗我捧，这一合作就是4年，直到文工团解散。当然这中间我与团里的其他相声演员也合作过，但最持久的是王存立。我与他合说过许多段子，其中最常说的是《要财礼》《五千金》《新兵》《包包儿计》等。由于演出频繁，排练紧张，我们经常在一起研究脚本，推敲包袱，几乎形影不离。有时排练就在他家中进行，因此我也就成了他家的常客。他的夫人、他的岳母以及他的3个女儿与我的关系也非常融洽，我们两家走的关系之近，几乎成为一家人。1969年文工团撤销后，我被调到北京人艺，他被下放到北京铁路局当工人（不是他一人，文工团绝大部分人均遭此厄运）。1973年，开始落实政策，他被调入北京市曲艺团，成了职业作家兼艺术室主任。

王存立相声集

王存立调到市曲艺团后可谓如鱼得水，创作颇丰。他的作品经团里老一辈相声演员及中青年演员演出后，反响强烈，许多作品如《风灾》《驯马专家》《金刚石》等均在全国的比赛中获奖。尤其是他与笑林、李国盛的合作更是默契成功。他创作北京琴书《整容寄哀思》时，饱含对周恩来总理的怀念之情，几度落泪，作品经关学增演唱后感人至深，我至今难忘。北京市曲艺团联手北京曲艺家协会，不仅为他举办了“王存立相声作品专场”演出，还召开了“王存立相声作品研讨会”，他自己也出版了相声专集《一鸣惊人》。更可喜的是马三立先生还收他为徒，这也是马先生唯一一位写相声的徒弟。可惜的是，1995 年存立老哥因患癌症去世，终年才 64 岁，他走后的这近 20 年里，我们两家依然保持着亲密的关系，这也得说是缘分吧。

令人叫绝的卤面

此刻您一定纳闷儿，怎么说着说着相声又聊起卤面了？唉，这还非聊不可！卤面不是咱老北京的“打卤儿面”，而是王存立家乡的一种风味面，那真是一绝。凡去过他家尝过这口的，没一个不说好的，能让您终生难忘。

“卤面”的做法大致是这样的：

面要用淡盐水和，和得越硬越好，和好后放到一边慢儿慢儿饧（读 xíng）着，饧得时间越长越好，而且要时不时地揉一揉，直到擀起来不飞边儿为好。这面要擀得非常薄，如纸一般，擀起来很吃力，擀成大张的面片后，折叠切丝儿，切的丝儿越细越好，切好后晾干，一根儿是一根儿。这个过程很费时。

在饧面的同时（当然不同时也无所谓）开始炖猪肉，肉不能切块儿，要切成像炒菜用的那样的小薄片儿（也别过薄）。肉炖好后一定要保留一定量的肉汤，有用。

根据肉和面的多少，备一定量的扁豆，扁豆洗净后下开水焯一下，以防中毒。将扁豆凉凉了再切成丝儿或段儿，最好切丝，不必太细。

一切备齐后开做。先炒扁豆丝，然后放肉汤适量，炖扁豆。炖片刻再放炖好的猪肉片混合炒一下，收小火，放面条。

刚才说的往锅里下面，就是下凉好的细丝儿面条，放的时候要一层面一层香油，一层面一层香油，直到把面丝放够，盖上锅盖开始闷，估计着肉汤将近耗完时，此刻面也熟了。然后揿锅翻炒，充分混合后，即可出锅开吃，您想想，这面能不勾人吗？您没流哈喇子吧？

在改革开放前能吃上这口儿，那绝对是一种极大的享受，可惜自存立走后，我也就再吃不上卤面了。我们文工团中，特别是曲艺组的人，凡去过存立家的，无一例外，都尝过他家的卤面。前两天学友王家龙（著名连环画收藏家）还在电话中提起此面，也是一腔怀念、回味无穷的劲头儿。

文工团解散后便失去了说相声的机会。来北京人艺后只说过一次相声，那是“文革”中，我们到京郊通县（人艺食堂赵师傅的老家）参加麦收劳动，当地百姓一定要我们表演节目，我便和赵玉昌老师合说了一段关于猪的段子，我逗他捧（名字忘了，反正是说猪身上都是宝），到现在我还记得一段小贯口，是说猪内脏能制成的药品：

“胰蛋白酶、胃蛋白酶、胰酶、胃酶、弹性酶，胆酸、核酸、透明质酸，肝素、肝素纳、肝 B12、蛋白乙，球蛋白……”

不久，我又随《云泉战歌》剧组到房山区岗上大队体验生活，村里举行联欢会，我演唱了一段单弦岔曲，高音喇叭传遍十里八乡，这是我有生以来最后一次参加曲艺演出。此后就与曲艺绝缘了，但我不后悔。因为我觉得今天的相声没多大出路，绝大部分相声都失去了讽刺的功能，尤其是对时弊、对腐败的讽刺几乎得不到官方的允许。那相声存在的意义又何在呢？姜昆曾呼吁：相声不能失去讽刺的功能。可谁听呢？他还是政协委员呢。如今许多年轻人又喜欢上了说相声的行当，我真觉得他们干点儿什么不好，非干这行。

扯远了，不说啦，这有点儿像契诃夫的《论烟草有害》了。

您知道臭粪场在哪儿吗？

臭粪场即抽分厂的俗称。老北京特喜欢把有些名称以谐音的方式通俗化，甚至庸俗化，不为别的，只为好记、上口。也还有个说法儿：把 × × × 叫白了就是 × × ×。这“叫白了”一般就是指谐音。

抽分场的位置已接近磁器口了，它的南口在蒜市口，北口在手帕胡同，胡同两头窄中间儿宽，有点儿像我住的包头大院，但它要比包头大院大三倍，胡同呈“[illegible]”型。

抽分厂是明代最低一级税务机关的名称，在北京有两处，一处在朝阳区，一处在崇文区。抽分按今天的话说就是抽头儿。那时凡竹木柴薪都要抽头儿上税，以实物上税。倘若没有场地，抽分的东西往哪儿堆呀？抽分厂因此而得名。到了清代，抽分厂被撤销，但地名被保留了下来。老百姓觉着抽分绕口，干脆就直呼臭粪厂了。1965 年地名调整时，将抽分厂更名为健康里，因为那里是普仁医院所在地，普仁医院是从珠营迁到这里来的。老医院的样子我还记得，前面是类似王府似的平房，后面的住院部是几幢两层的小洋楼，有点中西合璧的意思。21 世纪翻建后，老房子全拆了，盖起了漂亮的新楼，依然叫普仁医院（即原北京市第四医院）。

今日的普仁医院

1965 年全市范围的地名调整是一次较大规模的调整，除调整、合并一些街道的名字外，有些改了名，并将所有街巷胡同的地名牌和门牌全更换为红底白字儿（原来是蓝底白字儿），而且胡同门牌的排列也改为一侧为双号一侧为单号的排方法，便于寻找。记得拆迁时，我还有意将老蓝门牌拆下来收藏了，但现在找不到了，遗憾。

胡同改名是一件有意思的事儿，大概有这么几种情况：

原名对百姓有辱——如送姑娘胡同改为颂年胡同；王寡妇斜街改为王广福斜街。

对某苦力行不尊——如臭皮胡同改为寿比胡同；姚铸锅胡

同改为姚治国胡同。

以贱物取名的——如烟袋胡同改为燕代胡同；豆腐巷改为多福巷。

原地名不吉利——如苦水井胡同改为福绥境胡同，窑台儿改为瑶台。

被残废丑化了——如大（小）哑巴胡同改为大（小）雅宝胡同；罗锅儿巷改为锣鼓巷（后分南北锣鼓巷）。

原地名实在不雅——如裤裆胡同改为库藏胡同；屎壳郎胡同改为时刻亮胡同。

以动物类取名的——如母猪胡同改为墨竹胡同；小羊圈胡同改为小杨家胡同。

带有封建色彩的——如奶子府改为乃兹府（后又改为灯市口西街）；中官村改为中关村。

还有一些不明原因的改名，这里就不一一列举了。其实我认为根本没必要改！北京的地名一大特点就是起名有因，每个地名的背后几乎都有典故、有故事。试说几例：豆腐巷之所以叫豆腐巷是因为那儿做豆腐的作坊多，故得此名。窑台儿，我小时候去过，就在先农坛附近，有许多废弃的窑址。解放初期，那里是枪毙犯人的地方，改为瑶台倒是雅了，不懂了。烟袋胡同是因为胡同的形状像烟袋，改为燕代胡同就有点莫名其妙了。奶子府本是皇城内奶妈子集中住的地方，都是从民间精选出来的刚生完孩子尚未断奶的妇女，每天好吃好喝进食大补，但不放盐（奶妈快腻死了）只为生产优质奶，给慈禧太后及皇子们吃，奶子府因此而得名。改为乃兹府就有点不知所云了。北京的胡同饱含着深厚的文化，不能乱改，名字改得倒是正经了，可文化没了。

最有意思的是“文革”期间大改街巷名，以体现革命性、战斗性。如东四北大街改为红日路，东扬威路改为反修路，东交民巷改名为反帝路，王府井大街改名为革命大街，南北池子改名为葵花向阳路（因为此路围着中南海），府右街改名为韶山路（府右街东临中南海，韶山是毛主席的家乡），金鱼池改名为翻身街，马家堡路改名为秋收起义路，复兴路改名为解放军路，三里河路改名为革命友谊路等。几十条大街，一夜之间全改了名字，还美其名曰是破四旧、立四新。这种事只有出在那个荒唐的年代。

幸亏抽分厂提前改为了健康里，要是真的还叫臭粪场，定改无疑。

红卫兵们将东交民巷的路牌改为“反帝路”

蒜市口与曹雪芹故居

老蒜市口副食商店，已拆除

蒜市口是因这里曾是蒜市而得名，它就在抽分厂的南口。蒜市口路北有一家很大的副食店，就叫蒜市口副食店，那是我们这一带较大的副食店，货比较全。另外，我的同院邻居杨宝金在此店工作，有时借个三轮车用，就得找他帮忙。记得有一次我发高烧，就是他用三轮把我拉到医院的，我们剧院的辛晋玺老师也赶到了我家陪我去医院，此事让我终生难忘。为什么难忘，因为那个时代人与人之间的关系和今日相比，完全是两码事，那是没有金钱利益关系的真情啊！事无大小，人得知恩，知恩的人就会有好报，就会一生平安。

副食店的两侧有许多商铺，比较繁华，有理发店、烧饼铺、羊肉铺、颜料店、东海轩饭庄、福佳永干果店、同辰成纸店、茶叶店、修车铺、成衣铺、麻刀铺、烟酒铺等。其中我印象较深的是马路南边的广顺大车店。因为大车店里有许多马车、牲口、是孩子们爱看的地方。过去的北京城，没有现在这么大，蒜市口、磁器口就已是南城的边儿上了。再往南就是天坛了，过了天坛就出城了。蒜市口、磁器口一带是土特产的集散地，所以拉货进城的大车都在这儿落脚儿，于是应运而生了大车店。这种大车店兼有简易的住宿功能。长途贩运，人畜自然疲惫，一般都要歇一两宿再返回。哈德门外有大车店 5 家：永泰行、东兴、隆庆、广顺、永兴。严格地说，前 3 家是“车栈”（也称货栈），后两家是“车店”。两者的区别在于“车栈”代存货，而“车店”不存货。其中广顺大车店最大，又有名气。它的门口又宽又平，三架马车穿行，谁也碰不着谁。它的南墙紧贴着西马尾帽胡同，南北长 60 来米，东西宽得 40 来米，全院呈“刀”字形。院内分三进，前院是客房，中院是大空场，是牲口呆的地方，我常看见骡马在地上“驴打滚儿”。后院则存放大车和货物。这个大车店解放后很晚很晚才取消。

提到蒜市口最有名的一件轰动京城的事莫过于曹雪芹故居的考证。

话说 1982 年 10 月，中国历史第一档案馆研究员张书才先生，在查阅清代内务府分类档案中，发现一件雍正七年的《刑部致内务府移会》，上面有这样一段文字：“查曹頫因骚扰驿站获罪，现今枷号。曹頫之京城家产人口及江省家户人口，俱奉旨赏给隋赫德，后因隋赫德见曹寅之妻孀妇无力，不能度日，将赏伊之家户人口内，于京城崇文门外蒜市口地方房十七间半，家仆三对，给与曹寅之妻孀妇度命。”曹寅是曹雪芹的爷爷。曹頫是曹雪芹的父亲。曹頫被雍正治罪以后，曹家的一切财产均被朝廷没收，后雍正帝恩准，将已赏给隋赫德的蒜市口曹氏一处住宅，又发还给曹寅孀妻度日，曹氏一家回京也只能住在这里。当时曹雪芹十几岁，是个少年，也只能在奶奶身边生活，完全合理。后来张先生又找出乾隆《京城全图》查阅，他发现蒜市口 16 号院（今广内大街 207 号院）比较符合文件中提到的十七间半，16 号院加上大门是十八间房。当然附近也还有其他类似的院落，但 16 号院最为接近，他的研究成果发表以后，引来大批红学家的注意，端木蕻良、周汝昌、冯其庸等纷纷前往查看，红学界也多次讨论、论证，但最终因 16 号院的状况早已面目全非，无法找到确凿的证据证明 16 号院就是曹雪芹的故居而暂告一段。

1994 年，两广路的改扩工程提上日程，于是关于曹雪芹故居的问题又掀起一股浪潮，有关方面又是一通儿论证，大会小会开了无数，最后确认尊重历史档案，蒜市口一带有曹雪芹故居是无疑的，只是它到底是一个什么样的院落无法考证，至于室内的陈设就更甭提了，但有消息说要在原址附近修建一处类似十七间半的“曹雪芹旧居纪念馆”，也就是说造一个假文物。就像永定门一样，拆了真的盖假的，怎么看怎么别扭！磁器口、蒜市口一带都变成大都市街了，再盖个十七间半的四合院有意义吗？经济建设大提速以来，我们干了很多拆真文物盖假文物的蠢事，难道还嫌不够吗？咱还说那位著名画家、作家冯骥才，那可是文化遗产保护专家，他在媒体或各种公开的场合呼吁了多少遍了，管用吗？您不是地方官儿，您级别再高也管不了。

现官不如现管。地方官儿们要的是政绩，文物再重要没有乌纱帽重要！

两广路的扩建已竣工十多年了，然而曹雪芹旧居纪念馆这假文物至今也没建，我看还是不建为好。得，咱不是研究红学的，打住吧。

磁器口豆汁儿店

咱京城有句俗话：您要不喝豆汁儿，那您就不是北京人。这话一点不假，凡地道的北京人没有不爱这口儿的，只是程度不同罢了。我是土生土长的老北京，喝豆汁儿是本人的一大嗜好。我属于那种见了豆汁儿店就走不动的人，非喝不可，且不止一碗，喝痛快了为止。

天坛北门附近的老磁器口豆汁儿店

小时候想喝豆汁儿，一是在家门口买，专有走街串巷卖生豆汁儿的，您花个毛儿八分的，打回家自己熬，自己做咸菜丝，就着喝。要是随时想喝，那您就得去豆汁儿店或摊上喝去。豆汁儿摊离我家最近的有两处，西花儿市的“豆汁丁”和东花儿市灶君庙前的豆汁摊儿。最有名的是“豆汁丁”，他的摊位在西花市中间靠西路北的火神庙前。

“豆汁丁”的摊主自然是姓丁了，是位回民，名叫丁德瑞。他的摊儿有特点，一张一丈多长一米见宽的大案子，案前码有长凳，案子上有琉璃罩两个，一个下面放各种酱菜和辣咸菜丝儿，另一个下面放有芝麻烧饼、焦圈儿等各种主食。案子上还有两个木牌，牌上刻有 8 个大字：“西域回回，豆汁丁记”。丁德瑞熬豆汁儿遵照的是老传统，使用大沙锅、槟榔勺、用微火熬，边熬边往汁儿锅里兑生豆汁儿。因此他熬的豆汁儿稠稀合适、不沉淀，不清汤寡水，酸中带着香甜，十分可口，越喝越想喝，极其诱人。

豆汁儿跟豆浆的做法差不多，只不过豆汁儿得经过发酵。这发酵可有学问，得适中，发的时间短，味不浓，喝着不过瘾。发的时间过长，有臭味，不能喝了。好豆汁儿呈淡灰绿色，味正，甜酸爽口。冬天喝两碗热豆汁儿，浸人肺腑，再就点辣咸菜丝儿，喝得鼻尖冒汗，治感冒，去寒气。夏天喝两碗，大汗淋漓，浑身痛快，又开胃又助消化。好东西！

1958 年，商业合作化运动中，哈德门外花儿市、蒜市口一带的回民小吃店合并成立了合作社，在磁器口开了一家稍大的回民小吃店，经营包括豆汁儿在内的各种回民小吃，1970 年更名为锦馨豆汁店。新时期企业改制后，锦馨小吃店的部分员工分离出来另起炉灶，开办了“老磁器口豆汁店”，而且是连锁店，天坛南门的安乐林路、天坛北门、玉蜓桥、龙潭湖公园西门、铁匠营桥路北、朝阳百子湾、大兴旧宫都有分店。这下咱哥们喝豆汁儿的去处可就多啦。其实在北京城能喝到豆汁儿的地方多得是，应该说只要是回民小吃店，基本上都卖豆汁儿，甚至有名的回民老号“白魁”也卖豆汁儿，但喝了归齐，还是磁器口老丁家的豆汁儿是正宗的。

说起喝豆汁儿，我还想起一件“危险”的往事：1980 年，菲律宾话剧团来华演出，我对外演出公司找到北京人艺，希望能派 4 位演员做该团在华演出的同声翻译，于是剧院派我及李婉芬（即《四世同堂》中大赤包的扮演者）、杜澄夫、周铁贞 4 位同志担当此任务。排练十分顺利，首场演出在护国寺的人民剧场举行。人民剧场正对面就是有名的护国寺小吃店，那儿的豆汁儿、焦圈儿也不错。开演前我便抽空儿进去喝了两碗豆汁儿。喝完豆汁儿返回剧场时，趁着还没放观众入场，我要了个小聪明，想抄个近道上后台，于是我没走后台的门儿，而直接进了剧场。当时场灯还没开，我摸着黑儿穿过观众席，从台边的阶梯上了舞台，然后我一点儿点儿挪着去摸大幕的中缝儿，想穿进舞台里（因为我们同声翻译的位置在第一道侧幕条内侧）。结果意外发生了，由于我离台口过近，不小心一下从台上掉进了乐池！两米多快 3 米深呐！把我摔懵了，半天缓不过神儿来，不知是掉在何处？我是侧身掉下去的，右手先着地，手腕子戳了，颈椎也摔得够呛，幸亏乐池是空的，若是有铁砣、谱架之类的东西，那我就完了！那会儿也无知，到了后台就用热水敷手腕，疼是缓解了，可很快就肿了，没有B角，也没法儿休息，只好忍着疼跟着演出，还去了南京、上海、广州。现而今落下了颈椎病的“纪念”。这都是嘴馋让两碗豆汁儿闹的，真不值！后悔也晚了。

最后，再说几句磁器口吧。

磁器口北接哈德门外大街，南接红桥，东邻蒜市口。传说磁器口原来叫娘娘庙街，是因街上有座娘娘庙而得名。清朝以来外埠的一些王公大臣要给皇上及京城的重臣要员进贡送礼，免不了要送上家乡的美酒。由于携带不方便，多数用大木桶运过来，运到娘娘庙附近，改换瓷瓶包装再去进贡，显着贵重漂亮，以取悦皇上及重臣。这样一来，景德镇和唐山的瓷商找到了商机，他们闻风而来，纷纷在此开设瓷器店，专为进贡的王公大臣们提供上好的酒瓶或收藏用的瓷器。庚子年间，一场大

民国时期崇文门外大街的磁器口

尚未拆除的磁器口大街（从南向北拍摄）

火将娘娘庙夷为平地。娘娘庙虽然没了，但因为这条街以卖瓷器出的名，所以改名为磁器口大街。到了民国，皇上没了，进贡的也没了，瓷器店也就慢慢消逝了，地名还是保留了下来。

东柳树井儿 101 号

要说清楚东柳树井儿 101 号的具体位置，还得先说两广路，即广渠门到广安门这条大街。如今这条街拓展了也捋直了，地名也简单了。改造前这条大街曲曲弯弯分成若干段，从东到西是广渠门大街、白桥、大石桥、榄杆市、东草市、东柳树井、平乐园、三里河、东珠市口、西珠市口、西柳树井、虎坊桥、骡马市大街、广安门大街，共 14 段组成。改造后，许多地名已被撤销，70 后的年轻人，若不是曾住在这条街上的怕根本就不知道上述这些地名，更谈不上知道它们的历史了。改造两广路，新建大都市街，这也不知是他妈谁的主意（对不起，我带脏字儿了）！这条街建成后活了吗？快10年了，有人气儿吗？冷冷清清！消灭了那么多胡同，搬走了数万户人家，人气儿全无。这就是北京旧城改造的一个缩影！我特别赞赏一篇评论文章说的话——对那些官员们讲，拆也是政绩，建也是政绩，修旧如旧更是政绩。前门大街那是多大规模的修旧如旧啊，可改造后怎么样呢？我不说，老北京人的心里都清楚。尤其冬季，您瞧瞧那大街上有多少人？稀稀拉拉，都数得过来。想当年多热闹的一条街呀，非要把周边的老北京都轰跑改造成只能步行的旅游街。要知道，街道不是故宫，故宫全世界就一个，世人非去不可。而街道多得是，您把它改造了，老百姓远离了，也不喜欢了，干吗一定要去？！一辈子不去也不遗憾！前门大街永远也活不起来，不信咱就历史上见。想想隆福大厦吧，1993年8月12日，一把火烧了人气儿，20多年啦，死厦一座！对不起您呐，又跑题儿了。

由于本书说的是哈德门外，所以两广路的西段（即前门大街往西）咱就不提它了，咱只说广渠门到东珠市口这段。尤其是磁器口到三里河，这是我上小学时，天天要走的地方，它过去的样子，我至今记忆犹存。

三里河，在明代确有此河，起源是正阳门。明英宗（正统）年间，正阳门要修城壕，作坝蓄水，又担心雨季水多外溢，所以在正阳门东南低洼处开通壕沟，以泄其水。这条壕沟流经打

曲剧《柳树井》剧照（北京曲剧团提供）

磨厂、长巷二条、孝顺胡同（后改名晓顺胡同。多余改，孝顺是错吗？）、芦草园、北桥湾、南桥湾，到金鱼池折向东，经天坛北墙过红桥，再往东到左安门西侧出城墙，流入护城河，史称三里河。到了清代这条河逐渐废弃，民宅店铺纷纷盖起，这里成了南城一条繁华的商业街。

东柳树井儿就在三里河的东边一点儿，因路边有一眼水井，井旁有棵很大的垂杨柳，夏天炎热时经常有人在树下乘凉喝水或饮牲口，故名东柳树井儿。1952 年老舍先生为北京曲剧团写的第一出真正意义上的“北京曲剧”就叫《柳树井》。故事是宣传新中国《婚姻法》的，由魏喜奎、顾荣甫、孙砚琴、关学增等主演。

提到魏喜奎，我又想起一段往事。1960 年我考入北京艺术学院（中国音乐学院前身）话剧表演系时，我们系的副主任兼指导老师李章的夫人于真同志是北京曲艺曲剧团的团长，她为了提高曲剧演员的艺术修养，指派魏喜奎和史尚直到我们班听课，学习斯坦尼斯拉夫斯基体系的表演方法，因为曲艺演员多数出身贫寒，幼小离家，文化低，没受过正规的艺术教育，都是跟着老师傅口传心授地学，表演方法五花八门，整台演出就很难协调，所以派他们来进修。上课时这二位就坐在我的课桌旁，慢慢地便熟了起来，我跟他们还有共同语言，我不是从小就喜欢曲艺吗？小学五年级就上台说相声，单弦大鼓也能唱上几句。到了大学，正逢大力提倡话剧民族化，于是我们班还开设了京剧、民族舞、曲艺等课程，教我们唱单弦的是谭凤元老师，教我说相声的是王长友老师，都是大师级的人物。有了对曲艺的偏爱，自然就喜欢向魏、史二位老师请教了。其实那会儿我已看过他们演的《杨乃武与小白菜》《啼笑姻缘》《王老虎抢亲》等剧目了。

《杨乃武与小白菜》剧照（北京曲剧团提供）

翻回来咱再接着说柳树井儿101号。这座院子在马路南，在平乐园和水道子之间，是个很大的四合院儿，南房为正。房东是个开裁缝铺的，他的家就是车间，雇有几个工人。我印象最深的是这位房东也是个虐待狂，脾气极坏，经常打他的媳妇，追着打，往死里打，可恨之极！

柳树井儿大街101号，它左侧（图右）的小饭馆我拍的时候还在，当然现在全拆了

我父亲和他两个朋友开的“巨兴五金行”就在这个院子西北角的一间屋中，可见买卖之小，用现在的话说，就是个“皮包公司”！几位爷都是说客，全凭一张嘴，倒买倒卖，不见真货，买空卖空，从中渔利。钱来的容易，几位爷花着也大手大脚，挣了就花，毫不积累。所以开了两年就倒闭了。也就是在这段时间里，我中午放学不回家吃饭，就到柜上跟大人们一起吃饭馆，最常去的就是隔壁一家回民馆儿，我是天天吃8个馅饼，然后再到对过的油盐店（即副食店）抓两角钱花生仁（不给钱，赊账），扭脸便大摇大摆地上学去了，现在想起来，那真是神仙过的日子！平乐园还有两家有名的饭馆：永顺轩和庆盛轩，那也是我们经常光顾的地方。

当时就整个社会而言，正在开展轰轰烈烈的“三反”“五反”运动。“三反”即反贪污、反浪费、反官僚主义；“五反”

即反行贿、反偷税漏税、反盗窃国家财产、反偷工减料、反盗窃国家经济情报。“三反”主要是在国家机关和企事业单位进行，“五反”是在私人工商业当中进行。我们这些十几岁的孩子当然不十分懂这些运动是怎么回事，但有一首儿歌我记得倍儿清楚：“猴皮筋儿，我会跳，‘三反’运动我知道。反贪污、反浪费、官僚主义也反对！”记忆中还有那满大街的标语和漫画，特别是那些讽刺资本家偷工减料的漫画，画的大都是他们如何在抗美援朝物资上偷工减料：什么棉大衣里掺旧棉花、开了花儿的大头皮靴、破棉帽、破风镜、破手套、假皮带、假药等，反正就是批资本家黑心透顶，前方打仗后方发财。那时在我小小的心灵中就种下了“资本家净是大坏蛋！”的种子。经过“五反”运动后，所有的私人工商户将被划为3类：守法户、基本守法户、违法户，好像还有特大违法户。我父亲他们开的“巨兴五金行”和我舅舅开的“源隆五金行”都被划为“基本守法户”（这种户居多，好像也有保护大多数的意思，还发证书，要挂在墙上以示基本守法）。不管怎么说，我的确过了两年悠哉悠哉的小学幸福时光。尤其那馅饼和花生仁，好难忘啊！烙馅饼的小回民馆掌柜的姓马，馅饼自然是牛羊肉馅的喽，但做得真好，薄薄的皮儿，肉饼似的大馅，满锅的油，炸得馅饼外焦里嫩，那叫一个香，馅饼虽不大，咱哥们一顿开8个也算大饭量了吧。斜对门的油盐店掌柜的姓什么我忘了，反正跟我爸爸他们特熟，买什么都是记账。那年月花生仁还不限量呢，敞开供应，不要票证。一般人也不多买，都是买三角五角钱的，

柳树井大街 101 号对面的小油盐店

差不离儿就给半斤了。卖花生仁都是用剪好的报纸包，一块儿小方报纸，伙计用手一卷，卷成一个类似今天吃冰激凌那样的上圆下尖的小纸筒，抓上一把花生仁往里一放，然后三折两折把口封上。我不管三七二十一，拿起就走，转身就开吃，到不了学校门口，我早把花生仁开完了，满嘴香。那些鼻子灵的同学一凑近我就问："你又吃花生仁儿了吧？"把他们馋得够呛。

花生、瓜子儿随便买的日子到了 1960 年"三年困难时期"开始的时候就破灭啦，开始凭副食本供应，一年到头儿，春节时才能吃上一次，每人半斤。这种苦日子一直到 20 世纪 80 年代初才结束，20 年呐！人生能有几个 20 年呐？！所谓"三年困难时期"今天回过头来看，就是人祸！

花儿市

花儿市就是哈德门外的花市大街，也还包括花市上、中、下、下下头二三四条。花市在这儿一定得说“花儿市”，这才是老北京的叫法。有一本书的名字叫《花市一条街》，花字没儿化，错了。就像前门大栅栏一样，您一定得叫“大什儿栏儿”，切不可叫“大栅栏”，那您肯定是外地人！我们家从解放初搬到花儿市大街手帕胡同的包头大院以及花儿市下三条后，直到20世纪90年代初花儿市大拆迁，我就没离开过花儿市，到今天，我的两个小姨子和一些老街坊们还住在那儿呢。

这张照片是花儿市大街拆迁之前我在西花儿市的中部向东拍的

近50年来，我眼瞧着老哈德门外一点儿点儿的没，一点儿点儿的变，直变到面目全非，我找不到“家”。真是做梦也没想到有今天哪！我真想念那个老花儿市呀。

花儿市迄今至少有600多年的历史了，甚至更长。明代是北京南城（即外城）开始繁荣的时期，那时南移的文明门已改为崇文门（即哈德门）。从崇文门到东便门一带往南推至广渠门内大街一带，史称崇北坊。花儿市大街就在崇北坊的中部，横贯东西。早年它不叫花儿市大街，而叫神木厂大街。因为在这里存放和供奉着大量神木而得名。清乾隆年间，将神木厂的神木移至到了广渠门外，这条街便改名为花儿市大街。

花儿市大街以北、南羊市口为分界，西半拉（读 la）称西花儿市，东半拉称东花儿市，再往东到北、南小市口以东称铁辘轳把儿，全长约1.5千米。从明代直到解放初期的几百年间，这里逢四（指阴历）便是集，也就是说每月逢阴历初四、十四、二十四都有集市。我的童年少年时代正值解放前后，我对花儿市的集是有印象的。每当有集，整个花儿市这条街上那

老西花儿市大街西口

真是热闹非凡，特别是马路北侧的便道上（俗称二道街）摊贩云集，游人摩肩接踵，叫卖声此起彼伏，人声鼎沸，如天桥、大栅栏一般。倘若赶上端午节、中秋节、腊月节、春节等重大节日，那就更红火了，真像过年似的。为什么说摊贩云集？就是一个挨一个。小摊占地儿五尺见方，大摊也不大过丈把长三四尺宽。当然以花摊最多，花儿分鲜花儿、绢花儿和纸花儿。此外百货摊儿、干鲜果品摊儿、山货摊儿、估衣摊儿、布匹摊儿、竹柳摊儿、镶牙摊儿、占卜摊儿、剃头摊儿以及各种手艺摊儿、工艺品摊儿和各种风味小吃摊儿等，数不胜数，得有上百种之多。小摊儿席地而卖，大摊儿有案子和布棚，有时摊位要占去马路一半儿，行人车辆拥堵不堪。花儿市还有个特点，就是市中还有市，西花儿市路南有个黄家店，是个很大的鲜花儿市场。东花市皂君庙附近是假花儿市场。北羊市口有青山居是玉器古董市场。再往东铁辘轳把儿有鸽子市、鸟市、骡马市。花儿市西口到手帕胡同西口有瓜市。您闭上眼琢磨琢磨，这该是怎样的繁华情景呀。不夸张地说，您从花儿市西口直奔铁辘轳把儿，这一路上您可以买到您生活中所需要的大小物件儿，小到针头儿线脑儿，大到家具骡马，无其不有，一应俱全。花儿市大街就是一条地地道道的百姓商业街。这条街虽文化气息不浓，但乡土味甚浓。

有商品就有制造，于是在花儿市大街附近，尤其是花儿市头一二三四条内，分布着大大小小的各式各样的手工作坊。这些作坊，有的是前店后厂，有的是纯粹作坊，还有许多没有雇

民国时期的玉器作坊

老北京景泰蓝制作作坊

民国时期老北京的雕漆作坊

工的家庭式的小作坊，数量之多，无法统计。比如像珐琅作、玉器作、料器作、花丝镶嵌作、象牙雕刻作、漆雕作、金银首饰作、玻璃制品作、挑补绣花作、包装纸盒作、五金制品作、织布作、麻绳作、旋活儿作等，其中为数最多的是绒鸟绢花儿作，特别是作绢花儿、纸花儿的，几乎满大街是，要不怎么叫花儿市呢。

我小时候，无论是与小伙伴们游玩闲逛，还是上下学的路上，经常止步于这些作坊门前看热闹、看新鲜儿。那巧夺天工的牙雕，那以假乱真的葡萄，那五颜六色的绢花，那栩栩如生的绒鸟，还有我们孩子们最爱的噗噗噔儿，关于花儿市的作坊我在以后的章节中还会提到，这儿，就先点一下。

总之，在京城若干个集市当中，花儿市有它自己的特点，这特点就在于它集中了许多手工艺人，他们经过多年的实践研磨，创造出了手工艺的奇葩，而且这些都是具有民族特色的手工绝活，是祖国的文化遗产，有的几乎失传。所幸的是现在国家开始重视了，老花儿市虽然消失了，但花儿市的手工艺品没有随之消失，得到了继承。

解放前的花儿市，仅从花儿市西口到小市口的这一千米的路上，大约有商号 350 余家，这些商号的门面，我大体上还能回忆起当年的样子，有位叫张亚伟的先生记忆力奇好，他居然能详细地列出花儿市大街各商号的店名及经营者姓氏名谁（我想他大约也查阅过民国时的户口档案），从这些商号的名字中您也可想象到当年花儿市的繁荣以及商家们经营的品种之繁多，我抄录如下，但我只抄门牌号和店铺的名称，至于掌柜的是谁就不注明了。

西花市街

（路北自西向东）

门牌号	铺名
1号	烟铺
2号	和顺德麻线铺
3号	启元茶庄
4号	久通干果铺
4号	德巨兴铁铺
5号	通泉布行
6号	聚兴隆布铺
7号	兴隆号百货店
8号	双盛裕麻店
10号	上义栈磁庄
11号	永福号干果杂货店
甲11号	上义栈铁铺
12号	崇源恒纸店
13号	信远号丝线洋货店
14号	谦益隆布行
15号	南义泉棉线店
16号	和益公颜料铺
17号	庆云楼猪肉铺
18号	德春祥商号
19号	庆福斋点心铺
20号	源成号毛掸铺
21号	恒丰泰烟铺
22号	天福斋点心铺
23号	泰来栈洋货行
24号	鸿远栈磁庄
25号	全聚鸿首饰楼
27号	毓盛号羊肉铺
28号	瑞华号竹帘铺
29号	万聚楼银楼首饰
30号	张东海命馆
32号	国术社
附32号	崇东水会
33号	聚兴号杂货铺
34号	鸿茂祥修秤铺
甲34号	福顺兴油盐店
35号	福顺兴头发铺
甲35号	双天盛烟袋铺
36号	××× 头发铺
37号	××× 切面铺
38号	双大成烟袋铺
甲38号	双天成烟袋铺
乙38号	双天盛烟袋铺

39 号　三盛馆猪肉铺
40 号　致和永土布商
40 号　万顺旅店
40 号　天元成烟袋铺
41 号　万盛号麻刀铺
42 号　隆盛义筐铺
44 号　泉记线庄
45 号　协成生布店
46 号　永聚洗染坊
47 号　源记碱店
48 号　福康粮店
49 号　大顺垣堆房
50 号　庆和隆布店
50 号　广源祥布店
51 号　隆兴和绒线铺
52 号　聚德楼首饰楼
53 号　裕升隆布行
54 号　全顺号铁铺
55 号　德元声首饰楼
57 号　义信楼首饰楼
58 号　毓成楼首饰楼
59 号　济安永铁铺
60 号　天佑堂浴堂
61 号　济生堂药铺
62 号　德昌百货店
63 号　永大商行
63 号　广兴号烟店
甲 63 号　集成祥颜料铺
64 号　惜阴学校
65 号　伦昌布店
66 号　大顺恒棉花店
67 号　福音堂
69 号　天合成烟袋铺（大烟袋锅）
70 号　×××油盐店
71 号　德合首饰楼
72 号　天源商店
73 号　×××颜料铺
74 号　大隆布行
75 号　增华斋糕点铺
76 号　福原长干果海味店
80 号　×××玻璃庄
81 号　×××粮店
82 号　广亨酒铺

西花市大街路南

（自东向西）

过去的蓝门牌不分单双号，均自西向东到胡同口再折回按顺序排。

83 号　×××诊治所

84 号　×××猪肉铺

85 号　庆春和布行

86 号　×××油盐店

89 号　太隆堆房

90 号　×××茶叶庄

91 号　×××布铺

93 号　恒仁义布行

94 号　×××染坊

95 号　英秀斋钟表行

96 号　修自行车铺

97 号　广亨店（旅店）

98 号　德华斋钟表店

99 号　华茂电料行

乙 99 号　理发馆

100 号　清真寺

101 号　邮局

102 号　恒丰厚玻璃店

103 号　永发鞋店

104 号　天源成白铁铺

106 号　益通车行

甲 106 号　天盛永麻铺

107 号　义盛隆瓷庄

甲 107 号　电料行

107 号　瑞兴手绢庄

108 号　万增号麻刀铺

109 号　亚美照相馆

111 号　同巨成板箱铺

112 号　烟铺

113 号　双巨石铺

114 号　锦祥茂石铺

115 号　鸿昌电料行

116 号　同兴顺麻绳铺

117 号　恒顺成染坊

118 号　××罗圈铺

120 号　×××桶铺

121 号　东天顺山货铺

122 号　协庆成油坊酱园

123 号　义和隆麻铺

124 号　隆盛义筐铺

125 号　玉盛永山货铺
126 号　四合成麻铺
127 号　义和号竹货铺
128 号　玉成山货铺
130 号　复兴楼饭庄
132 号　义盛麻庄
133 号　万盛南号麻刀铺
134 号　中和义筐铺
135 号　华茂电料行
136 号　三顺德簸罗铺
137 号　瑞兴德罗圈铺
138 号　三和山货铺
139 号　祥义帽铺
140 号　和记棉线行
141 号　森记竹木行
142 号旁门　兴隆德和记磁店
142 号甲　玉兴成掸扇铺
143 号　恒源祥帽店
144 号　庆瑞成山货铺
145 号　德兴顺麻庄
147 号　鸿善澡堂
148 号　裕升德布铺
149 号　广生号山货铺

151 号　振兴立罗圈铺
151 号　内顺魁山货铺
153 号　万元号丝线铺
154 号　××× 竹木行
154 号　协成裕布铺
155 号　隆升和布铺
156 号　宏大碱店
157 号　义聚昌布铺
158 号　永裕东颜料店
161 号　东明祥布行
163 号　××× 碱店
165 号　××× 饭铺
166 号　××× 帽行
167 号　××× 毡帘铺
168 号　兴盛合毡帘木桶铺
169 号　恒丰成帽铺
170 号　××× 酒店
171 号　美华镶牙馆
173 号　××× 铁冶铺
174 号　××× 果局
175 号　××× 饭铺
176 号　××× 首饰铺
176 号　××× 杂货铺

东花市街

（路北自西向东）

1号　米记烧饼铺

2号　德盛永豆腐坊

3号　全盛号麻刀铺

甲3号　玉顺号竹货铺

4号　泉成纸店

6号　庆丰和绒线庄

6号　复兴桶铺

7号　姚记铁摊

8号　医馆

9号　天成楼首饰店

10号　茂盛号砖瓦铺

11号　裕华五金工厂

11号　永大汽炉铁厂

甲11号　瑞合永花店

12号　志盛永绢花庄

13号　福源永酒店

15号　德盛永麻店

16号　恒通客货栈

18号　太和馆　（平记饭馆）

19号　全盛号铁铺

21号　义顺桶铺

22号　全祥成铜器加工

22号　张记竹篮铺

22号　长魁制桶社

22号　马记竹篮加工厂

22号　胜利料器局

22号　全顺成竹箱铺

23号　存仁堂药行

24号　新亚照相社

24号　朱世杰丝线手工业

24号　福兴长绒线庄

24号　全盛店（旅店）

24号　福茂隆麻绳铺

24号　花局作坊（绢花）

25号　魁星号棉花店

25号旁门　安记刻字铺

27号　文魁斋刻字铺

28号　玉珍斋钟表店

28号　德利永鼓铺

32号　五星工厂（铜丝厂）

32号　福隆号堆房（粮行）

32号　新生铜铁厂

32号　泉兴铁工厂

33 号　三成铁铺
34 号　福隆号米粮店
35 号　麻绳铺
36 号　三合永麻绳铺
37 号　畅怡园澡堂
39 号　振丰工业社　（掐丝）
39 号　芦炳章嵌镶手工厂
40 号　穆德小学
41 号　德源恒纸店
42 号　巨玉恒麻绳店
42 号　月兴麻店
甲 42 号　华丰织布厂
43 号　沙锅盆碗店
45 号　义兴客店
46 号　瑞兴泉杂货店
47 号　德盛堂国药店
48 号　东三益客店
48 号　绒绢纸花业同业工会筹委会
48 号　祥源茶庄
48 号　成兴麻店
49 号　魁义顺成衣铺
50 号　郝记无线店社
51 号　德茂碱店
52 号　容真照相馆
53 号　富华楼首饰店
甲 53 号　天源饭铺
54 号　天源号酒铺
59 号　祥源楼首饰店
60 号　远东服装工业社
60 号　永源酒店
60 号　远大药房
61 号　龙泉涌理发馆
62 号　沛仁堂药铺
62 号　义和顺煤铺
63 号　涌和诚碱颜料庄
64 号　振兴长烟叶店
65 号　朱记料石作
65 号　利升祥绒线店
66 号　俊民车行
67 号　豫丰碱店
甲 67 号　恒源益纸店
68 号　三合馆肉铺
69 号　晋隆斋食品店
69 号　天祥茶庄
70 号　内明远牛羊肉食品
72 号　永富兴烧饼铺

73 号　胜利居饭铺

73 号　恒源益纸店

东花市大街路南

（自东向西）

75 号　三义公颜料杂货

76 号　合增永油盐粮店

77 号　金生客店

77 号　森利自行车铺

80 号　聚泰麻刀铺

81 号　董记车铺

81 号旁门　董记粥铺

甲 81 号　新隆钟表店

83 号　大成号绒线手工

83 号　丽生号照相馆

83 号　瑞兴成烟皂火柴店

84 号　三河顺切面铺

84 号　义聚泰饭铺

86 号　长兴和纸店

87 号　泰和店（旅栈）

87 号　孚丰货栈

甲 91 号　友联纸烟厂

88 号　三合盛切面铺

89 号　聚康号颜料店

90 号　胜春茂记茶庄

90 号　鸿昌义记纸烟杂货

91 号　天聚祥马尾纂

92 号　桂香斋香蜡店

93 号　福德长麻绳店

95 号　崇文诊疗所

96 号　兴隆号珐琅店

98 号　广裕成粮店

99 号　福益成染线店

100 号　德兴店旅客店

100 号　聚源号酒店

100 号　聚成号网子铺

100 号　广瑞栈

101 号　永盛号烟袋杆庄

101 号　大陆布厂

103 号　龙泉布线庄

105 号　同兴和绒线庄

105 号　济仁堂药庄

105 号　永兴油店

106 号　天利鑫油坊

106 号　元兴圣麻绳铺

107 号　正兴和堆房
108 号　绢花局
109 号　大信工厂（织布）
甲 109 号　大陆织布厂
111 号　大成店（客店）
111 号　永顺居饭铺
112 号　同丰栈（客店）
112 号　会发货栈
112 号旁门　正德电料行
114 号　福顺义麻铺
117 号　双和号编竹社
117 号　福巨长席铺
117 号　元丰德煤铺
117 号　双合竹箱铺
118 号　泉兴铁工厂
119 号　福兴隆丝线行
119 号　织袜厂（家庭手工业）
119 号　聚德祥成衣铺
119 号　万兴线铺
120 号　长顺永麻铺
120 号　信诚碱店
121 号　三顺轩切面铺
122 号　兴华织布厂
122 号　宏业染坊
123 号　福泉茂麻铺
124 号　永生和罗底工厂
125 号　瑞源棉线行
125 号旁门　大陆车行
126 号　德源涌油盐店
126 号　合兴楼猪肉铺
127 号　积聚公颜料店
128 号　晋隆斋糕点
129 号　泰康义颜料店
129 号　新世纪成衣铺

为什么门牌会有重号？那是因为有些大的铺面房被不同行业的两三个老板合租，于是便出现了福兴隆丝线行、织袜厂（家庭式手工业）、聚德祥成衣铺、万兴线铺都是119号新鲜事儿。

整条花儿市大街的店铺按其种类计，大致有：杂货店44个，麻铺27个，丝、棉线庄26个，五金电料、铁器店21个，碱店、颜料店20个，布店16个，首饰店14个，饭庄12个，旅店12个，百货店10个，糕点铺10个，花庄、花店7个，茶庄6个，成衣铺6个，肉铺6个，烟货铺5个，油盐店5个，自行车铺5个，堆房5个，药铺5个，药店5个，照相馆4个，粮店4个，浴池4个，酒铺3个，煤铺3个，治疗所3个，洗染店3个，桶铺3个，帽行3个，棉花店2个，理发馆2个，鞋店2个，石铺2个。另外还有瓷庄、茶馆、头发铺、网子铺、鼓铺、粥厂、砖瓦店、果局、命馆等。

老北京还有句话：哈德门外最多的是五金玉器布线行。我想您看罢这个统计表后会认为这句话有点道理。

我虽然在花儿市居住了几十年，但是这300多家商铺我不可能都进去过，有的我压根儿就没细瞧过，再者说有些店铺解放前后的两三年早就关张了，有的易主了，不知此表是哪年统计的。所以我不可能（也没必要）将它们一一道来。再者说，我又不是研究北京商业史的，说多了不露怯才怪呢。因此我只选择与我个人的经历有关的商家、小店儿聊上一聊。

启元茶庄

北京的茶庄（也称茶叶店、茶叶铺）十有八九是安徽人所开，且以歙县人为主，因为安徽是中国茶产大省，而歙县尤盛。老北京有“南茶北水”之说，也就是说北城的水质好，多为甜水井，南城的茶叶好，茶庄名号大都在南城。其实也不尽然，

拆迁改造后依然坐落在西花儿市的启元茶庄

鼓楼的“吴肇祥茶庄”，东四的“汪元昌茶庄”、北新桥的“吴裕泰茶叶店”均在北城，但是南城的茶叶铺的确多一些，如前门外的“森泰茶庄”和“庆林春茶庄”，大栅栏的“张一元茶庄”“吴德泰茶庄”，宣内大街的“吴恒瑞茶庄”，崇外大街的“吴鼎裕茶庄”和花儿市大街的“启元茶庄”等。

启元茶庄的前身叫“鸿业茶庄”（也被人误写为宏业或红

叶），始建于1901年（光绪年间），1940年不幸失火歇业。因无力复业，被天津启元茶庄的老板卞敬涵盘了过去，成立北京分号——北京启元茶庄，1941年开业（那年笔者刚好降生）。数年后，当本人可以独自外出采买时，每年都要进这家老号买“高末”若干次。所谓高末就是一般百姓才买得起的稍好一点儿的茶叶末。老北京人都有喝茶的习惯，而且偏爱茉莉花茶，若家中来了客人，必定要上茶，否则失礼。要是有贵客来到，那就得千方百计给人家上好茶，否则更是失敬。咱自己个儿没有喝好茶的福分，好茶叶只买一两，没钱多买。启元茶庄十分会经营，无论多少钱的买卖它都做，就是把一两分成十小包儿（每包儿一钱）的茶也卖。这种包装专供顾客买去泡茶馆儿、泡澡堂子用。有时家中来了贵客，我母亲还喜欢往茶里放一点儿白糖，以示敬重。这是指在北京，要是回农村老家探望高堂，必要带茶及“点心匣子”（即老北京糕点铺卖的“老八件儿”），家中的爷爷奶奶只要见了这两样东西，立刻笑逐颜开，乐得合不上嘴，我们小辈儿人看到老家儿心满意足了自然也高兴了，这就是咱平凡人家的那点知足感，老小都开心。

启元茶庄门脸儿不大，门厅有三间的样子，水泥墙柱，两扇很大的弹簧琉璃门，门的两边是高大的玻璃窗，从外向里看，柜台内外一览无余，亮堂得很。柜台很高，两侧有供客人歇息品茶的雅座。启元茶庄为前店后厂，后面有加工分类茶叶的厂房（也可以说是小作坊），还有厨房和伙计们住的地方，大约60来人。据说每逢集市或年节，伙计们都能吃到白面馒头和猪肉炖粉条，因此伙计们积极性很高。

启元茶叶的特点是：口脆、色浅、味浓、条匀，冲泡以后口感清爽、水色浅而香气扑鼻。据说每天清晨都有黄土岗花农送来的新鲜的茉莉花，用以熏制茶叶，您想，这茶叶能不香吗？包茶叶是最累的活儿，赶上生意好时，一个工人每天要包几百包儿上千包儿的茶叶，那包儿包得四四方方见棱见角，包好后再盖上标明等级的蓝色印章，那小蓝印章给我留下了极深的印象，因为每次买茶叶都要看那章是否有误，尤其买好茶时更是留意，这不光是给家人看，还要给客人显摆呢！

今天老花市大街已不复存在，但启元茶庄依然经营着，只是门面和经营方式已大不相同。今天的花儿市大街已没有多少老住户，国瑞城、富贵园住的都是外来的土豪，他们根本就不知道启元茶庄曾是京城茶叶铺的有名老字号，这就是今天老城区老字号所面临的现状。除全聚德、同仁堂外，其他老字号的知名度都大不如前。

崇光照相馆和崇光电影院

前面说过花儿市的商铺大约有 300 家，但是到了 1956 年公私合营的浪潮席卷全国时，情况发生了极大的改变。有实力的大企业、大买卖，公私合营后尚可生存，那些小作坊、小家庭手工业就支撑不住，被消灭了。运动嘛，没有实力也不想被改造，出路只有一条——关张！关不了张的，有点实力，那就被合并（美其名合作社化）。比如百货类的，就合并为花市百货商场了，在花儿市西口，南北各一家，规模很大，现在路南的一家已改名为“搜秀”（“搜秀”之前叫“金伦”）。卖小吃的也合并。卖花儿的成立了北京绢花厂。旅店合并后称为花市第一、第二、第三……旅店。总之商铺大为减少，慢慢地就都变成了国家的买卖，资本家只剩下一顶随时准备挨批斗的帽子。这些事儿一两句话说不清楚，但只要是我这个年龄段以上的人，一听就明白。

也就是在这个大变革前后，在“启元茶庄”以东八九十米处路北，建起了崇光照相馆和崇光影院。

崇光照相馆的旁边还有一家照相馆叫“建华”照相馆，好像是崇光老，建华新。后来两家合并了，是否也是1956年前后？已记不清了。合并后规模扩大，改名为建华照相馆，“文革”中又改名为“红都”照相馆。花儿市大拆迁以后，照相馆迁移到了天坛南门对面的景泰路，又恢复了老名字——“崇光”。

合并扩大后的崇光（即建华）照相馆，在崇外一带是个规模较大的照相馆，附近的居民大都来此照相，我家的所有老照片儿——包括我和我老伴儿的结婚照、证件照、全家福，孩子小时候的照片儿等全出自这家照相馆。

我的艺术照

我个人从小学毕业到报考大

学，总共拍过三张标准像和一张所谓的艺术照。那三张标准像分别是为办学生证和毕业证书照的，高中毕业后那张是我准备考艺术院校时拍的“歪脖儿照片”。为了这张照片，我颇费一番心思，猛一通儿捯饬（dáo chi）。首先是发型，人长得不佳，无论如何得弄个好发型提提神吧，可又没有钱去“四联”理发（当时王府井的“四联理发馆”那可是京城天字第一号的理发馆呀！），又想美又想不花钱，只好恳请我父亲一位戏友的夫人帮忙。那位女理发师是花儿市理发馆的理发员，非常好看，皮肤白皙，眉清目秀，性感之极，特富诱惑力。而且身条也好，要哪儿有哪儿（据说就是没有孩子），她的美丽我至今难忘。我当时怎么也想不明白她为何当理发师（还听说那理发馆是他们家开的，后院还能住人）。总之，她给我理得十分满意，让我漂亮了三分。光发型解决了也还是不行，还有行头呢？穿什么呀？那年月甭说学生，就是大人（包括国家领导人）都不穿西装，因为那会儿认为穿西装是资产阶级！青年人最时兴的是穿白汗衫，外套毛衣或鸡心领的毛背心儿（多数还是自己家手工织的）。我家条件不好，买不起毛织品，我母亲也不会打毛衣。无奈之下，找我们班的一位叫李运能的华侨同学借了一件毛背心儿，才拍了这张艺术照，还真是提神，有那么点搞艺术的味道。有位老友到我家参观，看到这张老照片说：“嘿，想当初咱张先生也挺帅的呀，怎么现在变成了这副模样？天壤之别呀！”我心说：想当年王心刚帅不帅？可今儿您再看，都快认不出来了，人一过古稀，只能越变越丑。

我的“肥贼”照

左边这张留着大鬓角的照片儿也有故事。那时我已考入了北京艺术学院表演系，踏入了演艺之门后拍的。就像今天许多导演留大胡子一样，那年月演员留个大鬓角十分时髦，可我为什么要留大鬓角呢？还有一层原因，我一入大学（1960年）正赶上“三年困难时期”，粮食定量压缩，人人吃不饱饭，怎么办？为了缓解家中的粮食困难，暑假、寒假我父亲就逼着我回农村老家探亲，说是探亲，实际上是到处蹭饭吃，这样我一个月的粮票就可以节省下来贴补父母。尤其是我父亲，他从小娇生惯养，一点苦也吃不了，净和我妈争饭吃（为此我曾写信批评过父亲）。粮食不够吃怎么办？我母亲就给同院的杨家以及对门的李家看小孩儿，不要钱，只要粮票。就这么苦挣苦熬地渡过了三年挨饿的日子。我母亲一边儿疼在外挣钱的丈夫，一边儿疼上大学的独子，真是苦了她了。一家三口就她一个人饿得浮肿了。一想到这些我就恨那个只搞运动不搞生产建设的时代。话题还要扯回那张相片儿上，看我多胖啊！挨饿的年代我脸上怎么会那么多肉呢？吃的。我是张家门儿的长子长孙，一回到老家，四个爷爷家、姥姥家、大姨家，还有一些本家亲戚，挨家挨户地请我吃，虽然农村也吃不饱，可总比城里好一点，自家房前屋后多少有点儿自留地，菜也相对多一些。他们总是把最好的东西给我吃，最次也要给我炸油饼，就是吃不上肉。油饼之大，一个得半斤！那叫一个香，可谓至死不忘。十多家亲戚，我就是一家吃一两天，这一个假期就美美地过来了。您想，天天好吃好喝地揣（chuāi）我，能不胖吗？于是我拍了这张在困难时期吃成“肥贼”似的照片做纪念。

我的结婚照

这张结婚照是我和夫人结婚时所拍的唯一一张。那年月正值“文革”期间，一切都要革命化，没有婚纱照。不必说“文革”中没有，大概一解放婚纱照就被取消了，因为那是资产阶级生活方式，必须彻底消灭。到了“文革”，一般都得穿着军装，胸戴毛主席像章，手捧红宝书拍照。姜昆的《如此照相》虽略有夸张，但真实情况绝对如此！我们夫妻俩既没穿军装，也没戴像章，更没捧着红宝书，这胆儿就不小了！此照难得。

改革开放后，又兴起了婚纱照，而且出现了大大小小的影楼，港台的影楼也涌进了大陆。现而今的年轻人结婚几乎都要

我和爱人补拍的婚纱照

拍几千元上万元的婚纱照，我的两个儿子也拍了，为了赶时髦，我和夫人也补拍了婚纱照，这是做梦也没想到的事儿。

20世纪90年代的崇光电影院

与照相馆相邻的是“崇光电影院”。这家影院是在聚兴隆布店的基础上，联合界边儿的瓷器店等三四个商铺合股开办的。建成于1955年，木结构，大约300来平方米，500多个座位。冬天取暖靠煤火，夏天靠壁扇。现在听起来是很简陋，但在当时，那可是了不起的大买卖。开张时放映的影片我现在还记得，是戏曲片《秦香莲》（小白玉霜主演），每天六场，连演半个月，场场满座。崇光电影院由于规模小，设施简单，属乙级影院，因此它只能上映二轮儿的片子，也就是甲级影院放映过后的片子，乙级影院放的片子还不能叫老片子，丙级影院（像北羊市口内的“大众影院”）上映的片子才叫老片子，全是黑白片儿。

1963年崇光电影院进行了扩建改造，前厅改成两层楼房，放映厅的座位也扩大为670个座位，环境也比过去舒适多了。虽未升级为甲级，但已接近甲级了，所放映的影片也比较新了，印象最深的是在影院前厅的墙上还悬挂起22大电影明星的照片，他们是：赵丹、白杨、张瑞芳、上官云珠、孙道临、秦怡、王丹凤、王晓棠、王心刚、谢添、崔嵬、陈强、张平、田华、于蓝、于洋、谢芳、李亚林、张园、庞学勤、金迪、祝希娟。如今这些老艺术家已经走了一多半儿，最小的祝希娟已75岁（2013年）。

据说，这个名单公布以后，在电影界引起了一场不大不小的风波（自然有人不服）。此事好像还惊动了周恩来总理，后来风波逐渐平息。说来也是，那时全中国有多少电影明星呀，为什么选这22位？什么标准？到今儿也没弄明白。反正我还能数出一大串儿来，像魏鹤龄、李伟、刘琼、陈述、项堃、陈戈、冯喆、石挥、田方、田烈、金山、浦克、张伐、康泰、印质明、赵联、郭振清、张勇手、吴茵、凌元、周璇、秦文、陶玉玲、里坡、李景波、韩非、仲星火、杨润身、梁音……数不胜数，这些人当中的许多人也早已离开了我们。今天，1960年以后出生的人大约很少有人知道他们的名字了，这是历史的必然。反过来说，您让我叫出许多当今大“明星”的名字，也是一件难事。第一，我根本不认为他们当中的大部分人是明星，无法忍受，只觉脸儿熟。第二，“明星”泛滥了就没有真正的明星，自吹自擂或相互吹捧，无聊透顶！今日之“明星”与当年之明星无可比性，充其量为名演员。

“文革”前不时兴追星，签字呀，合影呀。明星也都很谦虚，从不到处张扬。许多影迷都是把自己喜爱的明星的照片挂在床头或置于案头，天天欣赏。我那时也是个影迷，我不仅记住了许多明星，也记住了许多他们主演的优秀影片：《中华儿女》《三毛流浪记》《二百五小传》《乌鸦与麻雀》《新儿女英雄传》《吕梁英雄传》《民主青年进行曲》《上饶集中营》《赵一曼》《钢铁战士》《刘胡兰》《白毛女》《武训传》《我这一辈子》《姐姐妹妹站起来》《南征北战》《 六号门》《方珍珠》《龙须沟》《智取华山》《鸡毛信》《山间铃响马帮来》《沙家店粮站》《天罗地网》《天仙配》《宋景诗》《祖国的花朵》《平原游击队》《董存瑞》《祝福》（彩色）《秋翁遇仙记》《谁是凶手》《母亲》《李时珍》《十五贯》（彩色）《家》《沙漠里的战斗》《虎穴追踪》《扑不灭的火焰》《新局长到来之前》（彩色）《国庆十点钟》《上甘岭》《杜十娘》（彩色）《女篮五号》（彩色）《护士日记》《羊城暗哨》《海魂》（彩色）《寂静的山林》《地下尖兵》《柳堡的故事》《鲁班的传说》《花好月圆》（彩色）《党的女儿》（彩色）《古刹钟声》《英雄虎胆》《渡江侦察记》《永不消逝的电波》《林家铺子》（彩色）《风暴》（彩色）《青春之歌》（彩色）《水上春秋》（彩色）《回民支队》《海鹰》（彩色）《五朵金花》《战上海》（彩色）《聂耳》（彩色）《今天我休息》《乔老爷上轿》（彩色）《林则徐》（彩色）《老兵新传》（彩色）《我们村里的年轻人》（彩色）……这些都是 1960 年以前摄制的影片，也是我上艺术院校之前看过的影片，这不是全部，有些印象不深、不佳的影片不计其内。

此外，还有一批令我难忘的译制片，像《列宁在十月》《斯大林格勒保卫战》《攻克柏林》《丹娘》《乡村女教师》《钢铁是怎样炼成的》《我的童年》《在人间》《我的大学》《夏伯阳》《无罪的人》《伟大的曙光》《彼得大帝》《伟大的公民》《冷酷的心》《华沙一条街》《牧鹅少年马季》《钦差大臣》《废品的报复》《海军上将乌沙科夫》《银灰色的粉末》《脖子上的安娜》《丘克和盖克》《骄傲的公主》《偷自行车的人》《驯虎女郎》《安娜·卡列尼娜》《罗密欧与朱丽叶》《牛虻》《瑞典火柴》《游手好闲的女人》《台尔曼传》《贝多芬传》《危险的恋爱》《马戏春秋》《流浪者》《两亩地》《教育的诗篇》《雪地追踪》《母亲》《第十二夜》《依凡从军记》《迷眼的情网》《这里有泉水》《二十四只眼睛》《罗马 11 点钟》《禁止的游戏》《生的权利》《奥赛罗》《天职》《一仆二主》《华沙美人鱼》《柏林情话》《警察与小偷》《红与黑》《雾都孤儿》《第四十一》《雁南飞》《静静的顿河》《唐·吉诃德》《好兵帅克》《三剑客》《王子复仇记》《百万英镑》《理查三世》《巴格达窃贼》《偷渡的苦工》《一个人的遭遇》《白痴》《上尉的女儿》《我了解他》《叶甫根尼·奥涅金》《木木》《欧叶尼·葛朗台》《阴谋与爱情》《春香传》《金刚山姑娘》《影子部队》《被开垦的处女地》《复活》《白夜》《智擒眼镜蛇》《冰海沉船》《黑桃皇后》《仲夏夜之梦》《红菱艳》《古堡幽灵》《绞刑架下的报告》等，其中一些名著如《钢铁是怎样炼成的》《高尔基三部曲》、莎士比亚的影片、《牛氓》《流浪者》《红与黑》《静静的顿河》《三剑客》《黑桃皇后》《白痴》《木木》等都给我留下了不可磨灭的记忆。由此我还想起了老一辈的译制片演员：邱岳峰、尚华、毕克、曹蕾、苏秀、白景晟、向隽殊、车轩、张玉昆、童自荣、丁建华、赵慎之、陈汝林、乔榛、张同宁等。解放初期，我们的译制片大都由东北电影制片厂（长影前身）译制，一口生硬的东北腔，听起来有些可笑。后来我们的译制水平越来越高，尤其是上海电影制片厂的译制片厂更是高水准的。我记得前苏联电影演员波波夫在看了由他主演的《静静的顿河》（上中下三集）中国版之后感慨地说："我觉得格里高利一家会讲中国话了！"这个评价相当高，只可惜现在再也看不到这样高水准的译制片了。"棚虫儿"们（今天配音演员的俗称）只为快录快挣（钱），很少有人在推敲人物、推敲语言上下工夫了，所以难出精品。

由译制片我还想到了老的香港片，想到了凤凰影业公司，想到了《家》《春》《秋》，想到了吴楚帆、夏梦、平凡（北京人艺演员平原的亲哥哥）、龚秋霞、鲍方、白燕、朱虹等一大批明星。

说到电影院，我还想到了电影广告。"文革"前各大影院都时兴画电影广告，其中我最喜欢的是大华电影院的广告。因为我上中学时要天天四趟路过大华电影院，我所在的北京二十四中就在大华电影院北侧的外交部街内。大华电影院的广告画得相当漂亮，像油画一样！当然不是油画，是水彩画。后来上了艺术学院才明白水彩画不可小看其难度，因为当你动笔时一定得胸有成竹，水彩不同于油彩，是不能改的，画错了就完蛋！我听说大华电影院的画师是兄弟二人，其中一个还是聋哑人。每当有新的广告挂出以后，我都要驻足观看半晌，那真是一种莫大的艺术享受。

翻译家王瑞山

说到译制片，我还想起一个长者，就是我高中同学王栎的父亲王瑞山。他是中影公司的翻译，专门负责领导在审查进口影片时的口译工作，后来他又成了字幕工厂的剧本翻译。我经常到王栎家玩，因为他们家有外面看不到的外国电影画报（当然不让我拿回家去看）。除看画报外，还能从王老先生那里得到许多电影知识，字幕是怎么做上去的？影片的声道是怎么回事？再比如底片、反转片与拷贝片之间的关系和数量等，总之收获甚大。遗憾的是王老先生在“反右”中被打成右派，发配到北大荒劳动改造，此后很长一段时间我就看不上外国电影画报了。不久，他又变成“摘帽右派”，又可以工作了，我又得以享看久违的外国电影画报了。“文革”中，王栎由于父亲的问题，说了些不合时宜的话，被打成“现行反革命”关进了监狱。这一关就是6年！在他被关押期间，我曾去看过他的父亲，老爷子因为受过反右的折磨，还挺想得开，并不以为然。我的这位同学聪明过人，学习成绩奇好，除政治课外，门儿门儿五分（那年月是学苏联，五分制，三分为及格，四分为良，五分为优），但是大学就是不录取他！无奈之下，他被分配到西山苗圃干体力活，真是浪费人才呀！他能没有怨气吗？！结果“文革”一来，说了一些“对毛泽东思想也要一分为二”之类的话，就被打成了“现行反革命”。我这同学特有骨气，死不悔改，就是不认错，结果被关押了6年。他的奶奶80多岁了，身缠重病，但就是要坚持到见孙子一面才走。上天有眼，她见到了出狱的孙儿后很快就无憾地走了。想起这些，我就想骂那个整人的“阶级斗争”时代。摧毁了多少人才、多少家庭啊！话扯远了，就此打住吧。一家照相馆，一家影院竟引出了这么多“废话”，也挺开心的。

电影《青春之歌》拍摄花絮

杨沫的《青春之歌》曾经是我们这一代人狂喜狂读的小说，几乎人人看过，甚至不止一遍！1958年底，北京电影制片厂为了向国庆十周年献礼，决定由崔嵬导演将这部小说搬上银幕（彩色），我们北京人艺的大演员于是之参加了这部影片的拍摄，他在片中扮演反面人物于永泽，为了抢雪景影片开机的头一场戏就是拍于永泽在雪天里提着酒准备回家宴请胡适先生的戏。于是之演的于永泽是真自私、真虚伪，但他自己不满意，总觉得多少有点儿脸谱化的痕迹，然而观众很认可他的表演。记得“文革”后，我和于是之一起去山东青岛体验生活、搜集创作素材，负责接待我们的是青岛话剧团的代路（后来他成了大作家）。代路是演员出身，很崇拜于是之，特别想请于是之和我到他家做客，但遭到了他夫人的强烈反对：“别让他来！我恨死于永泽了！”结果真的没去成。这是事后代路偷着跟我说的。

花儿市大街拆迁后，翻新的火神庙

现在仍在西花儿市大街的消防队址

好，咱把话题拉回来再说开头的话题，花儿市大街崇光电影院对面有一消防队，到今儿个也没搬家，那儿还是消防队。火神庙在崇光电影院东边约80米处，是花儿市著名的庙宇。解放后，破除迷信，庙里没了香火，也没了和尚，庙被改成少年儿童阅览室（少先队之家）。电影《青春之歌》最后的游行镜头，就是在哈德门外到花儿市西口之间拍的。参加游行的群众演员由十一中、女十三中、二十六中、二十四中的高中同学扮演。我当时正在二十四中上高中，也参加了拍摄，没有劳务费，每人只管一顿中午饭（好像是面包夹香肠，一管箩一管箩的）。那也美得不得了，又开眼，又见世面，还能见到于洋、康泰、秦怡、谢芳等大明星。这些明星们的临时化妆室就安排在火神庙内，围观的人里三层外三层呀。当时有轨电车已取消，但铁轨还没拆，也不知剧组从哪儿弄来的两节有轨电车当道具，拍学生们登上电车高呼口号的场面。最后的戏是国民党当局派消防队用水枪驱散游行队伍，这便用上了花儿市消防队，队员们都换上了黑色的国民党警察制服，真拿着水枪往这些大演员身上滋呀！一个个被滋得跟落汤鸡似的，还得咬牙与警察“搏斗”。您家中若有《青春之歌》的光盘，不妨一阅。这就是消防队、火神庙与《青春之歌》的关系。后来我考上北京艺术学院之后，崔嵬同志曾到我们班讲过课，还重点讲了《青春之歌》，但他绝不会想到在听课的学生中还有一个给他的片子当过群众演员的我。

黄家店鲜花市场

前面提到花儿市集上的花儿为两种：鲜花和绢花。鲜花儿市场在哪儿？——黄家店。黄家店非“店”，而是一条胡同的名字。这条胡同就在西花儿市路南消防队的东侧（中间隔着两三个小铺面）。黄家店这条胡同有特点，形状像人的胃，南北胡同口很窄，中间肚子很大，有大空儿场儿！当然所谓大空儿场儿也就是一个篮球场那么大，周边还有住家儿户。这胡同的南口通手帕胡同，其窄无比，两个人碰到一起得侧身儿过才行。没有路灯，也是谈恋爱的好地方。北口邻花儿市倒是宽敞，可居然有一个大污水池！臭气熏天，每到此处，得捏着鼻子过。这样的胡同口在北京市是很少见，邪了。胡同口虽臭，可挡不住赶集的人，这个集大约在 1954 年就被取消了。取消后，北京市成立了花木公司，统一管理花木市场。

黄家店的花均来自丰台十八村（即今天的草桥花乡），史书这样记载："今右安门外西南，泉源涌出，为草桥河，接连丰台，为京师养花之所。""前后十八村，泉甘土沃，养花最宜，故居民多以养花为业。"清末民初时，这里的养花业已颇具规模，有大量的暖洞（即温室），一年四季均可有花出售。暖洞分两类，白花洞子和鲜花洞子。白花洞子以养熏茶用的茉莉花儿为主，鲜花儿洞子当然是养供观赏用的四季鲜花儿了。

黄家店的鲜花儿市场，除茉莉、玉兰、牡丹、芍药、月季、水仙、马兰、桂花、菊花等品种外，还有蝴蝶、串儿红、倒挂金钟、晚香玉、小石榴、秋海棠等草花儿，另外还卖树苗、药材、肥土、养花儿工具等一类的东西，而且还管送货上门，代为培植，不另收费。若赶上大集，花农们会把花摊儿摆到花市大街上来，在西口路南的几家布铺前设摊，布铺的掌柜倒也欢迎，为他们招揽了很多顾客。

张东海命馆

说到命馆，人们自然会想到算命的（旧社会称算卦的），说到算命的又会想到装神弄鬼的巫师和巫婆，总之是骗人的把戏，是封建迷信。解放后，北京在“肃反”运动中，大张旗鼓地取消反动会道门儿—— 一贯道。随之又取缔了占卜行业，甚至连到庙里烧香拜佛以及信奉基督教、天主教也被视为封建迷信活动，只有回民的清真寺尚存，伊斯兰教没被取消，因为那涉及了民族政策，不敢轻举妄动，其他的庙宇虽未遭到严重破坏，但都取消了佛事活动，有的（像雍和宫）就暂且关闭，不对外开放了。

改革开放后，宗教信仰恢复了自由，所有的庙宇、教堂均正式开放，有的还进行了修缮，街上的卦摊又开始活跃起来，今天看来，无论您信奉上帝，还是信奉释迦牟尼，其教义都有相通之处，都是教人修身养性，与人为善，不要作恶害人，提倡社会和谐，天下太平。

原花儿市火神庙前居然盖了一个公厕！

我国的问卜历史由来已久，早在几千

年前的商周时期，君主们无论是建都还是立后、立子，以致出征、战事、预测天象等都要问卜，包括后来周文王演《周易》，孔子著《易经》。卜的类别历经数千年的演变，到新中国成立之前已有数十种，特别是易经，有大学问，也有科学道理。但瞎子算命、抽签问卜、巫婆装神弄鬼等均属骗人之道。

易经在中国文化史上评价很高，列群经之首，文化之根。近些年来才被国人广泛研究。

群经者，《易》《诗》《书》《礼》《乐》《春》《秋》。《易》为首。

根者，道也。一阴一阳谓之道，宇宙万物不出阴阳。我在上高中时，一位老师就讲过：形而下者谓之器，形而上者谓之道。器，人的感官可及；道，感官不可及，需用心灵感悟。

易者变化，经者永恒，世间一切变化是永恒的。以咱们人为例，生命是变化的，可以分为五个阶段：生、长、壮、老、死。这个规律可适用于世间一切事物的变化。而世间一切事物无非是两大类，一类为科学，一类为艺术。科学属理性思维，艺术属感性思维。无论是哪类思维，易经都用阴阳来解释，经过道家、学者的多年研究，认为它是正确的，而且是深奥的，现在还在研究，甚至国外也在研究。各位切不可把《易经》和江湖骗子、巫师巫术混为一谈。

说到这儿，还得插一个话题——水会。因为西花儿市有一个卦摊儿就在崇东水会门前。何为“水会”？水会就是清末民初商业界自发组织起来的消防队，又叫“水局子”。崇文区最早的水会有三处：打磨厂、鲜鱼口和西花市大街路北火神庙东侧。西花儿市这个水会就叫崇东水会。崇东水会成立于咸丰十年（1860 年）关于水会的具体历史，咱有空儿再跟您细聊。

西花儿市共有三个常年的卦摊，其中一个在火神庙西侧，后发展为一个命馆，即张东海命馆。在火神庙前的是“三奇子”卦摊，他那块白布招牌有时候就挂在火神庙正门前的木栏杆上，有时摆挂在地上，斗大的黑子——三奇子。再往东儿步远，就是崇东水会，那儿也有一处卦摊儿，由一位道士经营，专门为人“圆梦”。“三奇子”卦摊专演“奇门遁甲”，张东海命馆则演“六爻”及细批八字、合婚择日等。所谓“六爻”是由易经八卦演变而成，一共六十四卦：“乾、坤、屯、蒙、需、论、师、比……”得嘞，我也别往下说了，说了我也不懂，您更听不懂，反正是六十四卦。占的方法很简单，就是将三枚铜钱放入一个铜筒中摇动后再将铜钱倒入一个小铜盘，铜钱两背一面叫“诉”，一背两面叫“单”，三背叫“重”，三面叫“交”，如此连摇六次即为“六爻”卦。然后用卦辞和爻义来推断事物发展的成败、吉凶。

这种占法到底是否灵验？我有个故事讲给您听。我的高中同学段桐华，他家祖上是清末崇文税务署的官员，崇文税务总管历来是京城一大肥差，雁过拔毛，富得流油。他家的大宅门，前门在花市下三条，后门在下二条，可见院落之大。他家的一个亲戚曾从他家的客厅顺走一对儿宝物——铜胎镀金奔马座表，表上还镶有钻石和宝石。民国后期，他家的家境逐渐败落，到了解放初期破落得几乎衣食无着的地步。于是他的母亲想起了亲戚偷走的那一对儿宝物，并将其诉诸公堂，对方自然不会认账，案子久拖不结，于是段母便到张东海命馆算了一卦，卦师断定段母肯定能打赢官司，且称能收回三百万（旧币，折今日人民币 300 元）。当此案再开庭前，了解此事的段母的表弟刘某突然出现了，而且早已参加革命，已是解放军的营指导员。他不但了解案情而且亲眼见过那一对儿表，法庭一见有解放军军官作证，立即断案，判被告败诉，并处罚金三百万元！说占卜也好，说易经也罢，您爱信不信，反正这个故事是真的。

山货铺及其他

今儿个，在老北京人的日常生活中，竹竿儿、竹帘子这两样儿物件儿也近绝迹，但在二三十年前及更远的时候，京城百姓尤其是住平房的，那是绝对离不开这两样儿东西。

先说竹竿儿，第一用处就是支蚊帐。那时的北京，一到夏天，蚊子特多，只好在床上支蚊帐。蚊帐有单人双人两种，用时在床头的四角绑上四根竹竿儿，然后在顶端再用四根儿竹竿儿将其连接上，形成冂型，这样便可将蚊帐支起来。蚊帐是由专用的蚊帐布制成。这种布类似现在纱窗的窗纱，有网眼，只透气而蚊子进不去。睡觉前，先将蚊帐中隐藏的蚊子用扇子驱走，然后把蚊帐的下沿塞进褥子下边，以防夜间蚊子钻进来偷袭。买不起蚊帐的住家儿户就只好点蚊香，点蒿子，点敌敌畏了。那年月人们也不懂什么环保啊，污染啊，人的生命好像不那么值钱，也没钱，就是瞎活着。电蚊香、驱蚊液是后来才发明的，再加上家家用上空调，蚊子自然少了，蚊帐这才逐渐退出市场。

我们住的花市一带有好多山货铺，张东海命馆对面儿就有两三家，家家儿都卖竹竿，当然也卖沙蒿、柳条、木材等其他山货。

居家过日子，还有用竹竿儿的地方。比如一到过年，家家儿都要扫房，扫顶棚，怎么扫？就是把鸡毛掸子绑在竹竿儿上变成加长掸子，用它来扫，有时街坊四邻的还相互借用。再比如雨雪天在房檐下晾衣服，怎么晾？在椽子上钉两根儿铁丝儿，中间儿吊一根竹竿儿，这就是晾衣杆儿，要是在屋里吊一根短竹竿儿，那就可以搭毛巾、手绢儿用。还有支窗户、支门、支竹帘子等都得用竹竿儿。

其实对我们男孩子来讲，竹竿儿的最大用处是粘唧鸟，唧鸟学名称蝉。蝉的种类很多，颜色也不太一样，但有一点是共同的，天儿越是闷热叫得越欢，尤其林中蝉，那叫声很远很远就可听到，然而你要想粘它，就有点麻烦了，叫声一片不好识别方向啊！就得仔细找，若只是院子或胡同里的树上，那再好找不过了。粘唧鸟要用面肥。面肥是何物？面肥即发酵的面。制作极简单，无论是您吃饺子、烙饼还是面条，只要留下一小块和好的剩面团，放它两天，温度适宜，它自己就发酵变为面肥了。面肥又酸又黏，粘到手上洗起来忒费劲。所以，它是粘唧鸟的好材料。想当初在那个低薪年代，老百姓很少去买主食，都是在家里自己弄点面肥蒸馒头花卷儿唔的。现在生活水平提高了，很少有人发面了，于是面肥也不用了，要用也是去买现成的酵母菌。粘唧鸟很容易，就是用一根竹竿儿（遇上高的树还可将两根竹竿儿接在一起）在顶端放上一点儿面肥，然后顺着树枝的缝隙慢慢地向唧鸟的身后移动，越轻越好，不宜惊动它，当一旦快接近到它的时候，迅速粘上去，粘上它就飞不了了，一粘一准儿！其实粘了也没啥用，无非是拴上它放在屋檐下听叫唤，过几天不是飞走就是死个毬的了。现而今，人多了，树少了，还净打杀虫剂，大小昆虫死的死，逃的逃，在城区已很难再听到唧鸟叫，就是有，也没人去捉了，那个穷孩子穷玩儿的时代已经一去不复返了。

还有一种游戏，叫“滋水枪，打水仗”。这要找稍粗的竹竿儿，截上一节儿，这一节儿一定是一头儿空，一头儿恰好留住节子，形成一根小竹筒儿，然后找一根儿筷子，在粗的一头儿绑上棉花或布条，形成一个棒子的样子，竹管的节子上要打一个小孔，小棒子弄湿后，要刚好在竹筒中推得动，松紧都不成，就像医院里打针的针管似的，这样“水枪”就做好了。玩儿的时候每个孩子身边都要有水源，用水枪吸上水来就拼命地滋对方，边滋边追，一会儿工夫，个个都成了落汤鸡！您说这是不是穷玩儿呀。

山货铺附近还有竹货铺，竹货铺自然是以卖竹制品为主，比如竹篮、竹筒、竹筐、竹筛子、竹梯子、竹椅子、竹躺椅，竹帘子等，其中买菜用的竹篮子和夏天用的竹帘子几乎是家家必备的用品，今儿咱就说说竹帘子。

在那个没有空调甚至也无电扇的年代，夏天凡住平房的百姓离不开竹帘子。这时竹帘子有两个作用：一通风且阻挡蚊蝇进屋；二门户大开时，可起到保护隐私的作用。阻挡蚊蝇自不必多说，保护隐私作用十分重要，尤其对女人。夏天，人们在家中穿得少而单薄，为的是图个凉快，男人甚至可以光着膀子穿个大裤衩子满街跑，女人行吗？多热的天儿，女人穿少了只能在屋里忍着、耐着，您要是穿的过少或光着上身那就得竹帘子遮挡，竹帘子的优点就是只要您的屋里比院里暗，那就遮羞了，因为从外面看屋里是什么也看不见的，如同慈禧太后“垂帘听政”一样，到了晚上，您可别开灯，一开灯，那可就“穿帮”了，竹帘子虽管用但也得小心点儿，这就是大杂院儿的麻烦。您要是独门独户，那就方便多了，当然几代人在一起也得有个避讳。不过那时的女人，尤其是没文化的中年以上的女人都不戴乳罩，老太太还敢袒胸露臂。我母亲终生没用过乳罩。

卖竹帘子的不光是竹货铺，也有走街串巷的，这些小贩不但卖，更重要的是管修。因为竹帘子是用线绳和竹皮儿做的，不是很牢固，一家人每天进进出出，挂在门上的竹帘子每天不知要掀多少遍，使着使着有的线就断了，有的甚至连竹皮儿也折了，就得修。

修竹帘子的小贩工具很简单，肩上扛一个架子，然后再带上现成的竹皮儿和线坠儿即可。那架子就是两个木叉架着一根横梁，成 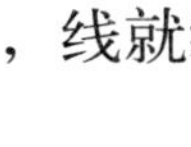　　型，线坠是木头做的，有大拇指粗，上尖下圆，半尺来长，线就缠在线坠上。修的时候，将竹帘子破的地方拆

开，把断线和折了的竹皮儿拆下来，把线坠儿上的线一一接在尚未断开的旧线头上。竹帘子是编织起来的，所以每条线都是双的，相距一寸左右，编的时候，将竹皮儿放好，然后用线交叉绑牢，说是绑，其实就是将每组线的两个线坠儿前后翻越横梁一交叉就行了，打一行就绑上一根新竹皮儿，就这样一行行、一根儿根儿打下去，新的部分就完成了，然后接好线头，将帘子两侧的竹皮儿绞齐， 用布镶好边，这帘子就算修好了。就是打一个新帘子也费不了多长时间，半天儿也就差不多了。后来人们嫌竹帘子麻烦，有的就挂一块冷布或豆包儿布，还有人将塑料绳钉成一排，挂起来当竹帘子使。也有讲究的，用五颜六色的料器小珠子（类似玻璃珠子）串起来组合成图案当竹帘子，非常漂亮。电视剧《正阳门下》就用了这种道具。有一段时期，人们又发明了用旧挂历做帘子，就是把过期的挂历纸剪成小方块或小长条，用手做成管形、菱形、三角形等，然后将其串起来，在木条上钉成一排做成帘子，五花八门，什么样的都有，既好看又实用。这就是帘子的历史。

倘若竹帘子到了彻底坏了、修还不如买的时候，破竹帘子也不能扔，因为帘子上的竹皮儿是做风筝的现成材料，拿过来就能用。像我们这一代人小时候都有亲自动手做“屁帘儿”的经历，后来当了父亲又教孩子做，代代相传。现在人们生活富裕了，都直接到市场上买现成儿的了。

“屁帘儿”是最简单的风筝，就是一块儿长方形的纸用竹皮儿将其撑起来，上边儿拴线，下边贴上几条纸条，以保持平衡。之所以叫屁帘儿，是因为它的基本形状就像旧时大人们给刚会走的还穿着开裆裤的小孩子做的挡风保暖用的屁股帘儿一样。做法极简单，随便找一张轻点儿的长方形纸，在背后糊上三根竹皮儿，成“叉”字型，然后将横着的那根儿用线将两头连上并绷紧，成弓形，为的是逆风时风成流线型绕过，减少阻力。正面拴三根线，横皮儿上一端一根，两根儿斜着的交叉竹皮儿中间的交叉点上再拴一根线，然后将这三根儿线结成等边三角形系在一起，最后将放风筝的长线与之连上即可放了，放的时候“屁帘儿”下边还要粘上纸条，一是为了平衡，二是为了好看，最好是带颜色的纸条，飞起来漂亮！边跑边放线，屁帘儿逐渐升起视为成功。倘若飞不起来，或是竟在空中打转儿，那肯定是做得不标准或线拴得不平衡，就得重做。那时谁家的孩子若放的不是屁帘儿而是沙燕或是孙悟空之类的真风筝，那大家可羡慕死了，那得花钱买呀！没钱您玩不了真风筝，只能玩屁帘儿。

说到风筝，我们北京人艺有一位做风筝的业余爱好者——李翔。李翔是已故的老一辈儿人艺人，故去好多年了，生前他曾经塑造过许多令人难忘的角色，如《雷雨》中的鲁大海，《骆驼祥子》中的祥子，《茶馆》中的李三，电影《风暴》中的林祥谦，以及《山乡女儿行》中的薛老根等，他还是电视连续剧《四世同堂》的策划人之一。他年轻的时候就喜欢玩儿风筝，做工相当精细考究，深得圈内外同行的赞赏，又是文艺界的知名人士，最终他被推举为北京市风筝协会的主席，经常带着自己的作品参加全国性的各种赛事。

我大儿媳妇的父亲，也就是我亲家，也是个风筝迷，不到50岁就因“病”退休了，玩起了风筝，不但会做，还会画，而且画得颇见功底，他做的风筝最大的特点是个个儿起，绝没有飞不起来的，令筝友们十分佩服。不仅如此，他还会做放风筝用的线框子。做线框子那可是高级的手工活儿，从选料到裁料、做架、打孔、旋把儿等，每个环节都得讲究细致，以保证做出的线框好使好用，手感好。我现在收藏着他做的好几个风筝，还有一个枣木线框子。如今他年岁大了，眼睛也出了毛病，不能做了，我的藏品将成为他最美好的记忆。

在三友轩茶馆听蹭儿

三友轩茶馆在张东海命馆对面儿马路南边儿的一个小窄胡同里，坐东朝西。我印象中，在小胡同的口上有一个简易的小牌楼，上书“三友轩”三个大字，牌楼下面总戳着一红色的水牌子，上面用白水粉写着当天说书者的名字和节目单。为什么叫水牌子？水牌子上刷的都是红色油漆（也有黑色的，少），往上写字时用毛笔蘸着用大白粉加水合成的稠汁书写。这种“白汁”极容易擦，用湿抹布一擦字儿就没了，这样牌子可以反复使用。水写水擦，所以叫水牌子。这种水牌子使多少年不带换的，过去的老戏院子都使这玩艺儿。现在的“老舍茶馆”依然在大门口戳着水牌子，可能现在叫广告牌了。

一般地说，书茶馆白天卖茶卖水，晚上开评书（当然遇上集日或节假日，白天也有时开书），为什么还卖水呢？因为有些摊贩或不起灶的商家没开水，想喝就提着水壶或暖壶到茶馆买去。茶馆只要一开书，光喝茶聊天不听书的茶客就得走人，剩下来的全是想听书的。想听书得花钱买牌儿（类似票的小竹牌儿），两角钱十个，说书人说到“扣子”时，茶馆伙计便拿着一个小笸箩收牌儿，每段收一个，您要是听上瘾来，那就得不停地买牌儿。又没钱又想听的怎么办？当时就像我这样儿的穷学生哪有钱听书呀？学校组织春游，家长才给两角钱。想听怎么办？听蹭儿。何为听蹭儿？就是站在茶馆门口伸着脖子竖着耳朵听，不能越雷池一步，这就叫“听蹭儿”。我印象最深的是王杰魁的《包公案》《小五义》，段星云的《济公传》，王兴周的《聊斋》，陈荣起的《施公案》等。大家连阔如也曾在此说过书，好像是《东汉》《西汉》。他讲战争场面的词儿，我现在还记得：“只见二人策马挥枪，摇旗呐喊，杀在一起。哇呀呀呀，数十回合，人仰马翻，不分上下……”后来广播电台也开始播书了，尤其是连阔如的书，几乎天天播。于是有的商家为了吸引顾客，买了收音机和扩音器，天天放人们爱听的评书、京剧、相声、大鼓等，街上爱听玩艺儿的游人无不驻足欣赏，那也是花儿市的一景。

说到此处，想到一个插曲。我上中学时，天天路过东单广场，临解放时，那里是国民党军政要员逃跑时的临时飞机场，解放后成了文化广场，后来又改成了供各学校使用的运动场（包括足球场）。场子周边有大树，树荫下常常有闲人下棋聊天，也有说书的、相面的。其中有一位说书人，天天准时出现在广场的东南角儿，摆地摊说书，他说的《妇女翻身记》我现在还记得故事梗概。说的是解放前一个贩卖人口的团伙，在国民电影院（解放后叫首都电影院，在六部口西路南），趁一位姑娘看电影中间如厕时，将其劫走，后被辗转卖到台湾的妓院，被迫过上了“高等妓女”的生活，日久天长，身价下跌，处境渐惨，一个偶然的机会，她遇上了一个好人，将其救出火海，并千方百计地经香港将她带回大陆，此时大陆已经解放，那个女人自然重见天日，投奔亲人，故事相当曲折，完全可以写一部长篇电视连续剧。

“群芳”回民小吃店

说起北京的小吃，如豆汁儿、焦圈儿、茶汤、面茶、驴打滚儿、艾窝窝、年糕、切糕、豌豆黄儿、各种烧饼、糖火烧、糖耳朵、羊头肉、羊杂汤等，那还得是回民做的，一是味道纯正，二是干净。回民这个民族特别讲卫生，我有过好几位回民街坊以及许多回民同学，他们的爱干净是我们汉族所不及的。而且不论贫富，都十分讲究卫生，所以吃回民做的食品放心。

前面说过，在花儿市火神庙前有一个卖豆汁儿的“豆汁丁”。1956年公私合营以后，个体商贩基本取消，代之以合作社，花儿市一带的卖小吃的也被整合在一起成立了几个小吃店，最有名的是崇外大街的锦芳小吃店。花市大街火神庙东边也开了一家小吃店，叫“群芳回民小吃店”，除豆汁儿等各色小吃外，还卖杂碎汤、豆腐脑儿、肉饼等。我自然是经常光顾的熟客。20世纪80年代初，我爱人单位分了房，我们搬到了遥远的六里桥（那时的

大拆迁之前的群芳回民小吃店

六里桥就是农村，我们那个小区的地名就叫水口子村，周边是庄稼地、猪圈（又脏又臭）。但我父母没搬，仍住在花市下三条，我这个大孝子，当然得“常回家看看”。这么一来，我等于还没离开花儿市。每当路过这家回民小吃店时，总得停下来喝碗豆汁儿或杂碎汤才心满意足地离去。那会儿物价没有现在这么贵，一两角钱就解决问题。现而今喝碗豆汁儿要一块五或两块，贵的离谱不说，还稀汤寡水的，远不如过去啦。花儿市大街改造以后，回民小吃店依然存在，就在清真寺的西畔拉，各种回民小吃店一应俱全。但说句老实话，其味道比过去略逊一筹。原因很简单，原材料远不如过去正宗了，如今供老百姓吃的东西哪儿有绿色的？没有！有也是打着绿色的旗号骗钱而已。您再看看那庙会上的小吃摊，一水儿的伪劣产品，但个个都打着正宗的名誉，什么“年糕张”“茶汤李”“豆汁 ×”……全

是假的！就是一些人租了摊位，再雇上一帮外地打工者在那儿瞎做，还贵。越写上正宗越不是正宗，真正正宗的老字号人家不打正宗的旗号，您什么时候见“全聚德”前边儿打上“正宗”二字了？但它的确正宗。

除去原材料有失传统外，在操作上也净是糊弄事儿的，根本不是祖传、家传，基本上是仿制。打个比方，您现在很难吃到正宗的北京芝麻烧饼。做北京烧饼，不光是油盐芝麻酱，再沾点儿芝麻一烙就得了，得往里撒带小茴香的椒盐儿，烙到半熟把烧饼拿出来，拉开饼铛放到灶边上烘烤，上边铛里接着烙下一锅。这样连烙带烘烤出的烧饼，才又香又酥，这才是北京芝麻烧饼，现而今谁懂？谁这么做？所以说今天想吃真正的回民小吃，难喽！

从理发馆想起的

在群芳回民小吃店的斜（东斜）对面儿有一家叫协庆成的油坊酱园。天天磨香油，那真叫十里飘香呀！西花儿市半条街

协庆成旧址，它的左侧矮房即理发馆

都能闻到香味！1956 年公私合营以后，这家油坊关张了，房子变成了居民用房，里面很大，有“七十二家房客”的感觉，我有同学住在那个院里。

在油坊的东侧，有一家理发馆，小有名气。就是我前面提到的为拍艺术照，先去理发做头的那家理发馆。它的名气不是来自于手艺精湛，而是那里有一个美女理发员。这位美女理发员我也描述过了，不再提了。许多顾客登门并不完全为理发，只为多看她两眼，若能让她那纤细的手为自己洗洗头、刮刮脸，再搭讪几句，那更是一种满足和享受。她的先生姓刘，好像叫刘斌寿，是我父亲的好友。刘先生之所以认识我父亲是因为他在“盔头社”谋生。“盔头社”就是租赁剧装的服务社。我父亲不是票友吗，他们演出时经常向刘先生所在的盔头社租戏服和道具。每次刘先生都要跟演出的，这样一来二去和我父亲就熟了，我父亲自然也经常找他夫人理发，边理边聊，也是美不滋儿的。可惜的是我太年轻，还不懂啥叫性感，后来我成年了，她也老了。

说过理发馆，使我想起了许多与理发有关的往事。

小时候，我留过小辫儿，因为是独子嘛，大人们总怕我万一生病夭折了，于是就留个小辫儿，这其中有留住的意思。小辫儿留，小辫留嘛。

一上小学就改剃光头，又省钱，又好洗。小时候剃头都让那些走街串巷的挑着剃头挑子的匠人来做。或在街上或在院子里，几分钱，很便宜，一会儿就能把几个孩子的头全剃光。

上了中学，知道美了，就开始留发（所谓“二八分”），到了高中，更上一层楼，不但要到理发馆理，还要用油吹风，甚至用火剪“烧尖儿”以保持发型。那时候没有发胶，头发定型就靠电吹风加“烧尖儿”。所谓“烧尖儿”就是用火剪或吹风机的热挡，将头发的尖儿烤黄了，都能闻见糊味儿，头发尖都连在一起了，自然就定型了。您说那会儿人爱美简直是不要命吧！这不光我们男士，女士们烫发也时兴用火剪边卷边烫，以便烫出波浪来。电烫，那得是大理发馆才有呢，比如像王府井“美白”“四联”“鼎新”以及“西单第一理发馆”这四家特级理发馆才有齐全的先进设备。“文革”前的五六十年代，北京的理发馆是分等级的。除上面的这几个特级理发馆外，下分甲一级、甲二级、乙级、丙级等多种级别。理发员也分特、一、二、三等级，手艺不一样，工资待遇也不一样。像我说的花儿市这家理发馆，撑死也就是乙级差不多了，弄不好也就是丙级。丙级也不错，能上等级就是有点规模的理发馆了。

20 世纪 50 年代，特级理发馆，男子理发 8 毛，女子烫发 2 块 2 毛钱。现而今，一个小小的破发廊，光理发就要你 15 元！暴涨几乎 20 倍！女士要是美发美容，那根本就没谱了，几百元、上千元，宰你没商量。这就是许多女贪官用公款美发美容之“道”。

汇生池澡堂子

缨子胡同后改名为瑛子胡同，缨子胡同是因为胡同里有一个很大的缨子作坊而得名。缨子是一种装饰品，扎在帽子上叫帽缨，扎在标枪上叫枪缨（即红缨枪）。不知后来为何将“缨”改成“瑛”？纯属胡改！让我最难忘的是在它的北口对面有一家澡堂子，叫汇生池，那是我青少年时洗澡的去处，也是我父亲经常光顾的地方。

汇生池浴池

老北京的洗浴业是一个很大的行业，所以才会有电影《洗澡》（由我们北京人艺的老艺术家朱旭和姜文的弟弟姜武主演）精彩、真实、可信、感人。

传说，洗浴业是由旅馆延伸而成，早在300多年前，京都汴梁（今开封）就设有浴堂，有资料记载，北京最早的澡堂子开业于顺治年间，在今天的西四附近，名为“涌泉堂”。

清末民初，提倡维新，社会风气逐渐开化，人们开始重视个人卫生，洗浴业遂发达起来。1907年（光绪33年），回民穆紫光在前门外杨梅竹斜街，仿照上海浴池的样式，建起了三层楼的“东升平”澡堂。《燕游异闻随录》曾这样描述东升平

汇生池浴池胡同北口

澡堂：“升平园是第一家最整洁的浴池。在此之前，京师已有浴池，但都是空气污浊，蒸汽逼人。升平园内部之秩序，外观之美丽，皆灿然可观，一新眼界。浴堂内分三等：即福堂、官堂、客堂，每日人为之满。”

到了20世纪30年代，澡堂子遍地开花，尤其是繁华地带，几乎每半里地就有一家。据民国二十四年（1935年）统计，北京有浴池125家，其中女浴池有8家。浴池内福堂为贵宾用的单间，普通官塘（大池子）分温、暖、热三池，池旁有淋浴设施，塘内还设有搓澡用的木床、木凳、木枕、丝瓜瓤、皂角石、搓脚石等。澡堂外面的大厅里是供客人洗后休息的地方。分为雅座、普通座两种。所谓座就是木床，两张床为一组。每组中间有木板隔断，约半米多高。每组的两床之间有小茶几儿一个。床上有枕头、枕巾、床单、浴巾之类，上边都印有浴池的字号。枕后有小柜橱，贵重物品可锁入其中，钥匙上有胶圈儿，可套在手腕儿上去洗澡，以防万一。当然也可交到服务台（称柜上）保存，脱下来的衣服交服务员（伙计）用挑杆儿挂到头顶的墙头上，人站在床上想用手摘都够不着，那挑杆儿顾客是不可以随便动的，以防小人偷窃。

赶上节假日人多时，则需要拿号排队等候，要么就“脱筐”。所谓“脱筐”，就是不占床位，将衣服脱下后扔在大竹筐中，一人一个，自行管理，衣服物品倘若偷失，概不负责。父亲曾带我脱筐洗过澡，不觉拥挤，只觉热闹有趣。

《红白喜事》剧照

洗浴业的从业人员大多是河北定兴人，这是因为父子传授，邻里相携而产生的地域性。我们北京人艺曾上演过一出农村方言话剧《红白喜事》，说的就是定兴话，取得极佳的剧场效果。定兴人是很能吃苦的，他们统治了北京两大行业——煤业和洗浴业。都是很劳累的行业，洗浴业的伙计则更是辛苦，他们起早贪黑，工作时间相当长，他们必须保证“金鸡未唱汤先热”“红日东升客满堂”，而且澡堂子还最讲究拉晚儿，晚上六七点钟到夜里十一二点，是澡堂子的黄金时段，尤其是秋冬季节。

说到洗浴业还要说到两个职业——搓澡和修脚。

搓澡，凡澡堂的老伙计都会这手活儿。到澡堂搓澡的人多少都有俩钱儿，而且多数是中年以上的人，年轻人甚少。不是钱的问题，是觉得别扭，尤其搓澡师傅无意中碰到您的隐私处时，真有说不上来的感觉。解放后，又多了一层感觉——有剥削人的嫌疑。搓澡，就是当您在池塘里把周身的泥儿都泡透了以后，躺在木凳上让搓澡师傅擦身，可为何不叫擦而叫搓呢？因为得用力，直到把周身的皮肤搓红为止。北京人把身上搓出的脏物叫“泥拘粒儿”，那真是搓了一层又一层。除去脸部和阴部外，全身搓个遍，躺着搓前身及四肢，坐着搓后背，趴着搓后身。那叫一个痛快！小时候陪父亲去洗澡，他每次都搓，我在一旁看着，后来长大了，但我从没尝试过搓澡是啥滋味，张不开嘴，总觉得让比自己大的师傅搓澡有不平等的味道。

旧时，搓澡伙计还上门服务呢！最有意思的是给日本女人搓澡。日本人爱洗澡是全世界出了名的。有钱的高贵日本人在家设有大澡盆，每日必洗，甚至不止一次。隔那么几天他们要请澡堂的伙计上门搓澡。搓澡时，伙计只围一块遮羞布（因为室内热）。男伙计给女宾搓澡您想能不那个吗？尽管被搓的女宾都是婚后年龄偏大的女士，那也是女的呀！有时伙计搓着搓着那玩艺儿勃起了，还遭到对方的嘲笑。这些都是我听说的，不知是否确有其事。

修脚（包括理发）那可是澡堂子的重要业务。尤其是老年人（起码是中年以上的）许多都是为修脚而进澡堂的。修脚是要预约的，就是说您一进澡堂的门儿就得跟伙计打招呼——呆会儿要修脚。这就给您排上了。因为澡堂里只有一两个伙计（得称师傅）会修脚，其他伙计不会。

修脚更是手艺活儿，跟做小手术差不多。王府井清华池的高级修脚师，修一次贵得很呢！京剧大师马连良是那儿的常客。

所谓修脚就是修脚垫、修鸡眼、修脚趾甲，以脚垫、鸡眼、甲沟最难修。到了给您修脚的时候，师傅就提着一个地灯和一个小板凳来到您的床脚前，坐下后先调整好位置，再打开地灯（实际上是那种蛇皮管儿的台灯），对准您的脚，然后从板凳下边儿的小抽屉里取出一个黑皮夹，皮夹里有大小形状各异的各种刀具，这些刀具都能用得着。因为要根据脚上不同部位的毛病用不同样式的刀。修的时候，您不必开口，只管躺着养神，师傅会在您不知不觉中（甚至在您睡梦当中）把您的脚修得跟小年轻的脚一样漂亮。说修着修着把您的脚弄破了，弄疼了，流血了，那是不可能的事！手艺之高，令人叫绝。都说扬州人会修脚，其实北京的高手也多得是！报上曾多次表扬清华池那位修脚师傅，叫什么名字，我忘了。遗憾的是，今天从事这个行业的人越来越少，但我坚信不会绝迹，因为有需求，有市场。全中国中老年人得多少亿呀，缺得了这个行当吗？当然，修脚的价码会越来越高。随行就市，这也合理。本人现在还能自己凑合着修，我看早晚有一天得请人修，已年过古稀弯腰、掰腿有点吃力啦。

西花儿市杂谈

书写到这儿，西花儿市已经说了一半儿，当然，也还有该说没说到的商铺，比如路北的上义栈、福源长干鲜果品店以及大大小小的布铺，还有路南的麻铺、罗圈铺、桶铺、石铺、鞋铺、染坊等。总之西花儿市的特点是路北以百货、副食、布铺、手饰、小吃、娱乐为主体，路南则以各种手工业为主体，赶上花儿市集，也是路北人山人海，而路南则相对人少一些。

先说这上义栈，栈一般指旅店或客房，货栈常常是指存放货物的库房，用在商业字号上的很少。1993年，我们北京人艺赴台湾演出《天下第一楼》，在台北下榻的饭店叫“六福客栈”，当拿到日程表时，有的同志开玩笑说：是不是让我们住大车店呀？其实是一家三星级饭店。上义栈是一个很有名的经营铁器和瓷器的杂货店，之所以称之为栈，可能是因为当初它只批发不零售的缘故吧。解放后它发展成一个很大的二层楼的杂货店，日用杂品一应俱全。其中以经营铁锅和瓷器为主。您说，居家过日子，谁家能离得开锅碗盆勺？所以上义栈是附近百姓经常光顾的商店。蒸锅、炒锅、饼铛、水壶这是一般家庭必备的几样东西，上义栈的锅质量非常好，炒菜不变色、不挂锅，越使越好使。该栈的锅均产自山西阳泉，阳泉附近有铁矿，因此当地人多以做铁器为生，即所谓靠山吃山，靠水吃水。上义栈为此在阳泉设立了采购站，专门采购那里的铁器制品，大到直径四尺二的熬碱锅，小到家庭用的小炒锅，以及手使的小农具，无其不有。我还记得买回家的铁锅或饼铛，我母亲总是先让我到肉铺买一点猪油（即带皮的肥膘），放在上面先煎一番，直到那些肥油都渗到锅里为止，这样以后的锅就更好使了。说实话，铁锅炒出的菜就是香！遗憾的是，现在城里几乎没有卖铁锅的，都使不粘锅。炒出菜绝对不如铁锅炒的香！要不您到郊区吃农家饭时，人家总打出“铁锅炖柴鸡……”的旗号以招揽顾客呢。

本书开篇不长，我就提到哈德门外的商业有“五金玉器布线行”之说。西花儿市就是布铺集中的地方。解放前夕1948年，西花儿市的布铺多达19家，除原有的老字号：通泉号、协成生、裕升隆、大隆号、协成裕外，新开业的又有聚兴隆、聚泰隆、华生祥、隆祥号、玉成公、源丰祥、大丰昌、庆丰和、恒仁义、宏昌号、裕升德、隆升和、义聚昌和东明祥等。为我的书写序的弥松颐兄居然还收藏有通泉号、泰来栈

通泉号布店的“门票”（即包装纸）

泰来栈门票

的“门票”（即包装纸），真可谓是有心人哪！泰来栈是家百货店，也卖布。花儿市为什么会有这么多布铺呢？这事儿不好下定语，非得说一定是因为什么，有时商业同行之间挑战也罢，竞争也罢，地段风水也罢，常常会出现扎堆儿现象。您说现而今簋街上开了几百家饭馆，一户儿挨一户儿，为什么呀？还有广外马连道的茶叶街，也是一户儿紧挨着一户儿，按常理儿，那还能有买卖吗？嗨，可人家都玩得不错，各有各的门道，各有各的客源。我想花儿市的布铺多，道理也如此。花儿市的布铺还有个共同的特点，就是面向劳苦大众，平民百姓。自古以来，北京外城就比内城穷，要不怎么会有外城“南贫北贱”，内城“东富西贵”之说呢。穷人多的地方，当然消费不起高档布料，所以花儿市大街的布铺多以销售中低档布料为主，与前门外的“八大祥”不是一路买卖。“八大祥”有两种说法儿：一说大栅栏的瑞蚨祥绸布店、瑞蚨祥皮货店、广盛祥绸布店，还有廊房头条的谦祥益、珠宝市的益和祥、打磨厂的瑞生祥，以及前门大街的瑞增祥和瑞林祥。还有的说八大祥都是山东章丘孟家开的，它们是瑞蚨祥、谦祥益、益和祥、瑞增祥、瑞林祥、瑞生祥以及东四的东升祥、西四的丽丰祥。总之家家都有“祥”字，家家以中高档的精纺布料、绫罗绸缎、虎皮貂衣这些高档产品吸引富人，普通百姓一般是不会问津的。说到这儿您又会问了：南城不是穷吗，怎么“八大祥”都在南城前门地区呢？我说的南城是指哈德门外和宣武门外，前门外是个例外，为什么？前门外是皇上出巡的必经之路，另外，明清时期的吏、户、礼、兵、刑、工各大部都设在前门内两侧，外省的官员进京汇报工作，为了方便，都住在前门外的各大会馆，再加上每年赶考的举人也云集于此，前门外的繁华是理所当然的事。

花儿市的布铺主打中低档产品，比如粗白布、细白布、印花布，北京产的条格布、自由布、高丽布、夏布，还有山区农民欢迎的“寨子布”，回民丧葬用的“毛提尖”等。当然它们也卖绫罗绸缎，但量很少，因为买主儿少。有的布铺还设有染坊，可为顾客代染布匹，还有代客裁剪、代客制衣等业务。总之买卖不分大小，待客不分贫富，一律热情接待。您就是买半尺布做鞋面儿，几分钱的买卖也让您满意而去。这让我想起侯宝林先生学小伙儿计唱的《生意经》：“买卖兴隆通四海，不论（哪个）贫富都一个样儿地看待。买卖卖的熟主顾，进门来，笑颜开，莫要发痴（你）莫发呆，像这样的买卖（你）怎么能够不发财。”

布铺的买卖家还有吸引顾客的一招，就是“老尺加一”。所谓“老尺加一”就是甭管您买多少尺布，最后伙计总得给加一寸，以示优待。您回家一量保证多一寸。当然旧社会买卖家也有坑人的，看着是加了一寸，可他量的时候有偷手，把布再抻得紧点儿，虽然让您一寸，回家一量，一点没多，甚至还少一寸！但花儿市的老铺布绝不干此缺德事，保证童叟无欺。尤其是老字号协成生，口碑甚佳，享誉京城。

说到“老尺加一”，我还想到布铺伙计（特别是老师傅）量布的帅劲儿。过去的布铺（现在也是如此）成匹的布来了以后一般地都要打成布卷，就是用一块大约 20 多厘米宽，与布幅一样长的木板当芯，然后将布一层层卷起来，码放到柜台上，各色布料一卷挨一卷的像书架上的书一样码放整齐，使顾客一目了然，任其挑选。您挑选好了，伙计会根据您买的尺寸，将布料一层层抖开，抖开时，伙计以“庹”为尺（“庹”即两臂伸开的长度）边抖边计，基本就是您要的那个长度，然后再用尺度量。布铺的尺子和家用的不一样，那尺子的一头约一寸处有个缺口，缺口上镶着一个小刀片儿，伙计将布丈量后，再让出一寸，就用那小刀片儿将布拉一个小口，然后用两手的拇指和食指分别掐住缺口的两侧，用力一撕，就是您买的那块儿布。布撕下后，伙计三折两折就将布叠成一个长方块儿，然后用纸包上，再用纸绳一捆，齐活。整个过程十分干净利索，如舞蹈一般，帅极了。可惜现在买布的人少了，人们都买成衣了，很少有人再买布自己做衣服，我们家本来有架缝纫机，在大栅栏百货商场花了130元买的，开始那几年老用它给孩子们做衣裳，后来又买了一台电动的，用了没几次就不用了。因为不时兴自己做衣裳了，而且自己做的很难如外面买的合体，慢慢地就成了摆设了，估计也快生锈了，跟不上时代的脚步啊。布铺这个行业除前门外瑞蚨祥几乎都瞎了。有关布铺的故事，咱就先说到这儿吧。

前面我还提到西花儿市路南还有许多手工业作坊和鞋铺、帽铺、染坊等。这些个行当其实在当时来讲都和百姓的日常生活息息相关，比如说罗圈铺、桶铺。旧时家家都是自己蒸窝头、馒头等面食，所以家家必备笼屉，笼屉哪卖？罗圈铺。院里没有自来水，得用桶到胡同的公用自来水管打去，得用桶吧？先是木桶，后来用铁桶，而且家家都有存水的大水缸。洗衣服用的搓板和木盆，以及簸粮食用的簸箕等，也得到桶铺去买。家里包饺子时，要用的秫秸秆儿编的篦子，罗圈铺也卖。这些都是居家过日子离不开的玩艺儿。如今这些物件大部分改用不锈钢或塑料的了，但用途没变。

染坊，一般百姓要进的话，一是因为要染的布太多，自个儿没法儿染。二是因为衣服旧了、褪色了需要再染一染，见见新，可又怕自己染不好给染花了，所以拿到染房去染。一般小块布头都是在家中自己染，想染成什么颜色就到百货店里买一袋颜料（多是“爱尔”牌的）拿回家上锅煮，边煮边翻，力争染匀、染牢，但常常染不匀，就是因为家中没有特大号的铁锅及过硬的手艺。我曾经帮母亲染过布。我的老家在河北农村，那会儿农村人，家家都会纺棉花（就是纺线），还有会织布的，织的是那种白土布（老粗布）。您别看粗，很结实。有时老家托人寄来了白布，就自己染或送到染坊去染。染成的布自己做衣服、做袜子、做鞋面儿等。

说到颜色，不得不让我想起“文革”期间统治中国的一大颜色——国防绿。“文革”之初，伟大领袖接见红卫兵时，带头穿上了绿军装，于是“国防绿”就成了最革命的颜色，所有的造反派及“革命群众”（老头老太太除外）都一水儿地穿上了军装，腰系皮带，斜背军挎（包），红五星、红领章、红袖标，全民皆兵！但是这些军装绝大部分是仿造的，只有军队的干部子弟们穿的才是正宗的。因为“国防绿”是保密配方，地方上根本无法仿制。还有“将校呢”的高级军装，谁要是穿上那样的军装，更了不得了，八成是造反派头头。那时，我正在北京市文工团当演员，我们所组织的“毛泽东思想宣传队”一律都穿仿造绿军装。我为了能得到一件真正的绿军上衣，不得不写信求助于当时正在西安当军人的叔伯叔叔，他还真不错，没多久，竟然给我寄来一件纯正“国防绿”的军上衣！我当时那个美呀，就别提啦。那真是打心眼儿里感到自己穿上了正宗时髦的革命服了，遗憾的是我没留下任何图像资料。现而今人们对军装的热情早已消失殆尽。

与“国防绿”军装相关的是军帽。“文革”前，老百姓夏天戴草帽、遮阳帽、瓜皮小帽，冬天戴棉帽、毛线帽或呢制的老头帽（也叫抹猴帽），有钱人戴皮帽。“文革”中则变了，夏天无论男女，多戴单军帽，冬天要戴翻毛的皮军帽。单帽好仿，皮帽就有点儿难了，于是市场上出现了一种与皮军帽差不多的“栽绒帽”，40元一顶。买不起呀，那会儿一个月的工资才55元，要买了帽子就甭吃饭了。后来，我的爱人大概看出了我想“臭美”的心理，下决心在花儿市帽店给我买了一顶。我的头发爱出油，为了保护帽子，她还给我做了一个帽里儿镶在帽子里，平常不带的时候一定要收入包装盒中。结果您猜怎么着，没过两年，不时兴了，帽子还是新的呢就送人了。再后来，又着迷似的买国防绿的军大衣，甚至跑到天津去买！那会儿的人真是走火入魔了，这也算是另类时尚吧。

西花儿市路南还有家永发鞋店，我在那儿买过一双皮凉鞋。买双皮凉鞋也值得一说吗？值得！那双皮凉鞋我穿了整整15年！钉了多少次偏掌和整掌，已记不清了，反正是磨的差不多了就找修鞋的换鞋掌，换了一回又一回。直换到鞋面坏了，不能修了，这双皮凉鞋才彻底退休，整15年。那鞋的样式就是周总理穿的那种老式皮凉鞋，每次穿的时候，我都把它擦得锃亮锃亮的，裤线也弄得倍儿直倍儿挺，美——您别乐，那会儿比我条件差的都穿塑料凉鞋，在家就穿踢拉板儿。“踢拉板儿”就是一种自制的木拖鞋。找两块比脚大一点儿的厚木板儿，用锯锯成鞋底儿型，然后再找两小条厚轮胎，铰成一寸多宽与前脚面厚度差不多的条形，两头用丘（秋）皮钉钉在锯好的木头板儿上，一双木拖鞋就做成了，有点儿像日本的木屐，只是日本的木屐有跟儿，屐带是套进脚趾缝的。这钉“踢拉板儿”的事儿咱也干过。省力、省事、省钱，坏了就扔，扔了再做，挺好。

您瞧瞧，这些记忆中的拉拉杂杂的小事儿都跟花儿市有关系。

首饰楼、钟表店和我的艺术创作

西花市大街东段路北有好几家首饰楼，其中最有名的老字号是全聚首饰楼。之所以叫首饰楼还真是楼，两层，门脸像牌楼似的，很气派、很古色，我小时候对其有印象。这家老字号始建于清光绪初年（1876年左右）到解放后国家取消民间金银买卖，共生存了70多年。

老北京经营金银首饰的有两种情况，一种是花市、前门、东四鼓楼一带成规模的首饰楼；一种是设在胡同里边的没有门脸的手工作坊，叫“攒作”，攒作就是打制包金、包银的假金银手饰的作坊，生意也不错。为什么呢？老北京人结婚和今天一样，离不开金银首饰。有钱人家买纯金首饰，中等人家买包金首饰，贫寒人家用白银首饰，总之离不开戒指、手镯、耳环之类的礼品，那时还不大盛行项链。项链像是西式婚礼上用的饰品，不像今天大人孩子都戴项链，男人也戴，甚至男人还戴耳环，时代真是变了。

全聚首饰楼经营方式也是前店后厂（即作坊）。所有各类首饰都是工匠们在作坊中用坩锅熔化金银，重新打制而成，纯度高，决不掺假。打制出来的手镯、戒指，背面上都刻有“全聚”二字。并刻上“足金”或“足银”标志，以取信于顾客。

我母亲曾有一枚金戒指和一对金耳环是出自全聚号。“文革”中，因家中紧需钱用，母亲让我把那一对耳环卖掉，我记得是特意跑到王府井银行卖的，只卖了 27 元，那时的金价是每两 24 元（老式度量衡，16 两为一斤，约合今天十六七克的分量）。您算算，得差多少倍？

关于全聚首饰楼的故事，我把它部分细节写进了 2007 年我创作的电视连续剧《戊子风雪同仁堂》中，也算是我挖掘了一点儿生活积累吧。

解放后，国家取缔了金银买卖和首饰业，全聚号必然倒闭，首饰楼拆除后，在它的旧址上建起了第四医院分院（类似今天的社区医院）。

在全聚号对面花儿市清真寺西侧有一家英秀斋钟表店。这家钟表店最初只是修表不卖表，什么时候开业的我不清楚，反正我小时候就经常路过此店。这店门脸面不大，是个筒子房，进深有三间的样子，前边接活，后边修表，掌柜的叫高荩臣。这家表店门脸儿虽不大，但名声很大，之所以出名有三条：服务好，手艺好、有绝活（即专修难修的表），鼎盛时期，店里有伙计和学徒十来人，这很不容易了。在修表业中，有两种表最难修，一种叫“打簧表”（也就是能报时的表），这种表的结构比较复杂，难修；还有一种是“老、旧、破表”，这类表不是油丝乱了，“摆尖”弯了，就是齿轮断了缺了，修起来十分麻烦，一般修表店不愿接这种活儿，可是英秀斋接，不但接而且保证修好修准，这自然就出名了。1956年公私合营后，英秀斋并入了钟表合作社，英秀斋的匾也从此而消失。1960年，我考入了北京艺术学院话剧表演系。前一个半学年的训练，全是无实物练习。老师让我们天天外出观察生活，寻找可以作练习的小品，开始还比较容易，题材很好找，慢慢地做得多了，题材开始重复了，老师自然不答应，让我们挖空心思地去找，越找越窄，越找越难，到后来有的同学都急哭了，想退学。我做的小品中就选过“修表”的题材，就是在英秀斋体验生活学的。为了做好这个小品，我到那个修表店门口去观察（那时已不叫英秀斋了，掌柜的也没了），我站那儿一动不动地看师傅修表，修表师傅看我喜欢也没轰我，我就天天看，看了几天，我基本上明白了修一只手表的全过程，然后我就在课余时间空手练，不但练，还要简化过程。因为小品的时间有限，你不能修起来没完没了，重复动作过多，老师肯定烦，所以要经过艺术加工，艺术提炼，选择那些别人容易看懂的动作来做。我将摘下手表、卸下表带、打开后盖儿、准备清洗剂、戴放大眼镜、拆螺丝、取零件、清洗零件、重新组装、盒上后盖儿、调整时间、装好表带等这一系列的无实物动作做得井井有条，同学和老师无不为之赞叹！这个小品我得了五分。现在您如果想欣赏我的无实物练习，我还能驾轻就熟地表演，一饱您的眼福，决不含糊。

花儿市清真寺

倘若您一定要用“荡然无存”四个字来形容老花儿市的消失，不是不可，但不百分之百的确切，因为好歹还剩下火神庙、清真寺、消防队和回民小学这几处尚可辨认，还能勾引起我们对老花儿市联想的地方啊。

花儿市清真寺是老北京城五大清真寺之一，那四座是东四清真寺、牛街礼拜寺、安定门内万泉寺和锦什坊街的普寿寺。

花儿市为什么会有座清真寺？这得从元朝说起，元朝末年，战乱不断，市井萧条，人口骤减。到明成祖朱元璋建都北京时，昔日元大都的繁华早已不复存在。于是他想了一招儿，下令从南方和山西向北京迁移人口，在迁徙的人口中回民占了不小的比例，而且这些回民特别是贫穷的回民大都集中在了花儿市一带。前面我已讲过，我在花儿市住的时候，周围有许多回民同学，要么花儿市干嘛要建回民小学呢？就是因为回民多的缘故。回民多的地方自然对牛羊肉的需求就大，这就有了后来的南、北羊市口，羊市口顾名思义就是养羊的地方。另外花儿市附近还有许多牛羊肉铺和回民饭馆儿，这些我后面将会提到。

翻修前的花儿市清真寺大门

翻修后的花儿市清真寺大门

关于花儿市清真寺的建筑结构和特色，我在这儿就不加描述了，因为史料很丰富。我再写等于抄录史料，没大意思。清真寺不像哈德门，哈德门我说得较细，为什么？没啦。可清真寺还健在，保护完好，且修葺一新。听景不如看景，有空儿，您不妨到里边溜达一趟，参观参观。

花儿市的清真寺和火神庙虽然保存完好，修缮如新，但大环境变了，周边全是高楼大厦，已显示不出当年的古韵和气派，如小模型一般淹没在楼群之中。这是今天举国上下不少文物古迹的处境。表面上看是保护了，实际上还是破坏了它们的生存环境，它们也是有灵气的生命啊，生命失去环境，即使活着，也失去了昔日的光彩。永定门重建得怎么样？假的一样！跟正阳门没法儿比，想当初不拆好不好！如今拆是政绩，重建也是政绩。

“大烟袋锅儿”

凡居住在哈德门外的百姓，没有人不知道“大烟袋锅儿”的。“大烟袋锅儿”是一家百货店的俗名，雅号乃天合成绒线铺，由于它的门脸儿上挂了一个特制的一米长的大烟袋锅儿作招牌，所以老百姓干脆就叫它“大烟袋锅儿”了，后来它真正的字号反而被人忽略了。

天合成绒线铺创业于清光绪三年（1877 年），创始人叫刘福成，河北衡水人，与我是同乡（当然不同辈）。货郎出身，16 岁就挑着货郎担子走街串巷，专卖家庭妇女手使的针头线脑、梳妆用品等。由于人实在、货齐全、服务热情，不辞辛劳，很快有了积蓄，有了住房。没几年他便买了西花儿市这间铺面房。这房子原来是个小杂货店，但经营不好，便倒给刘福成。刘福成买下铺面以后，用心地装修了一下，并多渠道地进货，力争

天合成后改名为“天合成百货店”早已拆除

最大限度地将货备齐。俗话说得好，“不怕不卖钱，就怕货不全”。为了招揽顾客，他也在门上挂起了匾和“梳篦”的幌子。可是没过多久，他发现凡卖百货的都挂的是一样的幌子，没有特色。有的妇女也不识字，找不到天合成的字号。于是他别出心裁，请人做了一个一米来长、碗口粗的大烟袋锅儿，下面缀上大红绸子。这个幌子十分独特，老百姓大老远就看见了，也记住了。“大烟袋锅儿”的俗称很快轰动京城。老北京人没有不知道花儿市有家叫“大烟袋锅儿”的百货店。

“大烟袋锅儿”的名气不只是在幌子上，更重要的是货齐，服务好。马三立曾说过一段儿相声叫《买猴》，那里边的主人公的工作单位叫千货公司。“大烟袋锅儿”就可以称其为千货公司，凡日用百货的小物件，它那儿几乎无其不有：各种型号的钢针和绣花针、各式绒线棉线，纽扣的种类更是数不胜数，还有妇女用的梳子、篦子、梳头油，天天儿使的肥皂、香皂、胰子球、牙膏、牙粉、牙刷子，做活儿用的顶针、剪子、毛衣针，以及胰子盒、洗脸盆、暖瓶、镜子、漱口盂等。解放后又添了汗衫、内衣、内裤、小花布等，真是琳琅满目，目不暇接呀！

从我们家住的包头大院儿到“大烟袋锅儿”大概不到200米，出了包头大院儿东北口穿过手帕胡同，再直穿一个没有名字的极窄胡同（最窄处不到一米），一出口就是花市大街，正对面儿便是“大烟袋锅儿”，要是大步流星地走，不到两分钟，肯定到了。所以“大烟袋锅儿”是我们常去的商店。

“文革”中，天合成的大烟袋锅儿被拆走，至今下落不明。您说一个大烟袋锅儿招谁惹谁了？那也是“四旧”？真是荒唐！

手帕胡同通往花儿市的小窄夹道（已拆除），原来它的西侧（图右）是一个小人书摊儿

难忘的小人儿书摊儿

有多种史料记述说在西花市大街上有个卖书的书摊儿，而且是唯一的书摊儿，摊主外号叫“鹅头”，原因是此人额头上长了一个大肉瘤。而我对这个“鹅头”书摊儿却毫无印象。我只知道就在“大烟袋锅

儿”马路对面儿的墙根儿底下，也就是我前面说的那条小窄胡同北口的西侧有一个书摊儿，书摊儿后的山墙就是北京市纺织品公司的库房（那里原来是两家布铺）。我记得小人书摊儿的摊主是个独臂人，外面的衣服常常是披在身上以掩盖缺臂，额头上有没有肉瘤真的想不起来了。这个书摊儿是我和小伙伴儿们经常光顾的地方，没事儿就去租小人书看，好像是一二分钱看一本。听起来租金便宜到极点了，可您别忘了，那会儿买一本小人书才一毛钱左右。一本小人书一天要是有十个八个小孩子租看，那一本书的成本一天就赚回来，再租那不就是干挣吗！

他的书摊儿以武侠小说为主，除《三国演义》系列、《水浒传》系列外，还有《大八义》《小八义》《七侠五义》《小五义》，也还有《施公案》《彭公案》《济公传》之类的书。解放后又增了像《鸡毛信》《董存瑞》《黄继光》之类的革命书。那会儿只要身上有几分钱，就去租小人书看，看可是看，不许拿家看，就坐在墙角的地上看。有时没钱了就看蹭儿，坐在人家身边儿歪着脑袋看。有的孩子吝啬，觉得我花钱租的，凭什么你也看，于是他会把你推开，或是用手遮挡着不让你看。唉，看蹭儿也不容易，还得看人家脸色。人穷志不短，那是指大人，小孩子是难以抵挡诱惑的。

到了上中学的时候，那个小人书摊似乎没了，我呢，也过了看小人书的年龄。

到了大学，奇遇出现了，我们班的王家龙是个小人书收藏家，小人书的学名应该叫连环画。我在他家看到了无数连环画作品，并从他那里懂得了一些连环画的知识，了解到一些知名的连环画家，像刘继卣、刘旦宅、程十发、贺友直、华三川等，大开眼界，完全改变了儿时对小人书的粗浅认识。如今王家龙已成为国内首屈一指的连藏之王，我曾为他写过一篇文章，现将此文摘要录后：

年逾花甲再识君——学友王家龙侧记

中国出版工作者协会连环画艺术委员会委员、中国美术家协会连环画艺术委员会之中国连环画收藏学会名誉会长、北京市连环画收藏协会筹委会主任等，这样的头衔倘若加在一位美术工作者的头上，您绝无奇怪之感；倘若要加在一位戏剧工作者的头上，您总得打个问号吧？然而这样的“桂冠”还真的就戴在了我的学友——北京艺术学院表演系大60班王家龙的头上！不仅如此，中国连环画界的老前辈、“连环画保护神”姜维朴还将其推崇为连环画收藏界的一面旗帜。旗帜者，乃领军人物也。此殊荣对王家龙来说一点儿也不过分。他从1951年（10岁）开始收藏“小人书”至今长达五十余载从未间断过。所藏连环画两万余种三万余册，享有“中国连环画收藏第一家”和“小人书王国国王”的美誉。他家的十几个大书柜，个个满满当当，书柜中里三层外三层整整齐齐地码放着新中国成立以来不同历史时期的小人书。种类不但齐全，版本也齐全。比如《白毛女》，不同时期出的，不同画家画的、不同开本的、不同装潢的，他全有！干脆我跟您这么说吧，凡是1951年以后书店里卖过的小人书，在王家龙的书柜里全可以找到！我这话毫无半点夸张，不信您就亲自走访他一趟。我认为称他为“第一家”、称他为“国王”绝不过分。

我与家龙相识就是1960年一起走进表演系的时候，回忆当时他给我的印象是高高的个子，白皙的皮肤，面容清秀，一副书生的样子、长得极像他的父亲。说到这儿您一定奇怪，您原本不认识王家龙，您怎么知道他长得像其父呢？道理很简单，因为他的父亲王斑是我国老一辈著名话剧表演艺术家。王斑老师解放前除演舞台剧外，更多的是拍电影，最早的片子是1940年与舒绣文、黎莉莉等合演的《塞上风云》，以后陆续拍了《桃花依旧笑春风》《玉人何处》《风雪夜归人》《春风秋雨》《海茫茫》等十余部影片。解放后任中国青年艺术剧院演员，曾主演过《方珍珠》《钦差大臣》《万尼亚舅舅》《丽人行》《天国春秋》《全家福》《文成公主》《龙马精神》等数十部话剧，并在电影《暴风骤雨》中饰演地主杜善人、《风暴》中饰演反动警长魏国清、《战上海》中饰演国民党将军汤司令、《青年鲁班》中饰李三辈的师傅老周。我作为一个尚未踏进校门正式学戏的戏迷和影迷，“认识”家龙的爸爸要远远早于认识他。

话虽说的远了一点，但我们从中也可想到王家龙自幼所受的艺术熏陶，这在我们班是独一无二的，大家都很羡慕这位门里出身的学友。

入学不久，同学们就都知道他喜欢小人书了。当时大家多少还有些不解，堂堂一个大学生怎么喜欢买小人书，看小人书呢？用现在的话说：是不是有病啊？您还别说，日子一长，我发现他还真是爱（小人）书如命，家中所给他的零花钱，他几乎全用在了买小人书上，他爱书甚至超过了爱戏。他曾对我这样讲过：“每当我在书店里发现了我还没有收藏过的小人书时，我的心就怦怦直跳，激动得难以自控。”您说这是不是“病态”？日子一长，他与许多书店负责小人书柜台的售货员都搞熟了，有时他一进书店的门，售货员就主动向他招呼：又来新书啦！王家龙有个习惯，凡买来的新小人书，阅后必加盖上自己的印章并注明购买日期，接着便入柜收藏起来，除父母妹妹外，外人一律不准借阅，再好的朋友也只能当着他的面轻轻地翻一翻。因此他所收藏的小人书，多少年过去了，依旧如新。这点是今天所有的小人书收藏家所望尘莫及的。今天他那三万多册的小人书，不敢说价值连城，那也绝非一个小数字可买下来的（当然他也不会卖）。

我和家龙的私交不错，算是可以在他家中翻阅他那些宝贝的好友之一吧。大学期间，我们经常到中国青年艺术剧院观摩，而家龙的家就在青艺剧场东侧的一座小楼里。看戏前我常到他家小憩，利用这段时间听他讲述一些如何欣赏连环画的知识，是件很有意思的事。他讲：切不可小瞧这看上去似乎不起眼儿的小人书，他是美术作品的一个重要画种，不是随便什么画家都可以画得了的。想想看，一本连环画中少则几个人物，多则十几个、几十个人物，画家不但要勾画出每个人物的生动形象，而且还要随着故事的发展画出每个人物喜怒哀乐的神态乃至人物的不同侧面，整个画册从头到尾，人物不能走样，都要画得形神兼备。容易吗？再就是人物的环境也是千变万化的，取景的角度如电影镜头的技法一样，全景、中景、近景、特写、正打、反打、仰拍、俯拍一应俱全，画面中的任何一个细节都要前后衔接得很好且依然不能走样，更不能丢三落四。画家脑海里必先有一部电影，否则他不可能画出一本精彩生动的连环画……后来他还给我讲了许多不同画家的不同画风。贺友直、刘继卣、刘旦宅、戴敦邦、程十发、华三川、顾炳鑫等这些连环画界的老前辈的名字和他们的作品，我至今还记得不少，这都是王家龙给我灌输的，可见其影响之大。再后来我也喜欢看连环画了，有时也买上一两本带回家一阅，当然无论如何也达不到上瘾的程度，客观上也没有那个经济实力。王家龙的爸爸王斑是五级演员，月工资好像是195元（“文革”前文艺界的工资分16级，7级以上就算高知了，享受局级待遇），家龙的妈妈是中国儿艺的元老级干部，工资也不低，所以家龙才有可能玩收藏，经济是基础嘛！我那会儿还是个拿助学金的穷学生，父亲要靠四十八块的工资养活全家，我无财力可言，喜欢也是白搭！

2003年8月，鉴于王家龙在连环画收藏上的伟绩，上海辞书出版社就为他出版了《王家龙连环画收藏大观》（上、下册），连环画家姜维朴和央视著名节目主持人崔永元分别为他的书作了序。书问世后，家龙很快就送给我一套。读了姜先生的序之后，我好像如梦方醒：原来我的学友王家龙已成为连环画专家了，包括本文开头提到的那些头衔，我也是这两年才知道的。

王家龙告诉我中国出版工作者协会连环画艺术委员会的委员当中只他一人是画界之外的人，可见他在连环画界的影响之大。

大学毕业后，我和家龙曾在北京市文工团一起工作过四年，还一起写过剧本。1969 年北京文工团被撤销，他去了中国电影出版社，我去了北京人艺。此后的三十余年中，我们见面的机会就很少了。不想他如今名声大震，令人刮目相看。所以我这篇文章的题目才叫《年逾花甲再识君》啊！

喝“散啤”的日子

还是那条小窄胡同的北口，但不是西侧而是东侧，记忆中原来是张一元茶庄的分号，后来茶庄撤了，改成了一家饭馆儿。我住到花儿市包头大院的时候，北京早已解放，大约是 1952 年，那时茶庄尚未改成饭馆儿，是稍后才改的，具体年月想不起来了。我说这家饭馆儿，并非要讲述它的历史和特色，是想谈喝啤酒的事儿。

侯耀文曾在一段相声里说过这样的话：“想当初喝扎啤的是穷酸，现而今喝扎啤的是大款！”扎啤乃生啤酒也。20 世纪 80 年代以前不叫扎啤，也不叫生啤，而是叫散啤，散啤者，散装啤酒也。卖的时候不论扎，论升，两毛钱一升，便宜之极。因为那会儿二锅头才一毛七一两，散白酒（即杂粮酒）一毛三一两。我经常让我的儿子拿着装“小二（锅头）”的小扁瓶去打散白酒，两毛钱一两半，正好喝一顿儿。想喝啤酒，也是去买散装的，散啤便宜呀！散啤都是啤酒厂的大罐车一直开到饭馆门口，然后接上大皮管子直拉到饭馆儿内的大储存罐的顶口上往里灌，灌满了再送货到下一家饭馆儿。老百姓买散啤怎么买？用暖壶或大塑料桶。暖壶能装三升，塑料桶能装五升，五升才一块钱！回家能喝个肚儿歪。记得夏天要是买散啤有时要排队，一个个穿着背心、大裤衩，手里拎着暖壶或塑料桶，排着队等着啤酒厂的大罐车来，那也是一景儿。现在的一扎也就相当于半升，得要您 10 块。要是瓶装的纯生，最低 15 块，是过去的多少倍，您自己算去吧。要不怎么会有“喝扎啤的成大款”这句话呢。

有人说扎啤就是比熟啤有营养，这我信，刚出锅的东西肯定新鲜哪！有一年我去青岛玩，在那儿喝青岛啤酒真是比北京的好，青岛的朋友告诉我：我们青岛市场上的啤酒绝超不过三天，当然鲜美。我的小孙女当时还不到两岁，抱着奶瓶喝啤酒，逗得大家好开心哪！

福源长干鲜果品店

话剧《天下第一楼》第二幕第一场中，常贵有一段儿报菜名的台词：“干烧活桂鱼两尾，扒鱼唇三斤两盘盛，葱烧海参三斤两盘盛，汤烧肘子两大个，鸭骨熬白菜两出海，什锦八宝豆泥，三不沾，外带四鲜果，四干果，四蜜果，四看果，进门点心，干门碟儿，齐了。”其中四鲜果是指北山苹果、深州蜜桃、广东荔枝、桂林马蹄。四干果是黑瓜子、白瓜子、核桃蘸子、糖杏仁，四蜜果是青梅、橘饼、圆肉、瓜条……这些干鲜果品要想一下买齐了，您就得到干鲜果品店。老北京有三处：前门外果子市，德胜门内大街，再就是西花儿市的福源长干鲜果品店。

福源长就在“大烟袋锅儿”东边一点，中间隔着一家绢花门市部和一家糕点铺。

福源长的规模很大，有40多间房，前店后厂，门面三间，还有一个做炒货的东跨院，那门是拱形的，天天有炒货的香味飘出，到夏天店家有时就干脆搬到门外二道街上炒。门面上挂有三块匾，中间的大匾，上书“福源长”三个大字，两边稍小的匾上写的是“货真价实”“童叟无欺”。

据说这家老字号始创于清道光年间，到20世纪90年代花儿市大拆迁，这家果品店依然存在，但福源长的名字不见了，取而代之的是“永香食品店”。

从清末到民国，再到解放初期，福源长之所以有名气靠的是这么几招儿：一、品种繁多，货物齐全，多达八九百种之多，凡是您在其他地方买不到的干鲜果品、山珍海味，在福源长全能买到；二、就像他家匾上说的，货真价实，童叟无欺。凡购进的货物都要进行筛选检验，分等级论价，有些干货还真的要过过筛子，抛弃杂质、残次品，让顾客一看就漂亮、顺溜、就喜欢、就想买，而且价格绝对公道，一分钱一分货；三、经营有道，管理严格。福源长卖货跟着时令走，冬天以干货为主，夏天以鲜货为主，甚至还自己生产风味纯正的酸梅汤，另外就是管理严格，店员服务热情周到，遇有老弱病残顾客，店员必代客持货将顾客（也叫买主儿）扶送出店外。

我对福源长的记忆还有一点，就是冬天卖“半空儿”。“半空儿”是什么东西？现在的年轻人肯定不懂。“半空儿”就是长的不饱满的花生，多数上半拉是瘪的，下半拉里边的仁儿个儿也不大，有的上下的仁儿都小，几乎是空壳儿，所以叫“半空儿”，但是商家不扔，照炒不误，炒出来的这种花生就叫“半空儿”。“半空儿”最可人疼的地方，不但香还便宜，比真正的炒花生要便宜很多，好像几分钱一斤，吃起来照样解馋。那阵儿还有走街串巷卖“半空儿”的小贩，边卖边吆喝：“半空儿多给！”小时候一听到有吆喝卖“半空儿”的，就急着跟大人要几分钱去买，香香嘴，解解馋。

福源长后改为永香食品店，已拆除

南北羊市口儿

老北京管胡同口都叫胡同口儿，必须儿化。羊市口也如此。羊市口儿是东西花儿市大街的分水岭，羊市口儿西叫西花儿市，往东叫东花儿市。西花儿市我已说了一个溜够了，要说还能白话，得，咱到此打住吧，否则，三天三宿（xiǔ）也说不完。

关于羊市口儿的来历，已经说过，不再赘述，咱聊点儿其他，先说北羊市口儿。北羊市口儿的北口儿直通河沿儿，往南经花市头二三四条，直通花儿市大街，胡同很长且小，十字路口儿很多。它的北段（三条以北）多是些临街的手工作坊，玉器作比较多，因为北羊市口儿有一个很大的玉器市场，叫“青山居”。它的南段是商业街，五行八作都有，一家挨一家，别瞧胡同不宽，还挺繁华。

首屈一指得先说“青山居”。

据说“青山居”最早只是一家小茶馆，既卖黄酒也卖茶水，是一个姓鞠的山东人开的。那是明末清初年间，距今已有 400 来年。这个小茶馆儿到了清朝，买卖开始火了起来，原因是哈德门设有税课司，统管京城税务，凡南来北往运货的客商均要在此等候上税，等候总要有个歇脚儿的地方吧，于是有些客商

青山居市场原址，拍摄时已不知其所用，现早已彻底拆除

就奔了“青山居”，也便有了它的兴旺。到了清乾隆年间，北京的玉器交易逐渐增多，于是在磁器口火神庙内有玉器摊儿开设，起名琳琅馆。然而这个琳琅馆只逢集日才开，平时还是缺少玉器交易场所。这时青山居便盛情邀请各位“跑城的”（即沿街搞收购玉器的商人）到青山居边品茶边交易，这样青山居越发火爆起来。后来茶馆儿已容不下众多商贩，后来在附近出现了玉器摊商，多达三五十个，但基本上是早市，上午九十点钟就收摊儿了。

民国初期，青山居儿经换代已改由李敬轩先生经营。由于买卖兴隆多与玉器交易有关，于是李先生在 1923 年创建了青山居玉器交易市场，地点就在茶馆对面的北羊市口儿 39 号，其南门在上四条胡同 19 号，面积约 900 多平方米，是在拆除了 20 多间平房的基础上新建的，砖木结构，铅铁板的顶棚，起脊建筑，有 10 多米高，四周都是玻璃窗，光线很好，设有 200 多个摊位，但仍是早市，下午晚上只留人值班看守。1956 年公私合营运动中，青山居玉器市场划归北京市特种工艺品公司，市场也迁到花儿市上四条西口路南把口处，名称改为“北京市特种工艺品公司青山居综合市场”，摊商改为坐商。1963 年该市场被撤销。

我有一位姑爷（读 yé，而不可读 yē，这中间差着三辈儿呢！）是做古董玉器行，后来也开有自己的买卖，但不在花儿市，而是在前门外珠宝市。他对古玩行业特门儿清，我小时候经常去他那儿玩，他给我讲过许多玉器行的故事，还给过我许多珊瑚、碎玉做的小玩艺儿呢。我一直收着，后来一搬家就不知去向了。

20 世纪 90 年代，为了写古玩行的剧本，我还曾专访过古董专家陈重远老先生，他年轻时在琉璃厂一个古玩店学徒，干了许多年，后来不知为何去了军工企业。晚年退休后开始写回忆录，著有《文物话春秋》《古玩谈旧闻》《古董说珍奇》等多部大部头儿的专著。我本打算写一出这个题材的话剧，遗憾的是，还没容我动笔，《画儿韩》《琉璃厂传奇》之类的电视剧便先后出笼了，后来我放弃了这个想法。实际上这个行业很深奥，水也很深，确实不大好写，弄得不好，极容易露怯，到今儿个我也没看到有写成经典的。

青山居茶馆

既然多次提到了青山居茶馆儿，那就再说说这个茶馆儿。青山居茶馆儿在青山居玉器市场东门的斜对面——也就是北羊市口儿路东42号。这个青山居茶馆儿和前面提到的山东鞠姓人开的那个又卖黄酒又卖茶水的茶馆儿肯定是一回事儿，但地址是否一致？已无资料考证，就不再细说了。青山居茶馆儿和西花市大街上的三友轩茶馆儿略有不同，青山居的茶客多是玉器行的人，另外青山居不但有评书表演，还有京剧清唱，门外也是挂有红底儿白字的水牌，当日的节目单写在上面。青山居内还有一个类似学校讲台的小舞台，有桌椅，有场面（即伴奏）人坐的地方。整个茶馆儿大约有100多平方米，比较宽敞。著名京剧表演艺术家侯喜瑞侯老先生也经常在此亮相，至于连阔如、王杰魁等也是这里说书的常

青山居茶馆原址，拆除前已成食品店的样子

客，可见此茶馆的知名度。在青山居听蹭儿比较困难，一是临街，二是有玻璃门窗，站在外面听，不但听不清还影响交通，所以只有花钱进去听书。当我有钱进去听书的时候，已是解放后了，我在那儿听过现代评书《烈火金钢》《吕梁英雄传》等。

青山居玉器市场搬走以后，这个茶馆不久也停业了。我印象中，在原址上开了猪肉铺和菜床子（菜床子就是卖菜的地方，也叫菜站，再大一点儿的叫菜市场）。菜床子这个词儿现而今听不到喽，失传啦。如今晚儿到底有多少北京土语失传了？我看谁也统计不出来！因为北京现已成为八方来客的杂居城市。

大众电影院

关于北羊市口儿的大众电影院有两种说法：一说在民国时期北羊市口儿就有一家叫“日光”的电影院，解放后改名为大众电影院，松颐兄讲：此说不对，“日光”电影院在哈德门内。另一说是解放后将青山居玉器市场割出了一部分，建立了大众电影院。我不记得小时候北羊市口有个“日光”电影院，那时候我

原大众电影院旧址，已拆除

常去的是前门大栅栏的大观楼及同乐电影院，我现在还清楚记得在同乐电影院看的《二百五小传》。20 世纪 80 年代那里改成了环球电影院，再后来就关张了。

我印象中大众电影院是玉器市场的一部分，因为很高，就是铅铁皮顶，高高的玻璃窗好像也是原有的，只是加上可以拉动的黑窗帘。要是下雨看电影，能听得见雨点儿声。地是平的，没有坡度，视线极容易被前排的观众遮挡，得伸着脖子看。大众电影院是家丙级电影院，只演一二级电影院都放映过的三路片。但有一个优点特可人疼——循环场。什么叫“循环场”？就是您花五分钱买张票进去以后可以一直看到电影院关门！一部电影您看多少遍都行，不再买票，当然干这事儿的多是我这样的小孩子，大人不这么干，看完一场就撤了。我们不，不看到肚子饿，绝不出来。《三毛流浪记》《赵一曼》《钢铁战士》《白毛女》《龙须沟》《智取华山》《鸡毛信》等，我都是这么看的，因此这些影片至今难以忘却。上了高中以后我才知道《三毛流浪记》中有个大演员叫刁光覃（改革开放后成为我们北京人艺第一任第一副院长），《赵一曼》的主角石联星是我们剧院的老导演，《龙须沟》中的绝大部分演员都来自北京人艺，《鸡毛信》的主角蔡元元是北京人艺蔡安安的弟弟。报艺术院校时，他和我同一考场，同一拨进去，他跳的鸭子舞乐坏了考官。再后来，我进了北京人艺。他们当中除了蔡元元外其他几位都成了我的同事，乃至顶头上司（指刁光覃和于是之）。这样的例子还可举出若干，待我下面慢慢道来吧。

大众电影院让我难忘的还有一个原因。我上高三时，同院北屋来了一位大眼睛的姑娘，从农村来的，她是来看她的生父的，大概16岁左右。我那时刚好18岁。我们都正值青春期。由于天天要见多次面，有时也相互看看或说上几句话，慢慢地相互产生了朦胧的爱慕之情，后来我大胆地约她到大众电影院看电影，还不敢一起去，我偷偷把电影票塞给她之后我先进电影院，她总是开演后才敢进去找我。看电影时，我们虽心不在焉，但都是老老实实的，不敢动手动脚，只敢偷偷拉拉对方的手。看完了分头回家，这哪叫谈恋爱呀！可那会儿都这样，不敢放肆。哪像现在呀，情人在一起看电影卿卿我我，无拘无束，电影院还专门设立了“情侣座”，大开方便之门。时代变得真是天翻地覆呀！后来大众电影院变成了北京燕京评剧团的所在地，再后来老羊市口儿没啦！拆啦！您听听，这多像《茶馆》第三幕中秦二爷和常四爷的台词儿呀。

肉和鱼的故事

北羊市口儿内路东（也就是中三条和中四条西口之间）有一家较大的猪肉铺和两个牛羊肉铺，另外在上四条东口南侧（路西）还有一家较大的副食店，货比较全，我们这一带的住户要买鱼，必到此店。于是就引出了我要说的肉和鱼的故事。

无论是解放前还是20世纪50年代，猪肉是敞开供应的，买肉不用肉票，随吃随买不限量。为什么不限量？都穷，或者说绝大多数穷人没有买肉钱，只有过节过年时才咬着牙炖一回

花市儿大街拆迁之前，北羊市口的肉铺还在

肉，平时也就是买个两三毛钱的，为的是吃顿炸酱面，炸酱面也不能隔三差五地吃，一个礼拜能吃顿炸酱面就不错了。那卖肉的售货员切肉的本事可大啦，用刀薄薄地一片，说两毛就两毛，说三毛就三毛，一片一个准儿。为什么呢？因为多数百姓都这么买，卖得多了，可不就驾轻就熟片准了吗。不仅如此，买主儿还要肥的，为的是油水儿大点儿，香。那会五花儿肉不值钱，没人买五花儿肉，那会儿人们管五花肉叫“下膪”，就是母猪乳头部分。其实五花不是下膪，只能说接近膪部。还有人专买猪头和猪蹄儿，便宜呀！我们家就有一个大生钢种锅（就是生铝锅）是专门炖猪头用的。炖猪头费事儿，得有耐心。先得用烧红的火筷子将猪头上的毛烧干净（眼睛、鼻孔、耳朵眼儿都得弄），实在弄不干净就上火烤，将毛烧尽。然后清洗，下锅后炖一会儿拿出来再把猪头劈成两半儿，再放进锅里焯一下横断面儿，再出锅，然后将头一遍炖猪头的水倒掉，重新加开水再炖，这次再炖时就要放葱姜蒜、花椒、大料等佐料了，炖出香味时，先放酱油后放盐，直到炖透炖熟（切不可太烂）出锅。要是讲究主儿，猪头劈开以后，将头骨剔除，只剩下猪脸，并将其卷好，再用马莲捆紧，换水再加佐料炖，炖出来就像酱肉一样好看，这活儿，我拿手，干过。但是您今天让我再炖猪头，那是不可能的了，没有吃主儿啦。而且到超市就能买到，何苦自己费劲巴插地折腾呢。

还有炖肉皮，冬天做肉皮冻儿，这我儿子记得最清楚，前两天还跟我念叨此事呢。那会儿穷啊，有时买不起猪肉，就去买猪皮（好像两毛一斤）炖了下酒吃。要赶上冬天就把炖好的猪皮切成方丁儿，然后再加上胡萝卜丁儿、豆干丁儿、黄豆一起炖，炖好了倒进一个大盆里，放一宿，第二天准成冻儿。切出一块，再切成方丁儿，加蒜加醋一拌（若放腊八醋及腊八蒜则更棒），上好的自制肉皮冻儿。保证管够，吃吧您哪！这肉皮冻儿，现而今有了好听的学名——胶原蛋白，对人特有好处，能增加血小板，据说还美容（不过此说前几天被央视“焦点访谈”曝了光，胶原蛋白美容，根本就没那么八宗事儿！完全是忽悠人）。我现在也不做了，嫌费事。想吃怎么办？北京有几家老北京风味儿的餐馆，专做肉皮冻儿。北京音乐厅南边路东就有一家儿，做得比较地道，您不妨去尝尝还是不是那味！

说完了猪肉说牛羊肉。前面说到花儿市一带是回民聚居较多的地方，因此牛羊肉铺和清真饭馆也比较多。北羊市口儿猪肉铺北边一点儿，只隔着一个菜站，就是两家紧挨着的牛羊肉铺，据说历史还比较悠久。20 世纪 80 年代大家涨工资之前，各种物价都比较便宜，甚至20几年不变，比如面粉（普通粉）一直是一毛八分五一斤，富强粉两毛零五分，机米好像是一毛四分七。牛羊肉也就是七八毛钱一斤，就这么便宜，也很少有人四五斤地买。一般百姓都是一次买半斤，回家用大葱爆（读bāo）着吃，要么就是买半斤一斤的肉馅，回家包饺子吃。一次买好几斤回家吃涮羊肉、涮肥牛？那是不可能的事，谁涮得起呀！个别富人家也有买羊肉片儿的，我见过。卖肉师傅都有片羊肉片儿的绝活儿，选好肉，切成长条，用干净的布放在肉上，为的是切的时候不打滑，片肉的刀和跟卖肉的小剔刀不一样，很宽很长，如大刀片儿一般，这样切起来方便，一斤肉片儿得切一阵子呢，后来人们富裕了，吃涮肉的人多了，师傅也忙不过来了，才发明了切涮肉片儿的机器。不过那都是冻肉，绝没有鲜肉又嫩又好吃。现而今老字号东来顺还有手工切的鲜肉片儿，但价格昂贵，一般工薪阶层是不可能去吃的。

北羊市口儿内还有一家很大的副食商店，在上四条东口南侧紧把角儿，那里的副食品比较齐全，而且还卖水产品。我们这带的居民要买鱼必须到那儿去。过去，老北京人就认鲤鱼、鲫鱼、黄花儿鱼、胖头鱼，虾蟹之类也买，但不多。这里我想说说带鱼。早年，带鱼刚一上市的时候，老百姓不认，不敢买，不敢吃。为什么呢？说吃无鳞鱼不好，容易勾病，所以没什么人买。后来，日子长了，有人试着吃了吃，觉得挺香，不错，而且就一根大刺，一排脊刺，没有细小的刺，类似黄花鱼，肉也很厚，还不贵，大的四毛五一斤，中的三毛九一斤，小的两

毛五一斤，可谓着吃不贵。得到老北京的认可后，带鱼的销量暴增，而且大伙儿最喜欢买三毛九一斤的，实惠。再后来，

北羊市口儿的副食店（已拆除）

儿乎家家吃带鱼，不吃别的鱼了。没过几年，供应紧张了，买鱼也要凭证了，四毛多一斤的带鱼也很少见了，大家都争着买两毛五一斤的，为的是显着多，多买几条，多吃几口。唉，那会儿的日子，不堪回首啊！

盲流儿与盖浇饭

盖浇饭是街头摊贩的专利，是专门卖给那些在京城打工者，或北漂一族的。其实在“文革”前的1958年也兴起了一阵盖浇饭。

北羊市口副食店的对面有一家清真饭馆，由于地基较高，门前的台阶有好几层。应该说这家饭馆不算小，早点、午餐、晚餐全有。特别是早点，比较丰富多彩，有许多北京小吃。我印象中，他们还自制豆浆，很鲜，很浓，所以早上总是顾客盈门。

1958年，全国掀起了“大跃进”的热潮，尤其是农村，

那简直热疯了！“人有多大胆，地有多大产”，亩产从几千斤一直高喊到几十万斤！各地争先恐后地放高产卫星。大炼钢铁也随之而来，家家要献废铁，每个单位都建土高炉（包括中南海），全民大炼钢铁，真有72小时不睡觉的，为的就是全国年产1 070万吨钢，我所在的北京二十四中，也在后院的操场上盖起了炼钢的土高炉。一个老师说了句“这能炼出钢来吗？”立刻就遭到了众人的批斗，于是没人敢说真话了。

作家王蒙是这样形容那个年代的：“这是一个火红的年代，这是一个疯狂的年代。这是一个高歌猛进的年代，这是一个蛮干硬拼的年代。这是一个英雄辈出的年代，这是一个盲目搞笑的年代，这是一个碧血丹心的年代，这是一个起哄架秧子的年代。这是一个意气风发的年代，这是一个信口开河的年代……”现在的年轻人已经无法知道我们这一代人曾经怎样的傻过、拼过、苦过、闹过。

实际上，真实的农村是什么样子呢？1958年我们曾下乡去支援过农村的“大跃进”。地里没有人干活，因为农村成立了“人民公社”，已经提前进入了“共产主义”，家家户户不开火不做饭，都去“大食堂”白吃白喝！什么亩产千斤万斤！地里到处野草丛生，那草长得有一人来高！我们的任务就是拔草。哪里有什么天灾，全是人祸！结果搞得农民没饭吃。而此时城里也在搞“大跃进”搞“大干快上”，搞15年“超英赶美”（即超过英国，赶上美国）。于是大量农村劳动力涌向城市，河北地区的农民都涌向北京，几乎家家户户都有从农村跑来找活儿干的亲朋，后来称这些人为“盲流儿”，就是盲目流入城市的人。我家农村的亲戚们也纷纷来京找工作，没地方住，大家就凑合挤在一起住，吃咋办？一来十好几口，只好到饭馆去买，这就有了饭馆发明的便宜的“盖浇饭”，就是一碗米饭，上边浇上一点儿连汤带水的炒菜，这饭几毛钱一小盆。先是可以打回家吃，后来人越来越多，就不让买走而只能在饭馆吃了。这种情况大约持续了不到一个月，北京市吃不消了，下了一道死命令：凡 1958 年进京找工作的“盲流儿”一律退回原籍！一场破坏性极大的“大跃进”逐渐降温。这以后，我们伟大的祖国不可避免地进入全民吃不饱的“三年困难时期”。“盖浇饭”成了历史的记忆。

在“盲流”大潮中，以我五爷爷家的子女来京的最多，几乎是倾巢出动。他老人家有五女一男。大姑爷虽在北京工作，但也承受不了这么多人投奔他，我们家只好分担一部分。那时候谁家都是一间屋子半间炕，只好挤作一团睡，吃饭问题就是得去羊市口儿买“盖浇饭”了，所幸的是，中央很快发现了这股大潮不是好潮，必须截堵，回流。奔来的女孩子都回去了，只有我五爷爷的儿子赖着不走。他在琉璃厂的一家煤铺上班，我曾去看过他，大约坚持了多半年，他还是被辞退回乡了。这一回去不要紧——得精神病了，而且是狂躁型的。这一病就是 30 多年，时好时坏。1987 年，我带着一个摄制组到河北省赵县拍课本剧《赵州桥》时，顺便回农村老家看了一眼，我见到了他，他仍在病中，天天给毛主席像磕头，并不停地念叨：“谢太阳，谢太阳……”谁也拦不住，这也算是“大跃进”的“成果”吧。

济仁堂与“小楼丁”

已上板关门，门前有辆自行车的门脸就是济仁堂（现已拆除）

北羊市口儿副食店往南一点儿有一家小药铺叫济仁堂（也有说叫济世堂），甭管叫什么堂吧，反正是家中药铺。铺子不大，但门面很讲究，在这条街上很显眼。药铺不像别的商店，行人买不买东西都可进去逛一逛。您听说有事儿没事儿逛药铺的吗？没有，不买药谁也不进去。所以药铺不可能顾客盈门。要是家家药铺都顾客盈门，那北京城一定是闹瘟疫了！哈德门外，有好几家药铺，如万全堂、千芝堂，还有花儿市大街的德寿堂、沛仁堂，都很有名。但是离我家最近的还是北羊市口儿的这家药铺，我小时候常去那儿抓药。我母亲身体不好，记忆中她经常闹这病那病，所以抓药是常事儿。我喜欢抓药是有

这张是从济仁堂北侧拍的

原因的，因为老事年间伙计抓药时都是一味药一小包儿，而且要往包中放一张药签，药签的纸很薄，小长条儿，一寸多长，不过七八分儿宽，上面印着这味药的图案、药名、药性，十分精美，也很简练，有好儿种颜色，但都是单色印刷，有知识性和收藏价值。这些药签一般都挂在柜台上方的小铁钩上，一串儿一串儿的，伙计熟知每味药签的位置，一拽一准儿。我很喜欢收藏这些小药签。自打1956年公私合营以后，这些小药签就逐渐消失了，不再印了。药包也变成大包的了，所有药都混在一起，您也就很难认了，长知识的事儿也就甭提了。所以我说老事不一定都不好，新事也不一定都好。

关于药铺，我可以另外写一本书，因为我与同仁堂有着近30年的交往，要说的故事太多了，等我下边写到木厂胡同内同仁堂集团公司时再聊。

“小楼丁”是怎么回事儿？“小楼丁”是一位老中医的俗称。他姓丁，叫丁庆三，他的家和济仁堂药铺门对门，是一栋很窄很窄的两层小楼，故名“小楼丁”。此人主攻中医外科，据说中医名家赵炳南先生还曾登门求教过他。

修笔小店

从济仁堂药铺再往南，就快出北羊市口的南口了。它旁边儿还有一家罗圈铺和鞋铺，我就不说了。“小楼丁”的南边儿有几间铺面房，但记忆中解放后都变成了住户，唯独把口的一个不足3平方米的极窄的小铺，是一家没有字号的修笔店。您别看买卖极小，但顾客不断，总有修笔的人找上门来。

国人在没有制造圆珠笔前，都是用钢笔书写，再早为省钱，用蘸水笔书写。蘸水笔是不修的，使坏就扔。钢笔则不然，钢笔贵，舍不得坏了就扔，怎么办？修。修笔与修表、修鞋、修锅、修炉、修衣、修桌椅板凳一样，都是因产业的存在而派生，凡耐用品，有造的，就有修的，而且修比造赚钱。如果没人使用这些物件儿，自然就不会有修理行业。如同前面讲过的英秀斋钟表店一样，自从大清国有了钟表，并开始普及，修表业自然就产生了，到今儿个也还是个生存状态还凑合的行业。要是贵重名表，修起来贵得很，能赚钱！当然也有骗人的，我爱人就遇上过一次。一天傍晚，我俩逛王府井，当走到大明眼镜公司附近时，发现一个专修瑞士名表的柜台。我爱人说："我戴的这块雷达表不准，让他们看看吧。"于是我俩就进去了。她把表摘下来，说明情况后，把表交给了修表师傅。只见他们几位拿着那块表传来传去，拆来拆去，一会儿一个师傅递给我爱人一个缺齿儿的小齿轮儿，说是摆盘坏了，要换得 800 元（这可是 10 多年前的价儿）。没办法，换吧。于是他们又摆弄了一会儿说修好了。我和夫人离开后，边走边聊，越想越觉得不对茬儿，总有一种上当受骗之感。我俩一商量，就去了亨德利钟表店，到那儿请师傅看一下，果不其然，那几个骗子什么也没换，只是用一个事先准备好的坏齿轮儿骗了我们一下，打开又装了！这就收你 800 元！我们马上返回并报了警，警察带走了其中一个去了派出所，对方低头认账，退给了我们付的钱。

后来我写了一篇文章，发表在了《北京晚报》上，以告诫世人。

印象中，20 世纪 50 年代初，我上中学时才使用钢笔，而且是最次的钢笔，笔尖极不禁使，得经常换。还有笔胆，胶皮的，老化得很快，使不了多长时间就没了弹性，吸不上墨水儿来了，又得换。笔帽儿也是，不是螺丝扣坏了，就是用来别在口袋上的笔卡子坏了。最可恶的是“漏水儿”，只要笔尖与笔舌的位置稍一不对，不是不出水儿，就是漏水儿。因此那会儿钢笔别在上衣兜里，漏出的墨水儿把衣服染了是常事。我经常为此挨母亲的批评。如此众多的毛病，能不去修吗？全北京多少人用钢笔呀，那修笔的买卖不可能清闲。虽赚不了大钱，可小钱儿源源不断。尤其那些零配件齐全的修笔店，真是闲不着，你看那修笔师傅的手指，永远是像墨水染过似的。我说的北羊市口儿把口的这家修笔店，零件儿就特别全，无论是什么部位，什么型号的零件，他都有，实在没有了，他还有小的制作工具、小旋床，可以为您定做，保您满意而去。去得次数多了，后来简单的修笔技术我也学会了。再后来，家庭条件好一些了，可以买铱金笔了，铱是比较坚硬的金属，不易磨损。那时候，有钱人使的是“英雄”牌，笔尖是 14k 金的。再阔一点儿的使进口的“派克”金笔。但是无论什么牌的钢笔都没抵挡住圆珠笔的浪潮。圆珠笔（旧时称原子笔）又好使，又不用天天灌水儿，使用寿命很长，也不用修，出了毛病就换芯，简单耐用，最便宜的竹竿圆珠笔才一毛多钱一支，极招人喜欢，钢笔渐渐地被圆珠笔所取代，修笔行业也渐渐淡出了市场，现在的京城已很难找到一家修笔店了。

前两年（2012年6月29日）我在《北京青年报》上看到一篇题目为《这辈子就为笔活着——京城最后的修笔人》的报道。老爷子叫张广义，83岁了（2013年）。17岁开始学徒修笔，至今已修笔60多年，据说经他修过的笔已达50余万支！有的老顾客一家四代都让他修过钢笔，笔到他的手上只要一摸笔尖就知道这笔是不是原装的，是不是经他手修过的。这简直神了！这家修笔店叫“广义修笔店”，是个小门脸儿，就在我们单位（北京人艺）北侧报房胡同东口的斜对面儿。看到他的事迹，他的这点儿老韧劲儿我自然就想起了北羊市口儿的修笔店。我真想抽空去拜访一下这位京城最后的修笔人。遗憾的是，如今他老人家已过世。

关于北羊市口，咱就先说到这儿吧。

南羊市口儿

花儿市的南羊市口儿与北羊市口儿遥遥相对，其实够不上遥遥，就是一条马路的路北路南，正对着。相距20米左右。南羊市口儿的得名与北羊市口儿一样，都是明末清初因这里是屠宰牛羊和销售牛羊肉的集散地而得名，原来叫羊肉胡同，后改名为南羊市口儿。解放前后，这里也都是一家挨一家的小门脸儿，做什么买卖的都有，大多是家庭式的小买卖，后来有的变成了国营的，比如粮店、理发馆等，有的就关了张变成住家儿户了。

拆除前的南羊市口儿北口

南羊市口儿没有那么多故事，我只谈与我关系密切的几个门脸儿。

“铁三角”的家

“铁三角”的名字在前面东河槽一节中已提到过，他是我一个中学同学的外号，姓铁，叫铁恩康，回民。他家就在南羊市口北口路东把角儿。他家本是开羊肉铺的，也作酱肉之类的熟食，后来又增添了蒸馒头、糖三角。于是同学们就给我的这位姓铁的同学起了外号，叫铁三角。

我的家就在南羊市口西边一点儿的包头大院，相距也就100米。我们同在北京二十四中读初中，每天上学我都去找他结伴儿而行，同行的还有北羊市口内中四条的吴适之。早上起床后，都到铁家集合，然后一起步行到崇内东单北大街的外交部街胡同二十四中上学，几乎天天如此。早点怎么解决？两个办法，一是在铁恩康家吃俩糖三角得活，当然要付钱，日子不可长算，天天白吃那是不合适的，再说也不能天天吃糖三角啊。另一吃处是他家对门儿的小早点铺，那儿烧饼、焦圈儿、油饼、豆浆全卖。一个烧饼五分，焦圈儿三分再来碗白浆二分钱，一毛钱一顿早点！要是吃烧饼加油饼加白浆，那就花一毛二分钱。您说那会儿的物价多便宜！现而今吃顿早点，花五块钱，吃的未准怎么样。假如你再想吃顿广味的早茶，那得人均五六十块！

铁恩康家对面的早点铺

铁三角的家有个小后院，我们附近的几个同学经常到他家一起写作业，地儿大，大伙儿边写、边聊、边玩，其乐融融，十分团结。后来粮食、副食供应紧张了，他家的买卖自然开不下去了。房子也倒出去了，搬到了南羊市口的上堂子胡同一个比较讲究的大杂院儿里。

铁三角初中毕业以后没有上高中，上了卫生学校，是我国（起码是北京市）首批男护士！毕业后分到一家企业的医务室工作，当男护士本来就够新鲜的了，而我的这位同学业余还喜欢举重！他又矮又胖，胳膊、胸脯全是腱子肉，是我们学校的举重冠军，国家三级运动员。这样的人当男护士，谁敢让他打针呀？！我真不敢想象。由于形象又粗又壮，个子又矮点，还是回民，他找对象遇上了困难，结婚很晚。我们大部分同学都是 1966 年、1967 年结的婚，而他一直到 20 世纪 80 年代初才结婚。婚礼是我和北京市曲艺团的莫奇一起主持的。莫奇也是回民，演双簧的，现在偶尔还在演出。婚礼举行的简朴而热烈。那时人们思想已经解放了，敢说敢干了，闹洞房闹得比较凶，细节就不必描述了，但有两个细节要说：一是有人往新房的被褥里塞了许多避孕套！二是有人在墙上贴了一幅文而俗的对联儿。上联是：压迫者受剥削心甘情愿。下联是：剥削者受压迫意愿心甘。横批是：互相满意。多经琢磨逗嗝儿吧？

随着花儿市危改拆迁，铁三角的家和我的家一样，全拆了。他搬到了何处，已无从知晓，但我有时还真想念他，他还有一手绝活，用左手写反字。后来我也跟他学会了。现在还能写，尤其是冬天玻璃上有哈气的时候，你在里面写反字，别人在窗外看是正字，特有意思。

粮票——刻骨铭心的记忆

自从取消了粮票，粮食敞开供应以后，专门卖粮食的粮店就逐渐消失了。现在只要是大一点儿的副食店，尤其是超市，都卖大米、白面和各种粗粮，品种应有尽有，只要您兜里有钱，随便买。粮食统购统销了三十多年，人口又这么多，真没想到粮食有敞开供应的这一天。我们的友好邻邦朝鲜，至今还凭证供应包括粮食在内的豆、蛋、奶、糖、豆腐、花生等基本食品，这是我去访问朝鲜时，亲眼见到的。

在统购统销、计划供应的岁月里，每家每户都离不开粮店，粮店不光是卖粮，还负责每月为本管片儿的居民发放粮票、油票、糕点票以及兑换全国通用粮票。因此粮店是定点的，您不能想去哪儿去哪儿，除非您手里有全国通用粮票。每月 25 号，所有粮店门前都要排起领粮票的长队！尤其是“三年困难时期”，到了每月 24 号那是真没饭辙等米下锅呀！为什么那儿年的粮票现在存市甚少、升值空间大？就是因为大伙儿都挨着饿呢，哪有余粮啊！没余粮自然就存不下粮票，所以稀有。那

南羊市口粮店，拆除前依然是粮店，兼卖馒头之类的主食

会儿粮价也便宜，从不调价。前面讲过：面粉（普通粉）一毛八分五一斤，机米（糙米）一毛四分七一斤，小站米（精米）两毛零七分一斤。粗细粮都有配给的比例，想多买是不可能的。家家都备有粮袋、米袋。为了计划购粮，谁家也不敢一次把一个月的都买出来，一是不好控制，二是不宜存放。都是十天半月买一次，按定量吃，甚至自家都有秤，顿顿饭约（读 yāo）着吃。到了“三年困难时期”，蔬菜、副食突然奇缺！油每人每月只有半斤，粮食自然不够吃了。我当时正上大学，每月定量 35 斤，学校给每人发了饭卡，早饭三两，午饭和晚饭各四两，每天一斤一两，再想多吃，没门儿！吃不饱只能饿肚子。那会儿粮食无论粗细，都质量不好，几乎都像粗粮，馒头、窝头绝不是白黄分明，最可怕的是白薯面的窝头，那叫一个黑。我的师哥——美术系的刘炳森（后成为大书法家）给那个窝头起了个名字叫“小二黑”（一个窝头二两嘛）。他给窝头起外号倒是过了嘴瘾，可在反“右倾”运动中挨了批，说他污蔑新社会，污蔑社会主义，您说冤不冤哪！

得嘞，话题说远了，反正粮店是老百姓离不开的地方，每月至少光顾两三次。南羊市口儿的粮店就在这条胡同的中段儿路东。在粮食计划供应之前，这个粮店的前身是一家糕点铺，粮食统购统销之后，糕点铺就关张了，改成了粮店。粮店与其他商店的不一样之处在于它必须有较大的库房，因为每月都要储存大量的粮食供应本管片儿的居民。买粮不但要用粮票，还要用粮本，粮本上标明了住户的地址和粮店的名称，以确保定点供应，不可跨片儿。粮本上还记录着每月粮票、油票的发放情况，以防作弊。那时的百姓，比现在人的觉悟高多了，基本没有弄虚作假的，那是耻辱！比如“三年困难时期”，牛奶只供应老人和婴儿，还得有证明。家家户户的奶箱就钉在街门旁的墙上，不上锁，绝没人偷吃偷喝，没人敢干这缺德事！要搁着今儿个，您上锁都没用，“三只手”太多啦，社会进步了，物质丰富啦，人们的生活水平大大提高啦，可人的思想境界和人品呢？大不如过去了，要不像我们这一代人怎么老怀念五六十年代那会儿人与人之间的感情呢，那真是不一样！

话又扯远了，再说粮店的库房，粮袋、米袋堆成山，售货员每月都得干扛粮食的力气活儿，所以粮店里女售货员甚少。售粮的大柜子一般都冲门码一排，柜子有一米见方，能容下四五袋儿面或两包大米（400 斤）。柜子的前面镶着一个铁制的喇叭型漏斗。售货员用大铁簸箕售货，您买多少，他用簸箕往柜子一撮，放到台秤上约好后（当然要减去簸箕的分量），往漏斗里倒，您用面袋在漏斗下撑着等着就行了。要是买得多，售货员会帮您弄到地秤上约。您说当粮店的售货员没点儿力气行吗？

南羊市口的无名夹道

花儿市大街南侧的手帕胡同是与其平行的一条东西胡同，它的东口儿就顶住向南拐了，拐过弯大约不到 80 米，就形成三岔路口，左面（东面）是珠营、东河槽，右面（偏西一点儿）

南羊市口的无名夹道，口已被杂物堵死

是北河槽，这不到 80 米的街道又是与南羊市口儿平行的，在这两条胡同之间有一条夹道，也就 30 米左右，这条夹道没有名字，在 1950 年版的老北京地图上能找到这条夹道的位置，但无名。后来，合并到手帕胡同了。

您别看这夹道虽短，但也有好几家家庭作坊，有裁缝铺、冥衣铺、铁铺，还有一家饹馇铺。这里我只说饹馇铺和冥衣铺，尤其是那家饹馇铺，我小时候经常驻足瞧人家怎么做饹馇和粉皮儿。

炸饹馇是北京的名小吃，现在有的小吃店或京味饭馆儿还卖。其做法很简单，但卖的不做只管炸，而做的也不卖只管供半成品，分工明确，各得其所。

饹馇与饹炸饸是两码事，虽然它们同属北京小吃，但做法和形状截然不同，关于饹炸饸以后再讲。

饹馇的原料主要是豆面（以绿豆面为主），先将其用水和（huo）成面糊，稀稠得当，然后像摊煎饼一样，在一个大铛上摊开，约一厘米厚，待底面热焦后，翻过来烤另一面，两面全都煎黄后即可出铛。如此这般地烙下去即可出售了。但此馇饹半熟不能吃，得切成一寸见方的小方块，再放到油锅中炸透，炸焦才可食用。吃的时候，要蘸上酱油、香油、蒜汁之类的佐料才有味儿。根据顾客的需求，调料可略有变化，论盘卖，我小时候吃，也就是一毛多钱一盘，现在得好几块钱了。

我说的这饹馇铺就是专门摊饹馇卖半成品的，他除了做饹馇还做粉皮儿和凉粉鱼儿（也叫“蛤蟆咕嘟”），这两样是夏天的时令小吃。

粉皮儿可薄可厚，薄的为粉皮儿，厚的为凉粉儿，做法是一样的。做的时候是这样，火上坐着一大锅开水，水要一直沸腾着，不一定大开，但温度必须在百度以上，然后将搅拌好的淀粉液，捱一大勺放进一个茶盘儿大的铜盘里，淀粉液的多少视做粉皮儿还是凉粉儿而定，做粉皮用一大勺即可，然后将盘放入开水中旋转，盘子一转，淀粉液自然充满整个盘底儿，而且在热效应下迅速凝固成了一张粉皮，成皮儿后再快速将盘子放入冷水中，以便起皮儿，起出的粉皮再过一下凉水后放在一旁。待会儿这粉皮儿就算做成了，以此类推，一张一张地做下去即可。要是做凉粉儿，那就得往盘里多放淀粉液，甚至与盘的边缘厚度相等，在开水中凝固的时间自然要长一些，盘子是方型的，做好的淀粉沱儿就可切成像豆腐一样大小的块。卖的时候，卖凉粉的一手托着凉粉儿，一手用小刀在手上将其切成小块儿，放入碗中，再浇上酱油、醋、香油、蒜泥、芝麻酱等，一拌，即可开吃，那叫一个地道。尤其是夏天吃冰镇的凉粉儿，再过瘾不过了。

凉粉鱼儿（蛤蟆咕嘟）又是怎么做的呢？做法上没啥两样，只是工具有区别，做凉粉鱼儿是用大漏勺，淀粉液略稠，淀粉液倒入漏勺中自然要往下漏，工人便用一个小竹板儿不停地在漏勺下刮，于是就形成了水滴状，一下到开水中立刻凝固成一个蛤蟆咕嘟（即蝌蚪）的形状，然后再过凉水，就成了凉粉鱼儿。这玩艺儿有点儿“拨鱼儿”的意思。拨鱼儿是一种面食，就是在碗里和好面糊，不稠也不稀，左手端着碗向开水锅中倾斜，右手用一根竹筷顺着碗边儿一点点往锅里拨面糊，面糊入水后，立即凝固成两头尖中间大的鱼的形状，于是百姓为之起名叫“拨鱼儿”。“拨鱼儿”可以热吃，也可凉吃，但凉粉儿一定要吃凉的，而且越凉越好。

我之所以能如此详细地讲述这两种小吃，就是因为我几乎天天站在那儿欣赏的缘故。

在这家饹馇铺的对面儿是一家杠房，但杠房的门是朝东向，与这家杠房相邻的是饹馇铺西边一点儿的路北的一家冥衣铺，它们的作用都与传统的丧事活动有关。

老北京办丧事（包括办喜事），规矩多得很，既耗时又耗资又劳神，办事人不死也得掉层皮！从死者弥留之际开始直到下葬，根据死者的身份地位、富有程度，其丧事可大可小，最长的达七七四十九天（不含皇室、王爷之类）。整个丧事包括落炕（弥留）、初终、接三、吊唁、道场经忏、发送等数十个环节，有一本专写旧京丧事的书，长达 240 页（没有图片），您就可以想象有多么的复杂，本人认为没有详细介绍之必要，您若有兴趣，还是自己翻资料去吧。但是有一点，无论丧事盛大简陋与否，发送时都得找杠房和冥衣铺，杠房，说白了就是帮本家儿抬棺材的活儿，这自然需要，您想省掉是不可能的。因为第一，您家不会有杠，谁家没事儿老预备着杠呀，多丧气呀！第二，发送的时候，或多或少都要烧点冥器以告慰死者，一般地说纸人纸马、杠箱是必不可少的，富裕一点儿的人家可能还要烧纸车、纸柜等一切死者生前喜欢或追求的物件儿。这个习俗今天有的地方还保留着，只是烧的内容更高档了，电视、冰箱、洗衣机、小轿车、大别墅等，不一而足。冥衣铺就是用秫秸秆儿和纸糊这些冥器的铺子。杠房就是出租杠子和帮助本家雇杠夫、伙计之类的铺子。杠房不养人，他雇佣的人都随叫随到，充当杠夫或伙计，每次只给份子钱（即劳务费），平时这些人自己自谋生路，爱干嘛干嘛，没人管。杠房的活儿是招之即来，挥之即去。话剧《骆驼祥子》中的老马后来拉不动洋车了，不就当了杠房的老伙计吗？

对于南羊市口，其他的记忆都是淡漠的。

东花儿市大街

前面讲过，花儿市大街以南北羊市口为界分为东、西花儿市大街。东花儿市大街的东口在南北小市口之间（请注意：叫小市口儿），再往东叫铁辘轳把儿，再往东分成两条斜街，南侧一条叫东花儿市斜街，北侧一条斜得不太明显，是铁辘轳把儿的延续，顶到头儿，是白桥大街。

1968 年以前，我去东花儿市的次数较少，去也是找同学

东花市大街西口向东看

段桐华和王栎，因为他们的家一个住花儿市下三条，一个住花儿市下四条，都在北小市口附近。1968年我结婚以后，房子不够住，我父亲单位给了一处小平房（1.5间，约12平方米），就在花儿市下三条26号。这样我往来于东花儿市的机会就多了。当然解放初期的50年代，我也经常逛东花儿市大街，逛街是人之常情。

在我的印象中，东花儿市有两个行业最发达，一个是绢花儿和绒鸟，一个是旅店业。

首先是绢花儿。花儿市花儿市，就是因花儿而得名的。西花儿市主要卖鲜花儿，东花儿市主要卖绢花儿。老事年间，家住东花儿市的住户几乎家家儿都做绢花，都是小作坊，多数是为大一点儿的商家加工半成品，有做花瓣儿的，有做花芯的，有做花蕾的，也还有做花枝绿叶的，像流水作业似的，然后再组合成各式各样的花儿，常见的有菊花、月季、玫瑰、海棠、西番莲等。假花儿的用途十分广泛，有喜庆花、丧花、供花（上供用）、瓶花、佩戴花、戏剧花（舞台上戏曲演员所戴头饰）。花儿的材质分三大类：纸、绢、绒，所以我将绢花和绒鸟放在一起说。应该说先有的绒花儿后有的绒鸟。绒花儿早在康熙年间就有了，后来才发展到做鸟、做各种小动物。假花儿现在还比较常见，但绒鸟就比较少见了。无论绒花儿、绒鸟，制作过程是这样的：首先是拴拍子，就是将丝铺开，然后用细铜丝按大小不同的行距夹住，再将其一条条剪开，剪开以后，掐住每一条铜丝的两头，像拧麻花儿一样地搓，于是就变成了粗细不等的各色绒条。接下来是关键的一步，就是倒（读 dáo）绒条，得将丝倒出绒毛来，然后将这些不同颜色、不同粗细的绒毛条用围卷、缠扎、粘接的不同办法，根据作品的不同需要，制成各式各样的花儿或是小动物。记得我母亲过年的时候就曾戴过绒花儿，红色的。在哪儿买的呢？就在西花儿市“大烟袋锅”旁边（东侧）的一个绒鸟门市部，那儿还有现场制作表演，我亲眼得见。

东花儿市的另一大行业是旅店业。花儿市的旅店业是怎么形成的呢？

整个花儿市大街，商号密布，一家挨一家，五行八作。百业兴旺必然导致商贾云集，小贩频来的繁华景象。尤其是东花儿市，每天都会有外地的商人或小贩到这里趸货。到了年节，那就更不必说了，批发假花儿的生意火爆之极！许多商贩来自河北、河南、山东、山西、东北等地。他们来京城做买卖总得有个歇脚栖身之地呀！由此旅店业（也称客店或客栈）应运而生，大小旅店比比皆是，其中最有名大旅店有 14 家，它们是：恒通客货栈、金生客店、全盛客店、广瑞栈、大成客店、义兴客店、东三义客店、泰和客店、孚丰货栈、德兴客店、同丰客栈、会发货栈、广亨客店、万和顺客店。

我的大学同学——比我高两届的美术系的杨悦浦师哥，曾写过一篇《同丰客栈》的散文，记述了他儿时住在这个客栈的所见所闻，在征得他的同意后，摘录如下：

北京解放前夕，我和姐姐从老家回到北京上小学，与父亲生活在一起。我的父亲在同丰客栈做店员，我们就住在这个客栈里。

同丰客栈在崇文门外东花市大街靠近西口的路南，离羊市口不远，当年老门牌为102号。

这个客栈是一座普通的两进四合院，座南朝北，临街三间瓦房，中间辟为过道和大门，外墙没有窗子，但两面墙上各写着“同丰”和“客栈”四个大字算是招牌。这个四合院与普通居民大院唯一的不同，就是有一个店员负责打扫卫生，收发传呼，收缴费用，替房东处理各种杂事，这也就是我父亲的工作了。同丰客栈居住的大多是长期租户，许多是在京城谋生的手艺人。由于都是客栈的“上帝”，我父亲则对住户一律尊称“先生”。清晨，他要早早打开那两扇陈旧的大门，晚上把它关好再插上大木闩。重重的门轴在摩擦时发出沉闷的吱扭声，是我早晨起床和晚上睡觉的信号，那种饱经沧桑的声音，至今难忘。

从大门可以一直看到里院，所以将一个木制影壁放在前院靠后的地方，算是对后院的一点遮挡了。这样前院的空间也相对开阔一些，在东西厢房之间拉了几条铁丝，可以晾晒衣被。院中有自来水和电灯，当时这可是同丰客栈的“先进”之处，使住在这里的人颇为自豪。

大门洞的西侧一间就是“门房”了，这间房子把南向的檐廊扩展进来，室内南北就稍长一些，在中间打了一个隔断，外间靠窗下放一张桌子，我父亲就在这里“办公”，我们也在这里做功课。里间算是我们一家的卧室。

门洞东侧的一间，结构与西侧相同，租户姓李，是做筛子的，大家叫他“筛子李”。里间居住，外间做活儿，夏天也在院子里或门道里做活儿。

西厢房三小间，是一个姓许的绢花业主租用，并不居住，作为库房和临时休息的地方。

东厢房三小间，是一位姓陈的人租住。

前院的南房，原本也是三间，中间也被打开作为通道。通道西侧是一家收旧货的买卖人，东侧是一家做零售绢花生意的。两家都是白天男人外出，女人在家操持家务。

后院东西狭长，面积不及前院的三分之一，一排南房也是三间。东头一间住着一对年轻夫妇，男主人是位小学教师。中间的一室，住着前院姓许的雇佣做绢花的四个工人。西边的一间是房东自己留用，很少开启。

原本我们住在“门房”的里间，靠北墙搭了一个通铺。后来东家要增加收入，就把通铺改搭两张床，一张给我父亲用，一张出租。这样，我和姐姐就被安排在后院中间屋里的阁楼上睡觉。

新搭的那张床，倒体现了客栈的本意，很快就有一些零星客人临时租住。记得有一个年轻的雕漆匠人来住过，个头不高，随身只带着一个小包袱，里面是几把雕刀和磨刀石，及一两个待雕的漆胎器。他干活时也很简单，坐在床上就可以雕刻。雕刻时也不必在漆胎体上勾画花纹，而是直接行刀，如果雕的是个花瓶，他就从瓶口雕起，从上往下推移，一次完成，熟练得让人惊叹，只见手中的刀前后左右地摆动，漆渣一个劲儿地往下掉，那些层次分明的花纹清晰地出现在花瓶上。雕完之后，就送走了，又拿来漆胎再接着干。我父亲问他从哪里学得技术的，他说是在“青山居”。他常放在嘴边的一句话是：“混碗饭吃！混碗饭吃！”

我和姐姐两人住到后院，便和那四个绢花手艺工人生活在一起了。房间里一大半是土炕，白天把铺盖卷起来，摆上小桌就是工作间。右侧有一个小木梯，我们就从它爬上阁楼去睡觉。这四个年轻人在一起每天都充满了笑声，年纪大一些的姓苏，大约 30 岁，另三个是他的徒弟。老苏是他们的灵魂，活计都要由他安排。他们把白色的绢裁成一尺见方，上浆晾干，再将几十张摞起来压平压实，然后用各种不同形状的刀具，冲刻出各种各样的花瓣儿、叶片，再把这些花瓣儿叶片用不同的模具压成凹形、波纹型或其他需要的形状，之后再染色。花托是在一根铁丝的顶端上用绢包住纸团，然后根据不同花种做成各种形状，铁丝上再缠绕上绿色的纸。糨糊是用江米面调制的，非常黏。最后的工序是将花瓣儿从花托的中心依次粘起，加上叶子，一朵花就做成了。在他们的“社会”里，技术等级是很明确的，老苏做粘花瓣的活儿，大一点的徒弟学着做，小一点的加工叶子，但最后老苏都要加以整理。最苦的是那个小徒弟，也就是十五六岁，只能打糨糊，为大家做饭洗衣服。小徒弟也很开朗，嘻嘻哈哈的。大冬天在院子里洗衣服，手冻得僵疼，就一边跳一边甩着手大叫：“冻死我啦！”

与师哥杨悦浦（中）及弥松颐先生（左）合影

毕竟不是以普通居民为主的大杂院，同丰客栈里所有的人，每天都在忙碌，日未出而作，日落不得息，彼此间很少走动、聊天，连女人们都不串门。除了过年歇一两天，互相拜个年，平日里难得清闲。这些住户不是长久固定的，生意不好时，付不起房租了就搬走了，然后又有新的生意人住了进来。

同丰客栈我没有进去过，但它外墙和大门的样子我是有印象的，正如悦浦师哥描绘的一样。同丰客栈在花市的客栈中不是规模大的，但也不算太小，最大的要属恒通客货栈。这家店之所以叫客货栈，是因为它既经营旅店，也做货物托运生意。有客房 100 多间，且内部设施讲究，不是大通铺，也不是炕，而是木床，还设有单间儿，所以房租也贵，一般的小商贩是住不起的。这个货栈的院子里还有几辆卡车，经营货运，这规模，在当时还了得！

东花儿市的特点是二道街比较宽，更适合摆摊儿。所以每逢集日、节日，包括每天的晚半晌儿，各类摊贩都纷纷出摊。西花儿市也有摊商，但马路北侧居多，南侧稀少。东花儿市则不然，马路两侧都有，且密密麻麻，就是因为二道街宽，旅店又多的缘故。

悦浦师哥也有记忆：

每当华灯初上的时候，东、西花市大街就成了最热闹的夜市，西边到崇外大街，东边到小市口，马路两边卖什么的都有，东花市以卖旧衣物的摊位居多，能够拉上电线的就架起了电灯，没有电源的地方就挂起了汽灯或电石灯，虽然算不得灯火通明，可是热闹气氛相当感人。同丰客栈门前也被摊位挡得水泄不通，我们院里的这位“打鼓的”，天一黑就在门前搭起摊位，从门房里拉出了电线，挂起了电灯，比那些远来的客商要神气多了。我想，他所以长期租用这里的房子，就是图这个便利吧。

晚上，各个摊位叫卖声此起彼伏，丰富多彩，持续很长时间。卖衣物的商人把各种衣服整齐地摆成一摞，叫卖时，就一件一件地往旁边翻着放，每拿起一件就要介绍它的样式、质量、价格，把这一摞介绍完，再翻回来重新介绍一遍，如此反复进行。于是每个商人都有自己编的顺口溜和音调套路，五花八门各不相同。他们不管摊位前有没有人看，都是一个劲儿地一边翻一边吆喝，吸引顾客。逢到这个时候，我会在摊位后面串来串去看热闹，听到很有意思地叫卖“歌声”，便站在其身后听上一阵儿。

花儿市的摊商种类繁杂，五花八门。大至花果树，小至针头线脑、耳挖勺，无奇不卖。这些我在西花儿市大街一节中已提到过，只是没有详谈。这里不妨顺着悦浦师哥的记忆细说一下。总体来说，有这样一些类别：

杂货瓷器摊

风筝摊

瓷器摊儿。多为唐山瓷器，大到掸瓶、和面盆，小到汤匙，什么茶壶、茶碗儿、酒壶、帽筒等样样俱全，而且比上义栈的瓷器便宜。

炊具和农具摊儿。这种地摊的货物更是庞杂，铁锅、铁壶、饼铛、各种漏勺、菜刀、菜墩、擀面杖、馒头模子、柳条笸箩、簸箕、苇席、粗细砂锅等，均可根据季节的需要变化。

梳篦摊儿。顾名思义就是专卖各种梳子和篦子的摊商，服务对象是中年妇女。这种摊儿同时也兼卖烟袋制品、烟斗、各式小剪刀、顶针、镊子之类的小玩艺儿。

针摊儿。就是专卖针的小贩。这种摊主有个绝活，我小时候特喜欢瞧。卖针的是个上岁数的老人，他将大小针包拿出来码放到摊布上，边唱边卖。摊布上有一块长长的木板，那摊主从针包中取出针来，随手一甩，那些针立刻成行的剟（音duò）在了木板上，一目了然，大小号都有，随您挑选。不知他怎么练的？那真是一绝！

料器、饰品摊儿。这些摊儿上的货大都出自花儿市附近的花丝镶嵌作坊和料器作坊。主要是卖各种料器小玩艺儿和小动物，以及妇女头上戴的各种饰品。

估衣摊儿。说白了就是卖旧衣服的，春夏秋冬的各类旧衣服全有，但是不脏不破，买走就能穿。

鞋摊儿。这还用说吗？卖鞋的，大人小孩的都有，但主要是以青冲服呢千层底儿圆口儿鞋为最多，其他的还有洒鞋、便鞋、小孩皮鞋等。

布头摊儿。一说这摊，您肯定就想起侯宝林先生说的相声《卖布头儿》（此段子我也练过。我们北京人艺已故的老演员任宝贤唱得最好，不亚于侯先生）。前面悦浦师哥提到了同丰客栈前的摊商中就有卖布头儿，卖布头儿的确实边卖边吆喝，但绝没有侯先生唱得那么丰富多彩，那么幽默，侯先生的吆喝是从生活中来，经过了艺术再加工，那是取其精华去其糟粕的艺术创作。实际生活中的摊主绝无那样的修养和水平。布头儿，就是布店整匹的布零卖后，剩下的零头儿，这些布头儿最长过不了一丈，大都是几尺长，各种材质、各种颜色的都有，人们买回家去一般做褥头、汗翅儿、鞋面儿、小孩衣裳等。

此外还有皮（鞋）底摊儿、线摊儿、绦带网子摊儿、黑白铁活儿摊儿、旧洋货摊儿、刻花剪纸摊儿、耳朵帽（耳罩）摊儿、草鞋摊儿以及卖儿童玩具的，卖小金鱼儿的、捏面人的、卖耗子药的、卖蛐蛐的、卖兔儿爷的、卖佛龛神像的、卖年画儿的、卖月份牌儿的、卖灯笼的、卖噗噗噔的（我本人还收藏着一个）、卖药糖的、卖“十香面儿的”（类似五香粉）。赵本山和巩汉林曾表演过一个小品叫《卖十三香》，都是这一类的东西。

逛大街逛累了，逛饿了，自然要吃点什么，喝点什么，这就又有了小吃摊。除了我前面提到过的花儿市火神庙前的豆汁丁以外，还有茶汤陈、切糕王、李记饼子。还有卖扒糕、凉粉的、卖灌肠的、卖白水羊头肉的、卖熏鱼的、卖豌豆黄的、卖关东糖的、卖芸豆饼的、卖五香烂蚕豆的、卖老豆腐的、卖烧饼馄饨的、卖炸素三角（炸焖子）的、卖烧酒的等，品种多了去啦！让您吃不够、尝不够，流连忘返，回味无穷。

东花儿市点滴

就花儿市而言，我对东花儿市的熟悉程度与对西花儿市相比稍差一点。原因为二：一是我住西花儿市手帕胡同的时间较长，二是东花儿市毕竟不如西花儿市繁华，路过的频率自然也就不如西花儿市高了。后来有一段时间我搬到了花儿市下三条26号，于是穿行的机会多了起来。

民国时期（或说新中国成立前）东花儿市的商家共142家。新中国成立后，特别是公私合营以后，商家骤减，马路南边儿的商号更是所剩无几，大多数铺面都变成了民居，与西花儿市相比冷清多了。

这里我只想写点儿点滴的记忆，咱们还是从西口往东说，直至小市口儿。

泉城纸店

泉城纸店，后改名为“文盛文化用品商店”。

纸店也罢，文具店也罢，它最主要的服务对象是学生和文化人，泉城纸店是我学生时代（小学和中学）必去的商店。最起码每年的寒假、暑假过后一开学，那是非去不可，因要买各

泉城纸店“文革”后改名文盛，已拆除

种学习用品。那几天也是这类商铺最繁忙的时节，有时能达到满堂拥挤的地步。

北京解放时，我上小学三年级（因为年龄小又淘气，被迫蹲了一级，要不然是四年级）。

解放前的小学没有太多门类的课。主要是国文（现在叫语文）和算术，书法课是必修的，所以作业本中有描红本（也称描红模子）、大字本和小楷本，其他则是音乐、美术和体育了，好像还有手工课（即剪纸之类的工艺课），所以要去纸店买各种颜色的电光纸（单面的）。

解放后，特别是实行了现代汉语拼音方案以及向苏联教学学习后，各科课程逐渐增多，发的书也多，老师让买的本也多。如生字本、拼音本、田字格本、米字格本、双线本、练习本、抄书本、作文本、算术本、英语本、俄语本、美术本、五线谱本……这些本都是市制本厂统一印制，由各文具店出售，有时学校也代销。那会儿本儿的质量甚差，几分钱一本，皮儿也薄得很，所以学校规定一律要包上皮儿，书也要包皮儿，于是又有了书皮纸（厚一点的叫牛皮纸）。家庭条件不好的，就找些包装纸或用过的年画（使背面）来代替。后来挂历时髦了，一年用完了，谁家也舍不得扔，干嘛呀？留着用背面包书皮儿，那是最漂亮最理想的书皮儿！书皮儿还有许多包法，同学或家长八仙过海各显其能，也是一乐。我小时候包，后来有了儿子，又给儿子包，再后来有了孙女，又给孙女包，几乎包了几十年的书皮儿！自从孙女上了中学以后，包书皮儿的差事便宣告结束。如今的中学——尤其像我孙女所在的北京二中，现代教学设备一应俱全，教科书的印制质量相当高，已无书皮儿可包。

买铅笔也是一件了不起的大事儿。上小学时是必须用铅笔的，那时还不用转笔刀，都是用小铅笔刀削。铅笔刀有两种，一种是小条帚形》，一种是可折叠的。后一种较为安全，但价格稍贵，那种小条帚形的小铅笔刀好像五分钱一把（记不准了）。刚上学时，都是大人帮助削铅笔，主要是怕我们人小不会用，削着手指头。到了三四年级就开始自己削了，那刀不但用来削铅笔，还可玩“剁刀”的游戏。“剁刀”游戏有点像下围棋，就是两个同学找一块土地，一人手拿一把铅笔刀往地上剁，剁完就将剁的痕迹连成线，你围我，我围你，看谁能赢得了谁，这种游戏女孩儿一般不参与，都是男孩子在一起玩。玩不了多久，刀子坏了，又去买新的。男孩子还喜欢用铅笔做游戏，无论是搭积木还是绷笔杆，玩法多种多样，多数铅笔常常不是用坏而是被玩坏的。铅笔大致分为3类：最次的，一削就裂开，铅芯也易折，简直坑人；中等是“好学生”牌的，既便宜又耐用的；最高级的当然是“中华铅笔”，一般学生是买不起的。这种笔的型号多达十多种，最适合学生用的是HB型，不软不硬，其他还有H1、H2至B1、B2多种，“H”表示硬度，“B”表示软度。中华牌最讲究的叫高级绘图铅笔，咱没用过。

再说说铅笔盒，我们小时候使的铅笔盒现而今已成为老物件。那种铅笔盒是马口铁做的，大约20多厘米长，7厘米左右宽，1.5厘米厚。盒盖儿非常漂亮，上面印有各种图案，有男孩子喜欢的图案，也有女孩子喜欢的图案，多达数十种，这样可以避免互相拿错，当然不可能做到全班的铅笔盒无一重复，怎么办？就在图案上用铅笔刀刻上自己的名字，或是在盒盖的背面儿贴上自己的名字。不过，大家一般都是在铅笔盒儿盖的背面贴课程表以提醒自己。

我记得小伙伴们还经常用铅笔盒玩一种“跟头虫儿”的游戏，玩儿法是这样的：找一枚自行车轴（或其他轴承上）用的滚珠（我们那会儿叫钢珠），再找一张烟盒里包烟卷儿的锡纸，裁下一段锡纸，卷成一个四五公分长的小纸筒儿，然后再将钢珠放入纸筒儿，纸筒不可过粗，略大于钢珠即可。最后将锡纸筒儿的两头儿折叠封好。封好后放在空的铅笔盒儿中来回撞击几次，两头儿的封口就半圆形了，而且牢固，这样“跟头虫儿”就算做好了。做好后，打开铅笔盒，双手拿着铅笔盒的两端左右上下翻动，“跟头虫儿”就会随着在盒中翻跟头，这是因为钢珠在纸筒内运动的惯性所决定的，像不倒翁一样，蹦来蹦去，十分有趣。今天的小孩子们可玩儿的玩具成千上万，不会再有人去玩儿“剁刀儿”和“跟头虫儿”这类游戏了。

穆德小学

从泉城纸店往东多是铁铺、桶铺、绳铺、线铺、旅店、花店、料器作坊等小门脸儿。这些我就不一一细说了。但有一处教育场所非谈不可，那就是穆德小学，现为崇文区回民小学。

穆德小学创办初衷就是为回民子弟服务的，因为哈德门外花儿市一带回民较多，他们的子弟总得有个就读之地呀，于是在 1911 年 9 月由丁庆三、常文庆、马少泉三位热心人士创办了这所学校。最初不叫穆德小学，就叫文化小学，1929 年改名为清真小学，丁、常、马三人是建校初期的具体操办者，史说实际上最早商议此事的是京剧名家马连良的父亲马西园、福生牛奶厂经理安华堂、中医内科大夫常相臣，还有玉器商人铁宝亭。他们几位都是回民，作礼拜时，常常在花儿市清真寺见面，也经常议论如何为附近的回族贫民做些有益的善事。于是

今天的崇文回民小学

他们便倡导了修建回民小学之事，此事一传出去，花儿市一带的回民争相传颂，都盼着早日让自己的子弟有学上。

清真小学董事会由马西园任会长、铁宝亭任副会长，董事有京剧名家侯喜瑞、马连良、著名中医哈锐川、李少山、李启贤、清真寺阿訇张万祥、哈孝先、杨玉光等人，继任董事长是润宝成古玩店经理李秋农。

这里最值得一提的是以侯喜瑞、马连良先生为首的许多回民京剧名家，包括哈宝山、马崇仁、雪艳琴等人，都曾为筹办穆德小学举行过义演。甚至有些汉族的京剧名家如肖长华、尚小云、荀慧生、叶盛兰等也参过义演。由于是名角义演，不必派票，海报一登，戏票很快抢购一空。

穆德小学初建时只有两处四合院（即一小和二小）、一小在手帕胡同，与花儿市清真寺背靠背，后来成为手帕胡同小学的北院。我儿子上小学时，我曾多次进过此院。“二小”是在崇外大街雷家胡同，现在这些地方已不复存在。

20 世纪 30 年代，随着学生的不断增加，校舍不够用了，校董事会筹措了资金 1 500 元，买下了东花儿市灶君庙的庙产，后来董事铁宝亭又个人出资买下了东花儿市大街 38 号（紧邻灶君庙）的十几间房，学校的面积一下扩大了十几倍！董事铁宝亭是古玩商人，虽家财不菲，但生活十分节俭。他家住在手帕胡同，他的店在前门外廊房二条，为了节省，从不坐车。但为了扩建穆德小学，他竟慷慨解囊，将珍贵的玉器捐给学校卖掉办学用，着实令人钦佩。

新校舍于1941年11月中旬落成，那年那月本人刚好出生。新落成的校舍有3幢两层的楼房，12间教室，另外还有教职工的办公用房和操场，规模在当时那个年代相当了不起！此时学校正式命名穆德小学，取伊斯兰教创办人穆罕默德译音首尾二字。我现在还清楚地记得学校大门两侧的砖墙上镶嵌着大约1米多直径的圆形白底儿上四个黑色楷书大字“穆德小学”。

我的高中同学段桐华、王栎（前面曾提到过二位）于1947年踏进了这所小学，所以他们自小就是同学，难得。

1956年该校由私立改为公立，校名更为东花市回民小学，所收的学生也不仅是回民了。现而今的东花儿市小学与当年的穆德小学已是两码事，早已改头换面，只是门前那两尊原为灶君庙的铁狮子没变，它们“夫妻”俩（铁狮子的形象是一公一母）见证了穆德小学的变迁。

牛黄解毒丸与德寿堂

您顺着哈德门外两广路一直往西走，过前门大街，再顺着珠市口儿西大街还往西走约一站地，快接近虎坊桥时，您会在路北看到一座磨砖对缝雕梁画柱的三层老楼，这就是老事年间的德寿堂南号，老门牌是虎坊桥12号。看样子是和它附近的“纪晓岚故居”“晋阳饭庄”等文物保护起来了。

德寿堂始建于20世纪20年代，历史不长，但影响甚大，当年能跟同仁堂叫板！

德寿堂的总店不在虎坊桥，而是在东花儿市大街东口路南的南小市口儿内，老门牌59号。我在北京人艺的同事王德立最早的家就在南小市口德寿堂的对面，他对德寿堂十分熟悉。

现仍在保护中的德寿堂南号

我要说的德寿堂是它的东号，在东花儿市大街路北47号（老门牌）有房10余间。东号建在南号之前，该堂的发迹也始于东号。

德寿堂牌匾

掌柜的姓康，名伯卿，字印寿，号旭东。生于北京广渠门外半壁店一农户之家，家庭十分贫寒。他排行老大，下有四妹两弟，由于家中人口多，生活艰难，少小之年他便随父亲进城谋生，经一位叫吴鸿溪的老中医介绍，进了西单附近的乾元堂药店学徒。小康年少聪明，进取心强，他在药店内虽干的是切药、筛药的粗活儿，但他十分留意制药的流程和配方，慢慢地积累了不少知识和经验，后来他干脆辞职单干，自己在家中做一些黑虎丹、七珍丹、棍眼药之类的小药。没有门脸，又是些自己初学乍练的小药，他就走街串巷地卖，甚至到京边子乡下去卖。

由于他制的药便宜且能医病，销路还真不错。一来二去，小买卖做得越来越火，这使他产生了做大业的“野心”。在吴鸿溪大夫的帮助下，经过反复研制，他终于做成了秘制牛黄解毒丸。牛黄解毒丸的主要成分是：牛黄、雄黄、石膏、大黄、黄芩、桔梗、冰片、甘草等。牛黄即牛的胆结石，雄黄是一黄色种矿物质，含有硫化砷，大黄是草本植物，开黄花，其根块可入药，黄芩也是草本植物，根为黄色，亦可入药。这么多“黄”凑在一起，黄上加黄，所以当您把牛黄解毒丸用水化开后，其药汤绝对黄之极！这其中最主要的是牛黄，是珍贵药材，因为很难找到一头长胆结石的牛！现在的牛黄解毒丸的疗效之所以不如以前，主要原因，用的都是人工合成牛黄，与天然牛黄相比药力自然差多了。

现在德寿堂南号的门面

牛黄解毒丸用途广泛，散风泻火排毒功效十分显著，主治头晕目眩、口鼻生疮、风火牙疼、咽喉肿痛、暴发火眼、痄腮红肿。可以说是家庭必备的良药。牛黄解毒丸很快成为家喻户晓的中成药，患者争相传颂购买。小康的资金便很快积累起来，并买下

拆除中的南小市口

了花儿市南小口59号的房产，挂起了“德寿堂”的牌匾，那一年是1921年。

1928年建东花儿市德寿堂东号。

1932年康先生在广渠门内购地20余亩，开设鹿苑，养鹿百余只，自取鹿茸，还养有乌鸡、獾子、乌龟、蟾蜍等小动物，取血取骨，提炼獾油。他甚至还建了温室，栽培药材，规模之大，相当可观。

1934年建虎坊桥德寿堂南号。

随后德寿堂的生意越做越大，所生产的牛黄解毒丸等中成药批发至全国各地不少省城，其影响可与当时的同仁堂比肩。

德寿堂之所以发展迅速，靠的是六个字：质量、营销、服务。这方面的小故事很多，我不想赘述。凡是成功的商家都离不开这三条，就像电视剧《大染房》的故事一样，无非是细节不同而已。

“七七”事变以后，日本鬼子占领了中国的华北，德寿堂的买卖从此每况愈下，到抗战胜利时，几乎濒临倒闭。

解放后，德寿堂虽获得了重生，但其规模日益缩小，到1956年公私合营时，康家将牛黄解毒丸秘方交给了国家，从此也不再制药，改为只卖成药和汤剂的中药铺，特色全无。现而今唯一的德寿堂已成为一家普普通通的药店，当作文物孤零零地被保护在虎坊桥两广路的大街上。这让我想起了话剧《天下第一楼》中的那副对联："好一座危楼谁是主人谁是客，只三间老屋时宜明月时宜风"，横批：天下没有不散的宴席。

"容真"照相馆

我记得非常清楚，德寿堂的东侧是一家很大很大的客店，一查史料，果然是东三益客店。然后是绢花店、茶叶店等，大约在德寿堂的东侧六七十米处有一家照相馆，叫容真照相馆。由于后来我的父母搬到了花儿市下三条，我每天早上要把刚出生不久的大儿子（1967 年 12 月生）抱到我母亲那儿去照看，所以东花儿市成了我六七十年代的必经之路。

说到这儿想到一个"危险"的花絮。我每天不是要送儿子吗？就是抱着他，再背着奶瓶、水瓶、尿布等走将近两站地，有一次因急着上班，抱起孩子就跑，等到了我母亲的住处才发现，把儿子抱倒了！一直是头冲下抱着！您说这够多危险，这孩子真命大，差点没憋死！再说两句笑话，我的大儿子非常聪明，思维反应十分敏捷，大概跟这次倒抱着或许有点关系——脑供血好哇！

好了，把话拉回正题，我在这家照相馆大约拍过四张照片，都十分有意义。其中最重要的一张是"全家福"。

所谓"全家福"我看很难界定如何才叫"全"，三世同堂？

四世同堂？五世同堂？前面讲过，我爷爷奶奶在世时，我回过农村老家，但没有（也不可能）留下任何印象。解放后，我祖父母也从未来过北京，所以到我这一代时，没有全家福照。后来爷爷奶奶去世了，我成家了，有了大儿子，这才想起拍张全家福。

我母亲生于1914年，那还是缠足尚未完全废除的时代，她是“解放脚”。啥叫“解放脚”，就是女孩子小时候被缠了足，到了革命党人提出了废除女人缠足制时，许多女孩的脚缠到中途被解放了，丢掉了长长的裹脚布，脚既不是“三寸金莲”也不是正常女人的大脚，这种脚就叫“解放脚”。现在大约只有活到90岁以上的老婆婆还可能是“解放脚”了。旧时的女人，尤其是结婚后的女人，不怕别的，就怕别人看她洗脚，夏天她可以赤裸上身，露着双乳上街，但决不允许看她洗脚！其实清代满人女孩儿不缠足，缠足的是汉人女孩儿，道理何在？我也没弄明白。我母亲的封建思想十分严重，她不喜欢照相，说照相会伤精血，直到晚年，她才不拒绝拍照，所以她留下来的照片很少。

我的大儿子出生以后，我和爱人就一直动员她拍一张全家福，因为那时我们并未打算再生第二胎，经过反复劝说，我们一家终于拍了张不全的“全家福”，为何说不全，因为拍完这张照片的6年以后，我们又有了二儿子，但奶奶坚持不再去照相，所以我没有全家六口三代人的全家福，我父母甚至都没有合影，他们去世后，为了祭奠二老，我请人用电脑合成的办法为他们做了一张合影，以示他们在天国团团圆圆，合合美美。

1968年在“容真”照的全家福

由内明远的酱肉所想到的

东花儿市路北尽（读 jǐn）东头有家远近闻名的回民饭馆叫内明远，始建于1913年，历史虽不长，名气不小，尤以酱牛羊肉而享誉哈德门外一带，特别是“老花儿市”，没有不知道甚至没去过内明远的。

内明远的掌柜的姓铁，与我那位家住南羊市口儿的回民铁姓同学是否有点关系不得而知。我那位同学叫铁恩康，而内明远的第三代传人叫铁恩寿，好像都是“恩”字辈儿，又都在花儿市附近开店，我想八成儿有点儿关系，瞎猜，没核实过。

内明远刚开张的时候，只卖生牛羊肉，不卖熟肉，由于它附近有五六家牛羊肉铺，竞争比较激烈，求生较难，所以后来开始研制酱牛羊肉，上午卖生肉，下午卖酱肉。为了尽快赢得声誉，铁家在质和量上下了大工夫。首先是质，选羊一定要用西口外的大肥羊，牛也如此。其次是选料上乘，一定要选腰窝、腱子、脖头、前腿，这些部位肥瘦相当，酱出的肉有嚼头儿。最后一绝是佐料有秘方。还有就是留有老汤（即“汤清”），下次再炖时备用。在“量”上，内明远讲的就是一个分量足斤足两，绝不坑人。如此一来，内明远很快赢得了顾客的信任，一传十，十传百，生意很快兴旺起来，经常是去晚了就买不着了，您要是想吃这口儿，明儿就得早来。其声誉不亚于前门外的月盛斋、东四的白魁、西单的恒瑞号、东四干面胡同的羊肉张。

1956年公私合营以后，内明远变成一个回民饭馆，除卖酱肉外，也卖炒菜，爆肚之类的一般菜肴，特色逐渐失去，再后来，供应紧张，什么都要票证了，买卖也就有名无实了。

一天，与两个儿子聊起了内明远，从内明远的酱肉聊到家中的伙食，聊我做的大油拌饭、肉皮冻儿和猪头肉。爷儿仨越聊越起劲儿。

先说这大油拌饭，这个饭是不是本人发明的？我不敢断言，但至今我还不曾听到有人说过此饭，八成儿这就是我的专利了。所谓大油拌饭就是盛一碗热米饭，往里放点儿炼好的大油（即猪油）和酱油一拌就吃，那叫一个香！我这是穷吃，是没有辙的辙。“文革”前那年月，汉民家中都有炼肥猪肉炼出来的大油，就是为了和花生油搭着吃，否则油不够吃。有时还专买肥膘炼油使，又便宜又实惠，炼完油的油渣儿还可以烙油渣儿饼，也香。您记着，凡胆固醇高的食物都香，这话还不是我说的，是于是之在食堂买饭时说的，我觉得特有道理。

肉皮冻儿，前面讲过这里省略。

炖猪头肉，前面也讲过，这里也省掉。

我父亲最喜欢吃猪头肉，因为它不肥不瘦还有皮，又香又有嚼头儿，后来，条件好了，我们自己不炖了，我父亲就到外边买猪头肉吃，只为下酒。再就是吃春饼卷猪头肉，那也来劲，有点儿烧饼夹肉的意思。老北京人最喜欢吃烧饼夹肉，夹肘子肉或夹酱牛肉，都香。尤其是用刚烙出来的芝麻烧饼夹，那吃起来赛过活神仙！遗憾的是现在很难吃到真正的老北京芝麻烧饼了，大都是仿造，不地道。而且多数的商家、小贩都用最次的面粉做，绝无外焦里嫩的口感。

东花儿市以东

以北南小市口儿为界，东花儿市往东依次是铁辘轳把儿、虎背口、白桥大街，另外，在铁辘轳把儿的东南方向有条斜街，就叫东花儿市斜街，直通白桥大街南口，那里紧挨着广渠门。铁辘轳把儿跟花儿市、小市口儿一样，一定要加儿化音才是京味，铁辘轳把儿原名叫铁辘轳耙，皆因这一带有做（水井上打水用的）辘轳与耕田用的耙子作坊而得名。后来人们将耙字儿念白了，于是变成了铁辘轳把儿；虎背口也是叫法上的问题，原来叫户部拉口（俗称虎叭喇口），是因为这里有户部衙门，也有一种说法是这条胡同两头窄中间儿宽，如虎背一般，故名虎背口；白桥大街是条南北向的大街，与花儿市大街成丁字形，与东花儿市、铁辘轳把儿成垂直走向。

虎背口南口一带，当年十分热闹，有鸟市、菜市、骡马市，也有许多卖土特产的小摊儿，尤其是早上，那简直是人声鼎沸，热闹非凡。来逛的大都是附近的居民，为的就是图个便宜新鲜。解放后鸟市、骡马市渐渐退出市场，更多的是菜摊儿和小百货摊儿，再后来由于妨碍交通的原因，市场被取消。

从哈德门（今崇文门）到东便门，再从东便门到广渠门，从广渠门向西到磁器口，再往北回到哈德门，这大约三里多长，二里多宽的约 3 平方千米的哈德门外东片儿，如今几乎荡然无存，唯一能找到一点老街痕迹的地方也就是白桥一带了，那是因为原东花儿市斜街有卧佛寺和袁崇焕的墓，白桥有座隆安寺的缘故，否则照拆不误！我们有些官员和开发商大有不把老北京拆光誓不罢休的劲头。GDP 第一，保护老城？要政绩才是硬道理。

我这里要提一提白桥，它虽然离我住家较远，尤其是 20 世纪 80 年代初我搬到丰台六里桥之后，离这一带就更远了。但白桥是每月必到的地方，因为那里有个煤气站，就在隆安寺那条胡同内，每月换煤气是必需的，所以月月必到。自从 20 世纪 60 年代后期煤气罐大规模推广之后，许多市民都用了液化气，于是每月凭证或票换液化气罐成了各家各户的任务。离

原来的煤气站现已改作他用

站近的住户，弄个小推车也就换成了，离着远的，麻烦了，于是人们发明了用自行车驮。为了驮气罐，有人还专门买了加重自行车，或是前边装上保险叉子，后轮装有双支子的，然后再想方设法请人帮忙做一个大铁钩子放在车后架子上，换完气罐，用钩子一钩，斜挂在后轮旁，骑着驮回家。这活儿，我相信 40 多岁以上的穷男人都曾干过。反正我和我大儿子，甚至我爱人都有过切身的体验。您想想，要把一罐液化气从广渠门内的白桥一直驮到广安门外的丰台六里桥，10 多里将近 20 里呀！一直斜着身子骑，驮到家还得往六楼上扛，那得多累呀！可不换行吗？没法儿做饭啊，多累也得驮呀，那日子过得，真叫一个累！也就是仗着年轻力壮吧。后来，我爱人单位因公包了一辆出租汽车，那司机跟我们处的关系不错，时常抓机会帮我们换换煤气罐，还帮我们一直抬上六楼，可解决了大问题，这段记忆，永生难忘。

隆安寺庙门

北京城有几座卧佛寺？

香山卧佛寺，尽人皆知，那寺建于唐贞观年间，原名兜率寺。清朝乾隆时重修后改名为十方普觉寺。其卧佛传说为元代所造，长约两丈，用铜 50 万斤，铸造了一年的时间。1934 年，有一王某人出资重塑佛像，用工千人，历时半年，塑成今天我们见到的样子。该寺历经 1 300 多年，几经重修，光辉如初，是全国文物重点保护单位。回想我上高中时，一天，几位同学兴致所至，倡导骑车去香山游玩，后来我们果真找了一个春天的周日，骑车去了香山！真累呀，尤其是上山的路，费姥姥劲了，到后来实在蹬不动了，只得下车推行，但返回时可好玩儿了，一路下坡不用蹬，滑行得飞快，那真叫爽啊！我这一生，就干过这么一次高强度锻炼的事。再干？下辈子吧。

言归正传，那么北京到底有几座卧佛寺呢？答案是两座，另一座就在东花儿市大街的去虎背口和东花儿市斜街的三岔口处。直到改革开放初期那座寺还在，寺前又高又粗的古树也还在。史载，此寺始建于明朝，原名妙香寺。到清乾隆年间，寺已坏得不成样子，乾隆三十一年重修。佛寺有三进，头进为守门的四大金刚，二进为正殿，三进为卧佛殿，卧佛身后塑有十余佛门弟子。两庑也供有若干佛像，解放前两庑出租民用。不久，前殿、后殿相继倾斜，中殿的佛像也遭到破坏。再后来，寺中只剩下中殿，暂时将各尊佛像收藏其中。寺院中盖起了许多小平房，此寺遂变成了一个大杂院了。有意思的是，相传这座寺庙与曹雪芹还有点关系，曹破落之后曾从蒜市口搬进此寺居住过，后来实在无能力住在京城了，才从此处搬到香山脚下。画家齐白石为此也曾到过此寺拜访，并留有诗句：“风枝霞叶向疏栏，梦断红楼月半残，举火称奇居冷巷，寺门萧瑟短繁寒。”如今中殿仍在，但已是北京玉器厂的办公室。卧佛早已不知去向，有人考证说宣武区法源寺的卧佛即是当年东花儿市斜街卧佛寺的那尊卧佛。见过此佛的人说：“佛身长 7.4 米，头上雕有佛祖专有的若干螺旋式发髻，浅绿色，佛面为浅紫，极丰满，眉心略上有光珠紫黑色，乃道行深的标记。目微张一线，口合，神态慈善而安祥，头枕狻猊（音 suān ní），传说中龙之九子之一。佛右手托腮侧卧，臂突出。全身披长袈裟，双足侧叠外露。”

倘若老北京真的只有两座卧佛寺，那么这尊卧佛不是东花儿市斜街卧佛寺的卧佛又能是哪儿的呢？难道能是从北京以外的地方存放于此的吗？

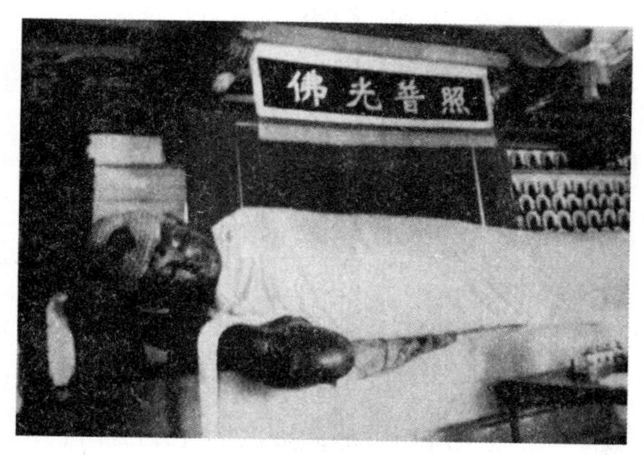

保护在法源寺的卧佛

老北京最长的胡同

请注意，我这里说的是胡同，不是街道，更不是马路。胡同、路、街，那是一条比一条宽，东西长安街最宽——世界第一街。

从东西向讲，老北京城的内城要比外城窄，外城南北短，东西宽，因此胡同相对也长一些。我查了查老北京地图，老北京又直又长的胡同当数哈德门外花儿市上、中、下、下下头、二、三、四条，也就是花儿市上头条中头条下头条下下头条，花儿市上二条、中二条、下二条、下下二条，花儿市上三条、中三条、下三条、下下三条，花儿市上四条、中四条、下四条、下下四条，这四条胡同虽分别被北羊市口、北小市口、虎背口分成了四段，实际上在乾隆十五年（1750 年）之前，这几条胡同并未截开，就是很长的胡同，后来是因为有了羊市口儿、小市口儿、虎背口才被截开的。因此，从整体上说应该是老北京最长的四条胡同。前两天报上有人说东、西交民巷是老北京最长的两条胡同。我认为此说不准，东、西交民巷中间隔着前门大街哪！而且一条在东城一条在西城！

老北京有“门见门三里”的说法。也就是说城门与城门之间大体上的距离是三华里。外城稍宽，我估计从上头条西口到下下头条东口，大约得三里半将近四里地的样子，相当于周长250米的操场五圈左右。而这四条胡同的总长度大概相当于从日坛到月坛的距离。相当得长了！但遗憾的是全拆光啦！一点儿痕迹都没留呀。

这儿条胡同从解放初期我们家搬到包头大院，直到20世纪90年代末、21世纪初花儿市所有街道拆光，我从未久离过它们，特别是学生时期，那附近有我许多同学，上中学时往往结伴而行，今天穿行头条，明天穿行二条，后天穿行三条，大后天又穿行四条，边玩边走，边走边看，伙伴儿一块儿找乐，总觉得有新鲜感。

好，咱下边就一条胡同一条胡同的细说。

花儿市上头条，早年卖药材的居多，隆盛、天成、万方、信和、庆昌、荣记、同盛、新纪等药材货栈都是这条胡同的老字号。同仁堂、鹤年堂等药铺也经常到此购货。公私合营以后，成立了北京市药材公司（在木厂胡同内），这里的许多药栈便成了仓库。我曾去过头条把口的市药材公司仓库（包括部分科室），找过老乡王文琪买药。那是一个老的二层小楼，方形的，中间是天井，放着许多药材，周围的房间，有的是精品药材库房，有的是办公室。黑乎乎的，见不着阳光，大白天儿的也得开灯。

花儿市中头条内玉器商比较多，而且还有许多生产玉器的小手工作坊，前面我已讲过，儿时经常站在作坊前驻足观看手艺人巧夺天工的手艺。

花儿市下头条及下下头条一带（包括下下二条、三条、四条）

做绢花儿、纸花儿的小作坊较多，也有一些料器、玻璃小作坊。

花儿市上二条、上三条、中二条、中三条因紧邻北羊市口儿的青山居玉器市场，故而作玉器生意的人居多，富商也较多，因而大宅门也多。这些大宅门许多都是前门在二条或三条的路北，后门则在头条、二条的路南。大都是磨砖对缝的三进院。门楼又宽又高，砖雕考究漂亮，大门上都刻有“忠厚传家久，诗书继世长”之类的对联。解放后，尤其是公私合营以后，这些宅门大部分换了主人，就是没换的也成了七十二家房客的大杂院。当然有一部分变成了政府官员（包括部队老首长）的官邸。这些官邸有一个重要的标志，就是有自己的锅炉房可烧暖气。每年一到冬季，便可见到有煤车往门口卸煤，人家从不用煤球炉子，也不必担心煤气中毒。

花儿市上四条，由于这条胡同离花儿市大街最近，所以胡同里商店多了，作坊少了。尤其是卖棉线的商店，特别集中，有名的字号有德祥益、德泉、道德成、顺记、裕泉合、天聚源、同义、义信等线庄。这里还有一个上海小商品的批发市场，名曰申货市场，也很红火。胡同内还有元代的崇恩寺、卧云尼姑庵，但早已不复存在。

花儿市中四条，这条胡同还是以作坊为主，大都是一家一户的小手工作坊，以做纸花、发卡、梳子、烟斗等小玩艺儿为主。因离青山居近，胡同里也有三家玉器行，其中有一家（三义宫）还专门到宫里卖玉器呢。

从总体上说，花儿市这几条从西往东，是越走越破，越走越穷。富人多集中在前两段儿，到下头二三四条，富人就少了，到了下下头二三四条，基本上就都是小破四合院儿了，是穷人和小商贩聚居的地方，但并不冷清，因为此处离蟠桃宫很近，也是人来人往，可穿着打扮不一样，百姓多。

花儿市下三条26号

前面说过，我和爱人带着二儿子曾与父母“换防”住过一段此院儿。这个小院的住户比包头大院17号相对稳定。

花儿市下三条26号也是坐南朝北的院，其结构几乎与包头大院17号雷同，只是建筑粗糙，房子较矮小破旧而已。

北屋东头两间是W大妈家，回民。生有两儿两女，一家六口人就挤在两间屋里，有一半儿是炕，晚上睡一排，生活极不方便，但也没办法。W的老伴儿是永定门附近一家回民饭馆的厨师，由于家里人口多，他经常住在单位，很少回家。所幸的是W大妈是个革命派，是街道积极分子，后来还当上了街道主任。她特会调解邻里关系、家庭矛盾，说话大嗓门儿，整条胡同没有不认识她的，极像《左邻右舍》中金昭扮演的那个街道主任。您别小看这芝麻官，能弄到房！大儿子结婚时，占去了她两间中的一间。二儿子插队回来要结婚没房，W大妈在胡同给他弄了间房结婚，后来这小子跑到国外打工去了。这一出去不要紧，媳妇丢了，跟别人跑了，他回国后成了单身汉。他脾气不好，但在这事儿上，他一点辙都没有。让全胡同的人都羡慕的是他从国外带回来一辆“凤头”自行车，那就跟您现在趁辆“大奔”一样！他骑着在胡同里显摆，那份儿美，就别提了，虽然媳妇跑了，可咱哥们儿有钱啦，还愁再找不到媳妇？

有一件事儿，令我终生难忘。我大儿子在胡同里玩儿时，被一个骑自行车的小伙子撞上了，腮给撞破了！当时我和爱人都上班，是他和我父亲抱着我大儿子坐公交车去的同仁医院急诊室，好在没出大问题，也没留下伤疤。等我赶到医院时，大夫已经把我儿子的伤口处理完了。有意思的是，我们搬走以后，改革开放了，他下岗了，竟然不知通过什么关系，每年冬季到我们北京人艺去当热力工，有时他还借到我的办公室检查暖气管道的机会，聊会儿大天儿。

W大妈的大女儿是个女强人，毕业后到铁辘轳把儿小学当了小学老师，后来成了模范教师，登上了校长的宝座。她的先生是河北石家庄空军航校的一名直升飞机飞行员，后来晋升为大校。这小两口在我们胡同相当风光，当然房子也有了。

西屋的老两口也是两儿两女，一家六口挤在三间小西房里（两明一暗，每间不过9平方米），大女儿在前门大街一家化工商店工作，很积极，后来当上了经理，出嫁后自然搬出去过了。二女儿干什么的，我记不起来了。大儿子在同仁堂制药二厂当司机，遗憾的是离婚不久因心血管病英年早逝。这可能有点遗传因素，他母亲就有血压高，老人家也是脾气不好，说窜儿就窜儿，全家人都怕她，结果死于脑溢血。二儿子有本事，早早地下海去了广州，现定居香港。

南屋是刀把儿房，一排四间加一个拐弯，靠东头的一间是筒子房（两间），这一排房共住了三户人家儿。

M 家住的就是东头儿的筒子房，老两口有俩女儿。大女儿中学毕业后在家待了两年才找到工作，是前门一家副食店的售货员。结婚后搬到了白云观对面的简易楼住。我搬到六里桥后，上下班经常路过白云观，有时会碰上她在街上乘凉，就聊上几句。她妹妹在普兰德洗染公司的电话总机当话务员，不知道婚后搬到哪儿去住了，至今没见过。拆迁后，他们父母搬到南磨房。

这个院儿里学问最大的是一位 G 老太太，老人家早年可能是教员，英语非常棒，一看就是有学者的风范，脾气也柔和，从不与院内的邻居发生矛盾，但有时我也感到她老人家有一种夹着尾巴做人的感觉，后来一件事儿证实了我的看法。“文革”中，毛主席曾下令解放最后一批国民党县团级战犯，她的先生就在其中，但当她儿子把父亲从战犯看守所接回来时，已经瘫痪不能起床，释放出来没多久就去世了。有这样的夫君大约是她老人家低调做人的原因之一吧。她的儿子在大百科全书出版社当编辑，因家庭问题而找不到对象，当然“文革”后最终也还是成了家，并分到了房子。巧得很，他后来的住家就在王府井大街我们首都剧场对面的胡同里，时常还能见到她的母亲，老人家想得开，很长寿。老人家的女儿出嫁后搬到花儿市大街小市口儿住，有两个儿子，小名叫大宝、二宝，与我的两个儿子的小名儿一字儿不差。

南屋靠西头的两间房住着这一溜儿南房的房东（实际上他家在虎背口还有一所房产），可能就是因为是房产主，“文革”

我爱人苏艳云抱着大儿子在院中看向日葵，儿子胸前的大像章说明了照片的年代

中被没收了大部分房产，轰进了这两间小屋，他们两口不生育，抱养了一个女孩儿。改革开放后，他家试图轰走其他南房的住户，但因为住户实在无房可搬，直到这片儿拆迁才算彻底解决问题。

26号把着大门的那间房住着一对儿小两口带着一个很小的孩子，白天基本不在家，直到晚上才回来，男的在龙潭湖体育场看游泳池，女的干什么记不清了。他们一家基本上不与街坊们来往，所以了解甚少也在情理之中。

东房住的就是我们家，自不必说了。

哈德门外西半部掠影

今天的崇外大街西半部

由于本人从北京解放以来，大部分时光是在花儿市地区度过的，所以对哈德门外东半部说得比较详细，尽管如此，实际上也还有没说到的地方。不是不了解，是因为我这本书的本意并不是细说地方志，这活儿用不着我干，研究北京历史的专家学者多了去了，还用得着我吗？我的目的不完全是为了介绍该地区的人文历史，更重要的是写我本人的经历，写我自己的所闻所见，这才能有点新鲜感，否则还不如拉出个书目您自己个儿看去呢。我虽不是名人，但我有我的视角、我的看法，甚至有我的怀旧情怀。

老北京不说东半部、西半部，而是说东半拉、西半拉。哈德门外的西半拉主要包括东后河沿、东打磨厂、喜鹊胡同、巾帽胡同、木厂胡同（至东兴隆街）、茶食胡同、东柳树井以及龙须沟和天坛一带。这些胡同如今都拆光了，取而代之的是香港新世界集团盖的商业区和高档商品楼。

从今天的明城墙遗址公园到正阳门，这是原来城墙的位置，是东城区和崇文区的分界线，也是内城和外城的分界线。城墙根南侧是原来的京奉铁路线，两条，上下道。铁道线南侧是护城河，护城河南侧是东后河沿儿（之所以称东后河沿儿是因为前门以西还有西后河沿儿）。后河沿儿再往南便是东打磨厂胡同。

1963年城墙被拆除，渣土填平了护城河，而城砖去向众说纷纭，后来建明城墙遗址公园时，又动员大家献城砖，还真找到好几万块老城砖。城墙拆除、护城河填平后，1965年7月1日开始修建了地铁（2号线1969年10月完成）和前三门（崇文门、前门、宣武门）大街（1969年建成），现在叫前门东大街和前门西大街。前三门那长长的一排居民楼是20世纪70年代北京最早的令人羡慕的安居工程，邓小平同志还曾视察过。没想到时隔40年，这些楼的格局已老得不成样子，拆也拆不得，

残留的东打磨厂

改也改不得，只能当作老北京城内城与外城的分水岭了。

哈德门外往西的后河沿，人家儿也是很少，有些是东打磨厂住户的后门。其他都是些极破的小平房，有点儿像贫民窟，卫生很差，遍地垃圾，蚊蝇扑面，臭气冲天，很少有人光顾。记忆中，解放前那里每年春节有个爆竹市场，生意挺红火，有一年那里还发生了火灾，后来这个爆竹市场被取缔了。其他的都忘得差不离儿了。

东打磨厂是一条名不副实的胡同，所谓名不副实是因为这条胡同的历史发展起了变化。最早为什么叫打磨厂？那是因为明朝初年，从房山县来了几个石匠，在这条胡同开办了几个专门打制磨面用的石磨的小作坊，后来逐渐成了气候，石匠越来越多，打磨坊也越开越多，甚至也生产磨刀枪的磨刀石。那时家家儿都备有磨刀石，没有的就得等那些走街串巷的磨剪子、磨刀的来磨了。这样一来这条胡同就叫成了打磨厂。既然磨刀石和剪子、菜刀有着密不可分的关系，于是在西打磨厂附近就开设了许多剪刀铺，而且都号称“王麻子刀剪”，更有甚者，干脆叫“老王麻子”“老老王麻子”“真老王麻子”……一家儿挨一家儿，那会儿商人也没有专利观念，国家也没有专利局，所以假名商号比比皆是。其实真正的“王麻子剪刀铺”不在打磨厂，而是在宣武门外大街南头路东。该铺开业于顺治八年（1651 年），掌柜的姓王，脸上有麻子，附近的百姓就索性称他为王麻子，他卖的剪刀就叫“王麻子剪刀”了。王麻子的剪刀特点是：剪软的能剪丝绒绸缎，一剪就断，绝不挂丝，剪厚的能剪 40 层布，剪硬的能剪细铁丝，绝不锛刃，所以深受顾客信任欢迎，声名远扬。1954 年，王麻子刀剪门市部搬到崇文门外，现而今是在崇文门内同仁医院对面。

这一带由于刀剪铺的兴隆又带动了卖响器的买卖，所谓响器就是舞台上用的锣、鼓、镲、胡琴、单弦、笛、箫等乐器。

清代中叶，在这条街上逐渐建起了许多会馆，会馆多是商人或每年进京赶考的举子们居住的地方。读书人多了，卖书的也渐渐多了，后来东打磨厂便演变成一条文化街，在那条街上有著名的老二酉堂、宝文堂、文成堂、泰山堂及学古堂等书局，这些书局有的以印制《四书》《五经》《三字经》《百家姓》《弟子规》等书闻名，有的以印制《三国演义》《水浒传》“三言二拍”等小说闻名，还有的以印制京剧唱本、连环画、年画闻名，也还有专门印制账簿本册的等。这些书局大都始建于清朝嘉庆、道光年间，历史悠久，一直到解放后还存在，公私合营以后陆续关张合并，多数变成了文具店。解放前，我小，没逛过这些书局，解放后，尤其在翟家口豆腐巷住的时候，经常光顾这里，因为这里经常出售打折的文具纸本等学习用品。后来搬到花儿市以后，不常去了，而且那时这条街也败落了，许多临街的商铺都变成了民居，没啥逛头儿了。

东打磨厂南侧是一条与打磨厂平行的半截子胡同，叫喜鹊胡同。这可能与北京人喜欢喜鹊有关。记得小时候，窗外的枝头上只要有喜鹊飞来叫喳喳，母亲总说：喜鹊报喜呢，咱家要有喜事啦！有时还真应对了，真有不大不小的喜事临头，当然不会每次都有，哪儿会有那么多巧合。这条胡同的西口就是我前面提到的南北向的翟家口胡同。1965 年喜鹊胡同改名为喜悦胡同，改得毫无道理！喜悦就比喜鹊好？真多余。清朝末年，北京引进西方科学技术，北京最早的电报局就设在这条胡同内，“庚子事变”时，这个电报局被义和团烧毁。至于第一家电报局为何设在此地，本人没考证过，这条胡同内还有义泰、协盛仁、得有三家药局。我小时候经常路过，但很少走进这条胡同探个究竟。

在喜鹊胡同南侧与之平行的、同样长度的胡同叫巾帽胡同。这条胡同形成于元代，原名金帽胡同，据说是因为一个金姓人氏在这儿开了一家很有名的制帽作坊而得名。这条胡同内也的确有好多家制帽作坊，都不大，就是四合院里生产各式帽子，主人加伙计加徒工，也就是七八个人，顶多十来个人，生产能力有限，但生意都还不错。我的表姐夫呼宗芬就曾在巾帽胡同一家作坊学徒，我去过他那儿，一张干活的大案子摆在屋子中间，约三四米长，两米来宽，工人坐在案子周围干活，每个人的身后都是一摞摞帽子的半成品，什么样儿的都有，多半儿是生产呢子礼帽。最难的是定型程序，要把做好的帽子放在木制的帽盔上定型。公私合营后，这些小作坊合并成合作社，再后来就扩大为制帽厂了。作坊自然就变成了民居。

这条胡同内还有好几家钱庄（即票号）专门为哈德门外一带的商户提供贷款、存款、汇款等业务，深受商户欢迎，其钱庄有大德恒钱庄、蔚丰厚汇号、协和信汇号等。我去这条胡同时，这些票号都已关张，留下的是高大的门楼和破损的字号（不是牌匾，是镶在墙上的砖雕）。

这条胡同还有一处宅门要提，那就是 42 号院，巾帽胡同 42 号是东豆腐巷胡同 7 号的后门儿。这处前后临街的大院子

折迁之前的豆腐巷

便是著名京剧表演艺术家马连良先生在京的旧居之一，他1951年从香港回到大陆后，就居住于此。后来他搬到了西单报子街76号（即复兴门内大街54号）。马先生在豆腐巷居住期间是他的艺术最辉煌的时期，他的代表剧目《白蟒台》《一捧雪》《舍命全交》《串龙珠》《春秋笔》《十老安刘》等均在这一时期首演。

马连良先生便装照

马连良，生于光绪二十七年（1901年）正月。7岁拜樊顺福为师习老生，8岁入富连成科班，初学武小生，10岁正式开始攻老生戏，先后从师叶春善、王月芳、蔡荣贵、萧长华等名家。他16岁出科，18岁成婚，21岁随普庆班赴上海演出，一炮打响。载誉返京后又赴天津演出，首次与梅兰芳合作演出《梅龙镇》。次年又与尚小云合作演出该戏，并与王瑶卿合演了《汾河湾》。当时的梨园界曾把他与余叔岩、高庆奎并誉为老生“三大贤”。1930年他挑班组“扶风社”，次年便与长他23岁的杨小楼合作演《长坂坡》《八大锤》等多出戏，并赴上海演出。在上海他第二次与周信芳合作演出《借东风》等剧目，“南麒北马”由此而传成佳话。他在上海时还结识了喜剧大师卓别林。1948年马先生赴香港待了两年，其时，香港胜利影片公司为他拍摄了戏曲片《借东风》《梅龙镇》《打渔杀家》等影片。解放后，1951年回到北京，1955年与谭富英、裘盛戎合作组成北京京剧团（后扩大为院），此后马连良、谭富英、裘盛戎、张君秋、赵燕侠等成为北京京剧院的五大台柱，并拍摄了《群英会》《借东风》《铡美案》等戏曲传世名片。同时他还兼任北京市戏曲学校的校长。就是这样一位了不起的、不可多得的、少数民族的京剧表演艺术家，没能逃过“文革”一劫，红卫兵不但揪斗了他，还把大字报贴在他的身上游街，后被“囚禁”在中和戏院，不久便因心脏病发作而死，享年才65岁，一位天才的大师就这样悲惨地、不幸地、过早地离开了我们。

由于本人与马先生年龄相差甚远（差40岁），又不是同行，故我们并不相识，但有意思的是却同过台！

事情是这样的：1965年湖南花鼓戏剧院创作演出了两出小戏——《补锅》《打铜锣》，都是反映农村新人新事的现代戏。上演后十分轰动，主演之一的李谷一也因此而名噪大江南北。他们的演出受到毛主席的肯定。那年月，只要是毛主席他老人家喜欢的作品，不用动员，都得“紧跟”，不可大意，大意就可能失荆州！湖南的小戏一红，北京的领导坐不住了，华北的头头儿也沉不住气了，于是迅速发动各院团创作现代小戏，并决定举办华北地区小戏调演。当时我所在的北京市文工团也创作了两出小戏——《菊花青》和《新标准》。《菊》剧是由我和顾威创作并主演的，另外两位演员是吴扬和徐秀林。《菊》剧演出成功后，市里同意该剧参加小戏调演，同时参加调演的还有北京京剧团、北京人艺等其他艺术院团。京剧团参演的剧目有《三让刀》（徐玉川主演）、《雪花飘》（裘盛戎主演）、

《年年有余》剧照，马连良（右）饰生产队长，张君秋（左）饰队长妻（北京京剧院提供）

《年年有余》（马连良、张君秋主演）。一天，彭真同志要看戏，于是市里就组织了一台晚会请他审查，演出的剧目是《三让刀》《菊花青》《年年有余》。《年年有余》是压轴戏，所以马先生晚八点多才到后台，到了以后便有跟包的为他脱去外衣，换上类似睡衣似的一件无领长袍，然后化妆师开始为他化妆，化好妆后，脱去长袍，换上戏装。他好像在戏中扮演某农村生产大队的队长，张君秋演他的媳妇（说实在的，演现代戏也真够难为他们二位的，还男扮女装演农村妇女，形象可想而知）。他们演的时候，我们前半部的戏都演完了，所以都跑到侧幕条后面看热闹。只见马先生上场前还在厕所里“咿咿呀呀”地溜了溜嗓子，然后不慌不忙地走到侧幕旁候场，候场时他仍披着那件长袍儿，舞台监督是他的儿子马崇仁。马崇仁见父亲要上场了，赶快递上茶壶为父亲饮场。说时迟，那时快，只见他把长袍一抖，马崇仁立马接住，随即马先生伴着锣鼓点走出侧幕条亮相，观众立刻报以掌声。马先生那坐派（指大演员的谱儿并非指角色），真让我们这晚辈开了眼了。原来大师是这派头，崇拜！崇拜之极！事后我问京剧团的同志，马先生有几位跟包的？对方答："大学解放军前是13位，现在老先生也革命化了，减成3位了。"听听，十几位跟包的！咱哥们那会是刚毕业不久的学生，给别人跟包还差不多了，心想：何时咱也混到这份儿上啊？结果到今儿个也没混上。您瞧现在的明星、大腕儿，哪个没有司机、助理呀？而且也是不止一个，超马连良！可就是别再来文化大革命，再来一次"文革"，富人和贪官全瞎！（跑到国外移民的除外）。弄得不好，"文革"悲剧还有可能重演，这话不是我说的，是中央领导说的。

最有意思的是谢幕时，演员们都上了台，马先生和张先生自然是站在中间的位置上，我呢，巧了，紧挨着马先生站着，但我没有勇气与他搭话，只握了握手。倒是张君秋先生扭过身来女声女气地问我："我演得成吗？"我立即应道："挺好，挺好。"我也只能这样回答，这一幕场景，早已溶化在我的血液中，至今记忆犹新，如昨日发生一般。

说到这儿，又使我想起同时期的另一件往事：我们这几个年轻人还曾与裘盛戎先生同过台。那天是在首都剧场演出我们的《菊花青》和裘先生的《雪花飘》。《雪花飘》也是一出小戏。剧情很简单，说的是一位看公用电话的老大爷在风雪之夜到附近一户人家传呼紧急电话的曲折故事。舞台上什么也没有，只有台上方悬挂的一个公用电话牌和漫天飞舞的雪花儿。基本

《雪花飘》剧照，裘盛荣（右）饰送电话的，马富禄饰老人

上是裘先生的独角戏。他人又矮又瘦，为了撑起来，他身穿一件棉大衣，头戴棉帽，足蹬高底儿棉鞋，脖子上围着一条长长的围巾，以便舞动。这出戏充分展现了裘先生唱坐念打的功底，在某些地方有点儿像《李逵下山》。《下山》一剧也是没有景，完全靠演员的表演来体现，如袁世海先生所说："景儿都在我身上哪！"老实讲，在那个年代，让这些老艺术家演现代戏真有难度，他们很难摆脱使用了一辈子的程式化动作，在这方面他们有时候很佩服话剧演员。我认为裘先生的《雪花飘》要好于马先生和张先生的《年年有余》。在《雪》剧中还有一个次要人物，由马富禄先生扮演，他演一位深更半夜被送电话的（裘先生）惊醒后发脾气的老者。马先生是著名文武丑演员，那年他 65 岁，比马连良先生大 1 岁，您别瞧马连良先生比马富禄先生岁数稍小，可辈分大，是"连"字辈，"富"字辈在其下（喜连富盛世元韵，这七科学员是富连成科班的排辈）。我记得马

富禄先生那天是被人搀扶着进入后台的，当时我真以为他老人家可能七老八十了呢。马富禄先生嗓音清脆，念白流利之极，跟蹦豆似的！我现在还记得住他那句台词的大意：“闲着没事敲我们家干嘛？大冷的天儿深更半夜的把人吵醒了，讨厌不讨厌？这是怎么话儿说的。”说罢转身下场，又被人搀扶到后台，就这么点儿戏，可台词给人的印象极深，那真叫一个清脆。老先生 1900 年生人，以演蒋干、时迁、贾桂而出名，长期为马连良先生配戏，老搭档了。

一个马连良先生的故居，引出这么多话题，到此打住吧。

一跑儿胡同

一跑胡同本没有儿化，但老百姓给儿化了。这条名字特别的胡同在哪儿呢？它就在巾帽胡同与木厂胡同之间，这两条东西走向的胡同被三条南北走向的竖胡同切成了三段。这三条胡同从东往西依次是北粉浆胡同、莲子胡同、送姑娘胡同。在莲子胡同与送姑娘胡同之间有一条极短的小横胡同，大概也就 50 米左右，北侧有两门，南侧好像没门，那真叫一跑儿胡同，稍微一跑，从这头儿就到那头儿了。我们小时候还真的经常这么跑，一到这条胡同就想跑，还跟小伙伴儿比赛呢。其实一跑胡同还不是北京最短的胡同，最短的胡同在琉璃东街的东口与杨梅竹斜街交界的地方，叫“一尺大街”，过不去 10 米，现在这条短街还在，但已与杨梅竹斜街合并。多余合，留着多好！

粉浆胡同是因为此胡同以作刷墙用的粉浆而得名。莲子胡同本名叫帘子胡同，是因胡同里有帘子作坊而得名。送姑娘胡同，与姓宋的一家嫁娶有关，传说北半截儿叫送姑娘胡同，南半截儿叫接姑娘胡同，后来更名为豆谷胡同。无论胡同怎么个叫法，现在这些胡同全没了！拆了！拆了胡同也就等于拆了历史。想当初建二环路的时候，有棵古树都还知道绕开走。改造牛街时，也还知道把清真寺的影壁墙留下来。现在好，只要能保GDP管你文物不文物，史迹不史迹，照拆不误！而且是成片的拆，大拆八卸的拆，拆得我这70多年的老北京不认识北京啦，真心疼啊！更可恶的是，搬走的都是穷北京人，进来的都是外来的富人、名人。北京已变成一个不折不扣的移民城市！这就叫国际大都市？我曾收到过这样一条短信："全国人民都有家乡，只有北京的人民没有。城墙拆了，胡同没了，街道平了，宣武没了，崇文死了，京味淡了，盲流多了，车难挤了，路全堵了，天不蓝了，雾霾勤了，菜都贵了，万般无奈……北京哭了！"这条短信在一定程度上代表了老北京人的心声。但也只是发发怨气而已，已经毁了的东西是永远不会再回来的，无奈。

接下来咱说木厂儿胡同和东兴隆街。这两条胡同我在谈我儿时住的高博胡同时，已涉及，只是没细谈，甚至我还提了前门地片的鲜鱼口儿。

木厂胡同也是要加儿化音，读作木厂儿胡同才对。这条胡同因在明代有许多木器厂而得名，而兴隆街则是因为街里有个兴隆寺庙而得名，1965年调整地名时，取消了木厂儿胡同，统称东兴隆街。有东兴隆街，自然就有西兴隆街，再往西叫鲜鱼口，不过，那都属于前门大街地片儿了。

老北京过去管小商业门脸儿叫小铺眼儿，管大一点儿的门脸叫大铺眼儿。有时不管大小统称铺眼儿。在我的印象中，这两条街上，小铺眼儿甚多，店铺林立，都紧挨着，卖什么的都有，以卖木器家具和布鞋的最多，也有拉丝镶嵌作坊和旋活儿作坊，这两种作坊我都认真地观赏过，都是细活儿。民国时这里有名的商号还有兴茂号古玩店、恒泰茶庄、新泰汇号、广聚源炉房和兴源鱼店等。做布鞋的名店有兴隆斋、华兴厚、东天成、同义厚、六合成等8家鞋铺。这些鞋铺多在木厂儿胡同东口，门脸儿的进深其窄无比，有的也就一米半多的，只够摆鞋样儿的，门脸儿多是木制的，有的还有二层楼。如此狭窄的木制小楼，在北京城并不多见，所以给我的印象极深。您别瞧买卖不大，但这里生产的“千层底儿”布鞋、女士圆口布鞋和绣花鞋远近闻名，驰名全国。解放后，特别是1956年以后这些铺眼儿纷纷倒闭，这条街逐渐萧条冷清，最后都变成了民居。

东兴隆街56号

新世界的老板真是有眼力、有魄力呀！他几乎买下了哈德门外的所有地块儿，从20世纪90年代初到今儿个，他们还在拆、还在盖。原来的木厂儿胡同（东兴隆街56号除外）的其他老地方儿乎拆得精光。东兴隆街56号据说是清朝大太监李莲英的外宅，清朝灭亡后，这里成为私宅，1929年这里是中华戏曲学校校址，抗战爆发后又成了交通银行办公的地方。解放后为北京市药材公司所占，现在是中国北京同仁堂集团（有限）责任公司所在地，保存基本完好。新世界集团大拆大建时，这处宅院差点被拆除！本人与同仁堂集团有着深厚的友谊，我所在的北京人艺曾与同仁堂集团为精神文明共建单位，合作十分友好。我经常作为剧院的代表与他们洽谈合作项目，我院曾为他们拍摄过电视剧《同仁堂传说》，我本人为他们写过评剧《乐家老铺》（2012 年上演时做了修改，被制作人定名为《风起同仁堂》，央视 11 套播出了。另外我还将其改为 30 集电视连续剧《戊子风雪同仁堂》等，目前此剧还有时播出）。因此我与他们始终保持着密切的关系。大拆迁时，他们公司领导找到我，希望帮忙找一下市里，把这所院子保留下来，我也心疼，于是斗胆地给时任市委宣传部部长的龙新民同志写了一封信，呼吁保留此院。您别说，还真起作用了，市里很快批了，得保护。这样此院儿才免遭一劫，成了区文物保护单位。不过现在这个院子（据说已改为 32 号）已掉了一个头，就是把原前门的第一进院子拆除了，山墙往后推了五六米，为的是展宽马路。

东兴隆街 56 号新建的大门

东兴隆街56号原正门（现已封死在南面另开了大门）

此院原来没有后门儿，现在加盖了一个后门和传达室，后门变成前门。其他内部格局基本上还是老样子，只是翻新了，还是四进院，气派得很。

我认为这所宅院的最大贡献是20世纪30年代从这里走出了一大批京剧表演艺术家。1930年6月，由一位银行家出资、李石曾先生为董事长，焦菊隐先生为校长的“北平中华戏曲学校”宣告成立。校址就设在东兴隆街56号这所院子里。2002年应北京电视台之邀为创作电视剧《焦菊隐》，我曾拜访了许多健在的原中华戏曲专科学校的学生，这些老艺术家，提到他们的老校长时，没有

焦菊隐在北平中华戏曲学校

北平中华戏曲学校原来的大门
左上角是焦菊隐的头像

一个不钦佩的（其实当时焦菊隐只有 26 岁），给他们留下的最深的印象是焦先生的“严”。同学们偷偷地给他起了个外号叫“飞机”，意思是形容他在监督教学时，时常迅速地穿梭于各个教室之间，吓得学生们不敢不用心，老师也不敢消极怠工不认真教。

中华戏曲学校是焦菊隐先生在旧的科班制度下，创办的一所新型的戏曲学校，比如男女兼收，开设京剧音乐伴奏专业。课程设置也不一般，除唱做念打及昆曲课外，还开设了国文、历史、音乐、话剧、国画等课，甚至还设有英语课。这一切都是为了提高学生的文化素养和扎实的基本功。此外，他还废除了梨园行中在后台供奉祖师爷的旧风俗，也包括演出时饮场、扔垫子等陈规陋习。他对一些不能很好体现人物思想的唱腔也进行了大胆的改革，倡导“各派兼学”，这些在今天看似平常的、理所当然的改革，在当时那可是大逆不道，骂声一片哪！但焦先生的固执和倔强也因此出名。

他为了实现自己的办校理想，为了使自己尽快地成为内行校长，他也刻苦认真地学习京戏，先后从师曹心泉学昆曲小生、从师冯惠林学京剧小生，从师鲍吉安学老生，他每天看各种流派的戏（包括地方戏曲），大量听唱片，几乎就是恶补！

为了把学生培养好，京剧界的名师，如王荣山、包月庭、丁永利、迟月亭、高庆奎、冯惠林、王瑶卿、朱桂芳、孙怡云、文亮晨、陈富瑞、沈三玉、郭春山、曹心泉等，他能请到的一定都请过来教课，使学生们大开眼界。这方面的详细情况，我不一一赘述，您若有空儿也有兴趣，我建议您读一读朱继澎先生所著《武生泰斗——王金璐传》一书，那本书有五分之二的篇幅写王金璐在中华戏曲学校的学习情景和艰苦的成名历程。

总之，焦先生在校 5 年，贡献非凡，人才辈出，培养出德、和、金、玉、永五科上百名京剧名角。如宋德珠、傅德威、王和霖、李和曾、王金璐、赵金蓉、李金鸿、侯玉兰、李玉茹、白玉薇、马永菡等。1935 年夏末焦菊隐先生由于在办学方针上与董事会发生较大分歧，一气之下辞去了校长职务，携妻子

北平戏曲专科学校内的垂花门

赴法留学，接替焦先生的是金仲荪先生，金先生接手不久，中华戏曲学校搬离了东兴隆街，新校址在沙滩北侧椅子胡同内，直到 1940 年 11 月该校停办。

北平中华戏曲学校最初的校址定在南城是有一定道理的。其一，梨园界的前辈们大都居住在南城，请他们任教不必跑远路，方便；其二，旧京的老戏园子多数在南城，如西珠市口的开明戏院，西柳树井的第一舞台，前门大栅栏的广德楼、庆乐园、三庆园及中和戏院，鲜鱼口的华乐戏院和裕兴园，肉市的广合楼，哈德门外茶食胡同东口的广兴园，柳树井的平乐园。天桥一带的戏园子就更多了，得有 30 多家！还有会馆中的戏楼也是演出场所，有时车水马龙、人声鼎沸，不亚于大戏园子。据不完全统计，哈德门外有会馆 150 多家，其中较大一点儿的都有戏楼。如精忠庙梨园会馆戏楼、阳平会馆戏楼、浙慈会馆戏楼、延邵会馆戏楼、平遥会馆戏楼、织云公所戏楼等，甚至大一点儿的饭庄都有戏楼，像西打磨厂的福寿堂戏楼、前门外肉市东边北孝顺胡同的燕喜堂戏楼、长巷头条的庆丰堂戏楼等，这么多演出场所，无论是名角（jué）儿，还是戏校的学生，都有施展本领的广阔天地。

哈德门外的京剧名家故居及京剧世家

南城，尤其是崇文区（暂不用哈德门外一词），梨园行的名人故居也不少（有的虽是暂住了一段时间，但影响至今犹存）。像锦绣三条 26 号和青云胡同 29 号的梅兰芳故居、北芦草园75号的程砚秋旧居、北芦草园67号和奋章胡同75号的郝寿臣旧居、延庆街48号和手帕胡同89号的侯喜瑞旧居、鞭子巷头条27号的李多奎旧居、珠市口东大街乙84号的李和曾旧居、草厂十条13号梁益鸣旧居、草厂三条16号李洪春旧居，以及前面提到的东豆腐巷7号的马连良旧居等多达十几位。

更有意思的是还有许多梨园世家，名气虽不如梅兰芳、程砚秋、马连良等人，但小有名气的大有人在！有人曾统计过，崇文区的梨园世家多达32家。其中三代15家、四代10家、五代4家、六代2家、八代1家。两代的不能称其为世家，只能称子承父业，非三代以上才可称为世家。简介如下：

三代世家——

于连泉（艺名筱翠花）、富连成“连”字辈儿，工花旦，创“筱派”。其子于世文，富连成“世”字辈，工老生，曾任北京市戏曲学校副校长，其孙于万增现就职于中国国家京剧院，唱小生。（于家曾住永外沙子口）

于万增饰陈世美剧照

梆子武生马泰玉，其子马德成，亦工武生，马德成与瑞德宝、于德芳三人曾被梨园界誉为“武生三德”。其孙马子君为鼓师。（马家曾住南五老胡同）

名丑马富禄（我在裘盛戎先生演《雪花飘》一节中提到过马富禄先生），其子马幼禄也是丑行，其三子马小禄工老生。其孙马德成工武场面。（马先生曾住龙潭湖龙潭北里）

马连良、马富禄（左）《清风亭》之剧照

万子和，大观楼影戏院创办人之一，后为华乐戏院经理，广交梨园人士。其子万素甫工老生，两个孩子一个工武生，另一个为琴师。（万家曾住八圣高庙，即幸福巷）

王荣山便装照

武生教头王永成，长子王贵山为梆子旦，次子王荣山，自幼成才，艺名“麒麟童”，早于周信芳，也是唱老生的。三个孙子，一工丑一工旦一工老生。（王家曾住东珠市口冰窖斜街）

鼓师白殿福。其子白登云承父业，亦为鼓师。登云之长子白元鸣，富连成“元”字辈，工老生。次子白韵鹤，为富连成“韵”字辈，唱花脸的。（白家曾住东晓市）

铜锤、架子花兼能的李永华，故去

较早，病逝于1918年，世人对其了解甚少，儿子李铁如工武净。其孙子李元春、二孙女儿李韵秋颇有名气。李元春工武生，李韵秋工老旦，李韵秋的丈夫孙岳是“文革”前的著名青年演员。本人曾多次欣赏孙岳之演出。（东豆腐巷7号马连良故居，后成为李家住所）

侯喜瑞、张鸣才（右）演出《七擒孟获》

范富喜故居

天桥南大街中部有个叫“忠恕里”的地方，此地150多年前为“忠恕堂”主张二奎的故居。张二奎生于1814年，“奎派”老生创始人，咸丰年间，他与程长庚、余三胜齐名，并称“老生三甲鼎”（或“老生三杰”）。其子张万年为丑行。其大哥的孙子张鸣才工老生，英年早逝，故于1929年，死时才30岁。

中国戏曲学校曾有一位老资格的名师叫范富喜，富连成“富”字辈的，工刀马旦。此人教学有方，桃李满天，1994年离世，米寿88岁。其父范文英工小生，其胞兄的儿子张少

亭工武生，1939 年病故，也是英年早逝。（范家曾住鲜鱼口内南侧豆腐巷 11 号）

荀慧生在《荀慧娘》中

荀慧生先生自不必介绍，其前妻生有二子，长子荀令香工旦角，次子荀令文唱老生。两个孙子一个唱武生，一个搞舞美，孙女唱旦角。（曾住长巷二条及銮庆胡同）

侯喜瑞《战宛城》中饰曹操

“活曹操”侯喜瑞，我前面也曾提到过，他就住

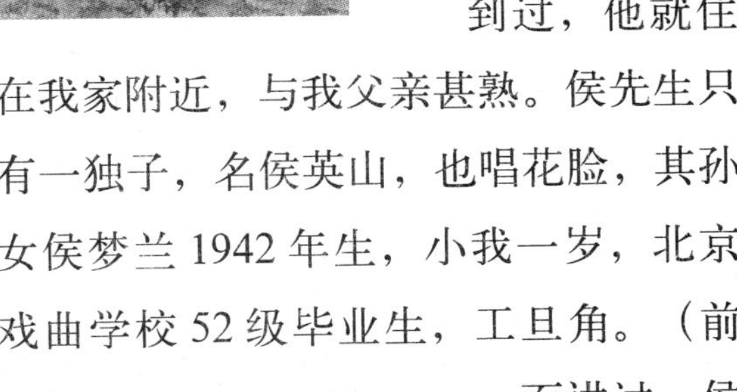

在我家附近，与我父亲甚熟。侯先生只有一独子，名侯英山，也唱花脸，其孙女侯梦兰 1942 年生，小我一岁，北京戏曲学校 52 级毕业生，工旦角。（前面讲过，侯家住花儿市手帕胡同）

郝德耀在《回荆州》中饰张飞

郝寿臣，我国著名戏曲教育家，曾任北京市戏曲学校首任校长。他以架子花脸铜锤唱的特色创造了“郝派”艺术。他的儿子郝德元没有入梨园，他的哥哥郝寿山之子郝

德耀继承了父业，工花脸。郝先生有四个孙子，其二孙子习老生，四孙子工场面小锣。（郝先生曾住北芦草园及奋章胡同）

郭仲衡在《让成都》中饰刘璋

梨园名票郭仲衡，唱老生，与程砚秋合作多年，被世人誉为“程砚秋的王凤卿”。其兄之子郭少衡亦工老生，是梨园界著名画家，曾拜张大千为师。郭仲衡之孙郭韵和为富连成“韵”字辈，工丑行，1990年退休。（郭家曾住东利市营乙18号）

程砚秋在《锁麟囊》中饰薛湘灵

程砚秋，也不必多说，乃“程派”创始人也。他有三个儿子一个女儿，均未从艺。其三哥程丽秋也工旦角，他的子女们大都从艺。儿子程永庆为琴师，孙女程怡弹琵琶。程砚秋二哥的儿子程世杰唱花脸，其儿媳是著名影星李秀明。（北芦草园9号曾是程家故居）

回族名净蒋少奎

回族名净蒋少奎，生于光绪二十二年（1896年），是与金少山侯喜瑞同时期的著名花脸演员，其次子蒋元荣工丑行，富连成“元”字辈的，孙子蒋连启毕业于中国戏曲学校78届舞美班，现已退休。（蒋家曾住西马尾帽胡同8号）

四代世家——

李洪春在《古城会》中饰关羽

“活关公”李洪春。祖长为武术世家，其父李春福唱老生。李洪春有四个儿子一个养子，另有两个女儿，绝大部分都入梨园。长子李金声继承了他的事业工红生（即关公戏）和文武老生。养子张玉禅唱武生，张玉禅的两个儿子一个女儿均入梨园。李洪春的二儿子（李玉声）和四儿子（李世声）的子女也均入梨园。此乃四世梨园也。（李家曾住东茶食胡同、草厂三条、四条，及西打磨厂銮庆胡同，多次搬家）

李盛藻在《广泰庄》中饰徐达

“富连成”科班，在众多名师的执教下，许多学员尚未出科，便已名噪京城，老生李盛藻即是其中之一。李盛藻的父亲李寿峰也是唱老生的。爷爷李福临是影戏艺人。

李多奎《辞朝》剧照

李盛藻的二叔、三叔、四叔均为武老生。与盛藻同辈的兄弟姐妹们绝大部分入梨园。李盛藻的儿子李正平也唱老生，北京市戏曲学校60级毕业生。（李家曾住龙潭北里）

李多奎，京剧界著名的老旦演员，本人曾多次欣赏他演出的《打龙袍》《钓金龟》，其父李宝珍为鼓师，哥哥李万和唱老生。李多奎有两儿两女，均入梨园。两个孙子一个唱小生，一个为丑行。（李家曾住鞭子巷头条37号）

南派武生张德俊。其父张玉林唱旦角，其二儿子张云溪工武生，那是"文革"前著名武生，他与张春华合演的《三岔口》可谓中国京剧界的经典，无人可超越！本人有幸多次看过。他们二位还参加了大歌舞《东方红》的演出。张云溪有四个儿子一个女儿，均入梨园。张春华的外甥与我同在人艺，他是著名演员梁冠华。（松树胡同、薛家湾、北芦草园等街巷曾是张家的住所）

张云溪（上）张春华之《三岔口》

大名鼎鼎的张君秋更不必多说，他的父亲张云台是一名琴师。张君秋膝下有9个子女，除张学江外，其他子女均入梨园，其中以张学津最为出名。由于他的第一任夫人小黄曾在北京市文工团工作过，故与我们来往较多，他是北京市戏曲学校首届毕业生，是马连良先生的得意门生，遗憾的是过早地离开了我们。张君秋先生的大女儿张学敏之女入梨园，唱旦角。（张家曾住鞭子巷头条）

张君秋在《望江亭》中饰谭记儿

时小福，清京腔（名伶）十三绝之一，有天下第一青衣的美誉，深得慈禧和光绪的恩宠，他生有三儿一女，长子时德宝为琴师，二子时实宝唱花脸，以四子时慧宝最有成就，他工老生，通诗文，能操琴，擅书法，特别是书法，其楷书相当有功底，梨园公会所有匾额均由他所书。遗憾的是无后。时小福的二子时实

时慧宝在《太白醉酒》中饰李白

侯永奎在《夜奔》中饰林冲

宝三代均入梨园，儿子时青山工老旦，孙子实永安工老生，只可惜英年早逝。（时家曾住崇外三里河铁山寺路北——现珠市口东大街233号）

茹莱卿，梅兰芳的第一位琴师。他40多岁前工武生，40岁后改学操琴。儿子茹锡九、长孙茹富兰、重孙茹元俊均工武生。四代武生这在梨园界实不多见。（茹家也曾住过鞭子巷头条）

“活林冲”侯永奎之

侯少奎在《单刀会》中饰关羽

我和侯少奎

梅兰芳化妆照

子侯少奎是我的好友，他的夫人王燕菊与他同在北昆，唱旦角，长得非常漂亮，后调入北京市文工团，从1964年到1969年底为我的同事。全团上上下下都称她的丈夫侯少奎为“侯儿哥”。至今我和侯儿哥还保持着联系，他每次演出必请我前去捧场。瞧他的戏那真是一种享受、过瘾。七十好儿的人，一上台就放光彩，满台生辉，令人叫绝！侯儿哥的爷爷侯益才是唱旦角的。侯儿哥的两个女儿，一个工旦，一个习舞蹈，现都在美国。关于他和侯家的传奇，我建议您读一读侯少奎所著《大武生》一书。（侯家曾住广兴园大院）

梅巧玲、梅竹芬、梅兰芳、梅葆玖和梅葆月，四代名优，世人皆知，不必多讲，尤其梅兰芳，那是国际级的艺术大师；俄罗斯戏剧家梅耶荷德曾给过他至高无上的评价：“看了梅兰芳的戏，我们所有人的手都可以剁掉。”

本人有幸亲眼目睹过梅先生的表演，甚至还有过近距离的仰视，知足啦！（梅家在京的住所较多，在崇外曾住过鞭子巷三条、芦草园、青云巷等处）

黄派武生创始人黄月山，其子黄少山工老生，其长孙黄益安工武生，两个重孙，一个黄文俊1939年生，工老生，另一个黄文杰1947年生，工武丑。（黄家曾住鲜鱼口豆腐巷及草厂三条内）

黄少山之孙黄文俊《辕门斩子》剧照

五代世家——

马连良先生是五代梨园世家，他的父亲马西园兄弟六人，整个大家族上下加在一起四五十人！马连良这一辈以他和马最良、马春樵名气较大。马连良的长子马崇仁，前面我已提到过工花脸，七子马崇恩工老生，小女马小曼为旦角，其夫燕守平是著名琴师，前些时候北京京剧院还举办了燕先生的专场演奏会，我去看了。马崇仁的长子唱花脸，二儿子的儿子马俊男唱老生，此第五代也。（住处已介绍过）

马连良《甘露寺》剧照

曾一度与梅兰芳齐名的花旦王惠芳也是五代世家、王惠芳之父王聚宝唱武生，其爷爷王攀桂工武花脸。王惠芳有六个儿子，均入梨园，其长子王少芳工老生，

王少芳有一独女王爱珠唱旦角。（王家曾住北芦草园 17 号）

叶盛章在《徐良出世》中饰徐良

叶盛兰在《群英会》中饰周瑜

光绪年间的“活曹操”叶中定也为五代世家。长子叶福海工花脸，次子叶春善为武老生并且是“富连成”科班的创始人。这哥俩的儿孙们均入梨园。其中叶春善的三子叶盛章（武丑）和四子叶盛兰（小生）名噪梨园。叶盛兰之子叶少兰今仍活跃于舞台之上，少兰之子叶明也唱小生。（叶家曾住北芦草园 15 号后，搬到龙潭北里）

在梨园界的老一辈艺术家中，常常有人被誉为“活这个”“活那个”，但您听说过“活豹子”周瑞安吗？可能没有，他 1945 年就病故了，时年才 57 岁，以演《金钱豹》而获得“活豹子”的美誉。他的父亲周如奎工武生，爷爷周喜子唱老生。周瑞安之子周少安工老生，之孙周铁林工老生，也是著名制作人。曾任北京京剧院副院长，周瑞安有两兄两弟，也是大家族，族人

均入梨园。（周家曾住鲜鱼口、大安澜营、草厂十条等处）

六代世家——

杨宝忠操琴照

曾与马连良、谭富英、奚啸伯并成为“四大须生”的“杨派”老生杨宝森为六代世家。其曾祖父杨五唱丑角著名，祖父杨德云工小生，父亲杨幼朵唱小生。他自己无后，病故于1958年，49岁。杨宝森大爷的长子杨宝忠是梨园界的著名琴师，为宝森操琴，才产生了“杨派”。杨宝忠之子孙均入梨园。（杨家曾住草场二条）

《智取威虎山》中沈金波饰203

革命现代京剧（俗称样板戏）《智取威虎山》中首长203的扮演者沈金波，中华戏曲学校“金”字辈儿学生，与王玉璐同科。“文革”中其名气横跨大江南北，老幼皆知。其父沈玉秋为琴师，亲叔伯叔叔沈玉斌也是著名乐师，而且是北京梨园公会的创始人。沈金波的爷爷沈福海也是琴师，其大祖父沈福山唱花脸。曾祖父沈全奎工老生，高祖沈小庆生于清嘉庆年间，工武生。沈玉斌的重孙沈嘉心工武生，为沈家第六代传人。（沈家曾住永外定安里）

八代世家——

迟玉林、姚佩秋在《樊江关》中

在老版电视连续剧《西游记》中扮演唐僧的迟重瑞，原是学武旦的，后入上海戏剧学院学习，毕业后从影视剧表演。他是迟家的第七代传人。清代京腔十三绝的迟宝财（武生）是迟重瑞的高高高祖，他的高高祖迟文英兄弟四人，这四大房几乎所有后代都在梨园。其高祖迟遇泉为武老生，二高祖迟韵卿为名老生。曾祖迟子俊工丑行。祖父迟景昆唱武生。父亲迟世德为丑行。迟韵卿玄孙迟铭之女迟云鹤操月琴。八代梨园世家近百口人。这里无法一一介绍。现在北京京剧院的当家青衣迟小秋，据说应与迟家有关，但无考证。附带说一句，迟重瑞还是我大学同学王家龙、徐秀林夫妇儿媳妇的亲舅舅呢。（迟家曾住花市上三条）

以上京剧名家从他们的住处我们不难发现住在鞭子巷、芦草园、草厂胡同、鲜鱼口附近的居多，道理很简单，就是离南城的各个戏园子比较近，工作方便。

除去上述这些世家之外，曾在崇文区居住过的梨园名家还有二三十位，比较有名的像龚云甫、宋德珠、尚和玉、韩世昌、侯玉山、李慧芳、王玉蓉、姜铁麟等。这些情况有些是听我父亲说的，有些是史学界收集的，当然也有我个人所闻。至今梨园行里还有我许多像“侯儿哥”那样的好友，其中就有曾任中国京剧院院长的吴江，现任北京京剧院院长的李恩杰。

一个北平中华戏曲学校，引出了这么多梨园界的话题，得嘞，还是那句话：打住吧。

（本节照片均由原崇文区政协文史委提供）

华伦药房

华伦药房拆除前的正面

华伦药房的后门通豆腐巷

华伦药房是两栋小楼围成的院落，临街的正面是一栋两层小楼，门洞在一层中间，可窥见内中的大院，院子的正北是一栋三层的小洋楼，其后门在东豆腐巷胡同，规模在当时来讲，相当可观。华伦药房的正面与李莲英的外宅斜对着偏西一点儿。

华伦药房建于何年何月，我无从考证

（也没必要去考证），但可以断言的是建于民国时期。这两栋楼也是木厂儿胡同唯一的洋楼，周边没有高度超过它的建筑，所以很扎眼。

解放前这家药房生意如何？不得而知。解放后，它好像划归北京市文化局所属之招待所。“文革”中被军队接管。因为文化局当时也已被军管会所统治，改名为首都工人、解放军驻北京市文化系统毛泽东思想宣传队指挥部，政委耿冬辰（北京军区干部）、指挥支庆云（亦为北京军区干部）。“文革”中华伦药房旧址一度改为北京市业余作者创作学习班的驻地，负责人是因在1975年反击右倾翻案风中被批判的“右倾分子”、北京人艺党委书记赵起扬（当时称“赵多抓”，意思是虽无正式职务，但要多抓一点党的工作）。老赵虽身处逆境，但党性坚强，坚持工作，他亲手扶植了一批年轻有为的业余作家，像李陀、郑万隆、陈建功、刘心武等，这些人如今都成了了不起的大作家。

“文革”后，这座小院划给北京出版社。如今，楼早没了，这里已变成现代化的商业街。

结婚登记

前面讲过，我小时候曾在翟家口附近的东豆腐巷、青水营等胡同住过一段儿，这一片儿的胡同包括板井胡同、三川柳胡同、三川柳西巷、细米巷、大桥胡同、南官园、北官园胡同。这些胡同如今除南北官园外均已被拆了个精光，南北打通建成了现在的祁年大道。

原花儿市街道办事处旧址，已拆除

但是，有一件事儿是永生不会忘的。“文革”中，崇外大街街道办事处曾设在翟家口南口往西一点儿约50米处的一座大四合院里。那里原是一户富人的住宅，“文革”中被轰走了，成了临时的街道办事处。

1967年1月10日上午，我和我的恋人苏艳云踏进了这所宅院，院子里乱乱哄哄，红卫兵进进出出气势汹汹，里面也有一些被关押的所谓“牛鬼蛇神”“地富反坏”等。我们惊恐地向人打听在哪儿办理结婚登记？有人指给我们：就在一进门左手的办公室内。我们进去以后，没见到还有谁在办结婚登记手续。我们拿出各自的户籍簿和单位的介绍信交给工作人员看。那人还算客气，因为我们都不属于“黑五类”（要真是“黑五类”单位也很难开证明）。那会儿登记可不像现在，没有任何仪式，也没有费用，祝福更谈不到，每人一张结婚证，属上名字、日期，完事！那结婚证之简陋您是不可想象的，但印的形式十分革命。证的用纸是粉红色的，正面上方印有一面国旗，下面是用双红线圈起的方框，上印有“结婚证”三个大字，下面是：

张志强（我的原名）男，25 岁。苏艳云，女，22 岁。自愿结婚，经审查合于中华人民共和国婚姻法关于结婚之规定，发给此证。最下面盖有“北京市崇文区人民委员会”印章。结婚证的背面印有林副统帅手书的“读毛主席的书，听毛主席的话，照毛主席的指示办事”的题词。领完证，人家就把我们打发出来了。我俩这对儿合法夫妻，骑上自行车就回家了。

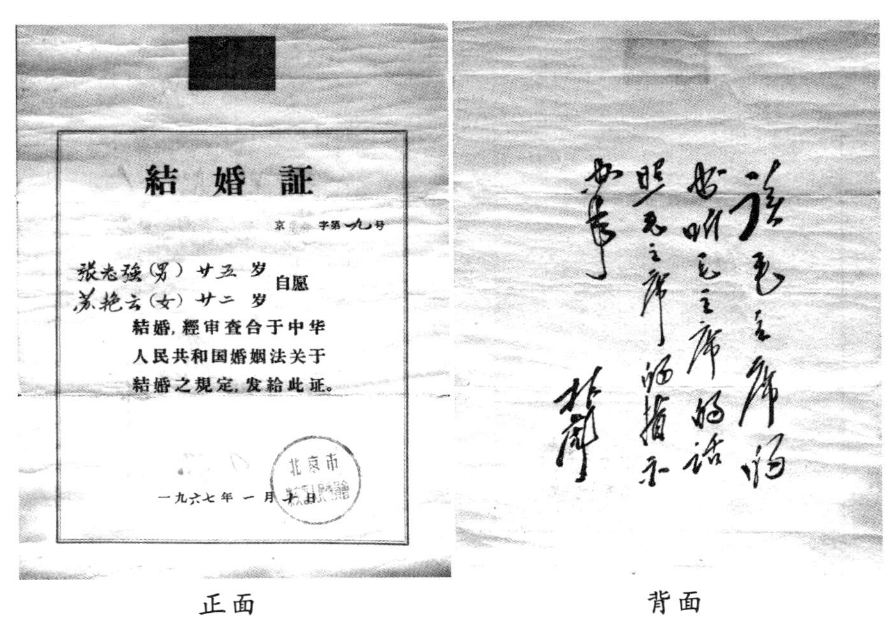

結婚証

京 字第九号

張志強（男）廿五岁 自愿
蘇艳云（女）廿二岁
結婚，經审查合于中华人民共和国婚姻法关于結婚之規定，发給此证。

北京市 [illegible]人民委員會

一九六七年一月[illegible]日

读毛主席的书 听毛主席的话 照毛主席的指示办事 林彪

正面　　　　背面

结婚趣事

说起“文革”中的结婚，有意思的事儿海了去了！我这里只说最典型的几件：

1. 婚照：黑白照片合影一张，身着军装，胸戴像章，手捧“宝书”（即《毛主席语录》），飒爽英姿，两眼放光，精神十足。

这是“文革”中照相的标准模式和精神状态。我们俩算胆大的，没穿军装，没戴像章，就穿着普通夏装照的，姜昆说的《如此照相》虽有些夸张，但绝对是从生活中提炼出来的。那年月要想穿婚纱，想都不要想，照相馆也不敢预备呀！专拍结婚照的影楼？一家儿没有！！

2. 家具：有钱的买几件新家具，也就是床、桌、椅之类的物件儿，而且上面都印着毛主席语录。床上用品也印有毛主席语录。最可笑的是枕巾、枕套上印着“鼓足干劲，力争上游，多快好省地建设社会主义”。那年月买大衣柜是奢侈品，要票儿，还得托人才能弄到。

3. 仪式：没有仪式，更不敢弄“啃苹果”之类的搞笑游戏，也没有司仪、没有向老人鞠躬、递红包之类的事。一般的都要向毛主席像三鞠躬，这是最隆重的了。请大家抽烟吃糖是必需的。喜宴都是在家中自己做，请会做菜的朋友帮忙，餐厅就是同院的各家各户把屋子腾一腾，全院儿一起过喜事。那年月互相帮忙，亲如一家是一景儿，真和谐呀！一家办喜事，全院的大人孩子都跟着忙乎，好不热闹！菜就是家常菜，绝无山珍海味，道理很简单——没钱。当然，也有在单位食堂结婚办喜事的。

4. 新房：那年月除去当官的（或造反派的头头）谁家的住房也不富裕，都是一间屋子半间炕，三世同屋、四世同屋的一点儿也不新鲜。当时我家住有一间西房，8.7 平方米，另外有南房半间，一个小长条儿，约 4 平方米，为了我结婚，我父母只得挤到我原来自己住的半间屋去，怎么住呢？整个屋子里就是搭的一个不到4米的长条床，我爸爬到里边睡，我妈睡在外边，成一直线。而我们小两口则住那8.7平方米的房子。8.7平方米，您想除了床以外还能摆多少家具？所以我结婚时只买了一张床（48元），一张一头沉的桌子（36元）和两把椅子，这屋里就满了，放衣服的两个箱子只好放在床头上。到冬天，屋里还得生一个火炉子，放一个水缸（公用的水管子在院里，冬天容易冻，家家得存水，没水缸是不成的）。这样，基本上就没有下脚的地方了。所以那会儿家家都在院子里做饭。所幸的是，我父亲单位看到我们家实在挤得不像样了，就分给我父亲一间半花儿市下三条的平房，实际上也就算一间，因为这房跨着两院儿，一院儿一半儿，我父亲这半儿是东房，那院那半儿是西房。这实属不易了，总算是分得开，住得下了。

【题外话：2013年春节过后，我爱人和二儿子相继得病住院，我的这本书稿就难以继续下去了，写写停停，到5月8日我爱人第二次住院治疗时，只能搁笔，全部精力都用来关注我爱人的病，最起码要每天跑两次医院送饭。医院的饭也的确不好吃，这是许多大医院普遍存在的问题，另外，由于爱人的病情严重，我就是在家，心中也不踏实，脑子里似乎也容不下或想不起什么其他的东西，灵感更是谈不到，直到今天（2013年6月3日）才又拿起笔来写下去。我无论如何也要把这剩下的百分之二十写完，让我爱人在最后的日子里看到这本书是我今年的一个梦想。遗憾的是梦想没有成为现实，2013年12月11日13点，她永远离开了我……】

王致和臭豆腐

王致和的臭豆腐全国驰名，正因为“臭名远扬”，于是和王麻子刀剪一样，出现了一些冒牌字号，什么王芝和、王政和、同致和、致中和等。

原本在我的记忆中，王致和臭豆腐厂就在兴隆街的细米巷和南北官园中间儿，墙上有直径一米五左右的圆形白底黑字的大字号“王致和”，您只要一靠近这个地段儿，臭味立即扑面而来，所以我一直以为王致和就在此地。这次一查史料才发现，那不是王致和，而是致中和。真正的王致和厂早年在前门外延寿寺街中间儿路西，就是个小作坊。其他地方的臭豆腐均为仿制。

世界上的巧事儿真是多。1669 年，北京同仁堂正式开业，而就在同一年，王致和臭豆腐诞生！凡喜欢吃这一口儿的老北京，大凡都知道臭豆腐是怎么来的：康熙八年（1669 年）安徽进京赶考的举子王致和没有考中，决定转年再考。回家复习？路途遥远，还得花盘缠。在京备考？也需要开销。怎么办？于是他心生一计，干脆在京做点小生意，边干边备考，岂不一举两得。于是他操起了小时候跟随父亲学的做豆腐的生意，天天做一批豆腐，走街串巷叫卖。由于年轻，缺少经验，夏天的时候，豆腐做多了，卖不出去剩货较多，他又舍不得扔掉，就买来一个小水缸，将豆腐切成小块儿，稍加晾晒，放入缸中，然后加盐加花椒，仿制家乡做腐乳的办法，腌制起来密封于缸中，此后他歇伏停业，一心攻读圣贤书了。到了秋天，他重操旧业

致中和原址

时，忽然想起还腌着一缸豆腐！于是忙打开看，一股浓浓的臭气顿时迎面而来，豆腐早已变成绿色！他想倒掉，又觉可惜，便尝了一口，嘿，臭味过后又觉一股香味。他忙送给邻居品尝，大家都赞赏臭香，臭香，别有风味。这便是臭豆腐的由来。

老北京有个说法：您要是不喝豆汁，不吃臭豆腐，那您就不是地道的老北京人！品这两样东西，连慈禧太后都好这口儿，这是真事儿。

解放后，致中和、王致和、王芝和、王政和等臭豆腐厂都合并到了一起，扩大了生产规模，厂子迁到海淀田村，改称王致和腐乳厂。

20 世纪 80 年代初，京味画家王森写了一个电视剧本叫《南下洼子》，送到我院梅阡导演的府上，想请梅先生帮忙。当时我正在剧院的电视剧部当主任，梅先生就把我找去，希望帮忙操办。王森先生说他能拉到赞助，第一家就是王致和腐乳厂。我陪他去了，死说活说人家只给了 5 000 元的启动经费，再要，不给了。这 5 000 块够干嘛的？此后王先生再也拉不来钱，戏自然拍不成。人家王致和知道了还不依不饶，要求王先生还钱，闹腾数日，王先生也没还，此事后来就搁浅了。就因为这事儿，我有幸参观了王致和厂，也了解了它的历史，以后再没去过。一晃，这已是30年前的事儿了。

我们北京人艺以上演京味戏著称，老艺术家们早在20世纪50年代还创造过一组《叫卖组曲》，其中就有蓝荫海先生领衔叫卖的“臭豆腐，酱豆腐，王致和的臭豆腐！”不断重复，不断拔高调门，一浪高过一浪，颇有味道。这个《叫卖组曲》已成为北京人艺的保留节目。

茶食胡同地片儿

从木厂儿胡同、兴隆街往南是茶食胡同地片儿。我为什么要说这里的一大片胡同，那是因为我上高小时是在草厂九条南口的崇仁小学（前面已提到过）。由于学校紧挨着九条南口，故而我放学后常常从草厂九条南口往东奔茶食胡同，茶食胡同的东口便是哈德门外大街，过马路正对着花儿市手帕胡同，手帕胡同东头就是我们家所在的包头胡同东巷（即包头大院）。所以我对茶食胡同地片儿十分熟悉，记忆很深。再加上我父亲解放前出徒后与同仁开的第一个五金行也在茶食胡同，路过的机会自然很多，北京话讲：倍儿熟！

茶食胡同地片儿包括：东茶食胡同、苗家胡同、广兴胡同、风箱胡同（也叫臭水塘及葱裤胡同）、香串胡同、高家营胡同、石虎胡同、银丝胡同、槐树大院、南（北）五老胡同、清水营胡同、打鼓巷、阎王庙街、河泊厂胡同、铁香胡同及五圣庵巷等近 20 来条大小胡同，而且这些胡同各有各的讲究。

这一大片胡同都形成于明代，茶食胡同顾名思义与茶和食有关。旧时的京城富裕人家（特别是旗人）有喝早茶的习惯。早晨起来沏上一碗盖儿茶，再来一小盘小点心，边喝边吃。这种点心与一般的点心不一样，块儿小，一口一个，细嚼慢咽。茶也品了，早点也吃了。这条胡同就有几家专卖茶食的店铺。另外，这里还有个人市，厨子和干茶房的比较多，有些饭庄忙时经常到这里雇厨子或茶房。这里的人市称为“口”，于是这里俗称茶房口。一来二去，胡同就改名为茶食胡同，为了区别于宣武门外的西茶食胡同，故而这里称东茶食胡同。这条胡同还有一个行当——收废铜烂铁的，也叫铁局子。这儿家店铺就在我父亲他们五金行的西边一点儿。广泰和、义顺成、裕丰等都是铜铁局子的大户。

茶食胡同内的苗家胡同和风箱胡同是两条极窄的胡同，平均宽度才一米，有的地方甚至不到一米！苗家胡同自然是因有姓苗的大户人家在此居住而得名。风箱胡同则是因为此小胡同两头宽，中间窄，形似风箱而得名。小时候，我和小伙伴们有时专门串一串这些小胡同，玩捉迷藏的游戏。

北京的胡同有时非常奇特，有的有好几个出口，前面讲过，我住过的包头大院儿就 4 个出口，简直就像今天的地铁出口！茶食胡同内的广兴胡同就有 3 个出口，东起木厂胡同内南粉浆胡同南口，南通风箱胡同，北接苗家胡同，实际上乾隆年间这里是个臭水塘，后来干涸了，变成了一个小广场。到了清光绪年间，著名花旦演员俞玉琴等人集资在这儿开办了一个戏园子，叫广兴园。京剧大家谭鑫培、杨小楼、余叔岩，还有梆子演员金刚钻儿、评剧演员李金顺等都曾在此登台演出过。更有意思的是马连良的入科考试也在这个园子里。有史料这样记载："1909 年，马（连良）先生入喜连成（即富连成）科班。那天正是腊月寒冬，有 6 个幼童于北风凛冽中，在北京东茶食胡同广兴园的院子里静候考试。当时喜连成科班正在广兴园演出白天戏（日场），一会儿出来几个主考老师，其中就有肖长华先生。"马先生就是在广兴园通过考试入了喜连成而后成名的。民国初年，这里改名为广兴大院。我的好友——著名昆曲表演艺术家侯少奎的父亲侯永奎先生曾居住于此。

高家营胡同的形状也是特别，为"干"字形，东边两个胡同口在香串胡同，西边两个胡同口在石虎胡同。此胡同的名称高家营是由高丽营演变而来，原来为何叫高丽营，那是因为这里住着许多高丽人（即朝鲜族人）。我小时候，大人们管朝鲜人叫"高丽棒子"，是贬义，有日本奸细或狗腿子的含义，那时朝鲜是日本人统治的殖民地。老北京糊窗户用的纸叫"高丽纸"，是朝鲜人发明的。2011 年 4 月，我和爱人去朝鲜旅游时，我还专门通过翻译想买这种纸，但没买到。好像中国也不生产了，因为现在没人糊窗户了。这条胡同最后改名为高营胡同。

在明代，北京有 3 个石虎胡同，茶食胡同内的是其中之一。这个石虎胡同是因为胡同里有几家开凿石狮和石鼓（包括门墩儿）的作坊而得名。石狮和石鼓常常是装饰在门墩儿上，现在保存完好的四合院的大门口，还可寻见门墩儿。我小时常听大人说一首歌谣："小小子儿，坐门墩儿，哭着喊着要媳妇儿，要媳妇儿干嘛？刷锅做饭，睡觉就伴儿……"

银丝胡同，东起石虎胡同，西至南五老胡同。胡同那叫一个窄，最窄处只有一尺多宽！而且这条胡同还有 5 个弯儿，不但窄，还曲里拐弯儿故名银丝胡同。小时候，曾与小伙伴们到那最窄处挤着玩。男孩儿就是淘气，现在想来，要是两个人真卡在那儿了，还得拆房，多悬哪！

南北五老胡同是一条南北贯通的长胡同，据说有 460 米，北起东兴隆街，南至珠市口东大街。原名卢老胡同，是因为这里住有卢姓老先生，八成儿是名人，后来取谐音为五老胡同。这条胡同大户人家甚多，我有一个小学同学叫高云霞就住在南五老，她家住的院子就好几进，我去她家时，早已变成大杂院。旧京家业大不大，您一瞧谁家门楼又高又大，门墩儿考究，门楼上还有鸟兽石雕，山墙磨砖对缝。甭问，一定是有钱人家。南北五老在我印象中，这样的院落鳞次栉比。京城有名的大盐商查先生就住在这里。尤其在清末民初，有人在胡同北边开设了一家裕寿堂饭庄，在南城颇有名气，胡同的人气儿也旺了起来，一时间车水马龙，人来人往，好不热闹。

清水营胡同我前面也已提到过，因为我家曾短时间住在那里，只记得门前有棵大槐树，槐树下据说有一口井，井水清凉甘甜，那口井何时没的，记不清了，倒是有个巡警阁子，我印象很深，解放后好像成了派出所。

打鼓巷，原名打狗巷，民初改为打鼓巷，得名于这里有一家做皮鼓的小作坊。

河泊厂，河泊厂太大了，东西走向的胡同九条，南北走向的胡同十五条！这片胡同地势低洼，下雨存水，而且越集越多，最深时这里几乎形成湖泊。后来逐年填平，房子的地基也随之增高，河泊的景象渐消失。但这里很快又兴起了许多做荷包的小作坊。旧时的京城，许多妇女钟情于荷包，手拿一个漂亮的小荷包是件很时髦的事儿。因此这里又称荷包厂。当然荷包不可能永远时髦下去，最终这里又恢复了原称河泊厂。

铁香胡同，原名铁香炉胡同，道理很简单，就是因为这条胡同里有个土地庙，庙里有座一人多高的铁香炉。这胡同名就是这么来的。

总之，茶食胡同地区非常复杂，胡同纵横交错，多达几十条，长得长，短得短，宽得宽，窄得窄，不说类似迷宫吧，也差不多。可惜的是，现而今一条没剩，拆完了！修建了宽阔的祁年大道，大道两旁，居民小区一片接一片，也有别墅式的豪宅，这里的老北京都被赶到哪去了呢？只有住过此处的人自己知道。反正现在住在这片黄金宝地的多数都不是一般贫民百姓。

茶食胡同往南是磁器口大街、水道子、三里河、珠市口东大街。这片地区在谈到两广路时已讲过，这里不再赘述。

最后，咱就正经说说哈德门外大街，也就是从哈德门到磁器口，再远点儿，顶多到红桥。

哈德门外

关于哈德门和哈德门税务署的情况，开篇时就讲过了，这里不再唠叨。

哈德门外，由于税务署的设立，而逐渐形成了一条繁华的商业街。从清朝到民国，大街两侧的各类有名店铺有数十家之多！比如中药铺：万全堂、千芝堂、东庆仁堂等；茶叶铺：吴鼎裕、荣泰、裕大等；鞋靴铺：三顺斋、三同斋、同生等；颜料铺更多，有全义成、长茂公、长茂义、金记号、金顺昌、义什公、同兴永、鸿义永、年益德等；油盐店也不少，有大生号、北聚泰、永泰兴、得昌号、六合泉、天兴号、得涌泉、天聚兴等；棉线铺：德泉东、义信、庆华成、恒祥义等；五金行：万丰泰、万和成、三义泰、信昌号等。此外还有许多饭庄、大车店、酒店，尤其是在磁器口至茶食胡同一带还有一个专卖瓜果梨桃的瓜市，又称瓜市大街。

总之，哈德门外大街几百年来，一直是一条比较繁华的商业街，而且解放前这里就有了有轨电车，从早到晚车水马龙，行人熙来攘往。但是我不可能也没必要把哈德门外的所有商号都聊上一遍。还是那句话："我不是研究北京史的。"我只是一个“老崇文”，我亲眼目睹了崇文区几十年来的变化，感慨万分，甚至对这些变化有一种说不出来的反感，我为“老崇文”的消失而惋惜，但谁又管得了、管得住呢？

最后，就再让我说说哈德门外几家在我的脑海里抹不掉的大商铺及小铺眼儿吧。

哈德门外或说崇文门外这条大街上，最后拆除的大型老建筑、老字号是崇文门菜市场。崇文门菜市场是解放后政府为方便附近群众购买蔬菜、副食而修建的大型菜市场。我这一生不知去过多少趟——直到它停业前。现而今它搬到了广渠门桥的东北角儿，名字还叫崇文门菜市场，新址我也去过，生意还可以。

老北京有几大菜市场：东单菜市场、西单菜市场、崇文门菜市场、菜市口（即广安）菜市场和朝内菜市场，其中东单、西单、广安 3 个菜市场的历史比较悠久，解放前就很有名。崇文门菜市场和朝内菜市场是解放后新建的，历史相对较短，但

崇文门菜市场内景

名气不小。

东单菜市场始建于清末，最早以卖鱼为主，又叫东单鱼市场，到了日伪时期这里又增加了洋酒、罐头之类的洋货，解放前才添了蔬菜、酱豆腐、金华火腿（南货）之类的品种。解放后改名为东单菜市场，品种就更加齐全了。

西单菜市场开办于民国初年，是临时用木板圈起来的一个空场儿，最初只卖蔬菜、鱼肉、豆制品等。到了20世纪40年代才盖起了天棚，由露天变为棚场，买卖越做越大，品种也越来越多，西单附近的许多大饭庄像“八大春”：同春园、贵阳春、新陆春、东亚春、庆林春、春明园、鸿春楼、安乐春等饭馆都从西单菜市场进货！您想，那里边儿要没点儿真玩艺儿，“八大春”能买账吗？

菜市口（即广安）菜市场，是以批发为主，兼顾零售的大市场，市场在菜市口西侧路北。老事年间，广安门外及右安门外菜农甚多，甚至还有官菜园，那是专为宫里种菜、送菜的菜园。民国年间，在菜市口附近形成了13大菜行，也可说有13家菜商，他们垄断了这一带的所有市场，而且官商勾结，菜农种的蔬菜运到这里不允许私自出售，统归他们收购经营，解放后，政府取缔了这种封建的、垄断的菜行，建立了正规的菜市场。

朝内菜市场是解放后新建的。清朝时，朝内大街是粮道，专运粮食。朝阳门尚存时，在城门洞儿的北侧镶有谷穗石刻，以示这里通运粮车，朝外的护城河又被称作运粮河。因此朝内大街粮店甚多，后来逐渐发展成一条繁华的商业街，以药商、钱庄、糖商、估衣摊、成衣铺为最。而且这条街上还有一个特点，王府较多，如怡亲王府、恒亲王府、瀛贝勒（醇王）府、孚王府（又称九爷府）等。1949年，拓宽路面，门楼拆除，许多古建筑也逐渐消失。朝内菜市场原在老外交部对面，也是个棚式建筑。我印象中这个菜市场所卖产品档次较高，以海产品为丰富。前面讲过旧社会有“东富西贵”之说，意思是说东城富，西城贵，其实说白了，就是东西城有钱的人多，所以菜市场内的东西也不一般。有时，冬季还卖温室蔬菜！那年月只有北京四季青有温室，菜比一般大众菜贵得多，普通百姓根本吃不起。

崇文门菜市场也是解放后新建的，直到它2011年停业的那最后一刻，几十年来，我不管住哪儿，崇文门菜市场几乎月月去。因为那是咱老百姓的菜市场，物美价廉，货真价实，大路菜多，副食也都是比较常用而实惠的东西，深受哈德门外百姓的欢迎。我们到那儿最常买的是米、面、猪肉、排骨、豆腐及其豆制品，还有北京酱菜。过年过节或家中待客，也要去那里买熟食、熏鸡和炸货之类的食品，安全。还常买哈尔滨红肠、家乡肠，味道极其正宗。后来德青源鸡蛋上市了，又去买蛋，那个卖蛋的售货员慢慢的都和我们一家混熟了。但是后来德青源的鸡蛋质量下降了，我们不再买了，宁可买普通鸡蛋。到了冬天，又去那里买花生、瓜子、榛子之类的干果。崇文门菜市场楼上还有一个规模不大不小的小吃部，有时逛累了，就在那里吃上一顿北京小吃，既歇脚又解馋，一举两得。我还记得有一阵子北京掀起一股吃小龙虾的风，许多卖海产品的商户都卖起了小龙虾（也有冻的带壳儿的小龙虾，冻的较便宜），不知不觉的吃上瘾了，几乎隔几天就去买一次！后来又传出小龙虾有污染，于是这股风迅速变弱。这人吃饭穿衣有时就是爱跟风，一阵风要刮起来，还真不得了。谁受益呀？商家受益，您就去那（nèi）儿掏钱的。还有一段时间，菜市场里又推出一个现场灌制香肠的摊儿，不辣的、微辣的、特辣的全有，有时还卖半熟的肠，您买回去自己再加加工。现场灌，货真卫生，旁边还有做出来的样品可以品尝，口味又齐全，您想，这能不受欢迎吗？我们又跟了一阵风，直到吃腻了为止。

有关崇文门菜市场的故事太多了。去年（2012年）北京电视台“口述”栏目曾邀请过老崇文区菜市场的经理（当年的老采购员）讲述他们为了解决北京百姓的吃菜问题，如何采购大白菜，尤其是如何到张家口采购西红柿、到广西采购南方菜等，其中最难解决的是“保鲜”问题，唉呀，他们真是费尽了心思，吃了大苦啦。那真是全心全意为人民服务啊！现在的商家，哪儿还有全心全意为人民服务的？少！多是全心全意为人民币“服务”！

万全堂和千芝堂

我在本书的许多章节中都曾谈到过与同仁堂非同一般的关系。哈德门外的万全堂和千芝堂也是我曾经采访过的著名老药铺。我们在拍摄电视剧《同仁堂传说》时，千芝堂曾一度成为我们拍摄的外景地。

拆除前的万全堂

万全堂原址是康熙年间乐家的房产，共计 36 间。大约在乾隆年间同仁堂在这里开设了分号万全堂，由乐氏的第七代传人乐毓秀经营，后因经营不善而转给了一位姓姜的人士，但字号不变，那块黑底金字“乐家老铺”的老匾依然悬挂于门楣之上，直到解放后还挂在那里。万全堂后来确实几易其主，但他们都一直打着乐家老铺的旗号，可见同仁堂威力之大。

千芝堂也是个历史悠久的老药铺，始建于清乾隆十年（1745 年），是何人所创，已无史据可考，现在能查到的资料是光绪十一年（1881 年），有一位叫吴霭亭的先生用两千两白银将底铺盘到手下。“千芝堂”含指药铺里藏有千万枝仙灵芝之意。我记得最清楚的是牌匾为吴霭亭亲手书写，楷书，苍劲有力，常被路人称赞。吴霭亭不仅是东家，而且是一位名气不小的书法家，此事我在前面也提到过，不再重复。

千芝堂和万全堂一样，最可宝贵的不仅是它们的名声，而且还有它们的建筑。万全堂 30 多间房的大建筑群，气势可想而知，门面装潢也十分考究，玻璃窗之大在哈德门外是不多见的，所以铺内显得十分敞亮，心情也让人舒畅。而千芝堂呢？是三开间的门面，两层楼，雕梁画栋，金碧辉煌，后柜有南北厢房数间，再往里是作坊和库房。后院有天棚，干活风雨无阻。1987 年和 1990 年我们两次拍摄电视连续剧《同仁堂传说》都用了它的后院当内景。因为那里的所有制药工具（包括磨盘）以及库房里的药柜全是上百年的老物件。有上百年的历史了。所有景象几乎不用改动。演员化上妆，环境立马就变成了不折不扣的清代。这其中也包括它二楼谈生意的环境都具有时代感。我们在那里拍摄了大约十多天，导演满意之极。

这些老药铺，1956 年公私合营以后统归北京市药材公司管辖了。千芝堂还是市药材公司的珍贵药、巨毒药、特种药的指定销售点，但没有药材公司的批条那是不可能卖给您的。那阵儿由于我与同仁堂、市药材公司的领导有着特殊的亲密关系，托我买稀有药材的人很多，我都帮他们办了，这也算是了不起的后门呀，治病救命啊！现在不必了，您只要肯花钱，什么药都能买得到，如今

拆除前的千芝堂

真是"有钱能使鬼推磨"的年代，钱能通神，买卖人体器官都有黑市，区区药材又何足挂齿呢？小菜儿一碟！大前提是钱。

在哈德门外木厂儿胡同把口南侧还有一家坐西朝东的西药房，很大，好像至少有五间门面，专卖各种西药和医疗器械。在20世纪五六十年代，这么大规模的西药店并不多，因为多数人都享受着公费医疗。有的国有企业，家属的药费还能报销50%（这种制度，我母亲就享受过，因为我父亲先后在北京齿轮厂、北京汽车制造厂工作过，那是东郊相当大的国有企业）。因此到西药店买药的人并不多。不像现在遍地开花，到处都是西药房，有些药房中西药全卖，要是不赚钱，能开这么多药房吗？药房属特殊行业，没门子，没路子您有多少钱也开不了。说到今天的医药行业，真有一肚子的话要说，但这事儿不归咱管，咱也管不了，还是闲话少说吧。

说到药房，还使我想起了一个感人的真实故事。故事是这样的：1960年冬季，在山西省平陆县的一个水利工地上，一群农民工吃了不洁的饭而导致了集体食物中毒，当把这批生命垂危的农民送到县医院后，县医院根本没有治这种病的药物，于是层层上报，直到省里的医院也没有能抢救的特效药，此事很快惊动了北京、上海，也惊动了卫生部！他们得知北京王府井新药特药商店有一种名叫二巯基丙醇的新药专制此症，可是天色已晚，药店已下班。当药店接到命令时，立刻打电话通知职工们回单位筹备如何运药问题，铁路是不可能，太慢。飞机，那时我国民航飞机有限得很，不可能为此事派专机。结果还是卫生部请求空军支援，整个转运过程，如何空投、如何再运到县医院等，一环扣一环，情节十分紧张，最后终于将药及时送到，抢救了 61 位农民兄弟的生命。后来《人民日报》发表长篇报导《为了六十一个阶级兄弟》。此事迅速震惊全国，也震惊了文艺界。以此为题材的电影、话剧、戏曲、曲艺、连环画等各种类型的文艺作品风靡全国！当此事一变成文艺作品时，尤其是在那个提倡阶级斗争的年代，免不了加许多演义的阶级斗争情节，诸如农民中毒是因为有阶级敌人故意投毒等。我所在的北京人艺也赶排了（由实验话剧院创作的）《一切为了六十一个阶级兄弟》，由朱琳和苏民导演，演员多是以吴桂苓为首的 1958 年入院的学员，其中有观众熟知的任宝贤、修宗迪、闫怀礼等。

花市委托商店

委托商店（或曰委托商行、信托商行等）这是 20 世纪五六十年代对当铺的称呼，现而今既不叫当铺也不叫委托商行，而称典当行。

花市委托商店在哈德门外花儿市上四条把口路东（也可说把口路北，因为这个商店有西、南两个门儿），生意不错，且有点儿小名气。我从中学时代开始，每天上下学（包括回家吃午饭）要路过此店四趟，有时兴趣所至就进去逛逛。店不大，但商品比较丰富，什么都有，以衣服、家中摆饰物件、照相机、收音机、手表等居多。总之，多是家中临时缺钱花的人家儿，拿出一些略值钱的东西卖了以应急。委托行的售货员不是任何人都干得了的，又要懂行，又要有眼力，对衣食住行各种物品都要有所了解，包括这东西是哪儿产的，产自何年代，品相如何，当年的时价是多少，现在的行情又如何等，全得门儿清，要不然收打眼了，就砸在店里了。我有时就特别喜欢站在一旁观察生活，观察收者和卖者之间的讨价还价的学问。特别是老资格的收购员，他要不在，别人遇上难下结论的货不敢给价儿，只好说："您明儿再来，等我们××师傅看看吧。"但就我当时的观察，那时的委托行业不是个赚大钱的行业，一是真正好品相的俏货少，南城人比较穷。二是有俏货的富人在那个讲阶级斗争的年代，也不敢露富。只有到了"文革"抄家的时候，富人们吓坏了，纷纷卖家中的浮财，那会儿的东西可真便宜呀！一套硬木家具才几百块钱就卖了！可没有人敢买，为什么？怕被人戴上资产阶级的帽子，只有像马未都那样胆子大的行家里手才敢买，结果现在马先生不得了了，大收藏家，观复博物馆里净是价值连城的东西呀！我那阵儿也斗胆买了一件便宜货——50元一件的呢子大衣！穿上正合适，可一个月的工资没了。春节时，我穿着呢子大衣去我表哥家，他非常不喜欢，骂我有资产阶级思想，您瞧这件大衣买的，没落好儿还挨了骂。这就是那个"革命"年代的真实反映。可笑的是改革开放后，他也买了一件呢子大衣臭美！

当然，委托商店也是小偷小摸销赃的地方，他们常常把偷来的东西以极低的价格卖出去，可贼们没想到委托行的人有这方面的经验，见得多了，遇到这种情况，他们便找借口让“卖家儿”稍等一等，然后报警，警察赶来，抓个正着。

现在的典当行跟过去可大不一样了，性质全变了，实际上它已成为一种民间的信贷机构。所以，今天您要想申办一家典当行是不大容易的，没有后门儿，万难。据说北京市一年只批办几家（好像是每个区每年只批办一家），而申办者们打破头！现在的典当行还有一个人人皆知的功能，就是为贪官们销赃开辟了一个渠道。无论大小贪官，发现自己有被查处之可能后，都争着到典当行低价销赃，这就给另外一批有钱人提供了淘宝的机会，有时品相非常好的20多万的瑞士劳力士表，几万就能买到！这其中的故事和丑闻多了去啦，但不是我这本书要管的事儿。

说到委托商行，我还想起天桥有一个非常大的自行车委托行，那里摆着上千辆旧自行车，并且养活了一大批“车虫儿”。我的一个姑夫就是一位业余车虫儿，他见到合适的、便宜的好车就买走骑，骑两年，发现行情看长，把车一卖，赚多少不说，起码不赔。然后又挑一辆合适买走，骑两年又卖，就这样买了卖，卖了买，二三十年，他老人家没赔过，白骑车，还净是八成新的好车，甚至有三枪牌的、凤头牌的。特别是凤头牌儿的，那阵儿谁家要有一辆凤头加快轴自行车，那简直就跟现在您趁一辆凯迪拉克一样！美！令人刮目相看。

在崇外委托商行的南边儿一点，是后来迁址到此的“青山居”玉器市场。此事前面已介绍过，这儿就省了。茶食胡同把口的石油商店，也是百姓们常去的商店，主要是购买机油和灯油。机油有两个用途，一个是擦洗自行车，别一个是缝纫机用油。灯油也叫煤油，主要是晚上一停电，不是点蜡就点煤油灯，那会儿国家电力不足，经常停电，一停电就点煤油灯，要不然就去买蜡。现在这些东西都成了老物件进入博物馆了。

哈德门外其他门脸儿

前面说了几家哈德门外印象深的老字号（当然有的并不算老，只是印象深罢了）。下面再说说几家多少还有点记忆的门面。

先说路东：

花儿市上头条西口路南紧把着口的一家刻字社有着特殊的功能，这在当时是鲜为人知。什么功能？市国家安全局的联络点。这还了得嘛！这些联络点主要的作用是为安全局的人员提供临时紧需的活动经费，比如跟踪敌方人员、“宴请”敌方人员等工作需要，据说现在也有类似的联络点。这种事儿恐怕各国都有，只是保密罢了。这方面的影视作品多得是。

花儿市上三条西口路北东侧的几家店铺都是高台阶儿，其中最大的是隆庆栈旅店，店内还有一家小饭馆叫隆庆轩。还有一家粮店、一家钟表店。那家钟表店货比较全，至今不忘的是我爱人用一年的“煤火费”16元钱在那儿买了一个热带鱼型的小闹钟，为的是上班不迟到，这个闹钟至今还被我大儿子收藏着，快50年了。

上三条西口南侧就是鼎鼎大名的有300多年历史的崇文门

老事年间的崇文门税关

税关。1930 年 12 月 31 日被永久废除。前面讲过，我高中同学段某的爷爷就曾任过此税关的税官。抗日战争时期此地被“先天道会”等几个单位占领。解放后，这里成了内蒙古自治区驻京办事处，后又改为白云马拉沁饭店，现在已变成国瑞城。

内蒙古驻京办的南侧原是一个牛羊肉铺，后来改为著名的回民小吃店——锦芳小吃店。这家小吃店今天移到了两广路上了。

上四条西口南侧“青山居”再往南是几家油盐店和油坊，还有一家炒货店，以及石泰山大酒缸，后来合并成为一个很大的副食商店。

花儿市西口南侧是吴鼎裕茶庄，老字号，与吴裕泰齐名。吴鼎裕南原是大陆银行的一个分号，解放后改为工商银行崇文支行。

再往南就是千芝堂了。

千芝堂南侧是一个两间门脸的瓷器店，号称“兴隆德记”。

手帕胡同西口北侧是荣泰茶庄，南侧有一家猪肉铺，我常去买肉，前面说过有一阵儿大夫说我缺钙，我就到那儿专门买肺头（即猪的气管、软骨）为补钙，最后吃得我都腻了，打那儿本人再也不吃肺头，偶尔吃一次卤煮火烧才尝两块肺叶儿。再往南，有粉房、五金行、铜铁铺、麻刀铺等小门脸儿。

再往南是第四医院正门（今普仁医院）。

再往南是几家酒店。请注意，这儿说的酒店不是今天的星级大酒店，而是卖酒的专卖店，过去老哈德门外有酒市、有名的酒店有 18 家，到解放前只剩下 9 家了。

再往南在接近蒜市口西口的地方，解放前是五金同业工会所在地，解放后被市工商联崇文区联合会使用，再后来，工商联撤销，由市财政局占领，最后财政局联合银行等几家单位将此地拆平，盖起了八层大楼，市机械设备成套局也搬进此楼。我爱人的一个叫郑德敏的同学就在成套局工作。

以上大概是哈德门外大街路东的记忆。不一定准确，但八九不离十。

接下来咱再说哈德门外路西：

从打磨厂东口往南，一直到喜鹊胡同、巾帽胡同东口这一带，地势高于马路，是一个很长的高坡儿，这点我记得非常清楚。在这段高坡儿上，颜料店、烟铺、纸店、响器店、五金行比较集中。前面讲过，我父亲学徒的协成五金行就在这个高坡儿上，所以难忘。这些店铺的字号（除协成五金行外）早已忘记。史料上说有：长茂文颜料店、源吉昌纸店、公聚成烟铺、丰裕成响器店、恒和号响器店、万丰泰五金行、义和成五金行等。

再往南有几家饭馆，以恒盛馆为最大，后改为崇外大食堂，20 世纪 80 年代初又改为宫膳斋饭馆。

再往南是几家鞋店，我的街坊许志铎的父亲就是其中一家鞋店跑外的。“跑外的”就是接活儿送活儿的，现在的职务叫“外勤”。

再往南是木厂儿胡同东口，把口南侧是西药房，前面已说过。

再往南茶食胡同附近的情况前面也说过了。

再往南就是传说中的瓜市，我没见过。据说那一带还有个“水窝子”，专供集市上的骡马饮水，应运而生的还有皮具店，专卖牲口上使的物件。还有几家米店，大概也是靠马车贩运过来的。

再往南就是磁器口了。

磁器口再往南我再说三处，将是本书的尾声。这三处是法华寺、金鱼池和龙须沟。

法华寺

今天的法华寺旧景

法华寺是明代的一座古刹，就坐落在如今的红桥市场北侧的法华寺街上，西口有许多公交车站，站名就叫法华寺（也称天坛东门）。

法华寺之所以有名是因为在清朝中期以前这里的香火极盛！另外，寺中有几株海棠树，每年都开花，其中殿前的一株大海棠树，每年春秋两季开花，让人不可思议，乃一大奇观也。再有一点，这个寺还开粥厂、舍饭，过去管这种寺叫舍饭寺。原因是寺的周边（包括街对面的龙须沟一带）是穷人聚居的地方，也可称是京城最大的贫民窟，所以法华寺经常舍粥。如此一来，这个寺自然有名了。法华寺一带“打小鼓儿”的不少，“打小鼓儿的”有点儿像今天走街串巷收废品、收家用电器的行当。旧社会“打小鼓儿的”有挑担的，也有的就是在腋下夹一个大包袱皮儿（为的是收购用），边走边打小鼓儿。这种小鼓儿我见过，也玩儿过。鼓的直径也就 1.5 寸的样子，但做工很讲究，圆形，厚度 1.5 厘米左右，牛皮做的（也可能有羊皮的），背面是空的，以传音。它的声音结构类似于京剧舞台上的“单皮鼓”。买主儿左手执鼓，右手拿着一根儿类似于打扬琴的长槌儿，但这槌儿是藤条做的，头上缠有皮条或布条，用以敲打，声还不小，能传半条胡同，反正您在院子里能听到街上打小鼓儿的声音，要不他怎么招揽生意呀。鼓儿还分软硬两种，硬鼓鼓心儿小，声脆。软鼓儿鼓心大，声儿不脆。打硬鼓儿的专收高档细货，打软鼓儿的收旧家具、衣物、碎铜烂铁等破烂儿，老百姓也叫他们为收破烂儿的。这里居住的都是收破烂儿的，还有“缝穷的”（即为别人缝补衣裳的）、“做手工活儿的”“糊纸盒的”，还有“暗门子”（妓女）等一类社会最底层的穷苦大众。我在电影《月牙儿》以及电视连续剧《戊子风雪同仁堂》中描写过类似的生活情景。电影《龙须沟》《我这一辈子》也有类似的真实描写，您自个儿瞧去吧。有趣的是这两部影片的

旧时法华寺门前等着舍粥的人们

主角还有骨肉关系。《我》剧的主角石挥先生是《龙》剧中主角于是之先生的舅舅，他们都把穷苦大众刻画得入木三分，让人终生难忘。还有一部纪录片叫《老北京的叙说》，片中也有类似的真实生活记录。片子的解说是我们北京人艺已故老艺术家（《茶馆》中黄胖子的扮演者）田春奎。他已逝世多年，生前我们关系不错，我很思念他。

说到舍粥，您可千万别跟今天每年腊八儿节时雍和宫的“舍粥”联系在一起，那完全是两码事！雍和宫每年腊八儿给大伙送粥，那是真正的腊八儿粥，领粥的绝大多数也不是穷人，而是善男信女，为的是图个吉祥，顺便也沾沾佛祖的光，解解馋。旧社会法华寺舍粥，那简直就不像粥！没有好粮食，都是陈年杂粮，甚至变质带沙子的，不好喝。你打回去，没喝出病来，就算便宜你了。那粥时稠时稀，发粥的人也是看人下菜碟，看着你顺眼就多给你半勺，瞧着你别扭，就少给。看见好看的大姑娘，能给你一盆！当地老百姓有句谚语“火车一拉笛，粥厂就开门，老头给一点儿，老太太给半盆，擦胭脂抹粉儿的小媳妇儿给满盆！”人们还得早早地起来到寺前排队，有时去晚了，就白跑一趟，赶到冬天，更是白挨冻！可穷人没法子，真吃不上饭哪！不去打粥真活不下去了呀。有时打回去的粥不够吃，还得往里放点烂菜叶熬一下，将够一家几口的“嚼过儿”，简直不是人过的日子。

法华寺出名还有一个原因，就是它的旁边不远儿是北京市有轨电车厂的南厂。

民国十年（1921 年），北京成立了有轨电车股份有限公司。买车的钱是从德国银行借来的，车是从法国进口的。公司设有两个停车场和一个发电厂。西直门内大街教堂对面是北场，南场则就设在法华寺旁边儿。这两个停车场我都去过，南场是小时候经常跑过去玩，或乘车去天桥。北场是 20 世纪 60 年代初去的。当时这个场很快就要取消了。我们因为要排一段化妆相声叫《坐电车》，是讽刺不文明乘车现象的，演售票员的王世元需要两件道具——票夹和票兜（票兜实际上主要是收票款用）。过去公交车的售票员，无论汽车、电车都拿着统一的票夹和票兜。

票夹子是一个相当于 24 开书大小的一张木板上方镶着一串夹子，不同价格车票就夹在上面，从五分一张到几角一张的都有，上面还印着车站的编号，您从哪儿上的车？去哪儿？该有多少钱？售票员拿着红蓝铅笔在上面打钩。票上还印有编号，售票员交接班时，这些号都要记录在案。所以您要想用废票蒙混过关，那是不可能的！逮着你要罚全程往返票价再加你该付的钱以及那废票的钱，有时得好几块！所以售票员和乘客因为票款打架的事儿经常发生，当然最后您还得认罚。

票兜子有点儿像女士们的小坤包儿，当然没那么漂亮。是本色纯牛皮做的，否则不耐磨。有背带，票兜子的口儿是金属的，中间有个可以搬动的小铁钩，随开随关。

这两样东西早已看不到（不知博物馆有没有），直到20世纪好像还用。现而今都改成刷卡了，而且一卡通。

话说回来，我们借了这两件道具比自己做假的要真实多了。舞台上有个规律：没有小的真实就没有大的真实。这话您琢磨去吧，道理深着哪！

北京的有轨电车始建于1922年3月，到1924年12月18日，第一路有轨电车正式通车。起点为前门，然后经天安门、西单、西四、新街口至西直门，全长约9千米。到1924年，北京的有轨电车发展到了六条：第一路（红牌）天桥至西直门（途经前门、西单、西四主要站点），第二路（黄牌）天桥至北新桥（途经前门、东单、东四主要站点），第三路（蓝牌）东四至西四（途经东单、天安门、西单主要站点），第四路（白牌）北新桥至太平仓（途经地安门），第五路（绿牌）崇文门至宣武门（途经天安门），第六路（黑牌）崇文门至宣武门（途经和平门）。1938年又开辟了只有一千米长天桥至永定门的第七路（灰红牌）。解放前，人们乘坐有轨电车从来不提乘××路，只说坐什么颜色牌儿的车。那牌儿就镶在车头的门楣上，醒目得很。好像尾车的门楣上也有相同颜色的牌儿。因为就那么几路电车，哪趟车从哪儿到哪儿，人们记得十分清楚，在什么站倒车，也记得很准。

解放后，北京市有轨电车的线路、里程、车辆都增加了许多。到1957年，路线已达10条以上，总里程80千米，车辆250辆。但到了1959年，以有轨电车妨碍通道、道路拥塞为由，几乎全部停运，只留下永定门火车站经天桥、天坛北侧至体育馆路的一条线，到了1966年5月此线路也停驶了。从此有着42年历史的北京“铛铛车”告别了北京。而当年卖给我们电车的德国和法国至今还保留着有轨电车，我就纳闷：怎么人家能留得住我们就留不住呢？人家搞现代化是整体规划坚决保护文化遗产，而我们搞现代化则一定要除旧迎新，结果把全国的大城市几乎都搞成了一个模样。

前些年不知是谁的决策，把前门大街拆了盖起了新的前门大街，还恢复了“铛铛车”，假的一样，还20块钱一位，只有冤大头才去坐！前门大街昔日的繁华没了！尤其到了冬季那叫一个冷清。老北京没人再去逛前门大街了，因为那是假的，跟布景差不多，去的人都是外地或外国的旅游者，屈指可数。改造后是好是坏，老北京和前门地片儿的老百姓心里都有数儿，但无论再怎么说，当年的真前门大街没啦！人气儿也没啦！该

老前门大街

谁反思，谁心里清楚。现而今，前门地区管委会想尽了各种招数，以图新前门大街兴旺起来，可京城的老百姓就是不买账，不去！为什么？起码交通不方便，停车不方便，南口还有栏杆堵着。步行街不是随便设的，前门大街不同于王府井，想再热闹起来，难啦！

一个法华寺引出了这么一大堆话，其实我还有话要说，算了，回忆是件甜蜜的事儿，幸福的事儿，年岁大了，还是少生点儿气吧。

金鱼池和龙须沟

一想到金鱼池就会想到龙须沟，一想到龙须沟就会想到金鱼池，还会想到电影或舞台剧中的“小妞子”和“程疯子”。这是每一个老北京人割舍不掉的情结。我这个和戏剧打了一辈子交道的老北京人做梦也没想到在40多年前能与“程疯子”、丁四、丁四嫂、王大妈、赵大爷、刘掌柜的扮演者们成了同事，并与他们在一个剧院共度至今。遗憾的是他们当中的大部分人都离开了我们，这是后话。

与于是之合影

于是之所赠条幅

老北京人大都有养金鱼的嗜好，不为别的，只为观赏，清心养目。在屋里或院子里养几盆花儿，中间再放上一个玻璃大鱼缸，养儿条小金鱼儿，显得特别有生机，舒心。所以旧时满大街净是挑担卖小金鱼儿的，尤其在胡同儿里，您经常可以听到“哎——

话剧《龙须沟》剧照

大——小——哎，小金鱼儿嘞——”的吆喝声。有钱的大户人家那可就大不一样喽，您一进垂花门，再绕过影背，一眼就能看到院子放着一个（甚至几个）大鱼缸，那鱼缸都是专门烧制的，非常讲究，下面有大理石或砖砌的漂亮的底座儿。鱼缸里除去有各种金鱼外，还栽有水草或水莲。家里有专人换水、喂食，伺候这些金鱼。请注意，我在这没把鱼字儿化。为什么？北京人特别讲究字眼儿，大的东西，不儿化，凡小的玩艺才儿化。像一般家庭，买个小玻璃鱼缸，往里放几条鱼，那就得说小金鱼儿，而且那鱼也的确小。大宅门里的大鱼缸，养的都是大金鱼，有些品种还相当贵，一般人养不起。

过去中山公园长廊西边，摆着一大片金鱼缸，有几十个品种，红黄蓝白黑，什么色儿的都有，金鱼的区别重点在头部，有红帽子、粉帽子、花帽子，还有什么泡眼、龙眼、翻腮、鹅头红等，而各色的珍珠鱼主要是鱼鳞像珍珠而得名。游人观赏时流连忘返不愿离去。今天中山公园倒是还有金鱼，但那些鱼缸不见了，变成了“木海”，就是7个直径1.2米的大木盆里养着一些金鱼，老事年间的味道全无。

今天的金鱼池小区

说完了北京金鱼，咱再说金鱼池。

金鱼池就是最早产北京金鱼的地方，它就在龙须沟的北侧，如今龙须沟没了，老金鱼池也没了，所以您不大好找了。它实际的位置就在红桥至天坛北门这段儿马路中间路北的地方，那里现在都建起了崭新的回迁经济适用房，大部分老住户也都还在。您一打听，老街坊们就会告诉您金鱼池的位置。

据史料记载，金鱼池始建于金代，实际上并非有意建，而是逐渐形成。为什么呢？金迁都北京后，自然要大兴土木，兴建殿堂，扩展旧城，扩建当然要砖，砖从哪儿来？那时的金鱼池一带是一片荒野，取土烧砖甚为方便，于是这里砖窑四起，挖地取土就形成了许多大坑，下雨集水后成为池塘，随之有人开始利用这些池塘养鱼，并取名“鱼藻池”，池旁还修了亭台，风景颇美。到了明代定都北京后，朱棣皇帝又继续大兴土木，改造北京，而且在永乐年间修建天坛，这一建就是14年，如此庞大的工程，得需要多少砖瓦呀！窑厂随之再扩大，鱼塘越搞越大，这里真形成了以养鱼为业的人群，有记载说：“池广数十亩，分百余池。”而且多以养金鱼为主，以供官宦富人玩赏。此外，夏秋之时，这里还形成了池水荡漾、亭园曲桥、垂柳依依、风景宜人的游览胜地。

这以后，金鱼池的兴衰大约分成五个时期，清末民初至“七七事变”，这里开办了“知乐渔庄”，有100多亩，二三十个鱼坑，所供应的金鱼，够全城所用，“七七事变”之后到解放后的1950年，鱼池渐废，旁边龙须沟的污水流入废弃的鱼塘，鱼塘变成了臭水坑，这里变成名副其实的贫民窟！解放后，人民政府整治龙须沟，改成暗沟，部分金鱼池得到恢复（本人曾去看过），环境大为改观。1965年，金鱼池被填平，建起了一片片的简易楼以改善这一带居民的居住条件。改革开放后，这里的简易楼已成危楼，于是政府又拆除简易楼和老平房，建起了一座座经济适用楼（房），而且还象征性地修建了一个小金鱼池，池旁有“小妞子”的塑像。路口还立了老舍先生的塑像，这就是金鱼池的大致变迁。

接下来的龙须沟，其实我没必要再写。一是史料甚多，几乎百分之八十写老北京的书都要提到龙须沟，只是多与少的问题；二是有老舍先生的《龙须沟》作品在，有电影在、有舞台剧在，更有当地的百姓在。我若再写，似乎纯属多余，但我又为何一定写几笔呢？道理在于笔者所生活和工作过的单位是北京人民艺术剧院，是这个伟大的剧院把老舍先生笔下的《龙须沟》搬上了舞台，而且成就了于是之、叶子、郑榕、黎频、李滨、英若诚、李大千等一大批演员。后来该剧又拍成了电影，北京的龙须沟也因此而名扬四海。解放前的龙须沟，又脏又臭，没这么大名气，有一点儿，也是臭名远扬没人爱它！

重修的金鱼池及小妞子塑像

金鱼池小区中街的老舍先生塑像

事实上，龙须沟原来并不臭，要是臭，还能起这么好的名字，原来这条沟，西起虎坊桥，往东经草市、红桥至左安门护城河，中间以天桥的桥洞为界，西段称西龙须沟（1918 年改为暗沟），东段称东龙须沟。为何叫龙须沟？当然与“龙”有关，北京的中轴线古来称龙脉，皇上当然要住在龙脉上。正阳门为龙头，天桥为龙鼻，而东西这两条小河沟就被称为龙须沟了。这便是龙须沟的来历。您想，它能是臭沟吗？

据说明清时代，龙须沟一带是一片美丽的风景。每年的“端午走马”活动就在这里举行。端午走马是一种骑射活动，由于这里柳树成荫，又有宽阔的地带，活动的组织者便用柳枝做成靶环，插在比赛场上，然后军士们驰马矢射较量，引来众多游人观看。到了清末，走马折柳逐渐成了马术比赛，已不再射靶。民国初年，此活动消失，园林渐毁，一片荒芜，再后来就变成了南城有名的贫民窟，和电影《龙须沟》所展示的场景一模一样，甚至有过之而无不及。

假若龙须沟在明清时期是因为这里盛产金鱼和“端午走马”活动而名声远扬的话，那么民国时期这里则是因为又破又脏又臭而臭名远扬。而解放后呢？龙须沟声震全国了，名扬四海了！则是因为北京人艺的话剧《龙须沟》以及北影由此改编拍摄的同名电影的成功而轰动了全国。从此龙须沟成北京南城的一张名片。今天，您要不知道龙须沟，那您肯定不是北京人。

《龙须沟》首演于 1951 年 2 月，那时的老北京人艺是一个综合性的艺术剧院，其中有歌剧团、话剧团、舞蹈团、管弦乐团及昆曲等艺术门类，院长是长征时期的老干部李伯钊（即杨尚昆同志的夫人）。“老人艺”成立于1950年元旦。1951年秋，中央文化部根据形势的需要，提出文艺团体要专业化的要求，于是“老人艺变成了几个团，其中话剧团交由北京市委领导，其他团都改建为中央的文艺团体。”这样，在1952年6月12日“老人艺”的话剧团与中央戏剧学院的话剧团合并成立了只演话剧的新的北京人民艺术剧院。1953年11月13日“新人艺”又以基本上是原班人马的阵容恢复上演了此剧。有趣的是，在这出戏的排练过程中还派生出一个精彩的小节目，就是我在前面王致和臭豆腐一节中提到的《叫卖组曲》。曾参加过当年这个小节目创作和演出的蓝荫海老哥这样回忆说：

该剧在拍戏过程中，导演焦菊隐先生为准确展现特定环境中的地域特色及浓郁的生活气息，提出要在幕后安排出现各种小商贩的吆喝声和一些响器的敲击声的舞台效果，负责这项工作的组长就是后来成为表演艺术家的英若诚先生。当时，他带领几位青年演员走街串巷追踪小商贩，模仿吆喝声，回到排演场按照导演焦菊隐的要求，经过反复练习运用于剧中达到惟妙惟肖的舞台效果。

1952年北京人艺去农机厂参观，工人们热烈欢迎演员们唱歌。可唱歌不是话剧演员的长项，事先又没有准备，唱啥呀？当时，还是那位素有“英大学问”雅号的英若诚同志出了个急就章般的主意，让在场的《龙须沟》剧组的于是之、英若诚、牛星丽、李翔、蓝荫海、董行佶、蒋瑞等几位演员，站在一排，由李滨指挥，大家齐声演唱《龙须沟》幕后小商贩的吆喝声。

原《龙须沟》剧组的演员合唱《叫卖组曲》。从左至右：蒋瑞、于是之、英若诚、牛星丽、李翔、蓝荫海、董行佶

这临时拼凑的小节目，竟然得到了观众的热烈鼓掌和高声叫好！

演出过后，剧组同志们从这次意外的收获中，得到了启迪。大家反复琢磨、研讨，对这个无名的小节目进行了艺术加工，再创作。将原有那些零散单调的吆喝声，经过认真梳理，分别归放在老北京某一天从早到晚的规定情境中，按时序排列：如早晨可出现卖菜的；卖早点的；卖报的……午间可以出现卖雪花酪的；卖冰棍的；卖小金鱼的；磨剪子磨刀的……晚上可出现卖臭豆腐的；卖卤煮炸丸子的；卖落花生葵花籽的；卖硬面饽饽的。透过这些不同行业的小商贩，在不同时序中的叫卖声，所组成的一支“组曲”来展现纷纭驳杂的老北京市井生活风貌。

为了加强“组曲”的音乐性，将吆喝声分成男女不同声部，有独唱、有齐唱，有强音、弱音处理，并特邀剧院的效果专家冯钦同志配器，将老北京小商贩所使用过的响器“惊闺”“唤头”“冰盏”“小云锣”“小皮鼓”“小梆子”等融入“组曲”演奏，起到增加行业特色的作用，使观众产生意外的审美享受。

这个小节目纯属《龙须沟》的副产品，所以最初暂定名《龙须沟叫卖组曲》，后来因增添了话剧《茶馆》和《骆驼祥子》的幕后叫卖声，又更名为《老北京叫卖组曲》。总之是北京人艺集体智慧的结晶。

中央电视台1983年春节晚会，特在北京人艺设了分会场，此次导演恰是1962年《笑的晚会》那位导演许欢子同志，她当场特邀北京人艺于是之、英若诚、童超、童弟、朱旭、林连昆、李翔、黄宗洛、牛星丽、杨玉琮、孟瑾、田春奎等一批著名话剧演员登台演唱，由李滨持棒指挥，向全国播放，播出后引起观众热烈反响与好评。著名画家吴冠中大师观后在《北京晚报》撰文曰：春节之夜，在众多令人欢笑的电视节目中，我特别喜爱人艺合唱团的叫卖，腔调逼真，节奏组织得十分和谐。在美的享受中我被带到了几十年前，初到北京的回忆中，在街头巷尾处处听到的叫卖声，尤其是在寒夜、霜晨这些叫卖声更感人心肺，声腔是美的，是智慧的创造，但大都诞生于苦难的生活。人艺合唱团的这个叫卖从一个新的角度展示了一幅解放前北京劳动人民的广阔生活图画，对生活的发掘是深刻的，意境深远！

说起《龙须沟》这出戏，李伯钊功不可没。

1950年2月，北京市成立了城市规模委员会，在成立大

焦菊隐和老舍在人艺排演场

会上彭真同志说："首都市政建设，应有群众观点，群众路线。东西城一带，历来为市政建设注意中心，而群众居住甚多，常来常往的地方，过去的反动政府倒是不放在眼里，因而我们人民政府的市政建设计划，首先要替生产劳动人民着想，明显地区别于反动政权的都市建设方针。让我们首先消灭掉北京历来统治阶级从来不去、从来不管肮脏臭沟——龙须沟。"这个提示，立即激发了李伯钊院长的创作灵感，何不以此为题材写一部戏呢？于是找到了老舍先生。而此时老舍先生的心里也正酝酿着写歌颂新北京的作品。他说："1950年春，人民政府决定替人民修沟（指龙须沟）。在建设新北京的许多事情里，这件事是特别值得歌颂的。因为第一，政府经济上并不宽裕，还决定为人民除秽去害。第二，政府不像先前的反动统治者那么只管给达官贵人修路盖楼房，也不那么只管休整通衢大路，粉饰太平，而是先找最迫切的事情做。尽管龙须沟是在最偏僻的地方，政府并不因为它偏僻而忽视它。这是人民政府，所以真给人民服务。这样，感激政府的岂止是龙须沟的人民呢，有人心的都应在内呀！我受了感动，我要把这件事写出来，不管写得好与不好。我感激政府的热情使我敢去冒险。"这样一来，李伯钊的创意和老舍先生的想法不谋而合。老舍先生痛快地接受了李伯钊的邀请，只用了不长的时间就写出了话剧《龙须沟》。剧本有了，谁来导呢？李伯钊又出了高招儿，请焦菊隐先生来导。有了这两位艺术大师的合作，就基本奠定了这个戏成功的基础，所以我说李伯钊在《龙须沟》的创作上功不可没。在这点上，过去的许多文章，似乎没有人强调过。一孔之见，不知了解这段历史的研究者们赞成否。

据研究家不完全统计，老舍先生自《龙须沟》以后写了三十多个剧本，其中发表的有二十二部，包括话剧十五部，歌剧三部、曲剧一部、京剧三部、翻译剧一部。其中的绝大多部作品是歌颂新中国、歌颂新北京的。然而就这样一位伟大的爱国作家、人民艺术家，在“文革”初期却遭到了无情的批判和红卫兵用皮带残暴的抽打，直打到头破血流！他走投无路，于挨打后的第二天（1966 年 8 月 24 日）跳进了太平湖，结束了他 57 岁的生命。

正像陈徒手先生说的：

“老舍以他沉湖为作品做了最后一次无言的讲解，把解不开的思想疙瘩不情愿的留给后世，那双充满热情、不停地歌颂政治的手终被无情的政治戛然毁掉。”

“老舍的死绝不只怪罪于那几十个抡着皮带打人的红卫兵们！”

焦菊隐先生也是如此。他在新中国成立后，先后为北京人艺排了 16 部戏，其中除“映景儿”的 7 部外，多数都成为剧院的保留剧目。有的已成为北京人艺看家的经典，特别是《茶馆》，可谓北京人艺的镇院之宝。是他和北京人艺的老一辈艺术家一起创造了一个国家级的艺术殿堂，是他以总导演的身份创造北京人艺演剧学派（也称焦菊隐导演学派），是他留给我们取之不尽、用之不竭的精神财富——《焦菊隐文集》。但就是这样一位世界级的艺术大师，在“反右”与“文革”中同样遭到了无情的批判，关进“牛棚”，屡遭折磨，直到临终前，军代表还毫无人性地质问他：“你还有什么话对组织交待吗？”火化时甚至不许给他穿衣服，只裹了一张床单儿，骨灰盒也只能买七块一个的，骨灰要放在八宝山地下室。

一个沉湖，一个死后进了地下室，这便是两位《龙须沟》合作者的下场。是谁之罪，凡经历过那些政治运动的人们心里都清楚。愿今后的祖国，这样的悲剧不再重演。

人没了，但庆幸的是他们的作品还在，他们的精神还在。然而街道没了、胡同没了、一个区都没了，连北京话都快没了，那可是不能再生了。文物不可再生，再生也是假文物，这个道理官员们都似乎懂得，但一到政绩与文物发生矛盾的时候，对不起，政绩高于一切，GDP 高于一切。所以哈德门没了，哈德门外也没了，就剩下几座庙、一个清真寺、几条残缺的胡同、一座天坛公园了。您读了拙作之后要是和我一样也怀念哈德门外，那就算我没白费笔墨，也算我对得起老北京。

哈德门外胡同残留

看官们可能注意到了，我说的哈德门外和过去的崇文区不是一个概念。崇文区，民国年间称外一区、外三区、外五区（不含永外一带）。解放后的崇文区北起正阳门、崇文门、东便门一线，南至永外大街、马家堡、刘家窑北一线，东至广渠门南滨河路一线，西至前门大街东侧一线，总面积16.46平方千米。

而我说的哈德门外可没这么大。我说的哈德门外大致的范围是北起崇文门、东便门一线，南至天坛北门、红桥一线，东至广渠门、白桥大街、夕照寺一线，西至西打磨厂、鲜鱼口、金鱼池一线。

所谓哈德门外，不能外得没边儿没沿儿。您要说马家堡、刘家窑也属哈德门外，就有点儿不贴谱了。要是那样儿的话，大兴、丰台不都得算哈德门外了吗？

据有关方面统计，1965年崇文区有胡同389条，到2003年还剩下203条。哈德门外到现在还剩下多少条胡同？不知有人统计过没有。我估计大概还剩下四五十条，这些残留的胡同主要有东马尾帽胡同、标杆胡同、唐西泊街胡同，还有法华寺地片儿的几条胡同，以及西打磨厂、南北官园、草场一至十条、金鱼池附近的几条胡同。再加上幸福大街路西的几条胡同、白桥大街的头条至六条等胡同。

上述这些残留的胡同有些还在拆除、有些拆了一半儿不拆了，破破烂烂的，不知它们将来的命运如何。我为此曾写过一篇《哭兴隆街》的文章，不妨摘录如下：

马年春节期间，我让儿子开着我家的小 smart 又到哈德门外转了转，其目的是想再寻找一下那里的老痕迹，还有没有可补拍的老地方、老房子，因为上次的拍摄是在哈德门外大拆大建之前，时隔已十多年。

造改后的哈德门外，我很少闲逛，也没有欲望逛，甚至觉得那里已不值得我这老北京再逛一逛。尤其花儿市一带，全是楼，全是外来的“土豪”！国瑞城、富贵园、枣园里没有普通百姓，原来的“老花儿市”绝大多数都被发配到东三环的南磨

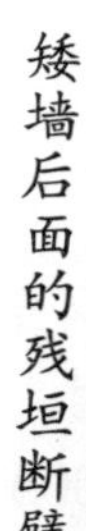
矮墙后面的残垣断壁

房和南三环的石榴庄了，还逛个屁！

当我们的小车开到祈年大道兴隆街时，我让儿子停了下来，想再看一看残存的兴隆街。现在的兴隆街被祈年大道分成了两半儿，东侧为东兴隆街，西侧为西兴隆街。当年也分东、西兴隆街，但分界线不在这里，而是在南、北官园，是在祈年大道西边儿不远的地方。兴隆街之所以获此称呼，前面讲过是因为原来胡同里有一座叫兴隆寺的古刹。

我知道今天的东兴隆街没啥好看的地方，没拆的只剩下李莲英的外宅了（即今日北京同仁堂集团有限责任公司所在地）。倘若把兴隆街比作一座卧神，那祈年大道就仿比是一把双刃剑，正劈在神脖子上，劈得那叫一个干净、一个齐整，东西两侧的胡同被劈掉了 50 多米！大道是宽了，可多少四合院没啦！为了大道的美观，策划者们将大道的两旁筑起了矮墙，东侧矮墙的后面是供“土豪”们住的别墅式的小洋楼，而西侧矮墙后面则是隐约可见的残垣断壁（就是拆的七零八落的四合院儿）。

我背着相机走进了西兴隆街胡同，一片破破烂烂的景象顿时出现在我的眼前，胡同两侧都是被拆的半半拉拉的人家，闭门锁户房主都不知去向何方。像是被洗劫过的样子，一点儿人气儿也没有。再往前走一点儿便是南、北官园，胡同比原来展宽了，有了一些新建的商铺，但路人极少。再往前走，仿佛进了另一个世界，一条人造的老街，安静极了，南北两侧排列着整齐的、几乎一个模式的商铺，一家一家的紧挨着，铺内空空如也，全是铁将军守门。看样子，从建好那天就没开过张，有些门窗上的红漆已开始脱落，全长得100多米，如布景一般。说他们像布景一点儿也不夸张，您去过怀柔、北普陀等影视城的人造古街吗？就是那般模样。南侧的商铺后面隐藏着当年的草厂一至十条。为了让路人知道，胡同口上还竖起了大个儿的蓝底白字标志牌。您要不走到跟前儿，那您是看不见那些胡同的。胡同里冷冷清清，很少有人走动，如同空巷。北侧的商铺后是一片凄凉景象：胡同内的房子几乎都拆掉了顶子，只剩高高低低的破壁。当年的所谓“钉子户”也还有几家，他们就生活在这残垣断壁之中，偶然可见老人小孩坐在门口晒太阳，好奇地望着我这拿着相机的陌生人，我有心走上前去与他们搭讪几句，可我又能说些什么呢？脑海里浮现出“枯

兴隆街的北侧景象

从未开张的路边商铺

藤老树昏鸦”“古道西风瘦马”的词句，这哪里是当年的兴隆街呢？

我站在胡同中间，默默地回想起我小时候住在这里的情景……

当年的兴隆街，那真叫兴隆街啊！尤其是年节，热闹非凡。满街筒子人来人往，喜气洋洋，商家们都挂起火红的灯笼，门楣上贴上了“生意兴隆通四海，财源茂盛达三江”之类的喜庆对联，玻璃窗上还贴上了鲜艳夺目的年画，什么“八仙过海”“福禄寿喜”“连年有余”“鲤鱼跳龙门”等。大一点的店铺，留声机里播放出百代公司制作的各种戏曲、曲艺唱片，还有流行歌曲“何日君再来”“三轮车上的小姐”等，好一派节日的气象。

残破的兴隆街北侧

三十儿晚上和正月十五，更是鞭炮齐鸣，锣鼓喧天，人山人海。特别是正月十五前门大街闹花灯。从西兴隆街、鲜鱼口一直到前门大街，商家们挂的灯笼千姿百态，绚丽多彩，还有不少商家挂起了各式各样的走马灯。我们小孩子个头儿矮，看不到，大人们就轮流把我放在肩上呵儿搂着我瞧，我骑在大人的脖子上，手中高举着小灯笼或是大串糖葫芦儿，那个美呀，就甭提了！一直玩到大半夜才回家。

再看看今天的兴隆街，大年初六，街上几乎没人，甭说年气儿，连人气儿都没有，这就是我们对旧城改造的恶果，和前门大街一样，变成一条死街，别觉着我说话难听，好像是污蔑新时代似的，您要有空儿，不妨亲自去瞧瞧（尤其冬天）一目了然！

兴隆街上残留的老字号门脸

我拍了几张照片以后，真的拍不下去了，我想找根电线杆子，抱着它大哭一场！哭什么？哭兴隆街！

我一哭它的冷清；好端端的一条兴隆街变成了一条衰落街，这里可是市中心的中心呀，距天安门广场顶多也就三四百米之遥，街上空荡的有几个人都数得过来，与当年相比，这叫什么呀？真伤人的心哪！

我二哭那布景般的铺面，轰走那么多住户再盖了那么多的铺面房，拆迁费、建设费，那得花多少钱哪！那可都是我们纳税人的血汗钱哪！结果呢，摆在那里闭着，一闭多少年无人过问，那花钱的人都瞎了眼啦？怎么就一点也不知道心疼哪？！有人承认这是“拍脑门子”工程吗？没有！“花了就花了，反正不是我的钱”。你不心疼可我心疼呀，我能不哭吗？！

我三哭那些可怜的、搬走的住户（这其中也有我胞弟一家三口），人家在这里住的好好的，非动员大伙儿搬走不可，这一搬几十里地就出去了，起码三环以外，要么四环以外，结果搞得百姓上班上学都是困难，可老百姓又能怎么着呢？没辙。你搬走了，我才能有政绩，几家欢乐几家愁啊。

我四哭兴隆街的未来怎么办，接着拆接着盖？恢复老街，修旧如旧？想办法再把这条人造的商业街轰起来？彻底推翻重建？还是半死不活地就这么撂着？我看没人能说明白。可这一切都在市中心哪，我们怎么能不为它的未来哭泣呢？！

我哭兴隆街，我哭老北京，我恨那些打着保护古都旗号而又亲手破坏古都的人。任何事物都有两面性，发展建设不一定都是好事，我们不能以牺牲祖宗的产业为代价呀！老北京已经拆得差不多了，拆了的就回不来了，花多少钱也没用，人气儿没啦！精气神没啦！文化没啦！古都没啦！我们这些老北京、老纳锐人，上哪儿说理去呀？王磐的小令说得真好呀，“哪里去告他，何处去诉他？也只索、细数着猫儿骂！”我给王磐磕头啦！倘若您老人家九泉有知，定哭得比我还痛！

兴隆街新盖的门面后面尚未拆除的老房子

附　录

我的大半生

我的中学——我的十年王府生活之一

在东单北大街的中部路东，有一家历史悠久的电影院，也是我在本书中提到得海报画得非常棒的电影院——大华电影院。在它的北侧约四五十米的地方有一条东西向的胡同——外交部街，在那条街快出东口的路北有一座有着90多年历史的中学，那便是我的中学——北京第二十四中学（原名北京私立大同中学）。1954—1960年，我初、高中生活就是在那里度过的。

外交部街是因民国时期的外交部曾设在这里而得名，它最早的名字不叫外交部街，而叫石大人胡同。石大人乃明朝武清侯石亨也。1456年，石亨勾结宦官协英宗复辟有功，英宗准石亨在此营建住宅。于是石亨将这条胡同路北的四分之一占去，大兴土木，工程浩大。一天，英宗登上紫禁城的翔凤楼，看到这个偌大的府第，当得知是石亨所为，大为不满。石亨自觉有功，骄横跋扈，更引起英宗的不安，便以图谋不轨罪，处石亨死罪。石亨死后，此宅又赐给了咸年侯仇鸾，仇鸾被革职后，此宅又赐给了成国公朱庚。到了明万历年间，明神宗的女儿寿宁公主下嫁给了冉兴让，此宅便赐给了冉驸马，冉驸马为府第取名宜园（宜园为东城八大名园之一）。

到了清代，这里先是端重亲王府，后又成为睿亲王新府。端重亲王博洛是清太祖努尔哈赤的孙子、饶余亲王阿巴泰的三子，顺治四年袭郡王，赐号端重，两年后晋升为亲王。他生了九个儿子，但都先后夭折。康熙初年，该府易主，成为贝勒多尔博的府邸。乾隆四十三年，多尔博的四世孙淳颖复爵睿亲王，这座府便成了睿亲王的新府。

到了清末，该府成了工部宝源局的所在地，开炉铸造钱币。宣统年间外务部将已废的宝源局改建为迎宾馆，并特聘美国人监利逊承包迎宾馆的西式建筑，今天这里仍可看到当年的部分西式建筑。

我之所以如此详细地讲述宜园的发展衍变过程，那是因为我的母校北京二十四中正是宜园的一部分（东半部），宜园的花园恰恰坐落在宜园的东半部，故大同中学又有大同花园之称。那园子很大，长满了五颜六色的菊花，还有秀颀的翠竹、袅娜的垂柳、挺拔的杨树，还有清澈见底的金鱼池以及假山亭台、长廊喷泉。那泉水腾涌而出，水柱四射，乍大乍小，忽高忽低，其沫如散珠喷雾，在阳光的映照下，璀璨夺目，声如鸣佩环，好似琼珠落玉盘。真可谓：风吹花香水流竹叶响，人悦心明志坚书声朗。解放后学校又建起了花房和鸟舍，色彩斑斓的虎皮鹦鹉又为这座花园增添了诱人的生气。遗憾的是，如今这一切都被不断拓展的新教学楼所代替，昔日的大同花园基本不复存在。

我的母校诞生于1923年，是由北京大学几位热心教育的教授和学生创办的，原来的校址也不在睿亲王新府，首任校长是北大教授谭熙鸿先生。到1929年秋，接替谭先生的吴铸人先生才向官方借到了睿亲王新府为校舍，创始人当中除谭先生外，还有蔡元培先生、蒋梦麟先生、丁西林先生、颜任光先生。这些人都是当时的教育大家。此外还有知名的教育家在我校当过教师，如贺翊新、徐楚波、齐燕铭、许孝炎、孙席珍、韩焕堂、董振波、符琴仿、孙梅生、赖钟声、侯长喜、范至甫、于友西等先生。我在校读书时，范至甫先生为校长。

2013年，学校90周年校庆时，我参加了，这时我才知道在我的校友中居然有如今和我一个单位的退休老艺术家郑榕！原来我只知道校友中有比我高一两届的文艺界的名人，如毕克官、王铁成、顾威、赵忠祥等人。其中顾威和我最铁。从中学到大学，再到北京人艺，直到如今，60年来，基本上没有分开过，这种恒久的共事，怕是也不多见的了。因此，我写过两篇长文《话说顾威》《再说顾威》。

六年的中学生活，有许多难忘的事，这里我选几件记忆深刻且有意思的事说一说吧。

老师

作为一名在王府中生活过的学生，除去那美丽的校园，记忆最深的当然还是老师。

我的第一位班主任是郝慰民老师，郝老师读者不熟悉，但他的弟弟大家都熟知，那就是著名相声演员郝爱民。郝家是个大家庭，兄弟姐妹九人，其中七个是男子汉，依次是慰民、牧民、怀民、保民、爱民、恤民、恒民。郝爱民和郝恒民与我是同行，很熟，爱民比我大，恒民比我小。郝慰民老师个子不高，但人很精神，眉心间有颗痣。他是历史课老师，讲课时劲头十足，像评书演员一样，讲起来铿锵有力、起伏跌宕，绘声绘色，十分吸引我们。因此我们班的历史课成绩绝大多数同学都很好。还有就是他的“板书”是竖写而不是横写，字很帅、很有力，有时粉笔经常被他按折，可见用力之大。粉笔头儿在他手里也是有用的，谁上课不注意听讲，他一个粉笔头儿扔过去，刚好打在你的脑门儿上。我进校时，北京第二十四中是男校，没有女生，男孩子淘气得多，不太好管，但郝老师不以为然，把我们班管理得头头是道，有板有眼。

语文老师刘树荣及王克伦二位先生，不但讲课讲得好，而且都注重学生朗读课文的能力。王克伦老师甚至会吟诵古诗，他吟诵的白居易的《卖炭翁》我至今记忆犹新，可惜读者无法通过文字听到我的吟诵。由于他们对朗诵名著名篇的重视，班上许多同学都喜欢上了朗诵，我是其中之一，我们上一班的一个叫毕德仪（音）的同学还考上了广播学院，后被派往莫斯科广播电台华语广播部。我们这届，学校还曾推荐我到刚成立不久的北京电视台（中央台前身）报考播音员。我记得考场周围全是监视器，上面有你脸部各个侧面的形象，同考的就有赵忠祥，他被录取了，后来我考上了北京艺术学院话剧表演系，也算如愿以偿。“风声雨声读书声声声入耳，国事校事天下事事事关心。”这也算是昔日王府的一景吧。

数学老师安子厚，特级教师，教我们几何。且不说他教的有多棒，只说一件事，就使你惊讶不已。他老人家上课从不带圆规和三角板！在 20 世纪 50 年代上几何课不用圆规和三角板怎么讲课？嗨，安老师就靠一只手。画圆时，他拿着粉笔在黑板一抡就是一其圆无比的圆圈儿，跟用圆规画的绝无区别！画直线、画三角、也都如此，根本不用三角板。这得是多少年的教学功底呀！你不服行吗？难怪人家是特级教师。

物理老师陈家琪，高级教师。讲课深入浅出，极有条理。他的板书甚是漂亮！每次上课他将讲课大纲从黑板的左上角写起，然后边讲边写，工整规范，待整堂课讲完时，他的讲课大纲正好写到黑板右下角，几乎不留空隙，满满的一黑板！下课后同学们都舍不得擦去，没记完笔记的同学尚可继续抄写。这事要放到今天，简单了，用手机一拍即可，回家反复复习去吧。今天，陈老师依然健在，每年的教师节都要向他祝贺。还有一位教物理的老师，曾是我的班主任，叫徐宏敏。名字像女人的名，但他也确实像个大姑娘似的，一笑俩酒窝儿，特好看，脾气也好，对学生极有耐心，大家都喜欢他。后来他改名叫徐宏了，把那个“敏”字去掉了，大概他也觉得太像女名了，他现在住进了敬老院，前年校庆时，又见到了他。

教三角的孙九龄老师是最年轻的男老师，书生气十足，据说是留校的优秀生，因此他比我们这些学生大不了许多，但课教得非常棒！由于他像大哥哥一样，所以大家也就跟他无拘无束了，记得我朗诵话剧《红色风暴》中施祥大律师的独白时，那长袍和大围脖儿还是跟他借的呢。令人想念和痛心的是，在“文革”中他因家庭问题被迫害致死，他的身体本来就不太好，哪里经得住造反派的批斗，他跳楼了。

教美术的孙化民老师给我们留下的印象则更深。他不但课教得好，还喜欢京剧，而且是男旦，他表演的《拾玉镯》《贵妃醉酒》和《女起解》，我至今难忘，水平相当得高。我们学校的教师京剧团在北京市是很有点名气的。另一位美术老师侯长春，画作很有水平，至今在报刊上还能看到他的作品。

地理老师王宏业，长得有特点，前额比较突出，一脸的精明样，上课从不看讲义，倒背如流，他也有一手绝活：分省地图的形状，他抬手就画，一画一准儿！主要城市的位置也标得十分准确，完全是“祖国在我心中”的架式，不服不行。这位老师十分爱整洁，他穿的裤子，无论是何种料子，是新是旧，裤线永远倍儿挺倍儿直！后来大家才知道，他每天都把第二天穿的裤子放在床下压平，以保持裤线笔直。他如此注重仪表给我们学生的影响也是很深的。

20 世纪 50 年代，北京市有一支很有名的业余足球队——新华足球队。说是业余，实则全是从国家队退役的老队员，所以又叫“新华老队”，队中有两位球员就是我们二十四中的体育老师，一位叫赵长兴，一位叫刘荣智。由于他们二位任体育老师，所以我们学校的足球运动开展得极其好，我校足球队几乎每年在全市中学“三好杯”足球赛上都能拿名次，不是冠军就是亚军。每当球队拿到第一或第二，赵老师就奖励队员们一下，奖励的办法就是请大家洗个澡，在食堂吃顿“大餐”。那年月单位（除医院外）都没有浴室，洗澡就得到澡堂子花钱洗，穷学生哪里有钱天天洗澡？所以赵老师请大家洗个澡那可是大请客、大破费呀！

我们学校除足球外，田径、体操、举重等多项运动都开展得很好，因为那会儿是向苏联学习，学校实行“劳卫制”运动（就是锻炼身体、保卫祖国的意思），“劳卫制”是有等级的，还要考核，算是体育的分数，体育不及格（再加别的一两门课），照样留级（那会儿叫蹲班），所以大家都十分认真地对待体育课。

社团

社团，即同学们在共青团组织的领导下，大家自由组合的一些课外活动团体，不分年级和班级，只要爱好就可以。有时候班主任也推荐你去。我们二十四中的社团非常丰富，有话剧团、合唱团、舞蹈团、曲艺团、美术班、科技班、航模班、书法班等，因此学生们的课余生活丰富多彩。我们学校最棒的是话剧团，经常演一些自编自导的小话剧或是组织诗歌朗诵比赛。1959 年，中国青年艺术剧院上演话剧《红色风暴》时，缺少群众演员，于是就邀请我们学校 59 届的高中毕业班的同学和话剧团的同学去协助跑龙套，扮演二七大罢工的工人，时间长了，大家看熟了这出戏，于是回来就自己排，请“青艺”的老师作导演，嗨，还真排成了，女演员是女十三中的，扮演林祥谦妻子的吴晓梅，后来成了我大学的同班同学，我们一起学戏。

学校排这么大的戏，哪里有钱？自己动手，丰衣足食，那布景就是我们一齐动手用旧报和秫秸秆儿糊的，画也是自己画的，一切因陋就简，服装就是向“青艺”借的，三弄两弄，这戏还排成了，演出了，不但演出了，还打进了劳动人民文化宫的夏季乘凉晚会，轰动全市！

在这出戏中扮演施洋大律师的就是现在与我同在人艺的著名导演顾威，他高我一届，是师哥。

与文艺活动有关的还有每年“五一”“十一”的群众游行及晚间天安门广场的狂欢活动。“十一”还有阅兵，年年搞，后来“五一”不游行了，改成了游园活动。

我们中学生的任务就是每年两次的群众游行队伍的“文体方队”（也叫文艺大军）以及晚间在天安门广场跳集体舞。我记得，我们学校在文体方队中扮演炼钢工人，每人上衣是白衬衫，下衣工裤（这种裤子现在很难见到了，就是那种身后有背带，前面有护胸的那种背带裤。我们穿的是蓝布的，真正炼钢工人穿的是用石棉做成的裤子，既隔热也不怕烧）。然后在脖子上还要围一条白毛巾，手拿一把木制的“钢钎”，这就算是炼钢工人了，走过天安门广场时要随着音乐，边走边跳，以示威武。

晚上是要到天安门前的广场上跳集体舞，每个男校都有固定的女中做友校，围成一圈，一对儿一对儿地跳，都正值青春期，那也是一件幸福的事儿呀！本人的角色常常是指挥，因为我是班上的文娱委员，主管此项活动。每年我们这些管文艺的学生先到一个指定的地点学习，然后回校教大家一起跳，教到一定程度再把女生请过来实习、排练，大约得折腾一个月的业余时间才到节日，年年如此。但是大家练得很起劲，其中一个很重要的原因是可以见到女生，并能成为舞伴儿。我现在还记得《阿西跳月》的音乐和舞蹈的跳法。跳集体舞是件很健康、很愉快的事儿，可惜现在取消了。

还有每年一次的元旦大联欢。联欢从傍晚一直进行到零点的钟声响起，各班自己用班费（每人交几角钱）买些水果、干果，边吃边演节目，而且还要搞巡演，各班带着自己的拿手节目到其他班巡演，本人不但是组织者，而且拿手的节目是朗诵和相声，巡回演出，赢得掌声，好幸福啊。

运动

我说的运动不是体育运动，而是政治运动。今天凡进入古稀之年的人，都知道（或经历过）新中国成立以来直到“文革”结束的历次政治运动，那真是一个接着一个，一次比一次凶，直到“文革”爆发为全国的动荡及混乱，真是不堪回首。

我 1954 年考入北京二十四中，两年后就赶上“整风运动”，党内整风，我们青年学生是“整团”，我当时不是共青团员，但也得像积极分子一样地参加，重点是反对个人主义、反对走

“白专道路”。“整风”还没完，“反右”运动开始了！“反右”运动主要是在老师中间搞，我记得满校园都是大字报，连食堂里也挂满了大字报，进食堂吃饭得弓着身子，不然就碰上了铺天盖地的大字报，那上面全是老师们相互揭发的反党言论。我们年岁小，还不太懂政治，但从心里也感到害怕。不久，有的老师就被打成了“右派分子”，这其中就有我们的美术老师孙化民。再过一段时间，有的老师就突然从学校消失了，原来是被打成右派分子押送到外地劳改去了，从此也就见不到这些老师了。

“反右”刚过就是1958年的“大跃进”。那时的“五一”和国庆游行，就出现“放卫星、夺高产”“大跃进万岁”“人民公社好” “超英赶美”等标语口号。报上天天出现农村亩产千斤、万斤、十几万斤的新鲜事，人都可以站在稻田的水稻上而不倒，那简直神了！然后就是工业要夺取1 070万吨钢产。于是举国上下到处建小高炉炼钢（就像电视剧《钢铁年代》里反映的那样），我们学校也在后院建起了好几座小炼钢炉，大家都跑去炼钢。现在想起来，真是胡闹！学校还组织我们到农村去参观，地里没人干活儿，野草长得一人多高，社员们天天到大食堂白吃饭，说是已经进入了共产主义社会。结果换来的是1960年、1961年、1962年的全国人民吃不饱饭，甚至有上千万人饿死的三年困难时期。

在1958年的春天还发生一个奇特的运动——“除四害、讲卫生”运动。四害是指苍蝇、蚊子（还是臭虫记不清了）、老鼠、麻雀。苍蝇、老鼠之类当然是祸害，应在消灭之列。麻雀怎么也成为害虫了呢？据说是因为它吃地里的庄稼，必须消灭，可它还有吃害虫的一面儿呢？那就管不了那么多了，既然上了红头文件，那你就别想活了，非消灭不可！可麻雀是飞鸟呀？怎么消灭？人手一把猎枪？那是不可能的。我们的国人也真有这方面的聪明，居然发明了全民上房顶摇旗呐喊或是敲锣打鼓（没有锣鼓就敲脸盆、敲破锅）的绝妙办法，使得麻雀无处降落觅食，最后活活累死，掉在地上为止。您别说，这办法还真灵，大家眼瞅着那麻雀一个一个地从天上摔下来。我们这些当学生的也都爬上屋顶或楼顶干了残杀麻雀的事。我亲眼看见长安街上一卡车一卡车的死麻雀被拉到郊外焚毁。您说这麻雀招谁惹谁了？后来不知是哪位专家说了话，说麻雀是有益的，不能再消灭，这才为它平反，免了灭顶之灾。所以今天我们还能看到可爱的麻雀。

1958 年，党中央提出了“鼓足干劲，力争上游，多快好省地建设社会主义”的总路线，在这个总路线的号召下出现了前面说过的“大跃进”和“人民公社”，这些在当时统称为三面红旗，全民都要歌颂三面红旗之伟大，于是又出现了一个运动——全民写诗，诗画满墙。在农村尤为轰轰烈烈，每个村子的每家每户的墙上都有歌颂三面红旗的诗和画，专业画家、诗人不但要下农村，农村自己也涌现出一大批业余的画家和诗歌作者，其中有一首诗在全国流传最广——“天上没有玉皇，地上没有龙王，我就是玉皇！我就是龙王！喝令三山五岭开道，我来了！”您看这是多么大的气魄？！这首诗后来好像还上了课本。中国青年艺术剧院还创造了一出歌颂大跃进的话剧《降龙伏虎》，也轰动一时。后来在人民大会堂搞了一场《三面红旗万岁》的千人大歌舞，我们班的同学参加了，但不是演出，而是推合唱凳。几百人的大合唱充满了大会堂的整个舞台，用了几十个合唱凳。每个凳子都有两米来宽，一人多高，换场时须三四个同学推上去，推上去以后，我们就蹲在合唱凳的下面扶着，演唱的人在上面站着，五六排人，观众看不到我们。演唱一结束，我们赶紧再把合唱凳推到后台，又累又紧张。大会给我们每人发两面包，大伙儿还挺高兴，我们那会儿单纯之极，凡是党号召的一律积极响应，绝无二话。

还有什么勤工俭学运动我就不一一说了，总之，运动接连不断。

遗憾

我的中学值得回忆的环境及人和事很多很多。

比如图书馆，图书馆所占的房子是王府后院的寝室（也或是后罩楼），北房，面阔五间。那里面的书是从老大同中学一点点积累起来，有上万册，还有许多珍贵的古本书。印象中图书馆没有阅览室，因为书太多，大家只能借阅后拿到教室或家中看。遗憾的是，偌大的图书馆在“文革”中遭到了严重的破坏，被那些不懂事的红卫兵们烧毁了许多书，尤其是那些珍贵的古籍书。

前面还讲到王府花园，20 世纪 50 年代学校在花园中建起了温室和鸟舍，鸟舍里养了上百只虎皮鹦鹉。在鹦鹉中，虎皮鹦鹉是最好养的，这种鸟不但好看还皮实。我们学校养的鹦鹉有蓝色的、黄色的、绿色的……好多种颜色，漂亮极了！我们还把鹦鹉送给苏联的一个与我校联谊的友校，出国传送友谊去了。那时是中苏友好的年代，我们学校还有“丹娘班”呢！丹娘是苏联卫国战争时期的民族英雄，是个十六七岁的女青年，被德军抓获后被活活绞死，她的事迹被拍成电影在中国放映，我们那会儿都学丹娘、保尔这些英雄人物的精神。遗憾的是今天王府花园早已拆除，鹦鹉也没了。前年（2013 年）学校 90 周年校庆时，学校把我们这些老校友请去参加庆祝活动。学校已完全现代化了，王府的踪影荡然无存，拆了一个精光，真让人心疼呀！

王府中的正殿（也许是后寝楼）面阔五间，是学校的礼堂兼学生食堂。为什么也许是后寝楼呢？因为我进校时，学校的大门后面也盖起了一幢教学楼，门楣上有郭沫若的题字“一切为了社会主义建设事业”。这幢楼的位置可能就是当年的正殿。所以说极有可能是后寝楼改成的礼堂。礼堂并不经常开会使用，因为全校会都是通过全校教室的广播喇叭，同学们坐在教室里就可以听会了。所以礼堂经常是在重大节日时搞庆祝活动及演出用，平时舞台下边就是当作学生食堂。说到食堂，我便想起 20 世纪 50 年代的伙食消费。学校的食堂主要是供给住家离学校远的同学以及少量的住校同学使用，一个月的饭费是 8 块钱

（好像只中午一顿），这个价钱今天听起来便宜到极点，如今您在普通饭馆能买到 8 元一碟儿的冷菜就不错了。可那时 8 块钱吃一个月呀！就这样，同学们还觉得贵，因为那时是低收入时代。我爸爸一个月才挣 48 块钱，还要每月往老家给我爷爷奶奶寄 5 块钱，我若再拿走 8 块去交伙食费，家中还剩下 35 元钱，这 35 元钱便是我们一家三口的开销，平均每天一块一毛多钱。您说这日子能不紧吗？可那个时代大家都穷，也就都凑合着过了。我们这 8 块钱的伙食每天每桌一盆（比洗脸盆小一些）饭，一盆菜，8 个人吃。饭分成 8 份，菜大家自觉地分着吃，偶尔还有肉菜。大家围在一起站着吃，有说有笑，其乐融融。遗憾的是这座大殿如今没了，形象只能留在脑海里。

我的母校之所以叫“大同花园”不仅仅是因为她有个花园，还因为绿化非常棒，可谓果树满园，杨树成荫。特别是杨树，长满了校园的大小院落，春夏天绿荫遮地，秋天落叶满园，厚厚的一层，像松软的地毯。其他果树，像梨树、枣树、核桃树样样都有，收获的季节果香四溢，沁人心肺。从深秋到初冬，我们忘不了很早很早跑到校门口等待传达室的老师傅来开门，校门一开，我们这些淘气鬼拼命地往校园里跑，抢着在地上寻找最粗的杨叶梗然后迅速把梗从树叶上撕下来装入口袋，一根儿根儿地找，一根儿根儿地撕，直到满载而归跑进教室还要用手绢将其包好，用水浸一下再放到暖气片上，以保持它的潮湿度及韧性。下课铃声一响，大家都拿出自己的武器——杨叶根儿，玩“拔根儿”的游戏。“拔根儿”就是两个人把手中的叶根儿交叉起来用力拽，看谁的不被拽断，谁就胜了。拔得可起劲儿了，可开心了。在那全民皆穷的年代，孩子们只能做这种不花钱的游戏，但很过瘾。

遗憾的是今天的北京二十四中将所有的树都伐掉了，只在校门口留了一棵槐树算是纪念吧。我不知道要搞现代化的校园为什么一定要把满校园的树木剃光头，王府为什么冬暖夏凉，就是因为绿化好，难道现代人不懂此常识吗？不是，是因为政绩高于一切。老校园是国粹，是艺术、是传统文化，而这一切顶不过官员的政绩，所以睿亲王新府被彻底消灭了。新校园是很漂亮、很现代、甚至很壮丽，但它失去了原来的本色。

我的大学——我的十年王府生活之二

我的中学六年是在外交部街睿亲王新府度过的，而我的大学四年则是在恭王府度过的。有此等经历的学生，在北京大概屈指可数，甚至可能只我一人。

这里要先说一下恭王府的简史。

众所周知，恭王府早年是和珅的宅第。它始建于1776年（清乾隆四十一年），12年后竣工落成，和珅在这座府邸中生活了11年。1799年乾隆驾崩的第二天，和珅获罪，嘉庆皇帝降旨赐和珅自尽。此后，嘉庆皇帝将和珅宅第赐给弟弟（乾隆第十七子）庆郡王永璘，是为庆王府。21年后，永璘故去，府第继续由其子及后人居住。到了咸丰元年（1850年），咸丰皇帝将庆王府赐给其六弟奕訢，第二年奕訢迁居此府，始称恭王府。44 年后恭王卒，由其孙溥伟袭爵恭亲王。到了民国时期，约 1920 年，溥伟因复辟清王朝筹集经费及生活所迫，将恭王府抵押给了天主教会。10 多年后利滚利，只得由辅仁大学接管代其偿还债务。王府便成了辅仁大学女部。

1950 年，辅仁大学与北京师范大学合并，统称北京师范大学。

1956 年，新中国为加快培养艺术教育人才，教育部决定将师范大学的音乐系、美术系独立出来组建北京艺术师范学院，编制 2 000 人，学制七年（预科三年，本科四年），校址就设在恭王府。

1960 年“北艺师”又扩招戏剧人才，成立话剧表演系和导演戏，学校也不再专门培养音乐和美术教师，校名去掉了“师范”二字，改为“北京艺术学院”。本人就是 1960 年考入的北京艺术学院表演系的。我从睿亲王新府又进入了恭王府。

“文革”中及“文革”前，恭王府北半部的花园部分从未对外开放过，一直被公安部、国管局幼儿园、天主教爱国会、文化艺术出版社等单位使用。

1964 年初，周总理指示成立“中国音乐学院”，其教学任务专攻民乐，而中央音乐学院也随之改为专攻西洋音乐。北京艺术学院在应届生毕业后被撤销，本人即毕业于 1964 年。但遗憾的是中国音乐学院成立不到一年半，“文革”就开始了，老师和学生们都被轰到“五七”干校劳动改造，学校只留下几个人为留守处成员。

“文革”后，恭王府邸成为中国音乐学院及附中、中国艺术研究院、中国文联等多家单位的教学和办公场所，乱成一锅粥，王府也遭到不同程度的破坏。

1982年，恭王府被列为第二批全国文物重点保护单位，直到1986年，府中的所有单位才外迁完毕。

1988年2月，修复后的恭王府及花园，全部对外开放，恢复了历史的原貌。从恭王府建成到1988年对外开放，历时整整200年。

以上便是恭王府简史。

我要说的是1960—1964年我在北京艺术学院的学习经历。

独一无二

“文革”前，北京艺术学院是全国高等艺术院校中唯一一个综合艺术大学，别无分号。院长：卢梦（退休前为山西省委书记），党委书记：苏灵扬（“文革”前中宣部长周扬的夫人）。音乐系设理论作曲、器乐、声乐、钢琴专业。美术系设国画、油画、版画、雕塑专业。表导系自然是表演及导演专业。附中设音乐、美术、表演学科。学制：附中三年、本科四年。

恭王府的府邸共有庭院12座，分中、东、西三路，每路四进。1956年，建立北京艺术师范学院时，一宫门前的庭院被拆除，盖起了琴楼和画楼（对外开放后又恢复了原貌）。整个占地面积32 260平方米。这样的面积比起北大、清华来，几乎是它们的一个角落，实在是小巧玲珑。然而就在这样的庭院式大学中，却融进了十大艺术门类的专业。走进校园，你到处可以听到琴声、歌声、朗诵声，你还随处可见在院中写生的“画家”们。环视庭院中的参天古树、松林花草、百年藤萝、大殿回廊，你真的会感觉置身于一个童话般的艺术世界。在这里，你无论学习什么专业，你都会受到其他专业的熏染，而且你想躲也躲不开，于是大家无不陶醉其中。

府邸的最大建筑是中路最后面的嘉乐堂，原是王府的祭祀场所，后改为学院的演奏厅兼小礼堂，这里经常举办音乐系的各类演唱会和器乐钢琴等音乐会，还有表导演的朗诵会、小品、小戏演出等，几乎每周都有，全院师生均可前去欣赏。美术系的画楼里，则经常举办不同类别的绘画雕塑作品展。当然最顶级的是老师的个人演唱或独奏音乐会以及美术大家的个人画展，这样的盛况，在当时的艺术院校中，都是与我们无法攀比的，他们羡慕之极。

别的系暂且不谈，就我们表导系而言，许多课程的老师均来自原来的北艺师，如文学、艺术概论、外语、声乐、美术欣赏，乃至舞蹈课的钢琴伴奏老师，全是现成的。也可以这样说，在我们学院已形成“人人是老师，处处是课堂”的这样一个浓厚的艺术氛围，学子们享受着得天独厚的哺育，着实令人难忘。

每到周末的晚上，学生会必组织舞会，担任伴奏的自然是音乐系器乐专业的同学，舞会一般都是在嘉乐堂里举行，风雨无阻，就是寒冷的雪天也照样举行，喜欢跳舞的同学们，个个都穿上漂亮的衣服，梳妆打扮一番，嘉乐堂里充满了欢声笑语，翩翩起舞的靓男俊女们脸上泛着幸福的微笑，尽情地展示着轻盈的舞步旋转狂欢。这里没有系与系的界别，大家都是朋友，有的可能还是恋人，其乐融融，在轻歌曼舞中，他们在一起谈生活、谈理想、谈艺术、谈追求，真是别有一番享受啊！著名已故书法家、我的师哥刘炳森写过一段这样回忆："每逢阳历的除夕，下午各班分头在自己的教室里举行文艺活动，晚间则都汇聚于演奏厅（即嘉乐堂），先是演出各班派出的节目，演完便是舞会，有时还是化妆舞会。最后是全体与会师生列队跳集体舞——优美、雅致的英国古典宫廷舞蹈。整个大厅洋溢着一派'和乐且忱'的热烈祥荣的气氛，然而，主修器乐的音乐系同学几乎不想再上台去演奏舞曲，而是一心想放下乐器去跳舞。那么，谁能为他们去代劳呢？正好，一群喜欢器乐的美术系同学早就想过把瘾，借机上台大显身手。1959 年，我们系的师生到平谷县体验生活，归来之后，一些同学趁着余兴未消，居然创作诗歌大联唱《大华山组歌》。从策划、编词，到作曲、演唱会和伴奏，全是我们自己完成的。还参加了文艺汇演，反响不错。这应该说，我们这一点儿音乐修养，与音乐系之间长期友好相处和潜移默化的影响很有关系。"炳森的话道出了综合艺术院校的优越之处，这样的学院难道不是独一无二的吗？

师资雄厚

俗话说：根深叶茂。由于北京艺术学院的根儿是早年的北京师范大学艺术系，所以这里有许多资深的、知名的老教授，后来随着学校的不断扩大，又引进了一批知名教授，还有许多客座教授也来学院授课，师资力量十分雄厚。

比如音乐系就有著名钢琴家、作曲家、音乐教育家老志诚先生，还有指挥家、作曲家张肖虎教授，钢琴教育家洪达琳教授，声乐教育家应尚能教授，作曲家、音乐教育家刘雪庵教授，二胡演奏家蒋风之教授，琵琶演奏家杨大钧教授等。这些大家都是艺术界的老前辈了，遗憾的是他们都已离开了我们。

美术系的老教授就更是赫赫有名了。首屈一指是中国油画的先驱者、现代艺术教育的奠基人卫天霖教授，还有李瑞年教授、吴冠中教授，这些都是油画大家。教授国画专业的有白雪石教授、高冠华教授、俞致真教授、梁树年教授等。速写大家阿老、版画大家彦涵也在其中。此外美术系还聘请了美术界许多专家、学者来校任教或讲座，他们当中有潘天寿、徐燕荪、吴镜汀、王朝闻、黄胄、叶浅予、蒋兆和、石鲁、李苦禅、王雪涛等。

导表系的师资力量也令人惊叹。除焦菊隐、吴雪二位主任授课外，还有李章、李醒、鲁亚侬、许淑娥、韩臣清等指导教师，同时还请了赵丹、崔嵬、欧阳山尊、陈戈、李健吾、徐晓钟、张瑞芳、于是之等艺术家讲导表演课，还请了苏民、杜澎、郑榕、董行佶、梁菁、张瞳、黎频、刘绍荃、周宝珍、王冰、金振武等表演艺术家讲台词课。戏曲课则由冯玉增、徐玉川、臧朗光、任志秋等任教。曲艺课由良小楼、谭凤元、曹宝禄、魏喜奎任教。舞蹈课由北京舞蹈学院的许淑英教授。上化妆课的是“北影”的孙鸿奎老师。另外我们还要到中央戏剧学院去听廖克兑讲外国戏剧史、祝肇年先生讲中国戏剧史、罗念先生讲古希腊悲剧，可谓名师荟萃。

还有许多各剧种、曲种的表演艺术家（有些甚至是泰斗级的大家），他们虽然没有亲自为我们授课，但他们在舞台上的表演启迪了我们、滋润了我们、提高了我们的艺术鉴赏能力。

这其中有个小故事。“文革”前，在京的艺术院团，每有新戏，必要举行招待文艺界内部观摩演出。外地进京的著名院团也要搞招待北京文艺界的演出，而且常有周总理等中央领导出席观看。他们的坐席事先要留出来，于是我们表演系本科班接到了组织者——中国剧协交给我们的看保留席的任务。这真是花钱都买不来的美差呀！跟周总理坐在一起看演出，多幸福啊！有一次，我就坐在总理的身后，结果戏没看好，净看周总理了。这样的美差一直到我们毕业，从未改变。您想，我们得看了多少出好戏、多少位名家的高超表演吧。稍微一数，就可数出若干位来：萧长华、梅兰芳、周信芳、荀慧生、尚小云、程砚秋、马连良、谭富英、叶盛兰、裘盛戎、李少春、张云溪、张春华、张君秋、赵燕侠、关肃霜、厉慧良、小白玉霜、魏荣元、李忆兰、新凤霞、丁是娥、袁雪芬、徐玉兰、严凤英、常香玉、马金凤、申凤梅、红线女、李师曾、陈书舫等，这些响当当的名家，都是“文革”前中国戏曲史上不同剧种的代表人物。他们当中的绝大多数都已作古，但他们的艺术却永远留在了我们的心中。

桃李芬芳

这似乎是一个非写不可但又令人十分头疼的题目。前年我的母校（北京第二十四中学）要搞90周年校庆，学校派人来采访了我，然后又从我这里打听校友中的名人。我明白他们的意图是要用名人校友来撑门面。可是又哪里找那么多名人校友呢？我们这个时代真是一个浮躁的时代、制造名人的时代。难道有些在某一领域里作出了突出的贡献，但又不是全国人民都知道的校友就一钱不值了吗？反过来说，有些校友名气很大，但却成了贪官、成了阶下囚，倘若再提那学校肯定是丢面子呀。

我认为，我们这些在“文革”前就大学毕业的人，退休前几乎都是所在单位的业务骨干。有人统计过“北艺师”“北艺”毕业的学生中百分之八十以上都有正高或副高的职称，都不是等闲之辈！今天他们虽都已步入古稀之年，但仍在工作着、奋斗着。再者说，名人也是相对而言，如何才算名人，没有标准。钱钟书是大文豪吧？可知识阶层以外的人未必知道他，赵本山是村儿里出来的，可全国人民都知道他，这其中媒体起了很大的作用，无法用学问大小来衡量。北京人讲话：没地儿说理去。

假如您非要让我说出几位“北艺师”“北艺”的知名桃李来，我就不妨说几个。

首推已故著名书法家刘炳森，他1962年毕业于北京艺术学院美术系。原中国文联副主席、中国书法家协会副主席、全国政协常委，他的字五洲四海皆知，其个人资产上亿，他捐出的善款无法统计，这样的桃李还得了吗？

炳森兄的同班同学——中国工笔画大师、中央美院博士生导师郭怡孮是当代中国花鸟画界的领军人物。他的作品曾多次在海内外展出，深受画界和收藏家的喜爱，作品价值已升值至几十万、上百万或更高。

表演系就毕业了我们60级本科一个班，其他的均赶上了“北艺”撤销及“文革”。我们班当中有广大观众熟悉的徐秀林，她因饰演电视剧《贫嘴张大民的幸福生活》中张大民的母亲而一举成名，此后片约不断，拍过的电视剧上千集。还有小品演员李绪良，以及“文革”中毕业的电影演员张连文、徐敏等。

著名曲剧作曲家戴颐生是“北艺”1964年音乐系作曲专业的毕业生。北京曲剧是北京市唯一的地方剧种，唱词多选用单弦牌子曲，然后根据剧情和人物的需要，进行加工再创造。“文革”后该团的绝大部分剧目的作曲均为戴颐生所创，她还曾任该团团长多年。该团以演出老舍的作品而蜚声大江南北，以至港台地区，深受老北京们的喜爱。

如果再说，我还能列出许多人来，但篇幅有限，到此打住吧。

昙花一现

从1956年成立北京艺术师范学院入住恭王府到1960年组建北京艺术学院，“北艺师”的寿命是四年。从1960年成立北京艺术学院到1964年该院撤销，其寿命也是四年，这在北京市的大学中真可谓昙花一现了。所以现在许多到恭王府参观游览的人，都不知道这里曾是新中国成立后两个艺术学府的所在地，许多人，甚至绝大多数人也不曾知道偌大的北京城，还有过寿命极短的艺术学府，这真是历史的悲哀。

常言道：铁打的校园，流水的学生。但恭王府可不是铁打的校园，它是文物，而且是国家级的文物保护单位，学校必须无条件撤出。后来留在这里的中国音乐学院也迁址到健翔桥东侧的丝竹园。

在北京类似被作为学校的王府还有许多，至少还有：北京第二实验小学所占的克勤郡王府、北京第二十四中学所占的睿亲王新府、协和医学院所占的豫亲王府、北京第三十八中学所占简清贝勒府、北京第一四三中学所占循郡王府、东四九条小学所占贝子（奕谟）府、中央音乐学院及北京第三十四中学所占的醇亲王南府、北京第十三中学所占涛贝勒府、鼓楼中学所占那王府、米粮库小学所占喀喇亲王府、北京第二十五中所占贝勒熙王府、北京第一六六中学所占佟府。

这些虽都是题外话，但由此可见当年我们的前辈们是多么地没有保护文物的意识。北京有清王府及贝勒府大约130多座，其中绝大多数挪作他用，面貌全非，甚至拆得荡然无存，如今保存最好的能供市民游览的，大概也就是恭王府了，让我们好好保护它吧，给后人留点儿念想吧。

“北艺师”“北艺”虽然消失了，但我依然庆幸自己在恭王府度过的时光，永生难忘，因为它曾是我的大学。

我最后的大学课堂

1963年冬，北京艺术学院本科的部分师生按照中共北京市委发出的《关于组织高等学校文科师生参加农村社会主义教育运动的通知》的文件精神，到海淀区四季青公社参加该运动，同时也参加一些生产劳动。我们表演系大60班被分配到该公社的北坞大队，我和部分同学又被派到该大队的小屯生产队，它的旁边就是北京西郊机场，飞机天天从我们的头上过。我们正在那里锻炼的时候，听到消息说，周恩来总理指示要成立中国音乐学院，将“北艺”音乐系学习西洋乐的师生调至中央音乐学院，将“中央院”学中国民乐的师生调至“北艺”，组成中国音乐学院。“北艺”其他系的师生全部调出，与其他相关院校作相应调整，我们表演系的去向是北京市戏曲学校，因话剧专业的调入该校将改名为“北京戏剧专科学校”。这个决定是文化部副部长徐光霄亲自到学校宣布的。宣布后随即就进入了落实阶段，院校重组工作迅雷不及掩耳，我们从四季青公社返校没有多久，新任命的中国音乐学院负责人安波、马可与关鹤童等人便进驻了我们的恭王府，我记得同学们还列队“欢迎”了他们，安和关我不认识，但我记住了大鼻子马可。

当时表演系除了我们行将毕业的大60班外，尚有小60、小61仍在学习中，眼看就要被轰出恭王府了，同学们还不知道新的“家”在哪儿，学习情绪一度低落，不久，信息来了，新的校址在国子监的孔庙，新的校牌为“北京戏剧专科学校（话剧表演系）”。今天看，这是个不伦不类的牌子，专科学校撑死算是大专，而表演系应是大本，这怎么能搁在一块儿呢？可那个时代就能出这种新鲜事儿。据我手边的官方大事记（《当代北京大事记》）记载：北京戏剧专科学校正式成立是1964年7月9日，中国音乐学院的建院典礼在1964年9月21日举行（实际上早已开课）。令人欣慰的是“北艺”虽已撤销，而我们班毕业时拿到的仍是北京艺术学院颁发的毕业证书——真正的大学本科毕业证书。这也得感谢当时的一个规定：“北艺”撤销后的未尽事宜由中国音乐学院负责，“中国院”做了一件好事。但我的师弟师妹们就没有这么幸运了，“文革”后，为了学历问题，他们费了好一番周折才解决。毕业证书究竟是谁补发的？发没发？我不得而知，也不想了解，干嘛触痛历史给他们带来的创伤呢。

孔庙是祭祀中国古代思想家孔子的庙宇。北京孔庙建成于1306年。规模仅次于孔子故里山东曲阜的孔庙，为中国第二大孔庙，它位于安定门内成贤街（即国子监街）东口北侧，占地面积约2.2万平方米，以中间的大成殿为中心，前有先师门（即正门）、大成门，后有供奉孔子先祖牌位的崇圣祠。“万世师表”的孔子塑像自然是供奉在大成殿内，墙壁上悬挂着清代历朝的御书匾额，大成殿东西两厢各有长长的配殿数间，内祀有先贤先儒之神位。大成殿、大成门及两厢的配殿，构成了一个硕大的方形院落，院有数十株苍松古柏，其中最大的一棵古柏已有600余岁的树龄！民间传说：明代奸臣严嵩代嘉靖皇帝来此祭祀孔时，被柏枝掀掉了乌纱帽，严嵩被罢黜后，人们称此柏为“除奸柏”，院内两旁有碑亭14座，大成门外还有碑林四处，共计200余座，其中进士题名碑198座，记功记事碑14座。在孔庙的西墙外还有著名的十三经刻石碑189座，据说这是中国最完整的十三经刻石，因刻于乾隆年间，又称“乾隆石经”。这是一座多么伟大的古建筑群呀！然而45年前当我们这帮不太成熟的学生踏进先师门时，对孔庙的历史全然不知，老师也不给我们讲（八成他们的历史知识也不怎么样），因此这么了不起的地方在我们的眼里就是一破庙，而且它也的确是座破庙！除刚修整过的用来做教室用的配殿外，其他所有建筑都是破烂不堪的。大成殿的门紧锁着，扒着门缝儿往里一看，黑乎乎的，什么也看不清，里面堆满了乱七八糟的东西，还挺瘆得慌，后院的崇圣祠也是紧锁着的，根本不对外开放（到今天也没开放）。

在我们入住之前，孔庙里早有一所学校存在，叫“北京市印刷学校”（可能就是今天地处大兴的印刷学院的前身），他们占领的是东配殿。

我们占领的是西配殿，北面的几间被改成学生宿舍，宿舍里的双层木床可能是从恭王府搬过来的，南头面朝北的几间是教研室，西配殿的正殿全部改成了带小舞台的教室，这便是我大学的最后课堂，而且冬暖夏凉。那个年代，除梁思成诸学者外，没有多少人有保护文物古迹的概念，所以，想怎么拆就怎么拆，想怎么改就怎么改，毁你没商量！教室不够用时怎么办，古柏树下、大成殿前的平台上都成了我们的排练场，我们上课是连喊带叫、又哭又笑；人家印刷学校上课是安安静静，生怕干扰，搞得人家十分厌烦，当然也有高兴的，印刷学校那些不爱听讲的学生就喜欢看我们排戏、排节目，还有互相谈恋爱的，有意思极了。您想啊，两个根本不同学科的学校放在一个院儿里，能不热闹吗！

在孔庙度过的大学最后学期，我们排了两台毕业大戏和一台小节目，大戏是《丰收之后》和《千万不要忘记》。《千》剧，上点儿年纪的人可能都看过此剧，是批判"小资产阶级"思想的戏。曾被改编成各种戏种在全国上演，风靡一时。《丰》剧是写农村在丰收之后如何处理好国家、集体和个人的关系的戏，也轰动一时。这两部戏都被拍成了电影。在那个大讲阶级斗争的年代，我们的毕业戏，自然也得顺应形势选这类的戏排，我在《丰》剧中扮演主要反面人物王学孔，我非常喜欢这个人物，演得也如鱼得水，颇得老师赞赏，但遗憾的是没有留下任何影像资料。另外的一组小节目基本上是从解放战士演出队那里学来的，有快板词《接线员》、小歌舞《洗衣歌》、独角戏《一个印度兵》、小话剧《第一与第二》等。在这台节目中还有我和于哲生同学主演的一出有争议的小戏《两家人》（内容是批评一个中农把本该上到集体地里的肥料而上到了自家的自留地里）。有人认为这出戏是歌颂"中间人物"的，为此系主任吴雪亲自到场指导排练，还对那些执反对意见的老师发了脾气！他当时的神情我至今难忘。本人在那出戏里就演那个受批判的中农，还唱了两口京剧，博得了观众的掌声（这大概和我父亲是京剧名票有关）。

在孔庙还有一件令我难忘的事，那就是到它隔壁的国子监（即当时的首都图书馆）借书、看书。我们被轰出恭王府后，自然也就告别了“天香庭院”（即“北艺”图书馆）。那么到哪儿去借阅图书呢？国子监便成了我们课余时间经常光顾的地方。那里的藏书要远远超过“天香庭院”，光阅览室就好几个，而且还可看到大量的所谓的“内部读物”，那简直就是我们的图书馆！我也就成了那里的常客。

就在我们行将毕业离开孔庙的时候，小 64 班的师弟师妹们继续踏进了孔庙的大门，我们离开孔庙后的学校变化，我知道的就不多了。

为了写这篇回忆文章，笔者前几天又特地到阔别 45 年的孔庙走了一遭，啊！完全是大变样了！整个孔庙（包括国子监）焕然一新，除去大理石的甬道和青砖地面外，所有建筑（包括大成门和大成殿的汉白玉栏杆）都穿上了新装，颇有点小太庙的味道。院内松柏成荫，古乐回荡，一簇簇旅游者，静静地听着导游的讲解，大成殿内不停的有朝圣者向孔子的神像跪拜，当年我们当做教室的配殿已被全部打通改为孔子的展览长廊，“乾隆石经”碑林已被钢架的玻璃大棚罩上，保护得非常好。孔庙和国子监之间的墙门也打开了，两座古建筑形成了一个整体，再看看碑林上历朝历代那些进士的名字，让你从心底里感到当年这里的确是群贤毕至的圣地。只可惜我们这些曾经在这里攻读的学子们大都没有成贤，因此当我今天漫步在成贤街时，心中有一种不可名状的滋味！

大学毕业后的第一个工作岗位（见正文102页）

琐忆

1969年10月，我所在的北京市文工团宣布撤销，撤销后绝大部分演职人员被勒令下放到北京市铁路分局各工段去当养路工、搬运工、装卸工，继续改造，向工人阶级学习。作为业务骨干，我、顾威、徐秀林、王领是有幸留下来的仅有的几位演员。团领导告诉我们将分配到北京人艺。五个月后，我们四人踏进了北京人艺的大门（实际上并没真进王府井大街22号的大门，而是从“五七干校”的一个分团转到另一个分团）。从那时算起，至今整整40年。今年（2010年）也是我从艺50周年。回首往事，历历在目，心潮起伏，不胜感慨。

“文艺革命”瞎折腾

我来到北京人艺不久，就赶上了所谓的“文艺革命”。从1971年初到“四人帮”垮台，剧院（那时叫北京话剧团）在“文艺革命”中也搞了一些大小剧目，但无一成功，也不可能成功，纯属瞎折腾！然而这段历史几乎无人写过，在剧院的“大事记”上也是寥寥几笔。我十分赞成巴金先生的观点，对于“文革”我们不应忘记，因为忘记过去就意味着背叛。我和剧院的许多老同志一样，是那段历史的见证人。

1970年春夏，作家刘厚明、蓝荫海、王卫民（后只剩下刘、蓝二人）被派到大兴县大白楼村深入生活。写长工出身的劳模王国福。10个月后，他们写出了初稿《举红旗的人》（后改名《云泉战歌》）。不久，剧院便成立了“文艺革命”小分队（即《举》剧剧组），在欧阳山尊、童超、马群、林兆华等带领下，在一个雪后的早晨，以“拉练”（就是背着行李步行）的形式，长途跋涉近20千米，奔赴大白楼深入生活，我“有幸”成为该队的成员之一，这在当时可是一种“政治待遇”呀！折腾一年半后，该剧被勒令停排，继续修改。

在停排的过程中，我又参加了两出小戏的创作与排练，一出是李婉芬、李翔写的《千里之行》（后改名《鞋大夫》，董行佶导演），在该剧中我扮演一位请鞋大夫（即修鞋匠）修鞋的采购员，韩善续饰演主角鞋大夫。另一出是于志宽和谢延宁编写的《山岭新苗》（方琯德导演），在这出小戏里我扮演赤脚医生的对立面人物。为了排好《鞋》剧，董行佶居然敢冒天下之大不韪带我去拜访“反动学术权威”焦菊隐并将其请进了排练场，这是留给我印象最深的一件事。这两出小戏虽连排了，也被中途下马。

1973年10月，《云泉战歌》再次建组，其命运依旧是排排停停、演演停停。我在剧中扮演木匠老郝叔。该剧从1974年4月再次见观众（内部演出）到1976年5月彻底下马，前后共演出100余场，但最终也没有逃脱下马的命运。从刘、蓝二位作家深入生活开始创作到该剧草草收场，前后历时 7 年，搞了几乎是一个抗日战争的时间，所以后来人们戏称《云泉战歌》为《云泉转歌》。

就在《云泉战歌》“转”的这几年中，剧院还排了三组小戏两台大戏。两台大戏是移植的，一台名曰《主课》，是广西的戏，董行佶导演；另一台名曰《山村新人》，是东北的，由蓝天野、董行佶导演。《主》剧累计演出 70 场，《山》剧累计演出 50 场。另外的三组小戏是：一组为院内自己创作的《赵家山》《在新标准面前》和《爆破之前》；另一组为《一张病床》《这里也是前线》和《从十分钟谈起》，这一组小戏是向业余话剧队学习的；再有一组也是本院创作的，它们是《雏鹰展翅》《送菜》和《百花岭》。在这些剧目当中，我参加了《赵家山》剧本的修改和《百花岭》剧本的创作。《赵家山》这组小戏，1974 年 3 月在参加完华北地区文艺调演之后，“领导”认为不行，下令停演修改剧本（因为剧中没写阶级斗争），其修改任务落到了我和李光复的头上。我俩先后到延庆县白河堡公社两个生产大队的知青点、山西省浦县的两个北京知青队，以及昔阳县的名村大寨深入生活，历时一年，四易其稿，仍得不到（也不可能得到）任何结果，结论还是暂时下马。《百花岭》一剧是写农村供销社题材的，原来的作者是朱琳和童弟，由于“上头”总强调“小戏也要写阶级斗争”而陷入“难产”，于是把我调进创作组“加强力量”，经过大家的一番苦思冥想，总算弄出个排练稿投入了排练，正当进入彩排阶段时，唐山地震了！这是“文革”中剧院在首都剧场彩排的最后一出戏，所谓的“文艺革命”就此结束。

与《云泉战歌》有着同等命运的还有一出戏，叫《工农一家》。该剧是在小戏《爆破之前》的基础上扩展而成，执笔者是于是之。那个年代不许说谁谁谁编剧，都叫集体创作，某某人执笔，以示不突出个人，消除名利思想。于是之是个特别喜欢作学问的人，“文革”前他也曾多次涉足编剧工作，这次是在刚被审查结束后执笔搞创作的，自然十分激动。他从1974年下半年开始，用了一年半的时间苦心创作，1976年2月这出戏总算搬上了舞台，遗憾的是只演了三场就被“枪毙”了。我记得宣布这个戏下马那天，他的心情非常不好。18个月“怀胎”生出来的婴儿，刹那间就被扼杀在襁褓之中，能不心疼吗？他约我上街散心，一起去逛故宫筒子河，然后又在剧场旁边的“康乐”餐馆请我喝酒、吃“过桥面”，实际上他是想借酒消痛，他那伤感之情，我至今记忆犹新。

今天回过头来看，什么“文艺革命”呀，纯属瞎折腾！没有经历过“文革”的年轻人大概不知道什么叫“主题先行”，什么叫“三突出”的创作原则。“主题先行”就是剧本尚未动笔，必须先想好这个戏的主题是什么？按照当时“四人帮”的要求，无论作什么题材的戏，也不管是大戏还是小戏，都必须以阶级斗争、路线斗争为纲，不突出这个主题甭想写戏（包括所有的文艺作品）。戏中的所有人物、事件、矛盾冲突都得围绕主题去构思，根本不考虑生活真实。

所谓“三突出”就是在正面人物和反面人物之间要突出正面人物；在正面人物和英雄人物之间要突出英雄人物；在英雄人物和主要英雄人物之间要突出主要英雄人物。八个革命样板戏就是“三突出”的代表作。倘若有谁违反了上面这样必须遵循的创作原则，那你很可能就被打成反革命。所以那会儿人们搞创作既辛辛苦苦又战战兢兢，不知什么时候就可能出大事儿。记得剧院的一位老作家陈钟瑄写了一出名为《红柳》的小戏，剧本刚一出笼就被扣上了影射反动势力不怕烈日风沙的帽子，还给赵起扬加上了起用反动旧文人搞黑钱回潮的罪名。如今说起来似乎像笑话一样，但在黑云压顶的“四人帮”统治时期，谁敢越雷池一步。在这样的政治气氛下能写出像样的剧本来吗？根本不可能，纯属瞎折腾，浪费人的生命！

“学徒”生活

1977年初，当时主抓剧本创作的童超同志，通知于是之和我组成“除四害”创作组（四害即“王、张、江、姚”），到山东的济南、潍坊、烟台、黄县、青岛体验生活。三个月后，我们的小组里又加进了作家梁秉堃。随即我们一行又深入到南京、苏州、杭州、徐州等地搜集素材。又过了仨月，老院长曹禺接受时任科学院院长胡耀邦同志的建议，准备写一部科学家与“四人帮”斗争的剧本。剧院考虑到曹禺年事已高，体质较弱，深入生活有困难，于是又将我们三个人的创作集体改变为协助曹禺工作的班子。随后，院领导于民又带着我们几位到沈阳、旅顺、大连、江浙一带继续深入生活。回京后，我们又陪曹禺一起参加了“全国自然科学工作会议”和“全国科学大会”，采访了包括钱三强在内的十多位全国著名的科学家，收获之大，令人鼓舞。到了10月底，《剧本》月刊得到了曹禺要写剧本的消息，又派来资深编辑杨哲民和我们一起工作。在我们这个工作班子里，于是之50岁，梁和杨40多岁，我只不过是36岁的小青年。我不是专业编剧，写剧本只是我的业余爱好。在文工团时，我虽与顾威合作过《菊花青》和《张思德的故事》两个剧本，但无论怎么说，也只是一知半解。如今遇上了这么多行家里手，又是陪大师曹禺工作，自然得踏下心来，老老实实地学习，也确有收获。比如像曹禺说的：“别人用过的（招数）我们坚决不用。”曹禺一生读了无数的剧本，清华大学图书馆中所藏的中外剧本借书卡上几乎都有曹禺的名字。即便如此，他还是经常告诫我们“别人用过的我们坚决不用！”每当我们想出一个点子时，他第一句话就是：“这招儿你们见过没有？”听起来这是一句话的事，要真的想出别人不曾用过的招数来容易吗？没有博学、没有见多识广、没有才华，谈何创新。我们今天之所以会看到众多雷同化的剧本，其根本原因就是作家不愿深入生活，整天坐在屋里瞎编，甚至还有看着电视剧编电视剧的，这真是滑天下之大稽！于是之在谈到剧本创作时，也曾教我一“捷径”，那就是将自己喜欢的优秀剧本恢复成提纲，从中体会大作家的编剧法。注意是体会不是照搬，照搬就必然要犯雷同的错误，也就是曹禺告诫我们不要犯的那种错误。要想做到“戏法儿人人会变，各有巧妙不同”绝非一日之工也。

我们前后工作了近一年，剧本最终没有写成。我个人认为原因有三：一是作家深入生活不可用替代的办法，不宜间接体验，尤其是现时题材。因为个人的感受不同、看问题的角度也不同，我们汇报给曹禺的素材未必是他想要的素材；二是我认为编剧更多时候应该是个体劳动，不宜搞集体创作，大凡好戏没有哪一出是一伙人在一起分头写出来的，看来领导决策有些失误；三最主要的是曹禺当时还没有恢复院长的名誉，不是他计较名利，而是政策还没有完全落实，他的心情自然不好。实际上当时剧院也没恢复名誉，仍叫“北京话剧团”。我们这个创作组解散五个月后，也就是剧院在上演《丹心谱》不久，市委宣布北京话剧团恢复原称——北京人民艺术剧院，曹禺仍被任命为院长。北京人艺新的一页开始了，曹禺也很快写出了他“文革”前未完成的剧本——《王昭君》。

不过，这一年多的“学徒”生活，对我来说十分难得，也十分有益。正因为有了这次与曹、于两位大师的零距离接触，使得我学到了许多创作方面的知识，篇幅所限，我不能一一列举，反正获益匪浅。有了这段生活，于是有了两年后我和王志安写的电影剧本《月牙儿》（宋丹丹、斯琴高娃主演），有了与蓝荫海合作的电视系列剧《吉祥胡同甲五号》（黄宗洛、李婉芬、任宝贤、王姬等主演，并荣获第四届大众电视金鹰奖）和电视剧《让生活充满佳音》。再以后有了更多的剧本写出，包括我写的戏曲剧本《二愣妈》（获第五届中国戏剧节优秀剧目奖）和《乐家老铺》，以及30集长篇电视连续剧《戊子风雪同仁堂》（王学圻、龚丽君主演。2008年11月，该剧在央视8套黄金时间播出，反映不错）。

出人、出戏、出理论，这是北京人艺的三大法宝。尤其是理论建设，北京人艺在全国较大的艺术院团中是遥遥领先的。改革开放以来，剧院前后出版理论书籍30余册，现在还在出。

《〈茶馆〉的舞台艺术》（老版）是剧院推出的第一本理论书籍，开拓者是苏民、蒋瑞、杜澄夫。经院领导的同意，我很快也加入了这个编辑组。我进组时，《〈茶馆〉的舞台艺术》一书的编辑出版工作已进入尾声。我在这个小组工作了近三年，先后又编辑出版了《〈蔡文姬〉的舞台艺术》（老版）、《〈雷雨〉的舞台艺术》（老版）、《〈骆驼祥子〉的舞台艺术》（老版）、《焦菊隐导演散论》《剧坛漫话》等作品。工作期间，与杜澄夫、蒋瑞二同志结下了深厚的友谊。蒋瑞（原名蒋家瑞）是建院时与英若诚、吴世良、罗士纲等一起从清华大学西语系分到北京人艺的，他们的英语都非常棒。蒋瑞，作风沉稳，工作细微，待人亲切诚恳，也很有正义感，爱说公道话，对我极像一位老大姐。与杜澄夫的交往就更深了，他去世时，我哭了好几次。他是焦菊隐的学生，是我们院研究室的创始人，也是研究焦的专家。他读书甚广且记忆力极强，对待学术问题一丝不苟，待我如亲兄弟一般，我从他那里学到不少关于焦菊隐导演学派的知识，退休后同被聘为北京人艺戏剧博物馆的顾问，我们之间的联系也从未中断过，直到他生命的最后一刻。我们这个小组的领头人是苏民，关于他就不用我多叙了，我在电视部时，拍过他的专题。苏民在剧院官称苏公，是公认的有大学问者，家学渊源，古典文学功底深厚，吟诗作画，无所不能，并写得一手漂亮的隶书。能跟这些老同志零距离在一起工作是何等的幸运哪！我后来之所以能写出数十篇评论文章并成书两册（《话说北京人艺》和《走近辉煌》），均得益于在这个编辑组的几年工作经验。

出书的工作后来移交给了以王宏韬为主任的公关部，他们编辑出版了一套艺术家丛书。书虽薄、用纸和装潢也不讲究，但书的学术分量相当重，极受文艺理论专家的称赞。

另外，北京人艺之友联谊会还办了一张小报——《人艺之友报》。这张报纸后来发展为院刊《北京人艺》。第一任主编吴家缪，第二任主编顾威，我为第三任主编，一直工作至 2003 年。所有这些看似平常的工作，在剧院的建设中都起到潜移默化的无可估量的作用。自从 1982 年（即建院 30 周年）以来，特别是 1992 年大多数老同志退下来之后，剧院之所以还能继续坚持走现实主义的创作道路，还出了许多好戏、安排了不少保留剧目的复排，而且在浮躁混乱的众多演艺流派的侵蚀之下没有乱了方寸，这不能不说得益于剧院重视理论建设。举个最实际的例子，我们每次复排郭、老、曹的经典剧目时那些舞台艺术集便成了中青年演员的重要参考资料，图书馆的那几本集子都快翻烂了！现在有了新的版本，以后还会有大用，这是毫无疑问的。从个人的角度说，这几年的理论工作对我研究老一辈艺术家们的导表演艺术、研究北京人艺、研究中国话剧史都起了很大很大的帮助作用。不谦虚地说，我已成为这方面的研究家。当然，学无止境，许多深层次的东西，可能还有我不够了解的地方，尚需继续努力探索。

还说人艺电视剧部

我在《话说北京人艺》一书中曾写过关于北京人艺电视剧部的情况，为什么还要再说呢？因为我在剧院退休前工作的30余年里有17年的时间是掌管电视剧部的工作，自然还得略谈一下。

1982年10月，中央电视台相中了王志安写的《吉庆有余》（郑榕导演、林连昆等主演），决定将其改成3集的实景电视剧。剧中有一儿童角色，原来是由张华扮演，电视导演许欢子考虑到拍电视用成人演孩子容易“穿帮”，于是决定找一个真孩子顶替，我的二儿子当时9岁，被导演看中，进了剧组。为了照顾孩子，我随该剧组在香山红旗村扎了一个多月，这也是我第一次接触电视剧的拍摄。由于整天跟着剧组瞎忙，实际上又没有更多的工作可干，我便多了一个心眼儿——研究电视剧的拍摄过程及导演手法。包括电视剧和舞台剧究竟有哪些不同等。一个多月下来，我弄明白了电视剧的写作与生产流程。一年多后（1984年3月21日），电视剧《吉庆有余》的导演之一种荣茂来到剧院找我谈合作搞小型电视系列剧的问题，这正中我的下怀，当即允诺并很快与央视文艺部的领导见了面。为了尽快地搞好剧本，我请出了蓝荫海老哥合作搞剧本，因为这之前我们已合作过电视剧《让生活充满佳音》（上下集，北京电视台播出）。说到这儿，我要感谢原副院长周瑞祥，是他率先接受了搞电视剧这一新生事物，他见我和蓝荫海如此热衷电视剧的创作，于是决定由我俩牵头组建北京人艺电视剧部。电视剧部于 1984 年 6 月 21 日正式成立。同年 8 月李春立、傅运军调进，9 月朱洪绪调进，后来又增加了毛克和吴兴祥。

电视剧部拍的第一部片子就是前面提到的与中央台合作的电视系列短剧《吉祥胡同甲五号》（蓝荫海、张帆编剧，种荣茂导演）。该剧不但获得了第四届大众电视金鹰奖，还受到了市委、市政府的表彰，剧院也发了“简报”，通报表扬。接下来拍摄的是由蓝荫海编剧的《同仁堂传说》（前后共 6 集，林大庆、周寰、张建民导演，郑榕、胡宗温、谢延宁、胡朋、周正、田春奎、黄宗洛、杨立新、陈小艺等主演），该剧前 2 集获华北五省市电视剧评比二等奖，后 4 集获“飞天奖”提名。总之，新成立的北京人艺电视剧部也着实地火了一把。但火过以后的情况就不尽如人意了。长期以来，有些院领导总以为演员出去拍电视剧冲击舞台，倘若剧院自己再拍电视剧，那就像自己给自己“下拌儿”一样，自取灭亡。所以从 1990 年以后，电视剧部除拍专题片、课本剧以外，再也没有拍过电视剧。和我一起创办电视剧部的蓝荫海老哥又回到了创作室当主任去了。

在我退休前的十年中，电视部（请注意，我把“剧”字去掉了）基本上是在夹缝中、挣扎着求生存，这其中的内幕及酸甜苦辣，我不便直说，人已退休，没有必要再去出口伤人。但有几件工作也理所当然地纳入北京人艺的史册，甚至还纳入了国家教育的史册。

第一，电视部为剧院积累了丰厚的录像资料。凡中央台、北京台，乃至江苏、上海等地的省台市台录制的我院舞台剧和专题片，也包括电视部自己拍的《春华秋实》《不惑之年的北京人艺》《北京人艺五十年》及十几位老艺术家的个人专集都被我们妥善收藏，其数量在全国艺术院团中居第一，被同行们交口称赞和羡慕。现在剧院重拍的人物专题，有相当多的镜头来源于当年电视部收藏的历史资料，这是剧院一笔丰厚的无价资产，现已被戏剧博物馆收藏。

第二，建立了简易的摄影棚、录音棚和机房，添置了必要的前后期设备。1990 年 9 月 15 日，颐和园苏州街举行开街仪式，园长耿留同是位人艺迷，他除邀请市领导参加外，还特意请我们剧院的部分老艺术家穿上清朝的服装到场助兴。就在这个仪式上，我向主管文化的副市长吴仪同志提出了支持剧院购买摄像器材的请求，她非常痛快地答应了，我激动地当即向她请了个安，并说："谢谢您了！"后来此事果真落实了。有了这笔钱，再加上我们拍课本剧挣的钱，才进了设备，武装了我们自己，尽管设备不是高档的，但总算是有了。此后不久，在李筠书记到任的会上，我又冒然地将给市广播局申请电视剧准拍证的报告递给了到会的市委宣传部长李志坚同志，志坚同志看罢当即批示给广播局长李廷芝。于是我们又顺利地拿到了电视剧制作许可证。遗憾的是此证没有派上用场，后来又被市广电局收回。你不拍电视剧，人家自然要收回，又能怪谁呢？

第三，为基础教育作贡献。20 世纪 80 年代中后期，全国许多话剧院团纷纷上演中小学课本剧。就是把语文课本上那些名作名篇改成舞台短剧上演，深受孩子们的喜爱。得知这个信息后，时任副院长的林连昆老师向我建议电视部是不是也搞一搞课本剧，拍成录像带向全国推广，既服务于教育又培养了话剧的小观众。于是我立即请示第一副院长于是之，当时是之老师正参加党的十四大，与他同住一室的是市教育局长陶西平。二人聊起此事，一拍即合，达成协议。片子由北京人艺拍，发行由市教育局所属的音像出版社承担，两个人一起出任总策划。由于拍课本剧花钱少，所以此事很快就上马了。一向重视人才教育的苏民老师任总导演，全部的组织工作自然落在我的头上。课本剧的拍摄从 1988 年开始，前后历时四年，从小学三年级直到高中三年级语文课本中的名篇我们都拍了！全国政协科教文卫委员会还专门组织在京的政协委员看片，方毅副总理出席并参加座谈。他说有的节目看后使人淌泪，很感人。全国到底有多少学校购买了这套片子，我不清楚，但从回收款的数字上看，相当可观。后来我到一些大学讲课时，不少 80 后、90 后的同学对我说：我们虽然没有看过人艺的话剧但看过人艺拍的课本剧。从中我们认识了苏民、胡宗温、张瞳、周正、任宝贤、顾威、韩善续、吕中、杨立新、陈小艺、王斑等名家。前面我已提到电视部的许多设备就是用这笔钱购置的，因此可以说课本剧的拍摄取得了社会效益和经济效益的双丰收。课本剧《纪念刘和珍君》（张帆编剧，李春立导演，苏民、陈小艺主演）还荣获了中国话研会举办的全国首届课本剧评比一等奖。

第四，VCD 光盘的制作让北京人艺的精品剧目家喻户晓、世人永存。从 1997 年开始，剧院先后同三家音像出版社合作，发行了近 40 余部戏的 VCD 光盘，基本上涵盖了剧院自改革开放以来所上演的保留剧目和优秀剧目，深受广大话剧观众，特别是“人艺迷”们的欢迎。据我了解，不少观众收藏了这套光盘。有的人艺之友对我说：只要有空儿，我就拿出来看，尤其像《茶馆》《雷雨》《洋麻将》《哗变》《狗儿爷涅槃》等，我不知看了多少遍，有些台词都可以背下来！这让我联想到林兆华导演的《'93 戏剧卡拉 OK》上，大学生们演出的《茶馆》和《哗变》的片断，他们不都是照着光盘学的吗？前年我在给北京中医药大学话剧团的同学排《雷雨》和《骆驼祥子》时，那个成功地扮演了繁漪的同学前后看了 14 遍光盘！如今那些正式出版的VCD 光盘早已脱销，再想凑一套，根本是不可能的。有一次启宏兄找到我，想要一盘《天之娇子》，我手边没有，只好去求出版社，人家管库的居然在库房的一个角落里找到了一盘！可见之难、之珍贵。

1995 年以后

绞尽脑汁想为这一节想个恰当的小标题，但实在想不好，只好用“1995 年以后”。

1995年4月，院领导决定将电视部和艺术处合并，电视部降格为科级，但仍属艺术处管辖，于是我开始了当处长的日子。实际上1992年1月，鲁刚书记就找我谈过话，请我接替张宗云作艺术处长，我当时没有同意。事后有人说我傻。不久严燕生被任命为艺术处长，一年多后严被提升为副院长，顾威接替严为艺术处长。我接的是顾威的班。

从1995年到50周年院庆后我彻底退休，我在这个岗位上工作了七年，平平淡淡。不是我愿意平平淡淡，而是整个剧院的形势就是平平淡淡。有人常说“院兴我兴，院衰我衰”，此话不无道理。在这一时期，剧院几乎拿不出留得住的精品剧目。到上演《头条居委会》和《官兵拿贼》的时候，票房跌到了最低点，几乎收不回成本。能叫座的还是《茶馆》《雷雨》《蔡文姬》《天下第一楼》和《狗儿爷涅槃》这几出保留剧目。从管理机制上和干部的使用上问题甚多。北京人艺的这段历史，将来我一定要写。

在这样一个大背景下，我和我的搭档刘章春所能做的就是按照院领导的旨意言听计从地做工作，其重点是对外宣传。除日常的文字宣传，我们还与中央电视台合作拍摄了《风景这边独好》《中国话剧90年》《北京人艺45年》等，这些片子均获得了中国电视“星光奖”。此外，有三次重大活动值得一提：纪念焦菊隐先生诞辰90周年（于是之的长篇主旨发言为本人撰稿）；纪念老舍先生诞辰100周年晚会（我和刘章春策划、王志安撰稿）；还有纪念欧阳山尊从事艺术工作70年座谈会及小型展览。

1999 年，剧场大修完成以后，我和刘章春、吴穹仅仅用了三个月的时间就在首都剧场前厅的一楼会议厅（现在的咖啡厅）和二楼的两个会议厅，策划和主持建立了曹禺纪念馆、北京人艺艺术陈列馆。到了建院 50 周年的时候，我和章春又主编了大型纪念画册（吴穹负责装帧设计）。我们还与丛林同志一起组织拍摄了三集专题片《北京人艺五十年》（北京台播出）。特别是在搞 50 周年纪念画册时，为了编好画册后面的“大事记”，我几乎将周瑞祥、张学礼版的蓝皮《北京人民艺术剧院大事记》翻烂，我不知看了多少遍才浓缩成画册上的“大事记”。这对我了解北京人艺的详细历史起了至关重要的作用，人艺的历史已深深地刻在我的记忆中，我不敢说倒背如流，但张嘴就讲，提笔就写，那是没有问题的。为此我引以为骄傲。另外，院刊《北京人艺》也是我和章春一起在坚持着办，尽管那阵儿好戏不多（指原创新剧目），但院刊决不能停。

上述业绩虽无感人之处，但我没有虚度。更值得庆幸的是，由于日常工作时紧时松，便给了我许多业余时间，就是在这个时期，我和顾威应中国评剧院之邀，为他们创作了大型评剧《二愣妈》。该剧参加了第五届中国戏剧节并获优秀剧目奖及北京市建国 50 周年征文奖（有趣的是为我发奖的是林连昆老师）。这是我第一次尝试写戏曲剧本，该剧的成功为我再写戏曲剧本树立了信心。2007 年，我又为中国评剧院写了《乐家老铺》。

2002 年我退休之后，剧院又邀请我等十几位老同志参加了戏剧博物馆的筹备工作。2008 年初，剧院又恢复改组了艺委会，时隔近 8 年，我又回到了艺委会。记得 1999 年 10 月 21 日原来的艺委会讨论一个剧本时，发生了不愉快的事，导致会议不欢而散，从此剧院没再开过艺委会。

2010 年是我从事艺术工作 50 周年、来人艺工作 40 周年。40 年的经历不是用一篇几千字的文章就可以讲述完的，还有许多亲历的工作和往事，有待将来再说吧。

写于 2010 年秋

参考书目

《崇文史地文化丛书》（10卷套）原崇文区地方志办公室 编 中华书局

《花市一条街》 原崇文区政协 编 北京出版社

《崇文梨园史料》原崇文区政协文史委 编 刘嵩著（内部发行）

《文史选刊》 原崇文区文史委 编 （内部刊物）

《北京的商业街和老字号》 王永斌 著 北京燕山出版社

《崇文百年图志》 原崇文区地方志编委会 中华书局

《北京的四合院》 高巍 等著 学苑出版社

《北京街巷名称史话》 张青常 著 北京语言文化出版社

《红白喜事——旧京婚丧礼俗》 常人春 著 北京燕山出版社

《北京老城门》 傅公钺 编著 北京美术摄影出版社

《旧京大观》 人民中国出版社

书中部分北京土语注释

派　头：指人的风度。

走迹了：即走样儿了，变样儿了。

四五六儿：指若干的意思。

肝儿颤：指害怕、提心吊胆。

没门儿：不可能、不行、甭想。

登　时：立刻。

走背字儿：倒霉。

没咒儿念：没辙、没办法了。

得　活：也说齐活，即完了、完成了。

八成儿：即百分之八十的意思。

住家儿户：即住户。

界壁儿：左右相毗连的房子或人家。

不起眼儿：不明显，不抢眼。

叫白了：一般指把绕口的词儿改成白话的词，如把抽分厂叫成臭粪厂。

归　齐：说到底的结果，也作拢共讲。

显　摆：显示并夸耀。

听蹭儿：指不花钱买票听戏（或看其他演出）。

稀汤寡水儿：一般指不稠的稀粥。

畔　拉：旁边的一片（土地、街道或商店等）。

穷　酸：对穷人的贬称。

费劲八插：很费力的意思，也说费老劲了。

没那么八宗事儿：即这事儿根本不存在。

起哄架秧子：跟着别人起哄胡闹的意思。

叫　板：敢于向别人挑战或挑衅。

京边子：即北京近郊。

换　防：即对调。

没门子：没有门路，没有办法的意思。

打　眼：买东西没看出毛病，上当了。也作走眼。

趁：多指抓紧之意，但也作富有讲，如趁钱。北京人常说：趁早，他们家特趁（钱）。

冤大头：指枉费钱财的人（讥讽之意）。

后 记

这本书开笔于2012年的8月，到今天，断断续续写了一年零九个月。这中间因家中二次装修及爱人生病耽搁了好几个月。正在我写的最兴奋的时候，我爱人患了不治之症，我一方面精心地守护她，一方面挤时间撰写，我一心想抢在她离开这个世界之前让她看到此书。遗憾的是天不随人愿，她最终没能看到这本书……她走后百天的上午，全家去老山看她，我在她的牌位前烧了书稿（手稿）的前几节，以祭奠她。我含泪对她说："艳云，等将来书正式出版后，我第一时间先送给你看……"

如今这本书在中国环境出版社——尤其是总编辑罗永席先生的鼎力帮助下，终于面世了。这里我除去感谢罗先生外，还要再感谢松颐兄对我的关爱，他几乎成了我的北京话顾问。同时，我也要感谢原崇文区政协文史办的同志们，其中特别要感谢孟立女士，她无私地向我提供了许多珍贵的资料作参考，才确保了有些史料的准确性。在撰写此书的过程中，我还电话采访了许多老四合院儿的街坊们，这里我一并向他们致谢。

最后我还要感谢我的好友李木先生以及帮助我打印书稿的贾秀娟女士。

书中肯定还会有许多不妥之处，敬候各位读者的批评指正。

最后声明一点，未经本人允许，任何影视剧单位不得改编或使用书中涉及本人及亲友经历的内容。

编者

2013 年 8 月

A
B
C
1
2
正阳门
外
区
东柳树井大街
金鱼池大街

民国三十六年（1947 年）北平市外城东部地图（节选）

资料来源：北京市崇文区地方志编写委员会．百年崇文图鉴．北京：中华书局，2006.